La suerte del enano

César Pérez Gellida

La suerte del enano

Papel certificado por el Forest Stewardship Council®

Primera edición: noviembre de 2020
Segunda reimpresión: diciembre de 2020

Printed in Spain – Impreso en España

ISBN: 978-84-9129-460-3
Depósito legal: B-11609-2020

Impreso en Rodesa,
Villatuerta (Navarra)

S L 9 4 6 0 3

Penguin
Random House
Grupo Editorial

A María, mi chica. ¡Qué suerte la mía!

LA SUERTE DEL ENANO

Club de golf Torrequebrada
Calle Club de Golf, 1. Benalmádena Costa (Málaga)
16 de mayo de 2019

Algunos días antes de que sus constantes vitales dejaran de ser constantes y estuvieran a punto de ser vitales, Sara Robles no hubiera sido capaz de imaginar que la suerte, o, más bien, la mala suerte, pudiera ser del todo determinante. Tanto es así, que en este soleado día de mediados de mayo, su vida —y eso lo tiene muy presente— está en manos de la caprichosa fortuna.

El cielo está libre de nubes y, sin embargo, siendo escrupulosos no podría decirse que esté del todo despejado. No, por culpa de una que se ha situado de forma caprichosa justo en la vertical de su mirada. Una que, estática y de contorno difuminado, da la impresión de estar empeñada en hacer notar su presencia. Parece querer asumir el papel de bailarina principal de una coreografía celeste que está a punto de empezar. La nube permanece justo ahí por alguna razón, eso es evidente. No puede ser casual. Nunca lo es. Siendo consciente de ello, Sara no tarda mucho en concluir que está ahí para ser la receptora de sus pensamientos porque, de otra manera, estos se perderían en el aire arrastrados por el viento. Se desvanecerían para siempre, como les sucede a la mayor parte de las ideas, razonamientos, conceptos, juicios y demás seres de esa especie tan amenazada como es la inteligencia.

Así, sin dejar más espacio a la controversia —sigue teniendo presente que sus constantes vitales están a punto de dejar de serlo—, la inspectora proyecta hacia arriba lo que su intelecto, en pleno proceso de producción, va fabricando. Recién horneado en su cerebro, sube tierno y calentito.

Sara jamás ha creído en la suerte, ni en la buena ni en la mala. Es de esas personas que todo lo explican recurriendo a la férrea doctrina que un día escribió ese impecable binomio conformado por causa y efecto. Una creencia que, aplicada a lo que ahora ocupa su mente, se traduce de la siguiente manera: lo que ocurre es siempre consecuencia de. Tiene un origen, un por qué, y, por ende, si alguien es capaz de mantenerse ajeno al sometimiento del albedrío, logra detectar las oportunidades que se le presentan y, sobre todo, las aprovecha, entonces las circunstancias se quedan en eso: en meras circunstancias. De hecho, siempre ha pensado que los que creen que su destino está sellado son unos cobardes que rehúsan tomar el mando de sus decisiones, pero, además, son los mismos que se niegan a ser consecuentes con estas. Es por eso que se considera una acérrima defensora de la cita atribuida a Einstein: «Tendremos el destino que hayamos merecido» y no cree que existan personas que hayan nacido con un pan bajo el brazo, que tengan buena estrella o una flor en el culo que los protege contra todo lo malo. Por las mismas razones, tampoco cree en el mal fario ni admite que los tuertos o los gatos negros trasmitan mala fortuna. A fin de cuentas, y yendo a la última línea del resumen, lo que ocurre es que hay muchos que no son capaces de gestionar el éxito ajeno, pero son más aún los que no están preparados para asumir su propio fracaso.

Así ha pensado Sara Robles, jefa del Grupo de Homicidios de Valladolid, hasta que una concatenación desmesurada de desgracias que se han cebado con ella la ha arrastrado hasta el punto en el que se encuentra en este preciso instante: tumbada boca arriba sobre un mullido colchón de césped recién cortado, sintiendo la densa presencia de la sangre —la suya— que le ha asperjado la cara y salpicado en los labios. De esta guisa, al tiempo que intenta administrar el dolor que le ha ocasionado recibir un impacto de bala del calibre 38 en el pecho y otro que le ha destrozado la clavícula izquierda, Sara es capaz de percibir su olor metálico y de notar ese sabor a herrumbre que le recuerda al de una vieja moneda manoseada. En ese instante, tratando de tomar aire a bocanadas pero con su capacidad analítica intacta, a la inspectora no le queda más remedio que admitir que es posible que, en lo relativo a la suerte, haya un plano intermedio. Un estadio que podría funcionar de engranaje entre lo venturoso y lo empírico, una caprichosa entelequia que sea la culpable de que determinados acontecimientos terminen bien y otros mal.

Y ya.

En el acmé de la reflexión le sobreviene a Sara un ejemplo que le sirve para apuntalar la teoría. Un caso tan pintoresco como concluyente que, al carecer de fisuras, forma parte de la sabiduría popular a pesar de que no tuviera conocimiento alguno de ello ni de su protagonista hasta hace unos pocos días.

Fue Patricio Matesanz quien le habló de él.

Del enano.

Y no uno cualquiera, no. Uno que, sin saber cómo ni por qué, durante una deposición en apariencia rutinaria terminó defecándose en la mano. La naturaleza inconformista de Sara Robles y, por supuesto, su deformación profesional, la invitan a formularse una cuestión: ¿Determina para algo el tamaño del sujeto en el hecho de mancharse una extremidad con sus propias heces? Está claro que no. Sin embargo, que su altura no influya en el resultado, *ergo,* que sea circunstancial, no altera la situación en la que se encuentra: con su diminuta mano manchada de mierda.

Y ahí, precisamente ahí, encontró Sara el quid de la cuestión: lo circunstancial no suele determinar el resultado pero puede terminar siendo una mierda. Es decir, una desgracia.

Una desgracia como la que le ocurrió al enano, que fue a cagar y se cagó en la mano.

Una desgracia como la que le acaba de ocurrir a ella.

A no ser que no considere como tal morir antes de tiempo y admita de una vez por todas que a la suerte y a la muerte tan solo les diferencia una letra.

Algunos días antes de que sus constantes
vitales dejen de ser constantes y estén
a punto de dejar de ser vitales.

COSAS DEL OFICIO

Plaza Tenerías, 12
Valladolid
11 de mayo de 2019

Le bastó con interpretar las crispadas facciones de los dos agentes que custodiaban la entrada a la vivienda para saber que sus planes del sábado, y casi con total seguridad los del resto del fin de semana, acababan de irse a la basura. En concreto al contenedor de buenas intenciones no retornables.

Cosas del oficio.

Y era una verdadera pena, porque el tal Juanjo que había conocido en el Zero Café funcionaba bastante bien. Rozando el notable, valoración nada fácil de alcanzar en su cada vez más exigente escalado de puntuación. De hecho, la más inesperada que inoportuna llamada de Álvaro Peteira la había pillado vistiéndose a hurtadillas en completo silencio para no despertar a su particular Vello Durmiente —no por guapo, sino por peludo—. Sara odiaba esas pegajosas despedidas en las que se producía el obligado intercambio de números de teléfono, como si se tratara de un certificado de satisfacción forzoso tras un espontáneo intercambio de fluidos. Por eso, queriendo evitarlo a toda costa, se vio obligada a cortar de inmediato al subinspector en cuanto le escuchó decir que tenían «un cirio del carallo bendito». No era el gallego de los que solían exagerar, más bien al contrario, y menos aún cuando le tocaba a él estar de guardia. Así las cosas, Sara Robles zanjó el asunto susurrándole que le pasara la ubicación, y, al desviar la mirada hacia la cama y comprobar que el titular de la misma la estaba observando con higiénica expresión, compuso una muy afectuosa sonrisa y se largó.

De poco le habían servido las nueve sesiones que acumulaba con su terapeuta en un poco convencido intento de controlar lo que la doctora Hernández Revilla había denominado hipersexualidad y que el resto del planeta conocía como adicción al sexo. El habitual sentimiento de culpabilidad apareció justo en el momento que se ponía el cinturón de seguridad de su Mini Cooper de segunda mano; sin embargo, antes de arrancar ya le había lanzado unas cuantas piedras mentales con el propósito de lapidarlo. De camino canceló vía WhatsApp las dos visitas que tenía programadas esa mañana con una agente inmobiliaria. Por mucho cirio que fuera, confiaba en encontrar un hueco durante la semana para continuar con la búsqueda y captura de un lugar mejor para vivir que su diminuto apartamento de la calle Torrecilla, repleto de recuerdos que borrar. Había visto muchos pisos, pero solo uno le había gustado. Estaba en el número 3 de la calle San Felipe, a dos minutos de la plaza Mayor y a un máximo de cinco de cualquier lugar interesante. Recién reformado, bien distribuido, luminoso, techos altos y sin amueblar. Cocina totalmente equipada, electrodomésticos a estrenar, salón amplio, tres habitaciones y dos baños. Al estar ubicado en una calle peatonal era silencioso como la biblioteca de un convento de clausura y desde la ventana del salón tenía una vista estupenda de la torre de la catedral. Todo le convencía, pero, en verdad, lo que sucedía era que se había encaprichado de algo que había deseado tener desde siempre: un altillo. Pero no uno cualquiera, no, uno como ese, que recorría todo el pasillo y que tenía acceso desde dos de las habitaciones y desde el salón. Allí podría meter esas cosas que tanto le estorbaban pero de las que no sabía cómo deshacerse. El problema, y no era uno menor, era el precio. Setecientos cincuenta euros al mes, doscientos por encima de su límite máximo de presupuesto.

Inasumible.

—Buenos días, inspectora —le saludó uno de los uniformados dando un pertinente paso lateral.

—Buenos días —contestó Sara al tiempo que se fijaba en los rastros de sangre visibles en el suelo del recibidor. Un reguero de gotas de escaso diámetro y con signos de esparcimiento.

Una nutrida y variada colección de bastones bien colocada dentro un paragüero captó su atención antes de que la vista se le desviara hacia un bolso con la cremallera abierta que colgaba de un perchero de pared. Al lado, la sempiterna caja de cartón de la Policía Científica con las calzas y los guantes a modo de autoservicio. Tras ajustárselos, se dejó guiar por su sistema auditivo, detectando mayor intensidad de murmullos en el salón. Buscaba las facciones de Peteira, pero las primeras que reconoció fueron las de Patricio Matesanz, el otro subinspector del grupo de Homicidios y el más veterano de sus miembros. Estático y en cuclillas, tenía la mirada fija en un punto de la pared opuesta al mueble de la televisión. Sara se aproximó, evitando pisar la abundante siembra de testigos amarillos. Aguardó a que su presencia sacara del trance a su compañero mientras hacía un primer barrido visual de la estancia. En su bloc de notas mentales anotó manifiestas señales de caos en un hábitat claramente dominado por el orden. Se estaba preguntando qué demonios hacía un bastón apoyado en el radiador bajo la ventana, cuando Matesanz se incorporó.

—No va a resultar sencillo —dictaminó con un gesto de contrariedad—. Hay sangre por toda la casa, pero estas manchas...

—Señales de transferencia de las manos —completó ella al ver que se alargaban demasiado los puntos suspensivos.

—Sí, eso es evidente. Se apoyó justo ahí para desenchufar el humidificador —señaló—. Lo que no entiendo es por qué. ¿Has entrado en la cocina y el baño?

—No.

—En mi pueblo hacemos la matanza con más cuidado. En el salón también hay, pero menos.

—¿Podrías ponerme en situación?

El subinspector se quitó los guantes y se frotó la barba. Apenas sobrevivían algunos focos de bruna resistencia de lo que un día fue un territorio de oscura frondosidad. La conquista canosa hacía tiempo que se había hecho con la totalidad de la cabeza, acontecimiento que se había convertido en objeto de mofa recurrente entre sus compañeros.

Patricio Matesanz cerró el puño y se dio varios golpecitos en los labios antes de hablar.

—El sobrino llamó al 112 sobre las nueve de la mañana. Parece ser que hacía un par de días que no tenía noticias de ella, por lo que vino directamente y se encontró con el percal. Al ver cómo estaba la casa de revuelta y..., así —definió con un ademán del brazo la abundante presencia de sangre—, llamó a emergencias y mientras hablaba encontró a la mujer, muerta, en la bañera. Antonia Puente de la Cruz. Setenta y pocos. Los datos concretos los tiene Peteira. Que hayamos visto, tiene una herida seria en la parte superior de la cabeza —se señaló—, pero podría haber más. La puerta no está forzada, y entrar por las ventanas, a esta altura, es imposible. Quien fuera que lo hizo tenía llaves. No sabemos qué falta, si es que se han llevado algo. Ah, y un detallito que se me olvidaba: la familia tenía contratada a una mujer boliviana que le limpiaba, planchaba y le hacía la compra. Estamos tratando de localizarla. Y hasta aquí —zanjó.

—¿Los vecinos?

—Poca cosa. Al de abajo no lo hemos localizado.

—¿Dónde está el sobrino?

—En el despacho, parlamentando con Peteira.

—¿Y se llama?

—Alfredo, creo. Los de la bata blanca están terminando de documentarlo todo, pero hay mandanga para dar y regalar. En la cocina ya han terminado. Vamos si quieres.

—Quiero.

Matesanz se hizo a un lado para que pudiera contemplar el panorama.

—Pero..., ¿qué coño? —masculló Sara desde el pasillo. Sus cejas bien perfiladas se mantuvieron unos segundos en alto.

Sangre y desorden en ecuánime proporción. Pocas acumulaciones y muchos signos de esparcimiento, escurrimiento y salpicaduras. Decenas de testigos emergían de cualquier plano horizontal como setas en temporada de lluvias. Podría decirse que no había nada que estuviera en su sitio. Utensilios de cocina, cubertería y menaje parecían haber combatido entre sí por imponerse en el caos reinante; y sin embargo no fue eso lo que más le llamó la atención.

—Eso no está ahí por casualidad —sentenció ella señalando unos folletos comerciales esparcidos por el suelo.

—Eso creo yo —corroboró más prudente Matesanz—. Alguien los ha puesto ahí para no manchar.

—Pues no lo logró. ¿La víctima?

El subinspector se encogió de hombros.

—Digo yo.

—¿Eso es una blusa?

—Sí. Trató de limpiar con ella la vitrocerámica. ¿Ves las manchas? La impregnación está en la parte inferior. Y estas gotas de aquí —señaló—, por su forma y diámetro, diría que han impactado desde poca altura. Sin embargo, las del suelo son más imperfectas y con satélites a su alrededor, lo cual indica mayor altura.

—¿Y todas estas de la pared? ¿Proyecciones de arma blanca?

—No lo creo. Más bien de las manos. Ninguno de esos cuchillos es el arma que buscamos, y a no ser que el forense vea algo más cuando examine el cuerpo, apostaría a que la única lesión que vamos a encontrar es la que tiene en la cabeza. Diría que la mujer entró aquí ya herida y desorientada, taponándose la brecha con las manos. Quizá estuviera buscando algo para cortar la hemorragia —conjeturó—. Al moverse de modo errático de un sitio a otro lo pintó todo. Tocó hasta la tostadora, ¿ves? ¿Qué sentido tiene? Ninguno.

—¿Podría tratarse de un accidente?

—Podría, jefa, pero no lo creo, ahora verás por qué.

En el pasillo se cruzaron con un agente de la científica, cámara en mano.

—Ángel, intenta, por lo que más quieras, no hacer un millón de fotos. Con dos mil o tres mil nos vale —le dijo Matesanz con causticidad.

—Ya conoces a Salcedo: detalles, detalles, detalles.

—Pues dile a tu jefe que esos detalles, detalles, detalles, a nosotros nos suponen horas, horas y horas mirando la maldita pantalla del ordenador. Filtrad un poco, machote.

—Lo que tú digas —esquivó el otro.

—Este es el dormitorio principal. Hay una habitación más y un despacho. La señora vivía sola. Viuda desde hacía tiempo. ¿Qué ves? —le preguntó.

—Orden.

—Así es. Estaba preparándose para meterse en la cama. Mi madre también lo hacía así, retirando la sábana y la colcha para luego doblarlas de este modo —señaló—, como un sobre. Hay algunas gotas de sangre, ahí y más allá, pero, si te fijas bien, lo único que está manchado es el radiador.

Sara se volvió hacia él.

—Antes he visto que había un bastón apoyado en el del salón.

—Sí, todos están manchados. Pérdida de sangre, bajada de temperatura. Quizá por ello se empeñó en desenchufar el humidificador, quién sabe. Al margen, ¿no ves nada extraño?

Sara Robles dedicó unos instantes a examinar su entorno.

—Las puertas del armario están abiertas. Y no hay sangre en los tiradores —comprobó aproximándose—. Y la silla, por supuesto.

—¡Ahí estamos! ¡¿Qué coño hace ahí una silla del salón?!

—Alguien la usó para llegar al altillo.

—Alguien que no fue la víctima —precisó él—. Por la colección de bastones y la edad, debemos pensar que la señora tenía serios problemas de movilidad.

Matesanz dio un par de pasos atrás para ganar perspectiva.

—Todas las baldas están perfectamente ordenadas, ¿ves? Pero la parte de arriba a la derecha está algo revuelta y, justo ahí, hemos encontrado abierta una pequeña caja de caudales con doscientos y pico euros en efectivo. La llave estaba puesta.

—Una fortuna —comentó la inspectora mientras comprobaba que en el interior de los cajones del armario también reinaba el orden. Luego hizo lo mismo con los de la mesilla.

—No sabemos si había más.

—Ya. ¿Y si la pobre mujer trató de subirse a la silla, se cayó y se dio un golpe en la cabeza? —probó Sara.

—Todavía no sé dónde empezó todo, pero te aseguro que no fue aquí. Los pomos están limpios —señaló—. Alguien que no tenía las manos manchadas de sangre abrió las puertas de los armarios y colocó ahí la silla para llegar a la caja de caudales.

—¿El sobrino?

—O la asistenta. O la madre superiora. Vete tú a saber.

—¿Y no se llevó el dinero?

—Igual había otra cosa más interesante: joyas, farlopa, o el Santo Grial.

—Me inclino por la farlopa. ¡Vaya! —exclamó ella señalando con el índice hacia la parte inferior del otro módulo.

—Tócate las pelotas —calificó él cuando identificó el objeto.

Un agrietado «buenos días» desde la puerta de entrada anunciaba la llegada del forense.

—Es Villamil —identificó Matesanz.

—¿Viene silbando?

—Lo de Celia le ha cambiado la vida.

Sara frunció el ceño.

—Su nieta —desveló él.

—Ah, no sabía.

—El otro día trajo unos dulces al Grupo.

—Sí, ya recuerdo, pero estaría a lo mío porque no me enteré.

—Eso sería —dijo con indiferencia antes de salir al encuentro del nuevo abuelo.

La inspectora permaneció unos instantes barruntando que quizá tuvieran razón aquellos que la tildaban de fría y distante con los compañeros. El efusivo saludo de Villamil la sacó del trance.

—Bueno, ¿nos metemos en harina o qué? ¿Dónde tenemos al cliente?

—En el baño —contestó Matesanz.

—Pues venga, que he quedado para comer. Ya he pasado por la cocina: dantesco.

—Sí, pues ahora verás qué Cristo tenemos.

Sara Robles cerraba la comitiva.

—¡La madre que me parió! —exclamó el forense.

La opacidad morfológica de los dos hombres, parados bajo el quicio de la puerta, impedía la visión de la inspectora. No fue hasta que Villamil se aproximó a la bañera cuando pudo comprobar que, en efecto, Matesanz no exageraba. Como si allí dentro hubiera descargado de forma heterogénea un aguacero de sangre, no quedaba un metro cuadrado de superficie sin salpicaduras rojas. El bidé había sido el más agraciado en el reparto y dos depósitos ya coagulados parecían derrames de pintura color burdeos.

La inspectora Robles examinaba el lugar mientras Matesanz informaba al recién llegado. Villamil, despojado de cualquier atisbo de jovialidad, escuchaba al tiempo que se enfundaba los guantes sin despegar la vista del cadáver. La anciana permanecía en posición fetal, parcialmente sumergida en el agua y recostada sobre su lado izquierdo, como si se dispusiera a conciliar el sueño. Vestía un camisón de raso color hueso y el pelo, apelmazado, le cubría buena parte del rostro.

—¿Templada? —se extrañó Villamil al introducir la mano en el agua—. ¿Cómo puede estar aún templada?

—Cuando llegamos estaba hirviendo —aportó Matesanz—. En concreto a cuarenta y cinco grados según la medición de la Científica.

—¿Corría el agua? —quiso saber la inspectora.

—No, pero aún había vaho y eso que la puerta estaba entreabierta.

—¿Y la luz?

Matesanz frunció el ceño.

—No entiendo.

—Si estaba encendida o apagada.

Este hurgó en sus recuerdos.

—Encendida no estaba, no.

—Pues a simple vista, por la rigidez cadavérica —dijo manipulando una pierna—, lleva muerta más de seis horas con total seguridad.

—Tiene que haber sido el sobrino.

—Él jura y perjura que no. Que no ha tocado nada de nada.

—No puede ser —se opuso la inspectora Robles—. Si había vaho es porque cuando él ha llegado aún estaba saliendo agua caliente, y no se ha desbordado porque el sumidero está solo medio tapado por el cuerpo y algo tragaba, ¿veis? Si ocurrió hace más de seis horas era de noche, por lo que, o bien alguien la metió en la bañera o lo hizo ella misma, pero, pasara lo que pasara, no pasó a oscuras.

—Sí, estoy de acuerdo —opinó el subinspector.

—Eso explicaría el molde de adipociria que se aprecia en manos y pies.

Sara Robles y Patricio Matesanz cruzaron interrogantes.

—Esa especie de guante de cera que le recubre la mano —dijo agarrando la extremidad—. La teoría dice que es un proceso *post mortem* que se presenta a partir de los treinta días del fallecimiento, pero se acelera bajo condiciones de alta temperatura y humedad. Y más aún en personas con un porcentaje elevado de grasa corporal como es el caso. Tendría que abrir para certificar la causa de la muerte, pero, como decía Sancho, me juego tu pensión a que esta pobre mujer ha muerto debido a la exanguinación.

Sara Robles intentó ocultar el desconcierto que le provocó escuchar ese nombre. Hacía al menos un par de semanas que no pensaba en él. Un logro. Los casi tres años con el pelirrojo habían supuesto su récord de duración en pareja y, sin estar del todo segura, pudiera ser que se tratara de la persona con la que más intensamente había conseguido conectar. Por eso le estaba costando tanto superar la ruptura, a pesar de que fuera ella la que se vio forzada a tomar la decisión.

La distancia.

La maldita distancia.

Ramiro Sancho había sucumbido al poder de sugestión del inspector general Makila en febrero de 2014, pasando a formar parte de una unidad de la Interpol de nombre imposible de recordar que luchaba contra el tráfico de personas. Los mil cien kilómetros que separaban Valladolid de Lyon no resultaban un impedimento para que se vieran con cierta asiduidad gracias a la libertad de movimientos de la que él gozaba, y el primer año de relación lo salvaron con notable alto. Acordaron no hacer pública la relación, pero terminó estando en boca de todos en cuanto alguien de comisaría los vio juntos en una tesitura que iba más allá de lo profesional. No era la situación ideal, pero lo sobrellevaban. Los problemas, los de verdad, empezaron a surgir cuando Sancho se vio envuelto en una operación que le obligaba a trasladarse a algún lugar remoto del planeta durante semanas. Sara no lo llevaba bien. Nada bien. La incertidumbre, aliada con la soledad, le carcomía el alma. Los reencuentros eran más que calurosos, cierto, pero, cuando la apasionada actividad sexual dejó de compensar las ausencias, apareció la indiferencia. Y no hay mayor cáncer para una relación a distancia que la apatía. Aguantaron lo que pudieron, más por inercia que por convicción, hasta que un aburrido domingo de otoño se convirtió en el último domingo de otoño aburrido que pasaron juntos.

—¿Lo ve, inspectora?

La pregunta de Villamil le hizo regresar al presente.

—¿El qué?

—Coño, la herida.

En algún momento durante el cual ella había estado solo de cuerpo presente, el forense había apartado el cabello de la víctima para estudiar la lesión.

—Tiene unos cuatro centímetros de largo y la profundidad suficiente como para alcanzar el plexo subcutáneo, provocando la pérdida masiva de sangre. Por el aplastamiento de los bordes y su forma alargada rematada en punta en ambos extremos, me atrevería a decir que es de origen contusa. Un buen golpe con un objeto no punzante ni cortante —resumió—. Esto iría acompañado de algún tipo de traumatismo que podría haberle provocado mareos o incluso la pérdida de consciencia. Dicho esto, en ningún caso se trataría de una herida mortal, por lo que vamos a tener que sacar el cuerpo para examinarlo detenidamente. A simple vista no se observa ninguna otra lesión de gravedad. ¿Hay algún lugar de la casa por el que hayan pasado los chicos de Salcedo y que no parezca un matadero? —quiso saber el galeno.

—El despacho está casi impoluto, pero ahí tenemos al sobrino, de cháchara con Peteira. Vamos al dormitorio principal —propuso Matesanz.

—Yo voy a hablar con el sobrino, a ver si nos despeja esas incógnitas —dijo Sara.

—Al final del pasillo a la derecha —le indicó este.

No se percató de lo mucho que deseaba salir de aquel baño hasta que se vio fuera. Tocó dos veces la puerta antes de entrar. Sentado en una silla de madera mil veces barnizada con las manos sobre el regazo y las piernas cruzadas, un hombre de mediana edad y mimbres de monaguillo frustrado levantó la cabeza. De los dos segundos que duró el cruce de miradas, a Sara le sobró uno para saber que tras esa forzada expresión compungida no había dolor.

Había temor.

En algún lugar del subsuelo de Valladolid

Comprobó la hora y escupió con denuedo para librarse de las partículas de polvo y arena que le tapizaban el interior de la boca. El cabronazo de Charlie llegaba tarde. Otra vez. A falta de hacer la comprobación, estaba casi seguro de que había avanzado y consolidado, los seis metros que le tocaban en su turno de ocho horas. Con la lanza térmica todo era más sencillo. Él, todo un clásico en el arte de la excavación, estaba más acostumbrado a usar el martillo percutor para perforar la tierra en galerías como aquella, de un metro y medio de diámetro, pero las instrucciones que les habían dado no dejaban espacio alguno a la discusión: una vez que enlazaran con el pasadizo no podían utilizar ninguna herramienta que hiciera saltar la alarma antisísmica del museo.

Se aguantaban hasta los pedos, por si acaso.

Utilizar esa especie de soplete gigantesco era como hundir un cuchillo en la mantequilla. No había sección vertical que les presentara oposición y en apenas unos segundos conseguía romper la estructura de lo que tuviera enfrente. Luego, eso sí, pico y pala. Si hubieran contado con más gente para desescombrar, habrían terminado el encargo en la mitad de tiempo y ya tendría los ciento ochenta mil euros en el bolsillo. Bueno, quizá algunos miles menos como consecuencia de la fiesta que pensaba meterse en el cuerpo tan pronto como el moro narigudo de ojos verdes le diera lo suyo. Ciento ochenta mil euros en dos semanas, lo mismo que había ganado jugándose la vida los cuatro últimos años en el pozo de Aller —horas extra incluidas— para que alguien encorbatado tras una bonita mesa de despacho de Madrid o de Bruselas decidiera que eso de extraer carbón ya no era negocio. Trescientos veinticinco trabajadores a la calle, trescientas veinticinco familias sin sustento como tantas otras que lo habían ido perdiendo todo a lo largo de las décadas anteriores. Más de cien mil toneladas de carbón ya no eran suficientes porque, como rezaba el dicho de su tierra: «Algunos quieren el güivu y la poneora».

Hermano, hijo y nieto de mineros, Raimundo Trapiello Díaz, más conocido como Rai, se vio de brazos cruzados en su casa de Langreo el primer día del año 2019. Con casi treinta años de oficio en sus pulmones, había pasado por todos los puestos que podían ocuparse bajo tierra. De guaje, con dieciocho recién cumplidos, empezó de pinche picador cobrando ciento veintiocho mil pesetas al mes, y a los veinte ya podía desempeñarse como cargador, caballista, vagonero o ayudante de asentista si era necesario. Con treinta y pocos había pasado por ocho pozos e incorporado a su catálogo de habilidades las de rampero y barrenero, aunque él se consideraba un picador de primera. Pocos como Rai eran capaces de hacer avanzar el frente a ese ritmo, arrancando capas y capas de carbón, posteando, apuntalando y consolidando la galería para evitar accidentes. Sudando negro durante horas para ganarse un jornal que le permitiera pagar sus tragos y los de sus camaradas en la cantina de la aldea más cercana. Por suerte, Rai no tenía familia. Con veinticuatro había estado a punto de casarse con Cristina, pero la quería demasiado para regalarle la misma vida que había tenido su madre. Una vida de incertidumbre perpetua, encomendándose a los santos del cielo para que su marido no fuera uno de esos que no volvían a ver la luz del día. Más de cinco mil habían muerto excavando aquella laberíntica red de túneles, galerías y pozos en las entrañas de Asturias, y raro era el año que no tenía que acudir a cuatro o cinco entierros en las distintas poblaciones que conformaban las cuencas del Nalón o del Caudal. No, no era eso lo que quería para Cristina. Y viceversa, a la vista de las circunstancias, porque cuando a ella se le cruzó un abogado con despacho en Oviedo, un tal Pineda, no se lo pensó y se largó de Mieres para no volver jamás. Luego tuvo otras novias, pero ninguna estaba dispuesta a hipotecar su futuro con alguien que se pasaba más tiempo bajo tierra que bajo las sábanas. De este modo, con cuarenta y siete recién cumplidos, prejubilado y con un principio de neumoconiosis de pulmón, se le presentó una oportunidad a la que no podía dar la espalda. Aquel día se había acercado a la Foz de Morcín a ver qué se cocía en las fiestas de San Antón, que, como cada 17 de enero, atraían a un buen montón de paisanos. El Bar Minero lo regentaba Eulalia, una vieja amiga con la que había tenido un par de roces en tiempos pasados, aunque bien era cierto que en el presente pesaban más sus virtudes escanciando sidra que sus habilidades amatorias. A eso de las ocho de la tarde, con más de cuatro litros en el estómago, se le sentó al lado un tipo cuyas facciones no le resultaban familiares, lo cual era francamente extraño. Bajo una única y poblada ceja empequeñecían dos esferas color azabache y se le agrandaba una sonrisa de seductora concavidad. Se expresaba con un acento imposible de encuadrar en el mapa, pero que, desde luego, *de la tierrina non y'era*. En el transcurso de la charla salió el asunto de la ocupación y Rai, lengua engrasada, no tiró ni una vez del freno de mano. Llegando la hora de cenar, el forastero se estiró con media docena de andaricas y un señor cachopo que se salía del plato, todo regado con vino bueno y culminado con varios aguardientes de la casa. Ya tenía decidido pernoctar en la aldea cuando el tipo le contó que era de una pequeña ciudad de Montenegro, que trabajaba para una persona que estaba buscando a un hombre con sus habilidades bajo tierra y que alguien que sabía del paño le había hablado de él. Necesitaban al mejor y su nombre encabezaba un listado de cinco candidatos para realizar un trabajo del que no le dio ningún detalle. En ese momento no supo encuadrar en el mapa dónde demonios estaba Montenegro, pero un sobre que contenía seis mil euros lo convenció para aceptar una nueva cita al día siguiente, esta vez en La Llariega, una sidrería que conocía bien y que estaba a escasos kilómetros de Langreo, saliendo por la comarcal 246. Otros seis mil euros más tarde el montenegrino le desveló que el asunto consistía en excavar un túnel junto a otro especialista a través del cual pretendían acceder al interior de un edificio. Nada más. Solo excavar. Dieciocho mil euros por adelantado y ciento sesenta y dos mil al final. Igual que le pasaba con la geografía política y física, Rai nunca había sido bueno con los números; sin embargo, le alcanzaba para saber que le estaba ofreciendo treinta millones de pesetas por un curro de dos semanas. Tampoco sabía de finanzas, pero semejante suma le valdría para empezar de cero en algún sitio de sol y playa donde hablaran su idioma, aunque fuera con distinto acento.

Tuvieron que pasar tres semanas para que se vieran otra vez. Fue en Madrid, en un bar del castizo barrio de Lavapiés, donde el tipo se personó con quien iba a ser su pareja de baile subterránea. Enjuto, fibroso y con la dentadura más caótica que había visto jamás, el hombre, que no levantaba más de metro y medio, se agigantó mostrando sus conocimientos sobre la red de alcantarillado. A pesar de que ninguno lo verbalizó, Rai intuyó con acierto que el fulano al que le acababa de presentar bajo el nombre de señor Pixie había sido pocero en otra vida. Desde ese momento él era el señor Dixie, y nada más debían conocer el uno del otro por orden expresa del pagador, a quien debían ambos referirse como señor Jinks. Una soberana estupidez que Rai no alcanzaba a entender, aunque con otros seis mil en el zurrón poco o nada le importó adoptar ese nombre tan absurdo. Una vez confirmada su participación, el de Montenegro, ahora señor Jinks, les proporcionó información detallada relacionada con su intervención en el golpe. Sobre el plano —nunca mejor dicho—, no parecía demasiado complejo ni peligroso, y con la promesa de que la pareja de roedores no tendría que participar en el atraco, rebañaron la bandeja de carne del cocido y se estrecharon las manos con una fecha fijada en el calendario y un lugar: 20 de abril, en Valladolid.

El olor a tabaco precedió la llegada de su compañero, el señor Pixie.

—Bah, tenía la esperanza de que ya hubieras sacado toda la veta. Me toca pringar, joder —protestó este.

—Ya, cabrón, por eso viniste tarde. Y fumando otra vez. Estamos a un par de metros y te la sigues jugando.

—Llego tarde porque he tenido que entrar por la ruta larga. El colector bajaba cargadito y si fumo es solo para evitar terminar echando la pota. ¡Puto asco!

La marcada pronunciación de la «s» antes de la «q» como una «j» denotaba su acento castizo madrileño.

—Después de tantos años ya deberías estar acostumbrado, vamos digo yo.

—Dices tú... A la mierda flotante no hay dios que se acostumbre, Raimundicia.

Así lo llamaba. Tras dieciocho jornadas de trabajo ininterrumpidas bajo el asfalto, saltándose la norma impuesta por el pagador, apenas si quedaban secretos entre Carlos Antonio Belmonte Camargo y Raimundo Trapiello Díaz.

Charlie, natural de Carabanchel Alto y pocero de profesión. De carácter barbián y humor afilado, se movía por las cloacas como si fuera su hábitat natural y, como él mismo aseguraba, conocía más capitales de España por abajo que por arriba. Asalariado de una empresa que ofrecía servicios de pocería en todo el ámbito nacional, estuvo una década al mando de una cuadrilla que recorría el país trabajando para las entidades públicas o privadas que solicitaban sus servicios. Una de las once ciudades por las que había pasado era Valladolid, en concreto durante un verano sofocante del 2014 en el que los servicios municipales los contrataron para ayudar en las labores de limpieza y saneamiento de la vetusta red de alcantarillado de los barrios de la Rondilla y las Delicias. Algunos meses más tarde se produjo un sañudo enfrentamiento con uno de los hijos del dueño, disputa que se saldó con un despido disciplinario que el Juzgado de lo Social consideró procedente, provocando que sus treinta y cuatro años de antigüedad tuvieran el mismo valor que los excrementos con los que había convivido la mayor parte de su vida laboral. Sus cincuenta y tres tacos eran una losa demasiado pesada, más aún si tu única experiencia se circunscribe a la escasamente valorada disciplina de la pocería y, más aún, si tus antiguos jefes se han empeñado en cerrarte las puertas de otras empresas del sector. Así que, cuando se le agotó el paro, Charlie buscó la forma de ganarse la vida haciendo valer sus aptitudes en otra disciplina mucho mejor valorada: el robo de bancos. Y si había una red de alcantarillado que conociera como la palma de su mano, esa era la del barrio de Salamanca de Madrid. Su objetivo eran sucursales con sótano y que fueran accesibles con solo tirar un tabique. El éxito solo dependía de calcular bien el punto de acceso y contar con las herramientas necesarias, tanto humanas como mecánicas. Tres socios de fiar, martillos neumáticos ligeros, linternas potentes con autonomía prolongada y una lanza térmica para la caja le sirvieron para hacerse con un botín de más de trescientos cuarenta mil euros en cinco asaltos, de los cuales dos resultaron fallidos. Los asaltos siempre los perpetraban los domingos, por lo que la policía los bautizó como «Los butroneros domingueros». Su historial terminó el día que la exmujer de uno de sus socios puso a la Nacional sobre la pista de la banda y, un Domingo de Ramos que iban a entrar en una sucursal de Bankia, los trincaron con todo el equipo. Los nueve años que pedía la fiscalía se quedaron en tres y medio al considerar su señoría el atenuante de no haber usado la violencia —ni siquiera les pudieron imputar el cargo de tenencia ilícita de armas— y, cómo no, el arrepentimiento mostrado tras devolver buena parte del botín. Treinta meses después salía del Centro Penitenciario Madrid VI de Aranjuez con la lección aprendida: no más socios con exparejas celosas.

—Ale, «Carlisto», déjote aquí los telares.

—Ya veo que estás de mal café, porque te ha salido otra vez el bable de lo más profundo de tus entrañas.

El pocero apuró el cigarro, lo apagó contra la pared y se metió la colilla en el bolsillo del mono en cuya parte de atrás se podía leer «Aquavall». Luego agarró un espray de color blanco, lo agitó y trazó una línea marcando el punto en el que había quedado el avance.

—Por lo menos reparte estos escombros por ahí, ¿no?

—Pensaba hacerlo, estate tranquilo —contestó el asturiano cambiando la última «o» por una «u».

—¿Y cuánto dices que falta para empezar a subir?

—No lo dije. Calculo que un par de metros como mucho. Recuerda que el ángulo de la acometida tiene que ser de unos cuarenta y cinco grados y que hay que ensanchar el agujero al menos medio metro de diámetro para que pueda yo encajar las cuñas, ¿oíste?

El otro resopló. Su trabajo había consistido principalmente en localizar lo que llamaba las tapas blancas, es decir, accesos externos, bien de saneamiento o de telecomunicaciones, desde los que sumergirse en la red de alcantarillado que estaba conectada con el punto cero —como habían denominado al lugar en el que tenían que empezar a cavar—. Tras varias prospecciones tanto por encima como por debajo del asfalto, Charlie marcó dieciséis en el plano, las cuales clasificaba del uno al cinco según el riesgo que se asumía al utilizarlas. Tres de ellas eran de máximo nivel y, por tanto, inutilizables, y la de mínima puntuación, la que el pocero premiaba con el galardón de la Purísima, era para una tapa localizada en la calle Sinagoga. Cumplía los cuatro requisitos: ubicación en una zona muy poco transitada, poco visible desde las viviendas aledañas, fuera del rango de cualquier cámara y sin posibilidad de ser taponada.

—Escucha, socio: ¿sería mucho pedir que te quedaras aquí conmigo un par de horas en lo que llego a la cota y me enseñaras a picar para arriba? Nunca lo he hecho y no quiero cagarla ahora. Yo luego hago otras diez horitas seguidas y listo.

Rai se frotó la cara. Le escocían los ojos, pero sobre todo el cuerpo le pedía respirar aire fresco.

—A mi linterna no le quedará más de una hora de vida —objetó tímidamente dando golpecitos a la lámpara led de ciento ochenta lúmenes que tenía en la frente.

—Con la mía y una de las de mano nos vale, no me pongas excusas baratas.

El otro dejó pasar unos segundos y asintió.

—Muy bien, pero me voy a sentar aquí durante el tiempo que tú haces esos dos metros que faltan, ¡¿oíste, cabrón?!

—Oí, oí —se mofó al tiempo que se bajaba la pantalla abatible de la máscara de seguridad y se ajustaba los guantes—. ¿Cuándo has cambiado las varillas?

—Están nuevas. Agarra el cosu y tira de una vez, ho.

El otro se rio. Mientras Charlie calentaba el extremo de la lanza térmica con el soplete, Rai se sentó en el suelo y adaptó la espalda a la imperfecta verticalidad de la pared del túnel.

—¡Al lío! —dijo el madrileño antes de abrir la espita de la bombona de oxígeno para provocar la ignición. Los cuatro mil doscientos grados centígrados hicieron que el tubo de hierro penetrara en la argamasa fácilmente. Magia negra. Algo más tarde, Charlie cortaba de manera repentina el flujo de combustible y dejaba la herramienta en el suelo.

—¡Me cago en mi santo padre! —protestó tras quitarse la máscara y darse cuenta del desaguisado.

—¡¿Qué coño pasó?! —se interesó Rai.

—Creo que la hemos cagado bien cagada.

Plaza Tenerías, 12

—Buenos días, señor...

—Puente, pero no tengo nada que ver con el alcalde —dijo en un torpe intento de ser gracioso.

Sara se fijó en que tenía el pelo muy negro y brillante, que no limpio, y una densa gota de sudor descendía lentamente por su sien dejándose arrastrar por la gravedad.

—Soy la inspectora Robles, jefa del Grupo de Homicidios de Valladolid. Siento su pérdida.

—Gracias. Todavía no me lo puedo creer.

—Es lógico. Si me disculpa, voy a charlar con mi compañero y enseguida estoy con usted. ¿Necesita algo?

—No, nada. Gracias —repitió.

Álvaro Peteira cerró la puerta con suavidad y ambos se alejaron unos metros. Ella elevó las cejas, ademán que equivalía a un «te escucho».

—No sé. Por una parte me parece un pardillo de los que nacen, crecen, se reproducen y mueren pardillos, pero por otra me da la sensación de que no me contó la verdad.

—¿Sigue insistiendo en que él no ha tocado nada?

El subinspector asintió.

—¿Y qué hizo desde que llamó hasta que se presentaron los de Seguridad Ciudadana?

—Esperar sentado en el sofá del salón. Tardaron menos de seis minutos.

—Alguien tuvo que cortar el grifo, ¿estamos seguros de que no hemos sido nosotros?

—Los uniformados dicen que no. Había mucho vaho cuando entraron en el baño, pero ya no salía agua.

—¿Y la luz del baño?

—Estaba apagada que yo recuerde. Sí, apagada —se refrendó.

—Vale. ¿Le has preguntado si entró en el dormitorio principal?

—No me hizo falta. Ha insistido en que después de dar el aviso fue al salón y se sentó a esperar.

—Entendido. Vamos a cerciorarnos.

Los dos agentes conversaban sobre el partido que el Real Valladolid debía disputar al día siguiente en Vallecas, donde se jugaba buena parte de sus opciones de permanencia en primera división.

Jorge amusgó los ojos antes de contestar a la pregunta de la inspectora.

—No, la puerta estaba cerrada. Llamamos y nos abrió él.

—¿Cuánto dirías que tardó?

Los policías intercambiaron miradas.

—No sé, unos segundos —respondió el otro.

—Sí, pero ¿cinco o veinte?

—No fueron cinco, eso seguro, porque llamamos dos veces.

—Vale. Eso quería yo saber. El grifo del agua caliente estaba apagado y la luz del baño también, ¿verdad?

—Así es.

—Bien. Gracias. Vamos a ver qué me dice el sobrino. ¿Alfredo o Alberto?

—Alfredo.

Este se estremeció en cuanto regresaron al despacho.

—No le robaré demasiado tiempo, señor Puente, pero hay algunos puntos que necesito aclarar. Voy directa al grano. Dígame: ¿desde dónde hizo la llamada al 112?

—Desde mi teléfono móvil —contestó sorprendido.

—No, me refiero al lugar de la casa.

—Ah, vale. Desde el salón, creo.

—¿Podría asegurarse?

Alfredo Puente se lo pensó.

—Sí, creo que sí.

—Perfecto. Entonces usted entró en la casa, y...

—Se lo he contado antes a él: me asusté mucho al ver tanta sangre por todos los lados. Miré en el salón, la cocina, y al entrar en el baño... ¡Dios! Enseguida volví al salón e hice la llamada.

—¿Cuánto tiempo diría que transcurrió hasta que se presentaron aquí?

—Eso lo sabrán ustedes con precisión, ¿no?

—En efecto, pero se lo estoy preguntando a usted. Conteste, por favor.

—Muy poco, diría que menos de cinco minutos.

—¿Y qué hizo en ese lapso de tiempo?

—Nada. Esperar.

—¿Permaneció todo el tiempo ahí sentado?

—Sí, no me moví. Estaba muy asustado.

—Lo comprendo.

—¿Y qué le pasó por la cabeza? ¿Lo recuerda?

El interrogado frunció el ceño.

—Pensé en avisar a mi prima Isabel, pero al final no lo hice.

—¿Por qué?

—Supongo que no tuve fuerzas para hacerlo.

—No, me refiero a por qué le vino a la cabeza su prima Isabel. ¿Mantenía algún tipo de relación con su tía?

—Para nada. Hace años que no viene a verla, pero supuse que debería avisarla de una cosa así.

—Por supuesto.

Sara Robles se volvió hacia Peteira.

—¿Le hemos tomado muestras del calzado?

—Sí, claro, pero no estaban manchadas de sangre.

—¡¿A qué viene eso ahora?!

—Si se tranquiliza se lo explico. Ha dicho usted que entró en el baño. ¿Hasta dónde entró?

El hombre negó con la cabeza.

—¿Cómo?

—Acaba de decir que miró en el salón y en la cocina, pero que entró en el baño. Y yo quiero saber hasta dónde, porque si no tiene manchadas las suelas de los zapatos significa que solo se acercó a la bañera.

—No lo recuerdo, sinceramente. Quizá hiciera eso que dice, no sé.

—¿La puerta estaba cerrada?

—¡No! —contestó chasqueando los dedos—. ¡De hecho entré por eso, porque vi que salía vaho! Sí, eso es, ya me acuerdo.

—Entonces, todavía debía de estar saliendo agua caliente; sin embargo, cuando llegaron los compañeros, el grifo estaba cerrado. ¿Seguro que no lo cerró usted?

—¡Qué manía! —protestó—. ¡¿Tanta importancia tiene que lo tocara o que no lo tocara?!

—Mucha, créame.

—Pues le digo que si lo hice no me acuerdo de ello.

—¿Ahora duda?

—¡Sí! —chilló—. ¡Estaba en estado de shock, no sé muy bien cómo reaccioné!

—Cálmese, por favor. Si lo hizo tendría todo el sentido del mundo. Solo estamos tratando de reconstruir los hechos. Dejémoslo ahí. ¿Quiere un poco de agua?

—No, estoy bien.

—¿Recuerda haber apagado la luz al salir del baño?

El otro se tomó unos segundos antes de contestar.

—Puede ser. Soy muy maniático con eso. No me gusta ir dejando las luces dadas por toda la casa.

Peteira se sorprendió del cambio de versión, pero no quiso hacer ningún comentario.

—Y de allí al salón —le recordó la inspectora Robles.

—Eso es.

—Acompáñeme, por favor.

—¿Adónde? —quiso saber, alterado.

—Al dormitorio.

Por el camino, la tez del sobrino perdió tres tonalidades.

—Acérquese. ¿Encuentra usted alguna explicación que dé sentido a esto?

—¿A qué?

Sara Robles sonrió con malicia manifiesta.

—A que una señora de más de setenta años con problemas de movilidad arrastre una silla desde el salón, porque esta silla es del comedor del salón —certificó—, para alcanzar algo de la parte superior del armario. Pero más extraño aún es que eso suceda teniendo ahí abajo —señaló— una escalera plegable de aluminio.

El otro frunció los labios componiendo una mueca tan ridícula como delatora.

—Pero ¡¿a mí qué me cuenta?! ¡Lo mismo ha sido la colombiana esa que le limpia en casa de lunes a viernes!

—Es boliviana, pero, fíjese, yo descartaría esa opción. Es de suponer que la asistenta conociera la existencia de la escalera, por lo que no creo que, si quisiera algo de ahí arriba, se fuera al salón a por una silla. No, no lo creo. Y le digo más: al margen del desorden aparente, en las zonas de la casa donde no hay o apenas hay rastros de sangre como son el salón, el despacho y el dormitorio, todo está perfectamente colocado. No he visto ni una sola figurita ni adorno que no esté en su sitio. Igual sucede en armarios y cajones. Ello me invita a pensar que su tía era bastante pulcra y, por tanto, no permitiría que la señora que tiene contratada dejara esto así antes de marcharse. ¿Comprende ahora, señor Puente, que no le encuentre una explicación lógica?

Este se enjugó el sudor que le perlaba la frente.

—¿Conocía usted la existencia de una pequeña caja de caudales?

—No, ni idea —respondió de inmediato.

Tanta inmediatez hizo que Sara Robles emitiera un chasquido con la lengua que no hizo sino incrementar el nerviosismo del interrogado.

—Bien. Ahora le voy a pedir que vacíe sus bolsillos sobre la cama.

El hombre ganó un metro de distancia y puso los brazos en jarra.

—Pero, bueno, ¡¿es que me considera sospechoso de algo?!

—Solo haga lo que le dice, por favor —intervino Peteira conteniendo las ganas de propinarle un papirotazo como los que le daba su abuelo, con la lengua doblada entre los dientes y el nudillo del dedo corazón como ariete.

—¡Es que no hay derecho! ¡No hay derecho! —repitió, engallado, separando las sílabas y elevando en exceso la voz.

—Se equivoca, créame —le corrigió ella equilibrando el tono—. Estamos en medio de una investigación y no solo es nuestro derecho, sino que es nuestra obligación esclarecer las dudas que nos vayan surgiendo, señor Puente. Usted limítese a colaborar.

Este bufó a la vez que agarraba lo que llevaba y vaciaba el contenido de muy mala gana sobre la colcha. Luego sacó el forro por fuera, tiro de la tela y miró fijamente a la inspectora.

—¿Ya está contenta? ¡¿Eh?! ¡¿Ya está contenta?!

—Entrégueme su cartera y haga el favor de retirarse —le indicó Peteira.

Un manojo de llaves, un móvil, algunas monedas y un mechero. Nada reseñable en el billetero que por no tener no tenía más que un billete de cinco euros.

—¿Fuma usted? —le preguntó la inspectora.

—Sí, fumo. ¿Es delito?

—¿Y no lleva tabaco?

—Me lo dejé en el coche.

Sara Robles dejó pasar unos segundos.

—De acuerdo. Ya puede marcharse cuando quiera. Contactaremos con usted en cuanto tengamos alguna novedad de su interés.

El hombre exteriorizó su ofuscación mientras recogía sus pertenencias.

—Tiene que darnos la llave de la vivienda —le informó ella.

—¿Y eso por qué?

—Es el procedimiento.

—¡Me están tratando como a un delincuente sin ningún motivo! Ya veremos cómo termina todo esto.

—Buenos días, señor Puente —le despidió la inspectora—. Acompáñale.

—¡No es necesario!

—Sí, sí que lo es.

Cuando Peteira regresó, Sara Robles estaba contemplando a través de la ventana el lento discurrir de las acetrinadas aguas del Pisuerga.

—Diría que el tipo se cabreó bastante —observó él.

—Que se joda, nos ha mentido a la cara —dijo ella sin girarse.

—Sí, yo también lo creo.

—Llega a la casa y se encuentra con este pandemónium. Busca a su tía, no la encuentra en el salón ni en la cocina, pero entra en el baño porque el vaho que sale por la puerta le llama la atención. Se la encuentra muerta en la bañera, corta el agua caliente y sale apagando la luz. Una manía. Avisa al 112, pero justo entonces se acuerda de algo y se pone a buscarlo. No esperaba que la policía llegara tan pronto. Por eso se le hizo tan corto, porque estaba muy entretenido. No tenía idea de la existencia de la escalera, así que se va al salón, agarra la silla y... Espera, espera. Matesanz me ha dicho que la caja estaba abierta y con la llave puesta, ¿verdad? Ven.

Sara Robles caminó rauda por el pasillo hasta el recibidor.

—Vamos a ver...

La inspectora metió las manos en el bolso que colgaba del perchero y ensanchó la abertura para examinar su interior.

—Está todo revuelto.

—¿Y?

—No me cuadra. Sigo pensando que esa señora era una talibán del orden. No creo que dejara el bolso abierto ni que lo llevara así de alborotado. Antes de ir a por la silla su querido sobrino le hurga en el bolso buscando la llave de la caja, la encuentra, puede que dentro de esta cremallera que también está abierta, y va al armario donde sabe que estaba la caja. Pero está claro que no encuentra lo que pretendía.

—O sí, pero no se lo llevó —conjeturó Peteira.

Sara le golpeó en el hombro.

—¡Claro, joder! Ha podido esconderlo cuando le hemos dejado solo en el despacho.

—Vaya, me parece que aún nos queda un buen rato por aquí.

En algún lugar del subsuelo de Valladolid

—¡Estrema, coño, que nun me dexes ver!

La crítica situación hizo que a Rai se le desbocara el bable mientras se arrodillaba para enfocar con la linterna. Del interior de un tubo corrugado colgaba un manojo de cables encintados.

—Son de telecomunicaciones. Telefonía, internet y eses mierdes. Diría que te cargasti una llínea troncal de fibra óptica —identificó el asturiano.

—¡Te juro que no lo he visto!

—Podría ser peor, pero hai que dicir ye lo, ho.

—¡No me jodas!

—Sí, xingo, sí. Nun podemos saber si esta daba serviciu al muséu, a un bloque de viviendes o a tola maldita cai, pero te aseguro que yá va haber más de dos llamando al so operador. Nun sé cuántu tiempu tenemos, pero antes o dempués van unviar a los sos técnicos a ver qué pasó.

—Por tu padre que en paz descanse, Rai, ¿podrías tener la amabilidad de hablarme en cristiano, por favor, que no te entiendo una mierda?

—¡Nun puedo! ¡Si toi nerviosu, sáleme asina!

Charlie, desesperado, agarró el tubo con ambas manos como si lo estuviera estrangulando.

—¡Me cago en mi suerte, joder! Iba todo de puta madre y ahora que nos faltaba...

—¡Calla, ho! ¡Calla o doite una hostia que te van a parecer dos! ¡Cagondiola!! De nada vale ponese a llorar. Vamos faer lo siguiente: yo sigo equí avanzando y tu busques un llugar con cobertoria p'avisar al señor Jinks.

—¡¿Y qué le digo?!

—La verdá. Que provoquemos una avería y que lo tien que faer esta nueche ensin falta.

—Se va a cabrear.

—¡Pos claro que se va a cabriar, pero ye eso o mandalo tou a tomar pol culu!

—Pero... ¿tú crees que esta tarde lo tendremos?

—¡Vamos tener si faes lo que te digo d'una vegada y cierres la boca!

—Voy a la tapa de San Quirce, la que tiene barrotes de subida.

—¡Vete onde te sala de los güevos, pero vete yá! —le gritó al tiempo que agarraba el soplete—. Y non tardes porque te voi precisar equí para sacar escombros.

Un fogonazo selló la despedida.

Plaza Tenerías, 12

La frustración era el signo predominante en el rostro de Peteira tras más de media hora registrando el despacho de forma infructuosa.

—Por aquí me dicen que van a precintar ya —informó Matesanz—. Deben de tener hambre. ¿Qué hacemos?

La inspectora Robles se rehízo innecesariamente la coleta y suspiró.

—Si al menos supiéramos qué demonios estamos buscando... Aquí no hacemos nada —reconoció—. ¿Te ha dicho Villamil cuándo va a tener lista la autopsia?

—No. Es perro viejo, nunca se pringa. Ahora bien, no ha visto ninguna herida más, por lo que parece que la causa de la muerte está clara.

—La cuestión es averiguar el cómo —terció Peteira.

Sara Robles consultó su reloj.

—¿Tenéis algún compromiso ineludible?

Los subinspectores intercambiaron interrogantes.

Por suerte, había una mesa libre en el Rosabel. Olía a casa de comidas de barrio, a guiso contundente, a no te vas a marchar con hambre. Cuqui, propietario del negocio, se movía entre los comensales con esa soltura que solo otorga la experiencia, atendiendo a unos y a otros sin perder la sonrisa, comentando la jugada aunque no hubiera jugada que comentar.

—Os traigo una ensalada de ventresca, un perolo de callos con garbanzos y un roble en condiciones. Y con eso vais que chutáis —les propuso.

Siendo conscientes de que de nada les iba a servir, nadie se opuso.

—No me gustó una mierda el sobrinito —observó Peteira.

—A mí tampoco —coincidió Sara.

—¿Por? —cuestionó Matesanz antes de apurar su cerveza sin alcohol.

—No nos ha contado la verdad, por eso —contestó ella.

—Tiene una cara de pardillo que no puede con ella, pero de tonto no tiene un pelo —aportó el gallego.

—Pero ¿tú ves a ese matando a alguien? —le preguntó su compañero.

—No de forma premeditada, pero..., ¿y si se le fue la mano? Pudo haber ido a visitar a la vieja para pedirle algo aprovechando que la asistenta libraba, cabrearse con ella y darle, por ejemplo, un empujón con el que se rompió la crisma. Luego la señora se pone nerviosa y lo pone todo hecho un lienzo hasta que el otro la convence de que se meta en la bañera, que ahí va a estar calentita y que se le va a pasar; y hasta nunca.

—No lo veo —objetó Matesanz—. Habría pisadas suyas por toda la casa. La teoría de la jefa me convence más.

—Eso lo sabremos en cuanto comprobemos a qué hora llegó al piso —aportó ella—. A ver si tenemos suerte con alguna cámara. ¿Qué más tenemos de él?

—Está soltero. Sin hijos. Vive en Mateo Seoane Sobral, en Parquesol, y trabaja desde hace once años en la oficina de La Caixa que está en Teresa Gil. Y poco más.

—La ventresquita por aquí y ahora mismo os traigo el vino —dijo Cuqui—. ¿Carmelo Rodero? Te lo pregunto a ti, Sara, porque estos dos tarugos no tienen ni idea.

—Venga, un Carmelito está bien.

A Peteira le sonó el móvil.

—Es Navarro —les informó meneando el teléfono en el aire—. Le dije que me llamara en cuanto averiguara algo de la asistenta. Aprovecho para fumarme uno fuera.

—Antes no lo he dicho porque no quiero que Álvaro se altere y nos contagie a todos, pero de camino he estado hablando con Copito.

Sara se refería al comisario Herranz-Alfageme, quien se había ganado el mote gracias a su nívea tonalidad cutánea.

—Vaya... —se anticipó el subinspector.

—¿Sabes quién vive en el edificio?

—Sorpréndeme.

—El subdelegado del Gobierno.

—La suerte del enano —calificó Matesanz.

Sara frunció el ceño.

—¿Esa no te la sabes?

—No.

—¿No has oído hablar nunca de la suerte del enano? —se quiso cerciorar el subinspector, extrañado.

—Pues no, joder. No conozco a ningún enano y menos uno con suerte.

—Bueno, eso es muy relativo.

—¿El qué?

—Lo de la suerte.

—Siempre lo es.

—Sí, puede que tengas razón —reflexionó él.

—¿Entonces?

Patricio Matesanz la miró como si de repente hubiera aparecido allí de la nada.

—¿Entonces qué?

—Que si me vas a hablar de la suerte del jodido enano ese.

—La suerte del enano, que fue a cagar y se cagó en la mano.

Sara permaneció unos instantes sin saber cómo reaccionar.

—No me fastidies, hombre.

—Hay que ser cenizo para cagarse en la mano, ¿no crees?

—No me hago a la idea, la verdad. No termino de encontrar la moraleja del dicho.

—Dudo mucho de que contenga una enseñanza moral. Es solo un hecho que constata la mala suerte de...

—Espera, espera... ¿Podríamos dar por zanjado el asunto del enano y volver a lo del subdelegado del Gobierno?

—Podemos.

—Gracias. El caso es que no ha tardado ni treinta segundos en llamar a Copito para decirle que le mantenga informado puntualmente de los avances en la investigación. Y ¿para qué? Para tirarse el moco cuando coincida en el ascensor con la vecina del tercero, que seguro que le pone cachondo.

—Y, con lo bien que se lleva él con la clase política general y con el subdelegado en particular, supongo que le habrá tocado bastante la moral.

—De momento no comentes nada —le susurró al ver que Peteira regresaba.

—¡De puta madre! —calificó el gallego en cuanto se sentó—. Navarro dice que la tipa pilló un vuelo a Bolivia esta misma mañana; a las nueve, para ser exactos. Y los billetes están comprados desde hace mes y medio. Ale, ya tenemos montado el Cluedo. ¡A jugar!

—Lo que te decía antes —intervino Matesanz—: la suerte del enano.

TERAPIA DIALÉCTICA CONDUCTUAL

Habitación 507
Hotel Meliá Recoletos
11 de mayo de 2019

El hombre que se había registrado tres días atrás con un nombre que no era suyo masculló algo en libanés, su lengua materna. Acababa de recibir la llamada de uno de los dos idiotas que tenía bajo tierra y no le quedaba más remedio que avisar a otro aún más idiota. Porque, por muy inteligente que lo considerara su jefe, aquel engendro, además de ser repugnante, era un jodido idiota. Porque hay que ser un jodido idiota para que te conozcan como el «Espantapájaros».

Emitió un suspiro con el que quiso aliviar su pesadumbre y se apoyó sobre el escritorio antes de seleccionar uno de los tres contactos que tenía memorizados en el teléfono encriptado que el jodido idiota le había proporcionado a él y a esos otros dos idiotas que acababan de cagarla.

—Dígame —le contestó en inglés.

Él estaba más que capacitado para hablar en inglés, pero prefería hacerlo en francés, idioma que dominaba con soltura como la mayor parte de sus compatriotas. El otro era consciente de ello, por supuesto que sí, pero siempre le hacía lo mismo para llevarle al límite.

—Preferiría en francés, si no le importa.

—Como prefiera.

—Ha surgido un problema abajo. Se han cargado algo que podría llamar la atención de quien no queremos que aparezca.

—Señor Jinks, no es necesario que hable en clave. La conversación está cifrada.

—¿Está seguro de que eso funciona?

—Al cien por cien. Es voz sobre IP. La señal no se puede rastrear ni descodificar.

—Lo que usted diga. El caso es que alguien podría presentarse allí abajo en las próximas horas, por lo que hemos decidido hacerlo esta noche.

—¿Cuáles son los desperfectos ocasionados?

—Parece que han roto un cable de fibra óptica, de esos de telecomunicaciones.

—Entonces tardarán entre veinticuatro y cuarenta y ocho horas en enviar a alguien a solucionar la avería.

—¿Y por qué está tan seguro de ello?

Silencio.

—El cableado del subsuelo da servicio a varias compañías de telecomunicaciones. Los usuarios que se hayan quedado sin servicio habrán llamado al centro de atención al cliente y estos habrán intentado solucionarlo de modo remoto. Como no van a poder, enviarán al servicio técnico al domicilio del usuario, cosa que no sucederá de forma inmediata, pero tampoco podrá hacer nada. Entonces pasarán la incidencia a la empresa propietaria de la fibra óptica que, en el mejor de los casos, tardará seis u ocho horas en detectar la avería y otras tantas en pedir el permiso que corresponda para abrir una zanja y restaurar el servicio.

El libanés estuvo a punto de estrellar el terminal cifrado contra la pared.

—Dicho esto —prosiguió—, la cuestión es saber cuándo habrán terminado su cometido los señores Pixie y Dixie.

—Me aseguran que antes de las ocho de tarde.

—Bien. Por tanto, que usted intervenga esta noche o mañana por la noche no tiene relevancia alguna si sigue las instrucciones que le he dado al pie de la letra.

—Creí entenderle que convenía hacerlo durante la noche del domingo porque el lunes el museo no abre al público.

—Y me entendió bien. Es conveniente pero no determinante.

El otro farfulló algo en árabe.

—Le recuerdo que comprendo su idioma perfectamente, señor Jinks.

Este se mordió con fuerza el dorso de la mano para aliviar la tensión que se estaba adueñando de su sistema nervioso.

—No quiero arriesgarme, lo haremos esta noche.

—Muy bien.

—¿Estará preparado?

—Por supuesto. Le estaré esperando en el lugar convenido a la hora fijada. Suerte, señor Jinks.

Un pitido prolongado.

Otro mordisco.

Más juramentos y execraciones.

En algún lugar del subsuelo de Valladolid

Eran más de las seis y Rai todavía no se había dejado relevar por su compañero. Avanzando con un ángulo de acometida de unos cuarenta grados, anhelaba encontrarse con el cemento de un momento a otro. Para evitar desprendimientos, pero, sobre todo, para recortar tiempo, había reducido el diámetro de la galería a apenas un metro, confiando en que no le quedaran más de ocho en total. Prácticamente no hablaba, solo sudaba. No quería perder la concentración y, mucho menos, el ritmo. Arrodillado, tirando más de la alcotana que del pico por razones de espacio y movilidad, mantenía una cadencia de un impacto cada tres segundos, inspirando en el armado y espirando en el golpeo. Veinte picadas por minuto era una media sostenible y más que suficiente si ajustaba la precisión. Cada golpe contaba y contaba cada golpe. Cadencia y precisión. Precisión y cadencia.

Por su parte, Charlie no había parado un solo momento de producir palabras mientras retiraba los escombros.

—¿Te he contado la que preparamos en el Banco Popular?

Impacto.

Un, dos, tres.

Impacto.

—No sé que coño me pasó, pero debí de calcular mal la distancia entre la tapa de la alcantarilla y el sótano, o puede que tuviera un falso sótano, o yo qué sé. El caso es que cuando hicimos el butrón y logramos pasar al otro lado llegamos al cuarto de la limpieza. Estábamos dentro del banco, pero no éramos capaces de salir de ese maldito lugar. ¡Maldita cerradura! Era domingo, como casi siempre, así que decidimos esperar a que llegara el lunes por la mañana y alguien nos abriera. Normalmente es así, ¿sabes? Las de la limpieza necesitan un par de horas para limpiar las oficinas antes de que venga el personal del traje y la corbata. Nos la jugamos. No te he dicho que ese día estaba con uno al que llamábamos el «Gorrino», un chaval del barrio que no es que fuera muy listo ni muy hábil ni nada, pero andaba yo por esa época follándome a su hermana y el chico me daba penilla, la verdad. Le daba el diez por ciento de lo que sacaba y el chaval tan contento. Y su hermana más. El caso es que en algún momento le dije al Gorrino que iba a cerrar los ojos un rato y que estuviera atento, que ni se le ocurriera quedarse dormido o le regalaba una somanta de hostias que no le iba a reconocer ni su puta madre. Pues eso. Cuando llegaron las siete de la mañana y entró la señora...

La prolongada y contagiosa carcajada de Charlie a punto estuvo de hacer reír a Rai.

Impacto.

Un, dos, tres.

Impacto.

—¡El hijoputa del Gorrino se la estaba cascando! ¡Se la estaba meneando ahí mismo el muy cabrón! ¡Zaca, zaca, zaca, «parriba», «pabajo», «parriba», «pabajo»! —escenificó—. Por lo visto llevaba toda la noche pelándosela como un mono para no quedarse dormido, el pobrecito. La señora empieza a gritarle: «¡Cerdo asqueroso, cerdo asqueroso!» y, claro, yo me despierto asustado y veo al desgraciado tratando de subirse los pantalones mientras la otra le daba manotazos en el cogote. ¡Qué risa! Enseguida me levanté y la amenacé con un destornillador para que se relajara. Jamás lo había tenido que hacer, lo de amenazar y eso, pero es que no había otra opción. La dejé atada a un radiador y al lío. La caja estaba un piso más abajo y, claro, había que tirar de la térmica. Y cuando estoy calentándola con el soplete me doy cuenta: «¿Seré gilipollas?».

Otra risotada.

—Vamos, que me podía haber cargado la maldita cerradura del cuartucho y ni se me pasó por la cabeza. Ni al Gorrino, claro. Ese con cascársela tenía más que suficiente. Sacamos noventa y pico mil euros. Nada mal, ¿eh? Aunque, si te digo la verdad, luego yo no disfrutaba del dinero —reflexionó en voz alta—. Seguía viviendo en el mismo piso de mierda, pagando un alquiler de quinientos veinte al mes y, como mucho, algún día me permitía el lujo de irme de putas. ¿Sabes qué he llegado a pensar?

Impacto.

Un, dos, tres.

Impacto.

—Que robaba para sentirme vivo. Tenía más de trescientos mil eurazos repartidos en varios sobres por la casa y no sabía qué coño hacer con ellos, ya ves tú.

—Necesito más luz aquí —dijo Rai, que, más calmado, ya había recobrado la capacidad de expresarse en castellano.

Charlie reptó para llevarle una linterna.

—¿Qué pasa? —quiso saber el pocero, impaciente.

—Hormigón armado.

—¡Hostias! ¿Y ahora, qué?

—La térmica.

—Pero ¿cómo vas a meter ahí la bicha? Te vas a cocer vivo.

—Es cuestión de controlar el flujo para que no suba mucho la temperatura. Y no quedan más cojones porque si usamos el percutor va a saltar la alarma sísmica seguro. Hay que romper eso y podría tener un espesor de veinte o treinta centímetros. Mira, yo me pego a esta pared y la ataco por este otro lado, así —le mostró dibujando con la mano el corte en media luna—. Igual no hace falta quitar todo el diámetro.

—¿Y yo? ¿Qué quieres que haga yo?

—Que te pongas justo detrás de mí, sujetes la bombona de oxígeno y manejes la espita según te vaya yo diciendo.

—Vale, pero vas a tener que subirla encendida porque ahí no puedes usar el soplete.

—Sí, ya lo sé.

—Te puedes quemar, socio.

—Tú controla que el flujo esté al mínimo para que no se me apague y luego le damos chicha.

—No sé, no sé...

—¡¿Qué ye que nun sabes, ho?! —la tensión hizo que le brotara de nuevo el bable—. ¡Que yo sepa nun tenemos onde escoyer, coyones!

—Vale, vale. Tú eres el que sabe de esto. Tú mandas.

—Pos eso. Tira par embaxo.

Minutos después, con la máscara de protección ajustada y la pantalla abatida, Raimundo se disponía a encender la lanza térmica.

—Si supiera rezar, te juro que rezaría —dijo Charlie.

—Nun creo que nengún Dios te escuche equí embaxo.

Comisaría de distrito de las Delicias

Ciento ochenta y tres de doscientos catorce archivos.

Clic.

Ciento ochenta y cuatro de doscientos catorce archivos.

Clic.

Ciento ochenta y tres de doscientos catorce archivos.

Con la cabeza apoyada en una mano y el ratón en la otra, Sara examinaba con cierta apatía una imagen en la que se podía ver una acumulación de sangre a los pies del bidé, fotografía exactamente igual a la anterior pero tomada desde un ángulo distinto y un poco más cerca. Hasta entonces, lo único que le había llamado la atención había sido un rollo de papel higiénico que descansaba sobre una balda en la que había algunos botes de medicinas. En una de sus caras aparecía impresa una mancha de sangre que concordaba con la forma de la herida de la cabeza. Que no hubiera más manchas en el rollo le hizo inferir que la víctima tenía las manos limpias y que quizá fuera lo primero que usó para taponarse la herida. Si eso fuera así, podría pensarse que, ocurriera lo que ocurriera, ocurrió en el baño.

Sin embargo, mientras seguía visionando por segunda vez el reportaje fotográfico, no eran las circunstancias que rodeaban la muerte de Antonia de la Cruz Puente lo que ocupaba la cabeza a Sara Robles en ese instante. La culpa era de una foto en la que se veía el tresillo de piel marrón de la señora, un sofá que no era muy distinto a ese en el que hacía unas horas ella había montado al tal Juanjo.

La remembranza acababa de despertar al monstruo libidinoso que llevaba dentro.

La doctora Hernández Revilla le había hablado del *Mindfulness*, un método para tratar de controlar esos impulsos basado en la terapia dialéctica conductual. Consistía básicamente en identificar y aceptar los estímulos que le generaban la necesidad de mantener un encuentro sexual. Aprender a gestionar las emociones para mantener a raya la ansiedad. En su cabeza sonaba fabuloso, pero su cuerpo le estaba exigiendo una nueva dosis de dopamina y, de todos los caminos que llevaban a ese Valhalla, Sara solo conocía el más directo: el orgasmo. Con el propósito de controlar el mono, la doctora le había enseñado un juego que en principio le pareció absurdo, casi de locos, aunque debía reconocer que la cosa tenía su gracia. Consistía en crearse dos personajes, dos voces que convivieran en su cabeza y que representaran posiciones diametralmente opuestas. Las bautizó: Sara «la Cachonda» y Sara «la Puritana». Cada vez que le invadieran las ganas irrefrenables de mantener sexo con cualquiera, tenía que establecer una discusión mental en la cual cada una defendería su postura. Con ello la doctora buscaba que la conciencia crítica y realista fuera ganando más espacio a la hora de tomar decisiones, pero hasta entonces no había recurrido a esa técnica fuera de la consulta. En el momento vital por el que transitaba hubiera preferido explorar el atajo de la masturbación; no obstante, estando en las dependencias policiales y a menos de tres metros de distancia de Álvaro Peteira —Patricio Matesanz, algo cansado, se había marchado después de comer— no le parecía lo más adecuado ni mucho menos decoroso. Empezó por tanto a arrepentirse de no haberle pedido el teléfono a Juanjo, porque tampoco estaba tan desesperada como para presentarse en su casa, tocar el timbre y arrancarle la ropa en cuanto abriera la puerta. ¿O sí? Una ola de calor tropical que soplaba desde su entrepierna hasta el pecho la hizo resoplar.

—¿Qué pasó, jefa? —se interesó su compañero haciendo girar su silla.

—Nada. Que me he cansado ya de ver lo mismo una y otra vez. Me marcho a casa.

—Haces bien. Mañana me voy a acercar al bloque a ver si pillo a algún vecino que me cuente algo nuevo.

—Hablamos a lo largo del día.

—Buenas noches.

Su cerebro, ocupado en buscar una solución inmediata, le propuso una mixta: aliviarse en casa para salir del paso, arreglarse y pasar por el Zero Café por si sonaba la flauta y Juanjo aparecía por allí. Y, si no, igual podía conocer a otro que cumpliera con los requisitos mínimos.

Sara Robles aceptó la propuesta sin negociar porque, en realidad, no tenía con qué.

A la mierda con el *Mindfulness*, con la terapia dialéctica conductual, con los diálogos de conciencia y con los noventa euros por sesión que le pagaba a la doctora Hernández Revilla.

En algún lugar del subsuelo de Valladolid

El agua que escapaba por todos y cada uno de sus poros se condensaba en la cara interior de la pantalla de policarbonato transparente dificultando la visión. Tentado estaba de quitársela, pero el riesgo a que le saltara algo a los ojos era demasiado elevado. Tras la máscara protectora no veía más que una delgada línea anaranjada siguiendo el trazado que había dibujado en su mente. A pesar de que no estaba sacándoles el máximo partido a las posibilidades que le ofrecía la lanza térmica, la falta de ventilación en aquel reducido espacio había hecho que la temperatura superara ya los cincuenta grados.

—¡¿Cómo vas?! —le gritó Charlie, parapetado a cuatro patas tras él—. Cuando necesites que abra o cierre la espita, me dices.

Sin soltar el mango, Rai elevó el pulgar. No sabía el grosor del bloque ni la profundidad del corte que estaba practicando, pero confiaba en que al unir esas dos líneas empezaran a desprenderse los primeros pedazos.

Y así fue.

Pero no en plural, en singular.

Un pedazo de hormigón de más de un kilo cayó a plomo con tan buena suerte de impactar a escasos centímetros de su cara y con tan mala suerte de cambiar su trayectoria para adoptar otra que pasaba por la cabeza de Charlie. No lo vio venir. El golpe lo dejó noqueado de inmediato quedando a merced de la gravedad. El minero no se percató de que el cuerpo de su compañero se estaba deslizando por la galería hasta que notó un tirón en la lanza térmica. Charlie había soltado la bombona de oxígeno y los ocho kilos de peso eran demasiados para sostenerlos en aquella comprometida posición. Tenía que llegar a la espita y cortar el paso o bien descender muy poco a poco procurando que la punta de la lanza no tocara techo o paredes, ya que, habida cuenta de la inconsistencia de la estructura, terminaría provocando un derrumbe.

—¡Cagonsandiola, Charlie! ¿Estás bien?

No hubo respuesta.

—Mierda —musitó.

Apoyando la suela de las botas contra las paredes laterales para controlar la bajada, Rai fue descendiendo metro a metro sin quitar la vista de la punta de la lanza. Cuando por fin llegó a la intersección con el corredor principal y pudo alcanzar la botella de oxígeno, cerró el paso y liberó el aire que había hecho preso en sus pulmones. Lo siguiente fue quitarse la máscara e interesarse por el estado del caído. En la parte superior de la frente, allí donde empezaba a nacerle el pelo —claramente en retirada—, se abría una brecha de un dedo de ancho y dos de largo por la que sangraba de manera abundante. La buena noticia consistía en un leve pero continuo gemido; empezaba a exteriorizar el dolor.

—¡Menuda hostia! —calificó al cabo.

—Como un piano. Toma, presiona esto contra la herida —le dijo Rai entregándole un trapo que usaban para limpiar las pantallas de las linternas—. Ya te la desinfectaremos en cuanto estemos fuera.

—Al final has podido con ello, socio.

—Sí, y, si ha quedado como creo, ya no voy a necesitar el cosu este del diablo —auguró el asturiano refiriéndose a la lanza térmica—. Con el cinturón de herramientas me tendría que valer.

Dejó pasar unos minutos para recuperar el resuello e iniciar los seis metros de ascenso diagonal que tenía la rampa. Una vez arriba sonrió al comprobar que, efectivamente, los desperfectos ocasionados eran suficientes como para arrancar a mano lo que quedaba de hormigón.

—¡Ye pan comío, ho! —le gritó a Charlie.

Comprobó que eran más de las siete de la tarde, hora a la que cerraba el museo, antes de empezar a despejar el acceso. El experimentado minero buscaba grietas profundas donde encajar la cabeza plana del destornillador y hundirlo a golpe de martillo con cuidado de no dañar el gres porcelánico. Una vez introducidos unos centímetros, agarraba con fuerza el mango y lo movía provocando pequeños pero alentadores desprendimientos. Media hora más tarde había liberado unos sesenta centímetros de diámetro, espacio más que suficiente para que pasara el señor Jinks.

—Me he jodido el tobillo al caer, pero puedo andar —le reportó Charlie en cuanto regresó.

—Con la pasta que te vas a llevar por no hacer nada te compras uno biónico si te da la gana.

El otro se rio.

—Anda, Raimundicia, ibas tú a saber llegar hasta aquí si no es por papá.

—Ni de coña, la verdad.

—A ver si el señor Jinks no se retrasa —dijo encendiendo un cigarro.

—Que tarde lo que quiera, nosotros ya hemos cumplido. ¿Por cierto, a ti te ha dicho qué es lo que se va a llevar?

—No, ni me interesa. Eso sí, no creo que sea muy grande porque ya me dirás tú cómo coño lo va a sacar.

—Metido en el culo.

—Oye, pues lo mismo es un huevo de esos rusos que valen una pasta y le cabe.

—¡Pues menudo huevo de mierda!

Se estaba empezando a producir el contagio humorístico cuando un haz de luz hizo las veces de vacuna y cortó de inmediato la epidemia.

Solo silencio.

¡HAY QUE JODERSE!

Museo Nacional de Escultura
Valladolid
11 de mayo de 2019

Si intentas cualquier cosa, te juro que te vuelo la tapa de los sesos! —le susurró al oído el tipo del pasamontañas.

No era Chema de los que se arrugaban fácilmente. Tampoco de los que se dejaban llevar por el pánico ante una situación adversa. Y esa lo era. Por supuesto que lo era. El mero hecho de sentir el frío metal de un supresor apoyado sobre tu sien podría considerarse como tal. Desfavorable cuando menos. A ello habría que añadir el agravante de verse reflejado en el espejo con medio rostro cubierto por la sangre que se le escapaba de la nariz —fracturada de un culatazo— y por la brecha de dos centímetros localizada en su ceja izquierda —abierta cuando el desconocido estrelló su cara contra los azulejos de la pared—. Pese a ello y en honor a la verdad, habría que decir que José María Sanz, vigilante de seguridad del turno de noche de la empresa OMBUDS, mantenía cierta serenidad. Aunque, si pudiera elegir, Chema hubiera preferido estar en cualquier otro lugar del globo o incluso en ese mismo pero bajo otras circunstancias; o, en el peor de los casos y asumiendo que la realidad no puede cambiarse, mantener al menos su arma reglamentaria colgando del cinto.

Todo había comenzado a torcerse unos minutos antes, cuando, a punto de bajar la monumental escalera mediante la que se comunicaban las dos alturas del Patio Grande para iniciar la rutinaria ronda de la planta inferior, oyó los golpes. Paralizado, Chema aguzó el oído tratando de localizar el origen de aquellos nada habituales ruidos. Mucho menos con el museo cerrado y vacío de visitantes.

Años antes, la primera vez que Chema puso los pies en aquellos peldaños le sucedió lo mismo, pero en aquella ocasión fue la belleza de lo que tenía ante sus ojos lo que sobrepasó su capacidad para gestionar emociones. Lo llamaban síndrome de Stendhal, y aquel, aunque no había sido el primero, sí fue de los episodios más intensos que recordaba. La fastuosa decoración de la caja aunaba el gusto por el detallismo propio del gótico isabelino, lo exótico mudéjar y la proporcionada sobriedad del estilo renacentista.

En esta ocasión, obligado a reaccionar, apretó el paso para descender al primer piso, atravesar la tienda, el patio porticado de entrada y llegar a la taquilla. Una vez allí se detuvo para verificar que, en efecto, aquellos ruidos extraños provenían del nivel inferior, donde se ubicaban las taquillas y los baños. Las luces de emergencia bañaban tímidamente el pasillo, dotándolo de una atmósfera lúgubre. El manual decía que esa área debía ser revisada en cuanto cerrara el museo, y él, cumplidor hasta el extremo, lo había hecho pocos minutos después de las siete. No era la primera vez que se encontraba con algún turista rezagado a quien debía acompañar hasta la salida con atenta afabilidad y sonrisa, pero nunca tan tarde. Ya no eran golpes, sino el batir de su corazón, lo que escuchaba antes de entrar en el servicio para discapacitados. Luego hizo lo propio con el de mujeres y, cuando estaba empezando a pensar que todo había sido fruto de su imaginación, detectó el enorme bostezo que se abría en el suelo del de hombres. Perplejo, no advirtió el peligro que le acechaba detrás de la puerta y, segundos más tarde, se encontró conmocionado, desarmado y amedrentado por un individuo encapuchado y con el rostro cubierto por un pasamontañas.

—Ahora vamos a subir al centro de control y vas a hacer todo lo que yo te ordene si quieres salir vivo, ¿entiendes?

Chema lo entendía, pero era incapaz de reaccionar como se esperaba de él, aunque... ¿cómo se suponía que debía actuar en una situación así? En su currículum figuraban muchos y variados cursos, pero ninguno de ellos incluía un apartado que detallara cómo demonios comportarse en esa tesitura. A sus cuarenta y uno, se iban a cumplir once años desde que se incorporara en la empresa tras aprobar el curso de vigilante de seguridad y postularse en todas las ofertas de empleo del ramo. Después de cubrir decenas de tipos de servicio distintos, alcanzó su sueño de incorporarse a la plantilla del museo, conformada por veintiuna personas; eso sí, exclusivamente en el servicio de noche, lo cual le dejaba espacio para desarrollar su otra pasión: entrenar a las categorías inferiores del club de rugby El Salvador.

—¡Te he preguntado si lo entiendes! —insistió incrementando la presión sobre su cabeza.

—¡Lo entiendo, lo entiendo!

—Saca tu móvil y, muy despacio, déjalo en el suelo.

Este lo hizo sin rechistar y, antes de que tuviera la oportunidad de plantearse qué suerte iba a correr el dispositivo, el asaltante se lo reveló con tres enérgicos pisotones. Luego le pegó una patada para pasarlo por debajo de la puerta de uno de los urinarios.

—Solo estáis dos de vosotros, ¿verdad? Uno siempre en la sala y otro fuera haciendo la ronda.

A Chema no le quedó otra que corroborarlo asintiendo con la cabeza.

—¿Cada cuánto cambiáis?

—Tres horas más o menos —confesó tras invertir varias décimas en celebrar una justa en la que el caballero de la integridad física descabalgó al de la responsabilidad profesional.

—Van a ser las diez, así que perfecto —verbalizó—. Necesito que tu compañero mueva el culo de su sitio para evitar que active la alarma silenciosa que hay bajo el tablero principal.

Chema inclinó la cabeza haciendo que la sangre que manaba de la nariz estallara en pequeñas gotas al contactar con el mármol del lavabo.

—Así que ahora te vas a limpiar la cara por si a él le da por comprobar la cámara y le vas a decir por el equipo de transmisión que no te funciona la tarjeta para que te abra la puerta. A mí no podrá verme, pero si haces una sola tontería te juro que te dejo seco en el acto. No trates de joderme haciéndote el héroe, tu sueldo no lo incluye.

Razón no le faltaba, pero lo que no sabía era que Chema no se embutía en ese nada estiloso uniforme solo por dinero.

Al vigilante le pareció que el tiempo se ralentizaba mientras era conducido por el intruso hacia el centro de control situado justo encima de la taquilla. Con su vista perimetral intuyó que se había agachado con el propósito de parapetarse detrás de la estructura y evitar ser registrado por la cámara que cubría ese espacio desde la esquina opuesta. Era consciente del compromiso que había adquirido con la empresa que le pagaba todos los meses, pero su instinto le decía que no debía enfrentarse con un tipo armado estando, además, en franca desventaja. Estaba claro que se trataba de un profesional, y por su acento diría que provenía de algún lugar de Francia. Atenazado, al afrontar el segundo tramo de la escaleras, notó una especie de retortijón en la boca del estómago que nada tenía que ver con la necesidad de evacuar el intestino grueso.

—Vamos, díselo ahora —le bisbiseó.

Chema intentó humedecerse los labios con la lengua, pero esta, carraspeña por el estado de nervios, no cumplió con su cometido. Con el pulso tembloroso activó el equipo de transmisión.

—Eduardo, compañero, ábreme, que esta mierda no me funciona —articuló al fin.

—Ya voy, plasta —contestó el otro casi de inmediato.

Acto seguido, el asaltante se incorporó de forma repentina y lo apartó para apuntar con el arma hacia la puerta.

—¡Quieto donde estás! —gritó en cuanto esta se abrió.

El vigilante hizo la estatua y, durante un par de segundos —en los que Eduardo hipotecó su futuro favoreciendo que el destino ejecutara la cláusula vital del contrato—, mantuvo una expresión a medio camino entre la sorpresa y la incredulidad.

De improviso, este dio media vuelta con la intención de regresar por donde había venido y activar la alarma, pero su tentativa se frustró al ser incompatible con los cuatro proyectiles que le entraron por la espalda, principalmente con el que le atravesó el ventrículo derecho. Chema asistió atónito al momento en el que Eduardo caía de bruces al suelo como si, de repente, alguien le hubiera despojado de la facultad de controlar su cuerpo. Entonces, su instinto de supervivencia tomó el mando de sus decisiones y la reacción en cadena activada desde alguna parte de su cerebro hizo que se viera bajando las escaleras sin ser del todo consciente de haber ordenado desplegar el protocolo de huida. Su hipotálamo decretó a las glándulas suprarrenales la inyección masiva de adrenalina en el torrente sanguíneo y, gracias a la aceleración simultánea del ritmo cardíaco y respiratorio, consiguió aumentar la capacidad motora de su tren inferior con un único objetivo: alejarse lo máximo posible del peligro. Sin mirar atrás en ningún momento, Chema empujó la puerta de acceso a la sala 3 con la idea de desaparecer de la vista del tipo que acababa de disparar contra su compañero y que, suponía, le estaría persiguiendo, extremo que no pensaba pararse a confirmar. Chema atravesó velozmente la cinco y llegó a las escaleras que, tras un ascenso de cuarenta y dos peldaños, desembocaban en su área preferida del museo.

El excepcional espacio conformado por las salas 7 y 8 lo había convertido en un fotograma que vivía a perpetuidad en su memoria. Al fondo, en una perspectiva cónica frontal acotada a ambos lados por la sillería de San Benito el Real, el *Santo Entierro* de Juan de Juni absorbía el punto de fuga como si de un agujero negro de la perfección escultórica se tratara. Esta vez, sin embargo, a Chema ni se le pasó por la cabeza pararse a disfrutar de tan extraordinaria composición. Se disponía a continuar con su huida hacia ningún sitio cuando un chispazo de objetividad le hizo detenerse entre las dos bancadas enfrentadas que conformaban el mobiliario litúrgico. ¿Qué sentido tenía correr? Muy pocos conocían como él los entresijos del edificio y si de algo estaba seguro era de que no había muchos lugares mejores que ese para esconderse. Sin dar opción a que su parte irracional volviera a hacerse con las riendas de su voluntad, el vigilante sobrepasó el cordón intimidatorio que impedía a los turistas probar en sus posaderas los insignes asientos y se tumbó entre las dos filas del módulo coral de la derecha. Una vez allí desvió toda su capacidad sensorial a sus oídos e hizo un esfuerzo por silenciar por completo cualquier indicio vital que pudiera desvelar su presencia como era el caso de su frenética respiración. Y en ello estaba cuando escuchó con nitidez el crujido de los últimos escalones seguido del sonido de unos pasos acelerados. El conocimiento milimétrico de aquel espacio le permitía situar con precisión a su amenaza sin la necesidad de abrir los ojos. Un nada halagüeño silencio creció entre los retablos de San Miguel Arcángel y el de San Juan Bautista, ambos obra de su admirado Berruguete, donde perdió el rastro sonoro del encapuchado. Notaba las manos heladas y las palmas empapadas en sudor, y su corazón no parecía estar por la labor de reducir la frecuencia cardíaca. Mucho menos aún cuando sus nervios auditivos le advirtieron de que el intruso se ponía de nuevo en marcha. Mientras veía proyectado en el interior de sus párpados cómo se disponía a pasar por delante de él, a Chema le asaltó una duda. ¿A qué coño había venido ese desgraciado? A por la recaudación del día seguro que no, por lo que estaba claro que tenía en el punto de mira alguna pieza importante de la colección permanente. Eso daría sentido a la extraña mochila semirrígida que llevaba a la espalda. Por su mente desfilaron las imágenes del retablo mayor de San Benito, el *Cristo yacente* de Gregorio Fernández o la *Magdalena penitente* de Pedro de Mena, obras de un valor incalculable y que descartó de inmediato por su tamaño. Así y todo, había decenas de piezas que sí podría llevarse y que corrían el riesgo de terminar en el salón de un malnacido cualquiera.

No podía consentirlo. Jugarse la vida para impedir un robo quizá no estuviera incluido en su salario, pero en su escala de valores no había sitio para esos que se cruzaban de brazos y miraban para otro lado. Ser vigilante de seguridad y no hacer nada era como jugar de primer centro y no placar: inconcebible.

Lo axiomático de la situación, combinado con un impulso atávico que bien podría ser la huella reminiscente de sus años de gloria como jugador de rugby, le convenció para pasar a la iniciativa sin evaluar otros pormenores: menudencias como, por ejemplo, las protestas acústicas que emitió la madera conforme se puso en movimiento u otros detalles con cierta relevancia como haber confiado ciegamente en sus oídos, errando en más de dos metros la localización de su objetivo. Por ello, cuando se dispuso a saltar sobre él y se percató de lo caro que le iba a costar su irreflexiva bizarría, su enemigo ya estaba apuntando en su dirección.

Chema Sanz, vigilante nocturno de profesión y entrenador vocacional de rugby a tiempo parcial, amante del arte en general y de la escultura en particular, solo pudo contar dos fogonazos de los cinco que iluminaron la sala 7 del museo. El segundo disparo le arrebató la capacidad de alegrarse al atravesarle el cráneo, pero si aún estuviera vivo le habría encantado saber que todos los proyectiles quedaron alojados en su cuerpo, evitando así que se produjera ningún daño de consideración en la magnífica obra de Andrés de Nájera, ni siquiera cuando su inerte humanidad se desplomó sobre los estalos de la fila baja.

Algunos metros más abajo

La curiosidad había podido más que la cautela. Cuando el señor Jinks desapareció por el boquete abierto por el minero, este había permanecido unos minutos en silencio tratando de captar lo que pasaba en la superficie. No tuvo que esperar demasiado para que se presentara el vigilante de seguridad y, en cuanto oyó cómo lo despachaba, tomó conciencia por primera vez de que igual las cosas no iban a resultar tan sencillas como las había filmado él en su cabeza. Lo cierto era que cuando les comunicaron que el primer señor Jinks iba a ser sustituido por otro, ninguno de los dos manifestó objeción alguna. No era asunto suyo. Sin embargo, el nuevo señor Jinks se les atragantó a las primeras de cambio. Rai recordaba que en uno de los pocos encuentros que mantuvieron con él quiso saber si tenía previsto emplear la violencia y el otro le contestó que no de forma tajante. Y si de algo estaba seguro el asturiano en ese instante era de que lo que acababa de pasar en el baño del museo había sido bastante violento.

Así, tan pronto como dejó de escuchar esos ruidos, descendió por la rampa hasta donde estaba sentado su compañero para ponerle al día de lo sucedido.

—Bueno, unas hostias aquí y allí tampoco son para preocuparse, socio —le había dicho Charlie, que acababa de lograr detener la hemorragia provocada por la caída de los escombros. A modo de compensación, el tobillo le dolía cada vez más.

Los siguientes minutos los consumió el pocero rememorando un par de anécdotas en las que se vieron en la necesidad de emplear la violencia, y de este modo transcurrió el tiempo sin que tuvieran noticias del señor Jinks.

Mientras lo escuchaba con estoicismo, Rai cambió la batería de la linterna que iluminaba aquel angosto y angustioso lugar. Un renovado haz de luz proyectado contra la pared mantenía a raya la insaciable oscuridad.

—Lleva casi veinte minutos, ho —observó el asturiano—. Cuanto más esté ahí arriba, peor, ¿o no?

—No tiene por qué. Lo único que nos tiene que preocupar es oír la alarma. Mientras eso no ocurra, como si tarda dos horas.

—Como tarde dos horas a mí me da algo. Vamos que si me da... ¡Cagonsandiola! Al margen, llevo sin respirar aire fresco tanto que ni me acuerdo, ho. Mira que pasé horas bajo tierra, pero te juro que como no salga de aquí ya mismo...

—Antes no te he dado las gracias por cómo te has comportado —le cortó—. Eres un tío con dos cojones, Raimundicia, con dos cojones.

—Si tú lo dices..., Charlisto.

—Mierda, el tobillo se me ha puesto como un botijo.

No exageraba; la inflamación era evidente aun bajo esas deficientes condiciones de visibilidad.

—Pues... no quiero ser pájaro de mal agüero, pero si salimos por donde hemos previsto tenemos un buen trecho por delante.

—Tú no te preocupes por mí, de peores he salido. ¿Te he contado esa en la que dos municipales nos siguieron por las cloacas de...?

Rai no lo dejó terminar. Un ruido proveniente de la rampa captó toda su atención. A cuatro patas avanzó hasta la intersección y asomó la cabeza por el hueco.

—¿Señor Jinks?

Silencio.

—¡¿Señor Jinks, es usted?! —insistió elevando la voz.

—¿Y quién va a ser si no? —le contestó este, cortante.

El minero resopló aliviado.

Con más destreza de la que esperaba, el señor Jinks descendió hasta la galería y sonrió a los dos roedores dándose unos golpecitos en la mochila que cargaba a la espalda.

—¿Lo tenemos? —quiso saber Charlie, que se incorporó dando muestras de dolor.

—¡Lo tenemos! —confirmó, eufórico.

—¿Cómo fue? —indagó Rai.

El otro se giró y endureció el semblante.

—Exactamente como estaba planeado.

Rai supo interpretar que no convenía hacer más preguntas.

Era lo más conveniente, porque en nada le hubiera beneficiado saber que, tras abatir al segundo vigilante, el señor Jinks había regresado sobre sus pasos hasta la sala 3 y allí, frente a la pieza que el Espantapájaros le había señalado, se había puesto manos a la obra. Tenía que reconocer que el engendro repugnante lo había planificado al detalle. Su precio le había costado. Bien era cierto que el plan no incluía matar a los seguratas, pero los muy imbéciles no le habían dejado otra opción y, aunque le había dado varias vueltas, todavía no lograba entender qué pretendía el que había aparecido de repente tras la sillería del coro. La idea primigenia consistía en inmovilizarlos en el centro de control, llevarse la pieza y salir por donde había entrado, aunque por un camino distinto. Que uno de ellos intentara hacerse el héroe era absolutamente incontrolable, pero para ello lo habían seleccionado a él, para solucionar imprevistos. Cortar el cable que anclaba la pieza al pedestal con la cizalla no le planteó ninguna dificultad y, tal y como le había asegurado el experto, aquello no haría saltar ninguna alarma. Luego la introdujo en la mochila que él le había facilitado para protegerla y se encaminó raudo hacia los baños.

—Nos vamos. Tú delante —le ordenó a Charlie.

—Verá, señor Jinks, tengo bastante estropeado el tobillo y voy a necesitar tener las manos libres para apoyarme. Que el señor Dixie vaya primero con la linterna, conoce la ruta tan bien como yo.

El libanés dejó patente que no le gustaba tener que hocicar ante propuestas ajenas.

—Venga, andando —claudicó.

Rai tuvo que ayudar a Charlie a calzarse de nuevo las botas de protección y, tras abandonar las herramientas que ya no iban a necesitar, el trío emprendió el itinerario de fuga subterránea. El primer tramo implicaba recorrer la galería que habían excavado en la tierra hasta el punto cero, lugar donde conectaban con el colector de aguas residuales que cruzaba el distrito centro hasta el barrio de la Rondilla. Sus muchas ramificaciones les habían servido para entrar y salir los días precedentes siempre a través de las tapas blancas seleccionadas por Charlie. La ruta de salida, sin embargo, se había trazado huyendo del nutrido circuito de cámaras de seguridad que salpicaba las calles más céntricas, eligiendo una zona mucho más discreta con destino al exterior. Para ello, previamente, habían habilitado un descabalgamiento de tierra que impedía el paso a través del alcantarillado. Este cruzaba en diagonal el

Patio Grande del museo y se comunicaba con un antiguo pasadizo subterráneo del siglo XVII que unía la iglesia de San Pablo con el Palacio Real. Mandado construir por el duque de Lerma, tenía como propósito principal conectar las dependencias reales con la casa de Dios para que el monarca no fuera molestado por el populacho. Durante los años en los que Valladolid alojó a la Corte, el valido del rey ordenó proyectar una serie de pasadizos externos con los que buscaba dotar de cierta elegancia armónica a todo el conjunto palaciego. De los otros, los subterráneos, solo este pudo completarse, al menos que se sepa. Una vez que hubieron pasado los tres, Charlie y Rai se afanaron en volver a cegarlo, y, ocho minutos más tarde, avanzaban casi erguidos con la idea de enlazar con el antiguo cauce del Esgueva. En cuanto llegaron a la altura de la sala de exposiciones de San Benito, donde el espacio se dilataba de forma considerable en altura, el grupo realizó espontáneos ejercicios de estiramientos con el fin de aliviar el dolor localizado en la zona lumbar.

—Joder, qué maravilla poder ponerse derecho —comentó Charlie—, pero este tobillo me está matando.

El señor Jinks, absorto en el entorno, trataba de entender cómo era posible que estuvieran bajo la estructura de un puente soterrado.

—Bajo el asfalto de algunas ciudades todavía se conservan restos de lo que un día fueron —introdujo el pocero—. Me lo sé de la última vez que estuve por aquí abajo. Este era uno de los puentes que cruzaban el Esgueva, afluente del Pisuerga, cuyo cauce tuvo que ser desviado primero y enterrado después por razones de salubridad. Según parece se desbordaba cada dos por tres y, como antes los cursos de agua los utilizaban para deshacerse de todo tipo de inmundicias, terminó por convertirse en un foco de infecciones bastante serio. De hecho, el Ayuntamiento quiere recuperarlo para hacer una ruta turística o similar. Por lo menos eso he oído yo en...

—Y yo no quiero oír ni una palabra más hasta que salgamos de aquí —le cortó el libanés haciendo una seña con su linterna para que siguieran avanzando.

—Como el señor Jinks ordene —contestó el otro ganándose una mirada que llevaba algo más que reprobación.

—Es por allí —marcó Rai con la linterna.

—Dos cosas —retomó el pocero—: mucho cuidado con el fango porque lleva sin removerse mucho tiempo y podría contener bolsas de metano, y ojito con las putas ratas, que por aquí las hay grandes como gatos y pueden pesar hasta medio kilo. Mojadas, uno. Las cabronas son capaces de tener hasta doscientas crías al año, se pueden reproducir desde que tienen doce semanas y viven hasta tres años, así que echad la cuenta.

—¡Odiu a esos bichos con tola mio alma! —aseguró el asturiano.

—¡Y qué pasa con el metano? —preguntó el otro.

—Que desplaza el aire, no te deja respirar y la espichas sin darte cuenta —sintetizó Charlie—. El problema es que ni huele ni se ve. Solo se detecta cuando notas que te falta el oxígeno, entonces puedes perder la consciencia y te vas para el otro barrio. Podríamos haber traído respiradores, pero, bueno, es un tramo muy corto, así que vamos a caminar muy pegaditos a la pared del corredor para minimizar riesgos y cargando el peso sobre los talones para que no se nos hundan las botas.

El señor Jinks elevó las cejas y se frotó el mentón. No parecía muy convencido.

—En cuanto superemos este escollo, todo derechito hasta el pozo. Ahí bajamos las escaleras de caracol y enlazamos con el tramo final de alcantarillado que lleva hasta el aliviadero del Pisuerga. Salimos, pillamos la furgo y a correr —relató animado el madrileño.

Rai abría la marcha siguiendo a rajatabla las instrucciones de su compañero. Empezaba a dolerle la cabeza por la deshidratación. La continua pérdida de líquido era consecuencia del efecto combinado que provocaban la elevada temperatura, el exceso de humedad y el esfuerzo físico prolongado.

—¡Cagonsós! —exclamó Rai—. ¡¿Eso ye una rata?!

Al incidir el haz de luz en el cuerpo del roedor erguido sobre sus patas traseras, su agigantada sombra se proyectó en la pared opuesta conformando una silueta escalofriante. Casi tanto como repulsiva.

—¡Buena señal! Eso es que nos estamos acercando al final. Y no te preocupes demasiado por el bicho, está más asustado que tú.

—¡Los cojones de Mahoma! —replicó el minero.

Acto seguido se dio cuenta de la metedura de pata.

—Lo siento, yo...

—Tranquilo, hombre, soy árabe pero no musulmán —le dijo el libanés, conciliador—. De hecho, toda mi familia es cristiana.

De fondo podía escucharse la risa mal contenida del pocero.

—Bueno, pues ya estamos —anunció usando un tono extrañamente jovial.

El asturiano acababa de notar la solidez del firme cuando algo a su espalda le hizo estremecerse.

Una detonación, seca, concluyente.

Al girarse asistió al momento en el que Charlie perdía la verticalidad y la gravedad lo atraía hacia el fango. Impedido por la parálisis, también asistió al momento en el que, ya en el suelo, Charlie recibía otros cuatro disparos, deflagraciones que estallaron en sus tímpanos a pesar de la reducción de decibelios que provocaba el supresor. Durante unos instantes, Rai pudo ver cómo los músculos faciales del señor Jinks componían una oscura mueca pimpante cargada de satisfacción. Y quizá fuera la rabia que ello le provocó lo que le hizo reaccionar arrojándole lo único que tenía a mano. La linterna voló dando vueltas los tres metros que lo separaban de su objetivo, rotación que se detuvo en seco cuando la carcasa que protegía la lente se topó con una fila superior de dientes, causando la fractura del incisivo central izquierdo y la avulsión del incisivo central derecho.

Incisivo dolor.

Lacrimales y cuerdas vocales a pleno rendimiento.

Oscuridad total.

Zero Café

Era la segunda vez que se encontraba con su mirada. Bajo una camiseta horripilante dos tallas por encima de la suya, se advertía una interesante complexión física, y en sus ojos oliváceos se podían leer sus pensamientos. Lo único que no le terminaba de encajar en él era esa barbita perfectamente descuidada de «aparento ser más salvaje de lo que soy».

Sobre la línea de sus hombros, en la pantalla, se estaba proyectando el video de Sober, *Arrepentido.* Sesión Zerodark *by* Paco DVT.

Sobre la barra un Barceló con cola por estrenar.

Sobre su cabeza miles de pensamientos por espantar.

Sara Robles recordaba a la perfección la primera vez que pisó el Zero. No sabría precisar el mes, pero sí el año. Porque durante ese 2013 le ocurrió lo que nunca le debería haber pasado. Por lo menos a ella. Engancharse de esa forma con un compañero fue una pésima idea, aunque, en su descargo, habría que reconocer que no fue ni mucho menos premeditado.

Aquel día, recordó, habían salido tarde de comisaría y Sancho le propuso ir a picar algo por allí cerca. Acabaron, cómo no, sentados en una de las mesas del Rosabel, en manos de Cuqui, bebiendo más que comiendo, poniendo distancia con la realidad a cada trago que daban. Y la realidad era que ella había terminado en Valladolid tras su paso por Zaragoza como jefa del Grupo I de la Unidad de Drogas y Crimen Especializado. Y si accidentada fue su salida de la capital aragonesa —amenazar a un superior es, cuando menos, accidentado—, su aterrizaje no lo fue menos al tener que enfrentarse a un complicado caso de secuestro de una menor con dramático desenlace.

Cosas del oficio.

Las vicisitudes propias del trabajo se encargaron de ir estrechando su relación con el pelirrojo, pero ella nunca fue consciente de que se estaba dejando arrastrar por una corriente demasiado violenta como para remontarla sin pagar caro el esfuerzo. Aquella noche ambos debían de querer alejarse mucho de la realidad, porque terminaron siendo carne de cañón para un buen samaritano de la talla de Luis, acostumbrado a calmar la sed del sediento hasta la hora de cierre. La repetición de aquella rutina hizo que una madrugada terminaran compartiendo sábanas en casa de Sara, y fue entonces cuando se percató del charco en el que se había metido, o, mejor dicho, del charco en el que se estaba metiendo. Porque, aunque aquella no fue más que la primera sesión de las muchas que vendrían después, sí fue la primera en la que consiguió conectar con alguien más allá de lo corporal. El infortunio que solía hacer acto de presencia cuando las cosas empezaban a irle bien —aunque Sara no creyera en el hado—, hizo que Sancho tuviera que marcharse a Argentina siguiendo los pasos de un tipo con el que había colaborado en el pasado y que resultó ser un destacado miembro de un grupo de prohombres que se dedicaban a la trata de personas. Con el cierre de la investigación, a Sancho se le abrieron las puertas de la Interpol y, al atravesarlas, emergió la distancia.

El paso del tiempo se encargó de pudrirlo todo.

—¡Pero bueno, Sara, que se te va a quedar eso para fregar suelos! —le dijo Luis con esa naturalidad tan invasiva de la que hacen uso quienes están acostumbrados a tratar a diario con extraños. Esa naturalidad que invita a pensar que el desconocido podría ser la persona que mejor te conoce del mundo.

Ella lo miró, le pagó con una sonrisa sincera y se llevó la copa a los labios.

—¿Te la cambio o se puede beber?

—Se puede beber.

—Vale. Si necesitas algo estaré un rato más por aquí —bromeó sabiendo que le quedaba toda la noche por delante.

El vídeo de Sober captó entonces su atención. No era la primera vez que la escuchaba, pero jamás se había fijado en que el cantante, calvo y con perilla, le recordaba mucho a alguien. Como suele ocurrir en este tipo de situaciones, no fue hasta que Paco cambió de canción y empezó a sonar *In the end*, de Linking Park, que cayó en la cuenta: el cantante de Sober era clavadito al de Celtas Cortos.

Alguien le tocó el hombro por detrás. Era Juanjo.

—¡Vaya, qué sorpresa! —dijo un tanto azorado.

Rondaba los treinta y era de esos que, sin ser físicamente muy agraciados, se saben resultones. De los que han sido varias veces finalistas en el concurso de guapos de la feria del ganado de su municipio natal. Un «casiguapo» con jeta. Lo que no sabía Casiguapo —plantado frente a Sara con ese careto de «estoy aquí pero no sé muy bien por qué»— era si ser prudente y darle dos besos, lanzarse a comerle el morro o mantenerse firme pero a la expectativa. Ella no tardó en resolver la cuestión al ofrecerle la mejilla.

—No sabía que hoy fueras a estar por aquí —prosiguió él.

—Bueno, no tenías por qué saberlo.

—Ya, sí. ¿Estás sola?

Sara asintió.

—Verás, es que yo he venido con un amigo. Está ahí pidiendo. Ahora te lo presento, si quieres —añadió dubitativo.

—Claro.

En ese instante a Sara se le pasó por la cabeza la posibilidad de hacer un trío. No sería la primera ni la segunda vez, pero no guardaba buenos recuerdos de ninguna de las dos, lo cual no le animaba a repetir. Tampoco a descartarlo del todo.

—Sara, mira... —a Casiguapo se le notaba algo tenso—, esta noche hemos quedado a cenar con nuestras parejas. Nosotros dos nos hemos adelantado, pero están al caer y..., bueno, lo de ayer estuvo de puta madre. Cojonudo, de verdad, pero llevo cuatro años con Mónica y, ya sabes.

—No, no sé.

—Pues eso. Que estamos bien, pero a veces ocurren estas cosas, ¿no?

—Vamos a ver, Juanjo, relájate un poco —salió al paso Sara—. Ayer no me dijiste que tuvieras novia, ni yo te lo pregunté, porque, sinceramente, me daba y me da lo mismo. No pienso fastidiarte la noche, ni mucho menos tu relación con ella. Solo estoy tomándome una copa. Nada más.

Casiguapo soltó el aire.

—¡Eeeh! ¿Y este pibón?

De la misma quinta que Casiguapo, su amigo era bastante más llamativo en primera instancia, pero de los que en cuanto abren la boca te demuestran que son tontos hasta el almuerzo y luego ya todo el día. El clásico «tontolaba».

—Sara, este es Ángel. Ángel, Sara.

—¡Encantado!

Dos besos con la mayor asepsia posible, como si fuera portador de un virus extremadamente contagioso. Chequeo al escote con ojos de batracio momentos antes de proyectar su pegajosa lengua.

Asco máximo.

Trío descartado.

—Mira, pilla ese hueco que luego se peta y no hay Dios que pida —le propuso Casiguapo, muy vivo él.

—Venga, ya nos veremos, guapísima —se despidió Tontolaba dejando patente que su rango de majadero comportamiento abarcaba también la madrugada.

Sara le dio un buen trago a la copa. En efecto, estaba aguada.

—Bueno, lo dicho —retomó Sara—. Tú a lo tuyo. Disfruta de la velada.

—Gracias.

Casiguapo recortó la distancia.

—Sara, ¿te puedo pedir tu número de teléfono?

—Por supuesto que puedes, pero mejor lo dejamos como está y si algún día nos volvemos a encontrar y nos apetece repetir, repetimos.

Casiguapo invirtió unos segundos en masticar, tragar y digerir los nutrientes de la negativa.

—Vale —excretó—. Hasta luego.

Sara Robles sonreía por dentro cuando se giró hacia la barra y le hizo una seña a Luis. No fue necesario nada más que empujar con dos dedos la copa para que él lo entendiera.

—Si ya lo sabía yo —comentó el barman.

Tenía pinta de que aquella que estaba preparando Luis iba a ser la última copa, pero al echar un vistazo al ruedo y toparse por tercera vez con esa mirada entre sugerente y soez le surgieron algunas dudas. Dudas que se disiparon tan pronto como reconoció los primeros acordes de *The bitter end*, de Placebo, una de las canciones preferidas de Sancho.

Mientras disfrutaba del vídeo, en su cabeza se estaba desarrollando un debate en el cual, los preceptos defendidos por los diputados del partido TDC —Terapia Dialéctica Conductual— estaban siendo aplastados por las voces de los integrantes del GLE —Ganas de Liberar Endorfinas—, y todo parecía indicar que, otra vez, el decreto ley que pretendían aprobar sería rechazado por amplia mayoría.

Antiguo cauce del Esgueva

Tardó más de la cuenta en encontrar su maldita linterna removiendo el fango a tientas. La otra, la que le había roto los dientes, había dejado de funcionar. Tenía que atrapar a ese cabrón o las cosas se le iban a torcer mucho. Demasiado para poder enderezarlas sin pagar su precio.

Más dolorido moralmente que en lo físico, Émile Qabbani se puso en marcha. Recordaba las últimas indicaciones que había verbalizado el tipo al que acababa de meterle en el cuerpo unos cuantos gramos de acero: recto hasta llegar a un pozo; bajar unas escaleras de caracol y recorrer el tramo final que daba al aliviadero del Pisuerga donde tenían aparcada la furgoneta. Se negaba a admitirlo, pero en su fuero interno sabía que se había comportado como un auténtico principiante. Que ese idiota lo etiquetara de musulmán le hizo precipitarse, aunque no tenía razón de ser, dado que, tal y como confesó, él no era un hombre religioso. Se había vuelto a dejar llevar por las tripas, algo muy poco conveniente, porque, si había algo incompatible con su cometido, era comportarse de forma impulsiva.

Samir se habría avergonzado de él si lo hubiera visto actuar así.

Así se lo habían ordenado. Una vez con la pieza en su poder debía eliminar a los intervinientes. A todos. Con los señores Pixie y Dixie, esos dos parias, lo tenía bastante sencillo: dos tiros antes de salir al exterior y tal día hizo un año. Con el otro, el engendro, el plan era cargárselo cuando quedara con él para entregarle la pieza robada. Iba a disfrutar haciéndolo. Había visualizado el instante preciso después de terminar el primer y único encuentro que mantuvo en persona con el Espantapájaros. Odiaba a la gente que le hacía sentirse tan pequeño sin motivo aparente. Lo único que sabía de él era que su especialidad era planificar robos de obras de arte por encargo. Planificar, nunca ejecutar. Si a alguien con muchos recursos se le antojaba una pieza única acudía a él. El tipo solo evaluaba los riesgos y dependiendo de su valor en el mercado negro y de la dificultad que entrañaba la operación, fijaba una cifra. Sin embargo, y aunque él no estaba al tanto de todos los pormenores, esta era distinta por algún motivo que nadie se había dignado a explicarle. Tampoco aspiraba a manejar toda la información, pero lo que no alcanzaba a comprender es cómo la persona más repulsiva que había visto jamás —desproporcionado, deforme, medio impedido y feo, terriblemente feo— contaba con la confianza de un hombre tan desconfiado como era Nikita Chikalkin, su jefe.

Un débil pero manifiesto sonido metálico le hizo apretar el paso. El haz de luz marcaba el camino a la vez que le hacía de punto de mira por si en algún momento lograba vislumbrar una silueta. Empuñaba su Sig Sauer P226 de 9 mm confiando en poder usar alguna de las siete balas que aún le quedaban en el cargador. Un ensanchamiento coincidió con una inesperada bocanada de aire fétido que le hizo arrugar la nariz. Frente a él, unas escaleras de caracol, cual broca gigante, taladraban el suelo. Al asomarse y alumbrar hacia abajo con la linterna vio que algo se movía y no se lo pensó. Apretó dos veces el gatillo y se lanzó a la persecución del minero. Se introdujo el arma por dentro del pantalón para poder agarrarse a la barandilla, disminuyendo así las probabilidades de tropezar al descender a esa velocidad. Ya vislumbraba el final cuando algo que no debería estar ahí le hizo trastabillarse. Antes de golpearse con la estructura metálica en la frente y recorrer el último tramo rodando, dedujo con acierto que su perseguido le había agarrado el tobillo.

Émile Qabbani, más aturdido que malherido, estaba a punto de completar la composición espacio tiempo para determinar así la manera de incorporarse. Sin embargo, los doscientos cincuenta seis kilogramos de fuerza que encajó su mandíbula provocaron una desconexión incompatible con cualquier procedimiento cerebral.

Raimundo Trapiello Díaz dejó de darle patadas en el costado al descodificar un mensaje de su sistema nervioso procedente del empeine de su pie derecho.

Dolor.

Intenso.

Detenerse.

—¡Jódete, hijo de puta! —le gritó el asturiano al saco humano que yacía a sus pies.

Lo siguiente que hizo fue registrarlo en busca de la pistola con la que había asesinado a Charlie. Superando el temblor generalizado que se había hecho dueño de su cuerpo, el minero la empuñó con fuerza y le apuntó a la cabeza. Quería hacerlo. Deseaba hacerlo, pero una pregunta le impedía salvar la resistencia del gatillo: ¿necesitaba hacerlo?

No.

—¡Hijo de puta!

Se disponía a darle una última coz de despedida, pero la extraña mochila que el señor Jinks todavía llevaba a su espalda le hizo cambiar de planes. Sabía que dentro llevaba lo que se había llevado del museo. Una pieza desconocida que le había costado la vida a su compañero y que a punto había estado de llevarse la suya. No tenía ni la menor idea de cuál podría ser su valor, pero, desde luego, no se le pasó por la cabeza dejarla ahí. Así, se la quitó sin ninguna delicadeza, recuperó la linterna del suelo y al trote se dejó engullir por el colector que corría bajo el pavimento del paseo de Isabel la Católica. Lo intuía, pero aún estaba muy lejos de ser consciente del embrollo en el que se había metido. De momento, lo único que realmente anhelaba era salir al exterior.

Sentir el aire renovado.
Respirar.

Zero Café

Tan pronto como las luces se encendieron y cesó la música, a Sara le dio la sensación de que acababa de esfumarse el halo de magia en el que se había dejado envolver desde que había entrado por la puerta. El reloj de la pantalla del móvil aseguraba que eran las cuatro y media en punto, pero ella tenía la sensación de haber estado allí dentro no más de un par de horas.

—Dime qué te doy —le preguntó a Luis.

—Cuatro tienes, tres te cobro. Total: diecinueve cincuenta.

—Gracias.

Sara sacó un billete de veinte y lo deslizó por la barra.

—¿Qué le pasaba al maromo que se parecía a Jaime Lannister pero en moreno y sin mano chunga?

Sara elevó las cejas y soltó una carcajada.

—¡Es verdad que se le daba un aire! ¡No me había fijado!

—Lo han dicho estas —prosiguió refiriéndose a las camareras—, que son malas como ellas solas. Te la ha pegado pardísima.

—No era mal tipo, pero el alcohol lo ha puesto trascendental. Demasiado para mi capacidad de aguante filosófico. —La realidad era otra: no había conectado químicamente con él, ni siquiera para uno rápido—. Cuando se puso a hablar de los resultados electorales le dije que había sido un placer conocerle y lo cazó al vuelo.

—Ya me fijé en la cara de perrito abandonado con la que se marchó.

—Eres una maruja de talla máxima, querido.

—Y lo bien que me lo paso, ¿qué?

Paco apareció tras la columna con una bandeja de chupitos de color verde pantano pero fluorescente.

—Fuego Valyrio. ¿Quieres? —le ofreció.

—Quita, quita. Prefiero dormir aunque sea un rato, porque intuyo que la semana que viene va a ser maravillosa —presagió pensando en el caso de la anciana encontrada muerta en la bañera.

El DJ se rio.

—Oye, hace tiempo que no vemos por aquí al pelirrojo; ¿sigue por Francia?

Sara, noqueada por la mención, tardó en reaccionar.

—Allí sigue, sí.

—¿Y qué tal le va?

—Bien, supongo.

Paco, igual que el falso Jaime Lannister, lo cazó al vuelo.

Finalmente, Sara se dejó seducir por el licor, y, sin siquiera poder catalogar su sabor, se dio media vuelta y levantó el brazo.

—¡Hasta pronto, cariño! —se despidió Luis.

Estaba soñando que estaba desnuda y llegaba tarde a un examen cuando sonó. Tardó en darse cuenta de que no era la alarma del instituto en el que estudió en Huesca, sino el persistente y odioso sonido de su móvil. Tras varios intentos fallidos logró localizarlo en el mismo sitio donde lo había dejado. En cuanto leyó el nombre de Álvaro Peteira supo que ya no dormiría más en lo que quedaba de fin de semana.

—¿Qué pasa ahora? —contestó malhumorada.

—Pues no te lo vas a creer, jefa, pero acaban de avisarnos del museo. Hay un muerto.

—¡Venga ya! ¿En qué museo?

—En el que está al lado de tu casa.

—¿El de escultura?

—El mismo.

—Pero ¿dentro o fuera?

—Dentro. Parece ser que a las ocho hay cambio de turno y los que han entrado se han encontrado a un compañero con varios disparos.

—¿Estás allí?

—Acabo de salir para allá. Tardo cinco minutos.

—Más o menos lo mismo que yo en ducharme, vestirme y cruzar la calle. Espérame en la puerta —le dijo antes de colgar.

Al incorporarse de la cama se acordó del maldito Fuego Valyrio y maldijo su escaso empeño a la hora de mantener un «no». Resoplando mientras se frotaba la cara camino del baño, quizá por exceso de alusiones o porque realmente la expresión lo resumía y concretaba todo, Sara verbalizó contra su voluntad:

—¡Hay que joderse!

PARÁLISIS TOTAL

Calle de la Torrecilla
Valladolid
12 de mayo de 2019

Conforme oyó el golpe de la puerta al cerrarse se arrepintió de haber salido tan ligera de ropa. La temperatura no llegaba a cinco grados, pero la aceleración inherente a la premura, combinada con la deceleración propia de la resaca, tuvo como resultante que se vistiera con un atuendo más acorde para asistir a una capea que con el que se le presupone a una inspectora de homicidios que, para su desgracia, se dispone a ejercer como tal.

Antes de cruzar por el pasaje que comunicaba con la plaza de Federico Wattenberg se fijó en que todavía había mucha actividad a la puerta de la discoteca Asklepios y un acto reflejo le hizo consultar la hora. Habían transcurrido solo nueve minutos desde que recibió la llamada de Peteira y el jaleo que se atisbaba a la entrada del museo no distaba mucho del que tenía el garito nocturno. Sin embargo, entre todos los compañeros y curiosos que ya poblaban los alrededores, no reconoció al gallego. En un acto reflejo alzó la vista, atraída quizá por el enigmático poder que desprendía la imponente fachada del colegio de San Gregorio, edificio bajo el que se cobijaba el Museo Nacional de Escultura. Sus conocimientos de arte podían equipararse con los que tenía en física cuántica, lo cual no le impedía captar y disfrutar de su belleza. En aquel examen visual se quedó con el enorme escudo sostenido por dos leones que dominaba la parte central y el nivel de detalle de los infinitos elementos decorativos que la revestían. De todos ellos, le llamaron la atención unas figuras humanas situadas en la parte baja de los contrafuertes y que bien podrían haber servido de inspiración para crear los caminantes blancos. O, puede que ella, al igual que un porcentaje muy elevado de la población, estuviera influenciada de modo exagerado por la temporada final de *Juego de Tronos.*

—Buenos días, jefa.

Desprendía olor a tabaco, seguramente por haber venido fumando dentro del coche. Era ese uno de los olores que más rechazo le generaban, pero no estaba Sara para criticar vicios ajenos.

—Buenos días, Álvaro.

—Como tarden mucho en acordonar esto se nos va a llenar de críos mamados. Y de jubilados —añadió.

—Sí, bueno, nosotros a lo nuestro.

Peteira se acercó a uno de los uniformados. Este le hizo las indicaciones pertinentes para que cruzara el Patio de los

Estudios, que, a modo de atrio romano, se encargaba de dar la bienvenida a los visitantes. Allí, visiblemente alterado, ya los aguardaba el director de seguridad del museo.

—Pero, coño, Velasco. No sabía que estuvieras tú al frente de este castillo —le saludó Peteira.

Al depender del Ministerio de Cultura y Deporte el cargo lo ocupaba un miembro del Cuerpo Nacional de Policía, y Rodolfo Velasco había sido jefe del servicio de noche en Valladolid durante unos cuantos años. De constitución atlética y buena talla, era la suya una miscelánea expresión que contenía conmoción y congoja.

—Peteira —lo reconoció este estrechándole la mano.

—Inspectora Robles —se presentó—. ¿Os conocéis?

—Desde hace tiempo —precisó el gallego—. Te perdí la pista cuando te enviaron a... ¿dónde era?

—A Don Benito, pero en cuanto me saqué la plaza de inspector jefe y me enteré de la vacante... Estoy destinado aquí desde el 2011.

—¡Tú sí que sabes! —lo felicitó Peteira dándole una palmada en el hombro.

—¿Dónde está el cuerpo? —quiso atajar Sara Robles.

—Los cuerpos —le corrigió—. Son dos.

—Cojonudo, cojonudísimo —calificó ella.

—Sí. Dos chavales que conocía bien. Dos buenos chavales, joder. Uno arriba, en el centro de control, y el otro en la sala 7. Ambos con heridas de bala.

—¿Llegaron los de la bata blanca?

—No, solo estamos los dos vigilantes que han entrado ahora a las ocho, las de la limpieza, que las acabo de mandar para casa, y nosotros —contestó Velasco—. Si queréis os enseño primero por dónde han entrado los cabrones.

—¿Sabemos ya qué se llevaron? —preguntó el subinspector.

—No hemos tenido tiempo de averiguarlo, pero, en cuanto llegue la directora y se dé un paseo lo vamos a saber, te lo aseguro. Es por aquí.

De nuevo cruzaron el patio en dirección opuesta para llegar a la taquilla.

—Estas escaleras conducen a los baños y justo encima está el centro de control —informó Velasco.

—¿Qué medidas de seguridad tiene el museo? —indagó la inspectora.

—De todo. Circuito de ciento setenta cámaras provistas de *antimasking*. Detectores de movimiento e infrarrojos en todas las salas, alarmas en accesos exteriores, puertas y ventanas y alarma antisísmica, que ya veremos por qué narices no ha saltado —comentó—. Todo ello conectado a una central en Madrid que también se encarga de alojar en remoto las imágenes captadas por las cámaras, por lo que no hay riesgo de que...

—Por cierto —le cortó Sara volviéndose hacia Peteira—, hay que avisar ya mismo a Seguridad Privada para que empiecen a cosechar cuanto antes los discos duros de las cámaras externas, que luego entre unas cosas y otras no tenemos material hasta el día del Juicio Final.

—Siendo festivo mañana, Nieto estará en Torrelavega regando los tomates, fijo.

—Pues se le jodió el puente, como a todos.

El gallego asintió con una sonrisa en los labios.

—Entonces, ¿han entrado por aquí abajo? —le preguntó Sara a Velasco.

—Ahí lo tienes —le mostró el director de seguridad encendiendo la luz del baño.

Un irregular boquete de algo más de medio metro de diámetro rodeado de trozos de suelo porcelánico.

—¡Manda carallo! —se sorprendió Peteira—. ¿Y un túnel no hace saltar la alarma antisísmica?

—Depende de qué hayan utilizado para cavar. Seguro que un martillo neumático no.

—¿Sabemos hasta dónde llega? ¿Qué hay al otro lado de esa pared? —señaló ella.

—El jardín, pero no hay forma de andar por ahí sin que te cace algún sensor. Yo diría que vienen de más lejos —elucubró Velasco.

—¿El alcantarillado? —sugirió el gallego.

—Eso creo, sí.

—Pues currelo para los de Subsuelo —advirtió el subinspector.

—Encárgate —terció ella—. Y aprovecha para lo de Nieto. ¿Tenemos una linterna a mano?

—En mi despacho debo de...

Sara sacó su teléfono y activó la linterna antes de arrodillarse para introducir la mano lo más abajo posible.

—Es profundo —evaluó.

—Aquí hay sangre —indicó Peteira señalando el lavabo mientras sujetaba el teléfono con el hombro y la barbilla.

—Madre mía, al entrar no me fijé en otra cosa que el boquete del suelo. Es sangre, sí —confirmó innecesariamente el director de seguridad.

—Y aquí también —descubrió Sara Robles en la pared de enfrente—. Y el azulejo está roto, así que yo diría que aquí hubo jaleo.

—Igual trincaron a uno de los vigilantes aquí y le estamparon la cabeza contra la pared —se aventuró a decir Velasco.

—Aquí no hay cámaras, ¿verdad? —quiso cerciorarse ella.

—No lo permite la ley.

—Buen sitio para entrar, entonces.

—Tiene pinta, a bote pronto, de que los ladrones no eran unos cualquiera.

—No lo parece, no.

—He hablado con Llanes —anunció Peteira refiriéndose al jefe de la Unidad de Subsuelo—. Se ponen en marcha. Y, por cierto, ahí dentro hay un teléfono reventado.

—El de Chema, seguro.

—Yo diría que tenían muy claro por dónde debían acceder al museo —concluyó la inspectora—. Digamos que ocurrió como dices, pero ¿por qué no saltaron las alarmas de movimiento? ¿Usarían inhibidores de señal?

—No lo creo. Los inhibidores bloquean la señal GSM y nuestro sistema se comunica con la central de alarmas de Madrid de forma inalámbrica, sí, pero también por línea fija. El tema es que cuando el vigilante hace la ronda desactivan los sensores de movimiento para que no estén saltando continuamente.

—Pero las cámaras seguirán grabando —comentó Peteira.

—Sí, claro.

—Vale. Pues ya sabemos qué es lo primero que tenemos que comprobar para ver cómo lo hicieron —prosiguió el subinspector.

—Todo se aloja en un servidor local y se sube cada ocho horas a una especie de nube que tiene esta gente. Así que la película la tenemos seguro —certificó Rodolfo Velasco.

—Bien. Entonces vamos a dejarnos de suposiciones y vayamos a ver el primer cadáver.

Los flashes anunciaron que los de la Científica ya estaban haciendo su trabajo. Tras cumplir con el protocolo de seguridad los tres entraron en el centro de control.

—Edu Martínez —dijo Velasco—. Treinta y pocos. Casado y con dos niñas. Llevaba tiempo aquí. Desde antes de que yo entrara. Joder, qué desgracia.

Estáticos, Sara Robles y Álvaro Peteira contemplaron la escena sin mediar palabra. A unos tres metros de la puerta yacía un cuerpo boca abajo con la cabeza ladeada hacia la izquierda. Las extremidades superiores estaban bajo el tórax y las inferiores se presentaban ligeramente recogidas. Un amplio lago de sangre se extendía bajo el cuerpo.

—¿Van siempre armados? —le preguntó Peteira a Velasco al ver el revólver en el cinturón.

—No, solo cuando no hay público, como era el caso.

—Entiendo. La coagulación está bastante avanzada, por lo que yo diría que han pasado varias horas —observó ella—. No hay signos de arrastre, así que debemos pensar que murió casi en el acto.

—Esos son orificios de entrada —señaló el subinspector al tiempo que se acuclillaba—. Cuento cuatro.

—Sí, esos veo yo. Le dispararon por la espalda y cayó muy malherido ahí mismo, porque no pudo ni moverse. Es posible que uno de ellos le alcanzara en el corazón. Ese, por ejemplo.

—Sí. Se echó las manos al pecho y se dejó caer hacia delante. No creo que tardara mucho en morir.

—Por suerte —apostilló ella.

—El reglamento dicta que siempre tiene que haber un vigilante en el centro de control, por lo que sigo pensando que a Chema lo trincaron en el baño. Quizá oyera algún ruido y, al ir a comprobar..., ¡pim pam! Lo desarman y le revientan el móvil. Lo traen hasta aquí para que haga que su compañero le abra la puerta y...

—No entiendo. ¿Por qué no abrieron directamente con la tarjeta del otro vigilante?

—Por el botón del pánico.

—El botón del pánico —repitió Peteira.

—Lo llamamos así —prosiguió Velasco—. Está debajo del tablero y es una alarma silenciosa que se usa solo para casos como este, aunque, que yo sepa, jamás había tenido que activarse. Lo sabían, por eso necesitaban que se alejara de su puesto. Cuando Edu viene a abrir la puerta se encuentra con unos hijos de puta que, en cuanto se gira, lo acribillan por la espalda.

—Entonces el otro aprovecha para salir huyendo —aportó Sara Robles—. Tiene sentido. ¿Por dónde crees que iría?

—Por el camino más corto.

Algún lugar de la red de alcantarillado

Sumido en una absoluta oscuridad, Émile Qabbani no era capaz de moverse ni de ordenar sus pensamientos. Estaba al borde del colapso. El volumen de información que circulaba desde su sistema nervioso periférico hasta el tálamo era excesivo. Desde ahí se distribuía al lóbulo parietal —encargado de localizar el origen del dolor— y al sistema límbico para gestionar la carga emocional. El proceso culminaba en la corteza cerebral, cuya función no era otra que tomar una decisión al respecto. Y ese, precisamente, era el problema. El parte de daños era tal que el cerebro había decretado la inacción total, dictamen muy acertado si no fuera porque Qabbani era consciente de que tenía que salir de allí cuanto antes. Le costaba respirar, o, para ser más exactos, cada vez que inspiraba ese sucio y viciado aire recibía un pinchazo en el costado izquierdo que le ponía a funcionar las glándulas lacrimales en modo máxima producción. Tal era la intensidad que las alarmas que provenían de la boca, la cabeza y la mandíbula apenas si las sentía.

Pasados los minutos y tras varios intentos fallidos, el libanés había logrado ponerse en pie, hito que perdía importancia si, como era el caso, no tenía la menor idea de hacia dónde ir. Por suerte —entendido el uso del término como la ausencia de mayores desgracias que las ya mencionadas—, el móvil no había sufrido ningún desperfecto y aún le quedaba un cuarenta y seis por ciento de batería. Ojalá tuviera la posibilidad de llamar a alguien y que pudiera sacarle de ese agujero, pero le tocaba salir por su propio pie. Se disponía a ello cuando se percató de que no llevaba encima la Glock.

La correlación de ideas hizo el resto: la mochila con la talla. Alterado, empezó a alumbrar al suelo recorriendo como buenamente pudo un perímetro cercano hasta que se dio por vencido y se rindió a la realidad: Dixie se la había arrebatado. La irritación en grado supremo mezclada con generosas dosis de impotencia conformaron un cóctel explosivo mucho más potente que el dolor y cuya onda expansiva liberó por la boca en forma de alarido.

Varias veces.

Cuando sus cuerdas vocales no dieron para más, Émile Qabbani echó a andar hacia el enorme agujero negro que se abría frente a él con la idea de salir al exterior por la primera alcantarilla que encontrara. Mientras avanzaba adaptando su morfología al metro cincuenta de diámetro del colector, un triple objetivo se cinceló en su listado de prioridades: encontrar al condenado minero, recuperar la talla y disfrutar torturándolo hasta la muerte.

Hostal Ramón y Cajal

Sabedor de que contaba con algo de margen de tiempo pero que no podía malgastarlo, Raimundo Trapiello Díaz lo había invertido en lo que de verdad le pedía su cuerpo: un baño caliente. Cerró los párpados y permitió que su mente proyectara imágenes recientes que ya nunca podría eliminar del archivo de su memoria.

Se iban a cumplir tres horas desde que había logrado salir al exterior por el aliviadero que desembocaba en el Pisuerga y que caía a la altura de la Rosaleda. Tan pronto se hubo llenado los pulmones de aire fresco le invadió una sensación de optimismo difícil de justificar dada la comprometida tesitura en la que se encontraba; sin embargo, tal era el efecto reconfortante que le provocaba inhalar oxígeno puro que incluso se regaló unos minutos para disfrutar de ello. El muro de más de tres metros que separaba la zona ajardinada de la ribera del río le otorgaba la privacidad que necesitaba. Antes de ponerse en marcha juró por todos los antepasados difuntos de su árbol genealógico al completo que jamás de los jamases volvería a meterse en las cloacas de ninguna ciudad del mundo, del universo conocido y por conocer. La Ford Transit de color blanco —cristales tintados, doble cabina y configuración mixta para transporte de carga y pasajeros— estaba bien aparcada en el paseo que llevaba hasta la playa de las Moreras y encontró la llave donde Charlie la había dejado: dentro del tubo de escape. Tal y como estaba marcado en el plan, dentro de la furgoneta habían dispuesto un kit de aseo individual y ropa limpia que al contacto con su piel le sirvió para refrendarse en sus propósitos: saldría de aquella. Aún no sabía cómo, pero saldría. Luego condujo hasta el descampado cerca de la fábrica de Lingotes Especiales, donde habían previsto lo necesario para quemar la ropa de trabajo, y regresó al centro para estacionar el vehículo y dirigirse al hotel. A partir de ese momento tenía que decidir cuáles iban a ser sus siguientes pasos y, para favorecer el proceso de reflexión, resolvió que necesitaba relajarse.

La elevada temperatura del agua hizo que se le dilataran los vasos sanguíneos con la consiguiente reducción de la presión arterial. Mantenía una cadencia respiratoria sosegada y su ritmo cardíaco estaba próximo al letargo. Durante el proceso había valorado y descartado ya muchas opciones, la mayoría por encontrarlas demasiado arriesgadas, otras por ser en exceso conservadoras y las menos por insensatas o disparatadas. Como conclusión, Rai había asumido que no se podía bajar al infierno y pretender salir sin una sola quemadura, de igual modo que no estaba dispuesto a abandonar el cielo sin sus merecidas alas. Además, contaba con una gran ventaja respecto a sus competidores: tenía lo que los demás querían. Tenía la talla.

¡La talla!

En ese instante Rai abrió los ojos y se incorporó súbitamente.

—*¡Cagonsós!* —verbalizó al percatarse de que ni siquiera se había interesado en averiguar qué era lo que contenía la mochila del señor Jinks.

Sin secarse, salió del baño y se dirigió a la cama donde la había depositado cuando entró en la habitación. Como si pudiera detonar en cualquier momento, Rai abrió la cremallera, la agarró con las dos manos con la delicadeza con la que se sujeta a un recién nacido y la colocó sobre la mesilla.

No podría decirse de Raimundo Trapiello Díaz, minero por obligación devenido en ladrón de piezas de arte, que fuera un entendido en el tema. Mucho menos en escultura. Pero esa que contemplaba a dos palmos de distancia y de la que no era capaz de despegar la mirada le pareció la cosa más hermosa del mundo.

Y ahora era suya y solo suya.

—Cagonsandiola —la calificó con admiración.

Museo Nacional de Escultura

El camino más corto pasaba por el vestíbulo, la tienda del museo y el Patio Grande. Sus imponentes arquerías hicieron que Sara desviara la vista del frente. Este, pensado para vertebrar el resto de dependencias del antiguo colegio de San Gregorio, era considerado una de las joyas más significativas del arte hispanoflamenco. Organizado en dos alturas de planta cuadrada, el piso inferior destacaba por la sucesión armónica de los arcos escarzanos, sustentados por elegantes columnas salomónicas de fuste helicoidal.

—Lo lógico es que Chema hubiera accedido al interior por aquí —conjeturó Velasco empujando la puerta de madera de la sala 3—. Al fondo están unas escaleras que...

Silencio.

—¡La leche puta!

Un pedestal vacío.

—A María le va a dar un ataque —prosiguió—. Si se hubieran llevado el retablo entero no le dolería tanto.

—¿María? —quiso saber Peteira.

—María Bolaños, la directora del museo. No me preguntéis el motivo, que yo controlo de arte lo mismo que de hacer calceta, pero diría que esta pieza era su preferida de toda la colección. Siempre que enseñaba el museo a alguna visita importante se paraba delante y la explicaba como si la hubiera tallado ella. Estas salas están dedicadas principalmente al retablo mayor de San Benito, que, tras la Desamortización, acabó aquí.

—Y antes, cuando has subido, ¿no te has dado cuenta de que faltaba?

—No pasé por aquí, subí por el otro lado.

—Bueno, pues un asunto resuelto —intervino Sara—. Ya sabemos qué tenemos que buscar. ¿Continuamos?

Velasco se sorprendió y, hasta cierto punto, se sintió ofendido por la frialdad de la inspectora. Quizá él también hubiera desarrollado ese vínculo afectivo con la figura de la que tantas veces le había hablado la directora.

—Es por ahí —indicó—. Todas estas tallas las hizo para el retablo y las dos más relevantes son la que han robado y esta —aseguró señalando *El sacrificio de Isaac* de Berruguete.

—Tiene fuerza —observó el gallego.

—Transmite cosas, ¿verdad? Te puede gustar más o menos, pero llegarte, te llega. Las escaleras están a la vuelta.

—Es curioso que no se la hayan llevado, ¿no? —comentó ella—. No es demasiado grande y, una vez metidos en harina, ¿se sabe qué valor tiene?

Inconscientemente, Rodolfo Velasco no quiso desperdiciar la oportunidad de darle una lección.

—Es que esto no funciona así. Las obras de arte como estas no tienen un valor económico equis porque pertenecen al Estado y no están a la venta. Valen lo que alguien quiera pagar por ellas. El único baremo que existe es el que establecen las compañías aseguradoras de manera obligatoria antes de realizar el traslado de algunas obras que nos piden para formar parte de exposiciones. Dependiendo de cuáles sean te cobran más o menos, pero de eso se encargan otros.

—Muy bien. Pero habrá una estimación de lo que podría llegar a valer en el mercado negro, vamos, digo yo —insistió Sara justo cuando iban a afrontar el segundo tramo de la escalera de madera.

—Lo habitual es que este tipo de trabajos se hagan por encargo. No es que unos ladrones hayan pensado en robar una talla a ver cuánto sacan, no. Alguien les ha ofrecido una cantidad por robar esa en concreto, que seguramente no sea moco de pavo.

—¿Y luego?

—Supongo que ese alguien la pondrá en algún sitio que destaque en el puñetero salón de su casa, o igual se la revende a otros, ni idea. Hace no mucho me contaron que unos tíos entraron a robar en el yate de un jeque árabe y se llevaron un cuadro de Picasso que compró por veinticinco kilitos y que el muy cabrón tenía ahí, como si tal cosa. Los tipos no sabían qué coño hacer con él y los terminaron trincando.

—Que lo hubieran puesto en eBay —comentó Peteira.

Rodolfo Velasco se detuvo bajo el dintel de un arco de escayola como si algo le impidiera cruzar esa frontera.

—Ahí lo tenéis. Pobre Chemita, joder —señaló, atribulado.

En el techo, una estructura de madera en forma de pirámide truncada hacía que el potente sistema de iluminación instalado en el centro distribuyera luz por toda la estancia de manera eficaz y homogénea. Desde donde estaban no resultaba sencillo admitir que el cuerpo hubiera quedado en esa postura de modo natural. Si no fuera por la acumulación de sangre formada en el parqué, parecería que el vigilante se había quedado dormido de forma grosera sobre los asientos.

—La gente de Salcedo se va a tener que emplear a fondo —comentó Peteira.

—Poneos esto —dijo Sara repartiendo tres pares de calzas que había cogido abajo—. Guantes no he traído, así que no toquemos nada para no intoxicar la escena, no me gustaría tener que aguantar los bufidos de Salcedo.

En completo silencio y manteniendo una improvisada distancia prudencial, los tres examinaban los detalles en busca de respuestas.

—Lo confirmaremos cuando revisemos las imágenes de las cámaras, pero yo diría que ese boquete de la cabeza es de salida —se arrancó el subinspector—. Ahí tenemos restos de masa encefálica y proyecciones de sangre —indicó haciendo un círculo en el aire que abarcaba la parte superior del respaldo, la bóveda y la corva—, por lo que me atrevería a decir que el disparo de la cabeza lo recibió más o menos desde aquí.

Álvaro Pereira dio un paso lateral y simuló el disparo.

—El impacto lo desplazó hacia atrás y, al rebotar contra los asientos, cayó muerto hacia delante. He contado tres casquillos y no veo agujeros por ningún sitio, así que casi seguro que encuentran más heridas de bala.

—Cuatro —le corrigió ella—. Aparte de los del suelo, hay otro en el primer peldaño y podría haber más, pero sí, estoy de acuerdo con tu teoría. Ahora bien, lo que no consigo entender es la situación. Me explico: en cuanto ve cómo disparan a su colega, sale huyendo como alma que lleva el diablo y, a falta de corroborarlo, digamos que sigue la misma ruta que propone Velasco. Llega aquí con cierta ventaja, porque de otra manera no se escondería ahí detrás, y, estando desarmado, confía en que su perseguidor o perseguidores pasen de largo. Estos lo persiguen hasta aquí y, de repente..., ¿sale? ¿Por qué?

—Igual lo escucharon hacer algún ruido, le obligaron a salir y le dispararon.

—Pobre Chemita, joder —repitió el director de seguridad.

—¿Tenía familia?

—No. Era un tanto rarito. Lo único que le interesaba era el arte y el rugby.

La referencia hizo que Sara volviera a recordar a Sancho.

—Le encantaba dar lecciones de escultura a sus compañeros y, cuando lo dejaban, también de rugby.

Unas voces que provenían del fondo de la sala les hicieron girarse a los tres de forma simultánea. Una mujer de mediana estatura, y que aparentaba menos edad de la que seguramente tenía, intentaba zafarse del marcaje de dos uniformados.

—¡Rodolfo! —chilló—. ¡Rodolfo, por favor, diles a estos señores que me dejen en paz!

—Es la directora —identificó este.

—Lo que nos faltaba —musitó Sara—. Dile que no puede pasar.

Velasco salió a su encuentro y, tras conseguir que se tranquilizara, la inspectora se les acercó. La mujer tenía los ojos enrojecidos y con un pañuelo procuraba contener las lágrimas y el fluido empecinado en escapar de sus fosas nasales.

—Inspectora Robles —se presentó.

—¡¿Cómo es posible que nos haya pasado esto?!

La retórica de la pregunta arrastraba cierto aroma de reproche.

—Estamos tratando de averiguarlo, María. Tenemos que dejar trabajar a la gente de homicidios.

—¿Quiénes son, Rodolfo? He oído que han matado a dos vigilantes. ¡¿Quiénes son?!

Velasco le pidió permiso con la mirada a la inspectora. Ella asintió.

—A Edu en la sala de control y a Chema allí mismo —señaló moviendo el brazo.

—¡Ay, por favor! ¡Mi Chemita! Pero ¿qué daño podría hacer Chemita a nadie? A Edu no le pongo cara, pero seguro que era un chico estupendo. ¡Ay, por favor, qué desgracia! ¿Y todo por qué?

—Señora Bolaños —intervino Sara Robles endureciendo el tono—: todavía es muy pronto para averiguar qué ha sucedido. Solo sabemos que durante la madrugada entraron a robar haciendo un butrón desde el subsuelo y que, por desgracia, tenemos dos personas muertas.

En ese momento la directora del museo se envaró y ladeó la cabeza como si se estuviera produciendo una epifanía frente a sus ojos y no terminara de dar crédito a tal manifestación.

—A robar —repitió.

—Sí, señora, a robar.

—¡¿Y se puede saber qué se han llevado si es que se han llevado algo?!

Rodolfo Velasco se tomó su tiempo.

—Que hayamos constatado por ahora, *El martirio de san Sebastián*.

Parálisis parcial.

Tez cerosa.

Desvanecimiento total.

Algún lugar de la red de alcantarillado

Se había enfrentado y salido airoso de situaciones peores, aunque tenía que reconocer que jamás se había sentido tan humillado como en ese momento, cubierto de inmundicia de la cabeza a los pies y encaramado a los oxidados barrotes de una escalera que no se veía capaz de ascender. Sin embargo, había algo que le impedía rendirse. Un vínculo de sangre que iba mucho más allá del parentesco.

Una deuda vitalicia.

Su primo Samir aglutinaba todo lo que Émile aspiraba a llegar a ser algún día. Solo tenía siete años más, pero le daba la sensación de que él había vivido siete vidas más. O que la vivía de forma siete veces más intensa. Desde que tenía uso de memoria lo recordaba cerca, protegiéndolo en la escuela, enseñándole a sobrevivir en las peligrosas calles del barrio cristiano en el que vivían en Beirut: «Si detectan tu miedo serás vulnerable, si muestras y demuestras tu ira serás indestructible», le repetía. Aquella frase convertida en mantra le sirvió para superar las barreras del día a día, para no doblegarse ante la hostilidad del medio, para imponerse a quienes lo rodeaban. Así, cuando Samir tuvo que marcharse del Líbano con lo puesto, ya estaba preparado para todo. Con el paso de los meses fue averiguando que su primo había formado parte de varias milicias cristianas y que se había llevado por delante a varios cabecillas de Hezbulá. Les había dado lo suyo a esos cerdos, pero no había un solo chiita en Beirut que no quisiera despellejarlo vivo. Incluso llegó a correr el rumor de que lo habían decapitado y el vídeo circulaba con mucho éxito por internet.

Un bulo.

Los Qabbani eran indestructibles.

Años después se enteró de que Samir había logrado llegar a Europa, se había alistado en la Legión Extranjera y, tras esquivar a la muerte en los rincones más peligrosos de África, había terminado siendo el responsable del equipo de seguridad de un magnate ruso afincado en la Costa del Sol. Samir lo recibió en su lujosa casa de Estepona con los brazos abiertos y allí permaneció las primeras semanas hasta que llegó el momento de contarle la verdad. A Émile poco le importó enterarse de que Nikita Chikalkin, su jefe, fuera un *pakhan* de la Tambovskaya Bratvá y que estuviera al frente de una sólida red dedicada principalmente al blanqueo de capitales, sin hacerles ascos a otros lucrativos negocios como el narcotráfico, la prostitución y el tráfico de armas. Era cuestión de tiempo que Samir le ofreciera la oportunidad de ganarse su confianza y su respeto. Y así sucedió. Si Chikalkin quería asegurarse de que un negocio se completaba con éxito, se lo encargaba a los libaneses —Samir se había sabido ir rodeando de compatriotas leales a su causa— y se lo recompensaba siempre como correspondía. Cuando la organización estaba necesitada de efectivo para financiar otros asuntos, perpetraban asaltos en almacenes de productos con buena salida en el mercado negro, alguna joyería e incluso pisos francos de la maldita competencia albanesa o armenia. Sin embargo, el día que su primo Samir le explicó los pormenores de una operación que tenía que dirigir en Valladolid, a pesar de que no se atrevió a verbalizarlo, torció el gesto. ¿Un asalto a un museo? Le escamó, pero si era importante para Chikalkin, no iba a ser él quien lo pusiera en entredicho.

Y mucho menos quien considerara la opción de fracasar.

Émile Qabbani tomó aire para afrontar el último tramo. Casi se había acostumbrado a los terribles pinchazos que le taladraban el costado izquierdo, pero lo que no podía soportar era notar esos espacios muertos ocupados antes por sus incisivos. Con el depósito de energía muy mermado, el libanés tiró de orgullo para completar el ascenso que había iniciado hacía ya demasiados minutos. Tiempo extra que le estaba regalando al maldito minero. Ya tenía la tapa al alcance de la mano cuando el moho que cubría los barrotes hizo que su pie derecho resbalara quedando colgando únicamente de su brazo izquierdo. Qabbani aulló de dolor, pero, apretando los dientes, logró restablecer el equilibrio y, tras dos intentos fallidos más, terminó desencajando la tapa de la alcantarilla. Una bocanada de aire puro le invitaba a sonreír, mueca en la que no se prodigaba el libanés y que no pensaba articular hasta tener reparada la avería dental. Un último esfuerzo le sirvió para salir al exterior y, sin tiempo para que sus pupilas se adaptaran a las nuevas condiciones lumínicas, oyó a su espalda un molesto chirriar que crecía en intensidad. El libanés tuvo que contorsionarse para identificar el peligro.

Fuera lo que fuese eso que se aproximaba lo hacía a gran velocidad.

Parálisis total.

Tez cerosa.

Desvanecimiento parcial.

Hostal Ramón y Cajal

Salía Raimundo Trapiello Díaz como se dice que se marchan los malos toreros y los ladrones: con prisas. El asturiano se encontraba muy lejos de entender algo relacionado con el arte de la lidia; con respecto al arte de robar, sin embargo, se estaba poniendo al día.

Con la firme intención de pasar al siguiente capítulo, el minero caminó raudo por la calle Paraíso sin levantar la vista de la pantalla del teléfono. Más o menos sabía cómo llegar a su punto de destino, pero con lo que llevaba a su espalda no podía barajar la posibilidad de perderse ni de andar deambulando por ahí de un sitio a otro. No. Tenía que poner a buen recaudo su seguro de vida y plan de jubilación. Y cuanto antes. Lo había visto claro en la bañera: si se convertía en la única persona que conocía el paradero de un objeto tan valioso, él se convertía en valioso, tanto para quienes habían ordenado robarla, como para los que ansiaban recuperarla. A todos les convenía, y mucho, que no se llevara el secreto a la tumba. Y si él era valioso, no iba a dejar pasar la oportunidad de sacar tajada de ello. Solo tenía que encontrar el lugar ideal y, como si alguna entidad divina hubiera intermediado a su favor, le asaltó la ubicación perfecta mientras trataba de ajustarse los calzoncillos.

Aunque se cumplían más de dos horas desde que había amanecido, la temperatura no llegaba a los 10° C lo cual era una invitación para apretar el paso. Al pasar junto a la iglesia de Santa María de la Antigua se notó excesivamente alterado. Tenía que aliviar la tensión de alguna manera ocupando la cabeza con algo cotidiano. Ello le hizo fijarse en una adolescente a la que le había tocado bajar a su perro a la misma hora que los días de diario y en cuya cara podía leerse el arrepentimiento de haber insistido hasta la saciedad para que le compraran una mascota. A él le habría encantado tener una cuando era pequeño, pero en su casa ni siquiera podía plantearse como una remota posibilidad. Ya en la calle de las Angustias, al pasar frente a un escaparate, algo le hizo fijarse en el letrero: Agencia Funeraria Castellana S. A. —leyó—. Enseguida lo enlazó con la noticia que había saltado a los titulares de los medios de comunicación nacional sobre un fraude relacionado con un tanatorio de Valladolid. Aquello coincidió con su decisión de participar en el robo y, de alguna forma, le sirvió de bálsamo al compararlo con el hecho delictivo que él iba a cometer; porque una cosa era sustraer una obra de arte y lucrarse con ello y otra bien distinta comerciar con los muertos de tantas familias. La remembranza le sirvió para llegar hasta la plaza de San Pablo, donde hizo un alto para consultar de nuevo el itinerario en el móvil. El reflejo de una luz azul titilante le obligó a levantar la cabeza. Frente a él, un zeta de la Policía Nacional con el puente óptico de luces activo. A su derecha, otro.

Parálisis total.

Tez cerosa.

Amago de desvanecimiento.

Laguna de Duero (Valladolid)

A esas alturas de la mañana, Tinus van der Dyke ya sabía que algo no había salido bien. Que Émile Qabbani no hubiera contactado con él a la hora convenida era más que sintomático. Su plan contemplaba que el libanés debía llamarle en cuanto se montaran en la furgoneta y se dirigieran al punto señalado donde tenían que quemar la ropa usada en el atraco. No había previsto el mismo final con respecto al arsenal de herramientas seleccionadas para la excavación dado que eran del todo imposibles de rastrear, y tanto Pixie como Dixie sabían que siempre debían manipularlas con los guantes puestos. Las directrices originales establecían que él los estaría esperando con su vehículo en el concurrido aparcamiento de la fábrica de Lingotes Especiales, pero, al adelantarse el golpe al domingo y encontrarse cerrado, fijó otro punto de encuentro en el camino de tierra que bordeaba el perímetro hasta llegar a unas naves abandonadas. Allí debía llevarse a cabo el intercambio de la mercancía, pagar a los operarios la parte acordada y hasta nunca. ¿Qué demonios podía haber salido mal? La única parte de la operación que conllevaba cierto peligro era la fase inicial, en la que debían introducir todo el material que iban a necesitar en el subsuelo. Pero, precisamente para minimizar riesgos, había seleccionado el perfil de un pocero experimentado en su profesión y con varios butrones a sus espaldas. El del minero fue aún más sencillo, habida cuenta del elevado número de candidatos posibles que había dejado la crisis del sector. Lo que nunca le terminó de encajar era el papel del libanés, pero su intervención no era negociable. Su pagador lo exigía y, siendo consciente de la delicada situación en la que él se encontraba, no quiso poner pegas al ruso sin imaginarse lo caro que les iba a salir.

Tinus van der Dyke sentía el impulso de averiguar qué demonios había sucedido para comunicarse con su socio, pero siendo infinito el abanico de posibilidades, y, sobre todo, aplicando los preceptos derivados del estoicismo que había asimilado como propios —aunque otras veces y a conveniencia tiraba más del manual epicureísta—, resolvió que lo mejor era dormir un par de horas más. El primer axioma estoico establecía que solo merecía la pena preocuparse por los asuntos de los que uno se puede ocupar, y, si ese no era el caso —por lo menos en aquel preciso instante—, preocuparse se convertía en una carga demasiado pesada. Un lastre que podría deberse, bien al error por precipitación o, más grave aún, a la inacción por indecisión. Por ello, lo preceptivo era recuperar horas de sueño de una ajetreada noche, confiando en que según avanzara la mañana aumentarían las probabilidades de encontrar información fehaciente con la que empezar a reconstruir la nueva realidad a la que debía enfrentarse. Al margen, el éxito cosechado en la parte que dependía de él y solo de él le aportaba una dosis extra de tranquilidad muy oportuna para conseguir relajarse. Alejar las preocupaciones y considerar solo los hechos. En ese punto nada había cambiado y nadie iba a llamar a su puerta. Nadie iría a molestarlo dado que la única persona del mundo en la que podía confiar y confiaba, su socio, estaba a unos cuantos kilómetros de distancia.

Van der Dyke apagó el teléfono, corrió las cortinas de las ventanas del salón, se tumbó en el sofá y en cuanto notó que sus pestañas se abrazaban, dejó su mente en blanco.

Parálisis total.

Rostro deforme.

Desvanecimiento voluntario.

UN CRUJIDO

Museo Nacional de Escultura
Valladolid
12 de mayo de 2019

En la sala de control, Rodolfo Velasco, Sara Robles y Álvaro Peteira se agolpaban tras el monitor masticando su impaciencia mientras aguardaban a que terminaran de descargarse los archivos de vídeo. El oportuno vahído de María Bolaños le había dado pie a la inspectora para pedirle amablemente que se marchara a descansar con la promesa de mantenerla informada de cualquier novedad relevante.

Un problema menos.

—Dos minutos —anunció el director de seguridad del museo.

—Jefa, Nacho Llanes me dice que van a bajar ya y que en cuanto evalúe la peligrosidad nos confirma si podemos o no acompañarlos —dijo Matesanz desde la puerta refiriéndose al jefe de la Unidad de Subsuelo. El subinspector había llegado hacía tan solo un cuarto de hora y ya estaba al día de todo lo acontecido.

—Mi claustrofobia y yo preferimos quedarnos por aquí —comentó Peteira.

—Cuando nos autoricen bajaré con alguien de la Científica para que lo grabe —dijo Sara.

—Luego me contáis, yo voy arriba —anunció Matesanz.

Transcurrida poco más de una hora desde que los vigilantes del cambio de turno llamaran a la sala de emergencias, el único avance en materia forense era que ambas víctimas habían muerto por parada cardiorrespiratoria como consecuencia de las heridas producidas por un arma de fuego del mismo calibre: 9 mm. El comentario más repetido por los miembros de la Policía Científica que se afanaban en terminar de procesar ambos escenarios era que hacía mucho tiempo que no se les acumulaba tanto trabajo.

—Lo tenemos —anunció Velasco—. Empezamos por la cámara de la taquilla, ¿os parece?

—Nos parece —confirmó el gallego.

En el plano se veía solo al vigilante, pero en su timorato comportamiento se intuía que tenía a alguien detrás. Tras decir algo por el equipo de transmisión —el vídeo no tenía audio—, su compañero abría la puerta e inmediatamente después aparecía en pantalla la figura de un varón vestido de negro. Cubierto con capucha y pasamontañas, apuntaba con una pistola al tiempo que subía los peldaños que faltaban. Instantes más tarde, dos fogonazos.

—¡Para ahí! —indicó la inspectora—. ¿Puedes reconocer el hierro? —le consultó a Peteira sabedora de sus conocimientos en armas.

Velasco rebobinó unos fotogramas y amplió la imagen lo que pudo.

—Imposible —dictaminó—. Solo se aprecia la corredera y parte de la culata. Se me ocurren decenas de posibilidades que podrían encajar en esa semiautomática.

—Entendido. Seguimos.

Tras accionar el *play,* el vigilante se lanzaba escaleras abajo y salía del plano. El otro tardaba un par de segundos en salir en su persecución, arma en mano.

—¿Queremos comprobar las cámaras por donde hemos decidido que pasaron o vamos directamente a la sala 7? —preguntó Velasco.

—A la siete. De cualquier modo, nos las vamos a llevar, así que ya tendremos tiempo para examinarlo en comisaría con más calma. Por cierto —le dijo Sara—, vamos a necesitar las grabaciones de los días previos también. Solicítalos desde hace quince días para empezar, luego ya veremos.

Velasco tragó saliva.

—Eso va a tardar lo suyo —advirtió.

—Supongo, pero estoy convencida de que antes del robo han tenido que reconocer el terreno. Esto urge, así que, por favor, dale caña —le pidió Sara.

—De acuerdo.

La cámara de la sala 7, instalada en el ángulo superior derecho de la estancia, proporcionaba una buena amplitud de plano.

—Ahí aparece Chema de nuevo —señaló el director de seguridad.

Tras ver lo sucedido en tres ocasiones, hubo unanimidad.

—El muy zumbado iba a lanzarse a por él, pero calculó mal —verbalizó el gallego.

—Joder, Chema, joder... Y el hijo de puta le dispara a bocajarro cinco veces. Ni se lo piensa.

—Porque no es la primera vez que dispara a una persona, eso es evidente —apuntó Peteira.

—Ni que roba —añadió Velasco—. Se le ve muy tranquilo en todo momento.

—Lo que tú decías antes, Álvaro —intervino la inspectora—: con el segundo le acierta en la cabeza, eso le hace dar un paso atrás para luego vencerse hacia delante y quedar así. Ni siquiera comprueba que está muerto.

—Y ahora seguro que se dirige a la sala 3, trinca la escultura esa y adiós muy buenas —completó el subinspector.

—Lo que está claro es que en el museo solo entra uno, pero para hacer el túnel han tenido que participar más —dedujo Sara Robles—. Álvaro, tú revisa bien lo que queda de la pasada noche, tránsitos y demás, yo me voy a dar una vuelta por ahí abajo.

—De acuerdo.

—Y muchas gracias por tu buena disposición, Rodolfo, nos estás ayudando mucho —le agradeció la inspectora antes de marcharse.

—Lo que haga falta.

En el pasillo que llevaba a la zona de servicios se cruzó con un agente de la Unidad de Subsuelo.

—¿Inspectora Robles?

—Sí.

—Soy Torres. Nacho me ha pedido que la prepare para bajar. Abajo ya está Felipe, de la Científica, con la cámara.

Traje blanco de protección, botas, guantes y un casco bastante ridículo.

—Hay que descender por esta rampa hasta el alcantarillado. Tiene seis metros y una pendiente de unos cuarenta grados. Baje de espaldas y boca abajo, deslizándose poco a poco, ayudándose de los antebrazos —le mostró con mímica— y usando los pies contra las paredes para ir controlando la bajada. Eso sí, no vaya con la cabeza erguida, porque rozaría con el casco en la parte superior del túnel. Es de tierra y grava, así que podría provocar algún desprendimiento.

—Desprendimientos —repitió ella—. ¿Podría derrumbarse?

—No tiene por qué.

La respuesta del agente de Subsuelo no le pareció todo lo categórica que esperaba, pero no quiso darle la sensación de que se lo estaba pensando. Sara Robles era una experimentada escaladora y en sus muchos años de montaña había asumido riesgos mayores que dejarse engullir por un agujero cuyo final no se intuía. La inspectora se sentó en el suelo e introdujo los pies antes de ponerse boca abajo para colocarse en posición reptante.

—Tome la linterna —le ofreció—. Hacia la mitad se estrecha un poco, pero, si le da la sensación de estar atascada, estire completamente los brazos y las piernas y contonéese como si fuera una serpiente. Hay espacio de sobra. Abajo están los compañeros y, si necesita algo, solo tiene que pegarme un grito. Lo principal es mantener siempre la calma. Cuando llegue avíseme para bajar yo.

La inspectora iba a darle las gracias, pero notó la boca seca y optó por hacer un gesto de aprobación con la cabeza. Siguiendo las indicaciones, Sara descendió con precaución y la vista en la abertura que, poco a poco iba disminuyendo de diámetro.

—¿Todo bien?

—Sí, todo normal —mintió.

Porque ni su ritmo cardíaco era normal ni su frecuencia respiratoria estaba cerca de serlo. La falta de espacio, el enrarecimiento del aire y el hecho de no saber cuánto significaban seis metros en esas latitudes le hizo plantearse que quizá era el momento de cambiar de idea. Imaginarse el intercambio de sonrisas maliciosas entre el agente Navarro y Áxel Botello le hizo descartar la opción. Se entretuvo unos segundos contemplando cómo el sudor que le goteaba de la frente era absorbido de inmediato por la arena y prosiguió el descenso haciendo un esfuerzo por no entrar en pánico. En ello estaba cuando notó que su cadera tocaba la pared del túnel y que, tal y como le habían avisado, aquello se estrechaba bastante.

«Hay espacio de sobra», resonó la voz de David Torres en su cabeza.

«De sobra para la anchura de cadera de un hombre, tonto del culo», le contestó mentalmente.

Durante unos instantes, la animadversión que Sara desarrolló contra el de Subsuelo fue tal que no habría mantenido relaciones sexuales con él aunque fuera el último hombre sobre la faz de la tierra. Luego recordó la fórmula que este le había recetado y la llevó a la práctica. Estiró brazos y piernas y se contoneó, eso sí, más cual gusano que como una serpiente. Enseguida notó que descendía ligera y, paradojas de la vida subterránea, sintió la necesidad de amar a Torres durante el resto de sus días. Se estaba preguntando por qué no había empleado la técnica reptiliana desde el principio, cuando notó que las suelas de las botas entraban en contacto con el suelo. De rodillas pero muy aliviada por el exceso de espacio, la inspectora alumbró con la linterna hacia donde le ordenó el subconsciente. Dos hombres vestidos igual que ella examinaban algo con detenimiento. El potente destello de un flash le proporcionó una visión global aunque efímera del entorno.

—¡Estoy! —gritó por la boca del túnel.

—Bienvenida —le dijo uno de ellos—. ¿Qué tal te encuentras?

—Ahora bien —contestó con sinceridad a la vez que reconocía las facciones del jefe de la Unidad de Subsuelo.

Hombre de trato sencillo y directo, nadie que se cruzara con Nacho García Llanes vestido de paisano acertaría a imaginar lo bien que una persona con sesenta y tres años cumplidos era capaz de desenvolverse tanto en las cloacas como encima de los escenarios. Si lo primero era por obligación, su afición por el teatro era pura devoción, y no había papel de don Juan Tenorio que se le resistiera.

—Ven, acércate. Esto te va a interesar.

Encorvada para adaptarse a la forma ovoide del colector —pensado así para que las ratas no pudieran anidar—, se aproximó hasta donde estaban. El de la Científica, que no tenía muy buena cara, la saludó levantando la mano.

—Aquí tienes las herramientas que han usado.

—¿Eso es una lanza térmica? —quiso cerciorarse la inspectora.

—Sí. Sabían a lo que venían. Del resto hay dos de cada. Dos picos, dos palas...

—Está claro que no les ha importado mucho que sepamos cuántos eran.

—Es que cargar con todo esto en la huida..., como que no. Por allí —señaló alumbrando con su linterna hacia la oscuridad— se llega a una galería que cruza por debajo del patio del museo. Ahí han hecho otro butrón para conectar con un colector de aguas residuales que a su vez se comunica con un ramal importante que corre bajo la calle San Quirce.

—Muy bien. ¿Lo vemos?

—Para eso hemos bajado, ¿no?

Calle Paz

Todavía le molestaban los tímpanos tras la prolongada e intensa pitada que le había dedicado el conductor del vehículo que a punto estuvo de pasarle por encima. Cuando el Megane se detuvo no había más de treinta centímetros de aire entre su tabique nasal y el rombo de Renault. Como una liebre deslumbrada en medio de una carretera, Émile Qabbani se incorporó aturdido y anduvo sin rumbo con el único propósito de alejarse de aquel cruce en el que había tenido el infortunio de salir al exterior.

No era consciente de ello, pero su aspecto era realmente deplorable; casi tanto como el hedor que despedía, perceptible a distancia, insoportable en proximidad. La mueca angustiosa esculpida por la tumefacción en su rostro deforme, sumada a su patojo caminar como consecuencia del dolor punzante del costado, le hacían parecer un muerto viviente en *The Walking Dead*. Al pasar junto al bar La Pinta sintió la irrefrenable necesidad de ingerir líquido, lo que fuera con tal de calmar la sed, pero siendo domingo antes de mediodía, las probabilidades de encontrar algún lugar abierto eran casi nulas. Lo prioritario era llegar al hotel para recomponerse, por lo que buscó y encontró su móvil donde tenía guardada la ubicación. Décimas antes de comprobar que, en efecto, estaba sin batería, Émile experimentó esa sensación de que nada de lo que se propusiera le iba a resultar. Así las cosas, no le quedaba otro remedio que recurrir a la bonhomía de algún viandante, opción que pasaba, primero, por localizar a alguno y, después, por lograr que la atendiera en vez de atravesarle su cráneo putrefacto como haría cualquiera de los protagonistas de la serie. Los tres primeros intentos acabaron en esquivas maniobras más o menos descaradas y no fue hasta que se topó con dos jóvenes con muchas horas de juerga a sus espaldas que alcanzó su objetivo primario.

—Eh, colegas, ¿sabéis dónde está el hotel Meliá Recoletos?

—Hostia, tío, estás hecho una mierda —dijo el más alto.

—¿Has tenido un accidente o algo? Necesitas ayuda —afirmó el otro—. Y una ducha.

—Un accidente de moto, sí —improvisó—. Me he caído en una acequia y necesito ir al hotel para cargar el teléfono y llamar al seguro.

—¿Una acequia? Buah, tú ni sabes dónde te la has pegado. Yo que tú pasaría antes por un hospital, pero tú mismo. Lo mejor es que salgas al paseo de Isabel la Católica —le dijo el alto indicándole con el brazo la dirección a seguir— y sigas recto, recto, recto, hasta el Campo Grande. Luego...

—El Campo Grande, sí, ya sé, ya sé —le cortó—. Gracias.

—Suerte.

Cojitranco y sediento tras veinticinco minutos de caminata, entraba el libanés en la recepción haciendo un esfuerzo titánico para lograr envararse al pasar frente al personal del hotel componiendo una expresión adusta de repelentes intenciones. Ya en el ascensor, el ajado reflejo que le devolvía el espejo le hizo tomar conciencia de la delicada y desdentada tesitura en la que estaba. Lo primero que hizo en cuanto entró en la habitación fue ir al baño y beber agua directamente del grifo. Las heridas de la boca hicieron de la ingesta un suplicio, pero su organismo enseguida se lo agradeció compensando con creces el sacrificio. Luego puso a cargar su móvil y se despojó de la ropa conteniendo las arcadas que le producía reconocer el origen de la inmundicia simbiotizada con el tejido. A continuación se metió en la ducha y dejó que el agua caliente y el jabón cumplieran con su cometido.

Obviando la parte estética, le preocupaba el aspecto del tórax y, sin la necesidad de explorarse, dedujo que tendría alguna costilla fisurada o rota. Fuera lo que fuese, insuficiente para dejarlo fuera de combate. Todavía desnudo, comprobó que el teléfono había recobrado la vida y de inmediato buscó el número de la única persona que podría sacarle de tamaño embrollo.

Apagado.

¡¿Apagado?!

Émile Qabbani apretó los puños y antes de dejarse caer en la cama había llegado a la conclusión de que el maldito Espantapájaros lo había dejado tirado. Por unos instantes se sintió tentado a contactar con su primo Samir, pero, siendo consciente de que si recurría a él su prestigio dentro de la organización quedaría reducido a cenizas, lo eliminó de su listado de opciones.

Estaba solo, sí, pero de peores había salido.

Playa de las Moreras

Cretino. Rai no dejaba de repetírselo una y otra vez desde que se vio como un pasmarote delante del coche patrulla de la Policía Nacional.

Anulado por completo, embobado.

Porque había que ser un cretino de primera categoría para no darse cuenta de la imprudencia que estaba cometiendo al pasar tan cerca del Museo Nacional de Escultura cargado con la pieza robada. Podría culpar al itinerario marcado por Google Maps, pero, claro, la aplicación aún no tiene en cuenta si el usuario ha delinquido o no antes de trazar la ruta. El caso fue que cuando recobró el control de sus actos prosiguió andando como si nada hubiera sucedido, como un cretino integral cualquiera durante una mañana de domingo normal.

Sin poder despojarse de esa sensación, llegó hasta ese ridículo montón de arena con el que se pretendía simular la playa de la que tanto alardeaban los vallisoletanos: la playa del Pisuerga. Playas como tal eran las de Poo o la de Gulpiyuri, en Llanes; la del Silencio, en Cudillero; la de Xagó, en Gozón, y tantas otras que salpicaban la costa asturiana. Esas sí eran playas. Fue pensar en su tierra y su cielo particular se cubrió de inmediato de nubarrones que a punto estuvieron de descargar nostalgia en forma de lágrimas. Tenía que zanjar la situación con suma rapidez y el primer paso consistía en poner a buen recaudo la escultura. Según Charlie, no había mejor lugar que ese. Ocurrió en uno de los pocos días que estuvieron juntos antes de comenzar la tarea que les habían encomendado. Aquella noche habían quedado para ir a serrar los barrotes de la reja que cubría la salida del aliviadero por el que habían previsto volver. Estaban aguardando a que desaparecieran los últimos paseadores de perros, *runners*, parejas de adolescentes sin casa y demás fauna urbanita de horario nocturno cuando él se lo dijo:

—Si tuviera que esconder algo que no quisiera que nadie encontrara jamás, este sería el sitio —le desveló Charlie.

Ni siquiera tuvo que argumentárselo para que el asturiano se lo comprara en el acto.

—¡Lleves tola puta razón, ho!

Y puede que así fuera, pero no contaba con la intervención de Choco.

De regreso al tiempo presente, previendo que la cosa fuera para largo, el minero buscó una buena sombra donde sentarse a esperar a que desaparecieran los primeros paseadores de perros, *runners* solitarios, parejas de adolescentes sin casa y demás fauna urbanita de horario diurno.

Alcantarillado del Museo Nacional de Escultura

No podría decirse, ni mucho menos, que Sara Robles se encontrara cómoda en el preciso instante en el que llegó al punto donde Nacho Llanes localizó el segundo butrón. Sin embargo, sí había logrado librarse de esa sensación de asfixia continua tan molesta que se había adueñado de ella durante los primeros momentos de estancia en las cloacas.

—Desde aquí han accedido al colector de aguas residuales que circula bajo la calle San Quirce y que llega hasta Isabel la Católica. Supongo que han utilizado este caudal para deshacerse de la tierra y los escombros porque, aunque no lo parezca, esto baja con fuerza.

—Ya veo, ya.

—No la han elegido al azar —juzgó el de Subsuelo—, eso lo tengo claro. Estaban buscando una que tuviera muchos accesos externos y esta los tiene.

—Tendremos que revisar las cámaras, porque doy por hecho que han tenido que pasarse unas cuantas horitas aquí abajo, ¿no? —quiso cerciorarse ella al tiempo que se secaba el sudor de la frente.

—No soy un experto, pero diría que sí, que esto no se hace en un plisplás.

—Si tú estuvieras en su lugar, ¿por dónde saldrías?

Nacho Llanes tocó a David Torres en el hombro.

—Contesta tú, que estuviste destinado en Madrid y que has visto más butrones que yo.

El agente se acuclilló para cavilar.

—Yo iría hasta el cruce y tiraría hacia la zona de las Brígidas, San Diego, Gardoqui... O la que hay en Expósitos con Santo Domingo de Guzmán. Por ahí hay tapas bastante discretas.

—Elige una y salimos por ahí —le dijo su superior.

—Expósitos.

El agujero no llegaba al metro de espesor. Cruzar al otro lado no supuso ninguna dificultad, la dificultad estaba justo en el otro lado. El caudal le cubría por debajo de las rodillas y arrastraba heces y cucarachas muertas que eran de la misma especie colosal que esa que estaba correteando libremente por las paredes del colector. El olor, intenso e incisivo, era el resultante de una insalubre mezcolanza atrapada en la reducida atmósfera. Por suerte, su pituitaria no era capaz de reconocer por separado los efluvios que manaban de los excrementos, de la orina y de los distintos tipos de detergentes que iban a parar a esas aguas. De hecho, si tuviera que elegir un olor predominante sería este último, pero ello no obstaba para que lo percibiera como algo más que desagradable.

—Camina apoyando primero el talón y luego la puntera para evitar que resbales con el fango acumulado en el fondo —le aconsejó Nacho—. El cruce está a unos sesenta metros.

Distancia que se le hizo eterna.

La hilera de cuatro avanzaba con cautela adaptando sus distintas morfologías al metro y medio de alto de la estructura. Encabezaba la comitiva David Torres —el agente que le había impartido el brevísimo curso de inmersión subterránea—, al que seguían el subinspector Llanes, la inspectora Robles y el agente de la Científica, encargado de inmortalizar en vídeo la coprofílica excursión. Los tres haces de luces de las linternas y la antorcha de la cámara sumaban lúmenes más que suficientes —quizá demasiados para lo que había que ver ahí abajo— como para distinguir el entorno con nitidez. Tratando de enajenarse de la realidad, Sara dejó que sus pensamientos fluyeran con libertad en su cabeza, y uno de ellos le hizo concluir que si ella hubiera tenido que pasar por todo eso para robar una talla escultórica, tampoco habría consentido que los vigilantes de seguridad frustraran la operación.

—Este es —indicó Torres—. Ahora hacia la izquierda. Tiene un diámetro menor, pero en quince o veinte metros llegamos a la escalera.

Arriñonada, Sara sintió un rayo de esperanza al colocarse sobre la vertical que la llevaría al exterior. El agente de Subsuelo inició el ascenso ante la atenta mirada de los demás.

—Por aquí no han salido fijo.

—Agua —calificó Nacho con acierto.

—¿Cómo puede saberlo?

—Algunas tapas, no todas pero sí la mayor parte, tienen una pestaña que hay que manipular para que se abra desde dentro. Si hubieran salido por esta no estaría puesta.

—Pues habrá que revisarlas todas —comentó la de homicidios.

—Sí, eso me temo, pero llevará su tiempo —certificó Llanes.

—¡Saliendo! —gritó David desde fuera.

—Te toca. Agárrate y pisa siempre en los extremos, a veces las agarraderas están muy deterioradas y podrían partirse o soltarse.

Siendo muy consciente de que la suerte del enano le perseguía por tierra, mar y aire, y que, por qué no, podría alcanzar niveles subterráneos, Sara subió extremando la precaución. Una vez arriba se quitó el casco y llenó los pulmones con aire fresco sin importarle que ya hubiera congregadas a su alrededor varias personas que los miraban con más condescendencia que extrañeza. Se estaba despojando del traje de protección cuando notó que el teléfono le vibraba.

Cinco llamadas perdidas de Peteira.

—Aquí abajo no hay cobertura —fue lo primero que le dijo.

—Me lo he imaginado. Hay novedades. La sala ha recibido una llamada de un hombre que dice que ha estado a punto de atropellar a un tipo que salía de una alcantarilla en medio de la vía.

—¡¿En serio?! ¿Dónde?

—Estoy en la esquina de la calle Paz con Imperial.

Sara le hizo un gesto a Nacho con la cabeza.

—¡Cinco minutos!

Laguna de Duero (Valladolid)

Como si por el sumidero de la ducha hubiera desaparecido toda la negatividad que pudiera estar asociada a la realidad, Tinus van der Dyke salió del baño envuelto en una toalla y buscó su teléfono sobre la mesilla.

Se iban a cumplir cuatro meses desde que ocupara esa casa que tanto le había costado encontrar. Cumplir con los requisitos indispensables no era sencillo: cerca de Valladolid pero no en la ciudad, con entrada a la vivienda directamente desde el garaje, rápido acceso a una vía de escape por carretera, poca actividad vecinal, que los propietarios aceptaran el arrendamiento a nombre de empresa y, a poder ser, espaciosa. Trasladarse a vivir allí significaba el punto de partida de la operación y, desde ese momento: método, método y solo método.

Y ahora el método decía que tocaba ponerse al frente de la situación.

En cuanto encendió el terminal comprobó que el libanés le había hecho tres llamadas, lo cual era más positivo que seguir sin tener noticias. Antes de devolvérsela abrió el armario, se sentó en la cama y examinó las posibilidades que tenía en materia de vestuario. Por norma, en una jornada en la que se preveían buenas temperaturas y cierto ajetreo físico, elegiría ropa cómoda —jeans, polo claro y deportivas—; sin embargo, atendiendo a la conveniencia de ir armado, resolvió que el traje de dos piezas azul índigo sobre camisa blanca y zapato marrón de cordones era lo más apropiado. Confeccionado a medida para tallar sus largas extremidades y ocultar la deformidad de su caja torácica, era, sin duda, una de sus opciones más recurrentes. Desnudo frente al espejo, pasó su mano por la depresión provocada por el anormal hundimiento de su esternón y se dejó llevar por sus recuerdos.

Tenía doce años cuando los síntomas de la enfermedad empezaron a hacerse evidentes. Siempre le habían argumentado que su galopante escoliosis era consecuencia del extraordinario crecimiento de su estructura ósea, pero al manifestarse las primeras dolencias cardiovasculares y aparecer casi de inmediato las oculares, el doctor Weldwijk insistió a sus padres en que le sometieran a las pruebas aunque solo fuera por descartarlo. Fue en su consulta donde escuchó hablar por primera vez en su vida del síndrome de Marfán, una enfermedad genética de, normalmente, transmisión hereditaria. No era su caso. La suya era una mutación esporádica del cromosoma 15 que se manifestaba en el desmesurado desarrollo del tejido conjuntivo en general. En su caso particular, del tejido óseo, cartilaginoso y sanguíneo. Al margen de lo estético —extrema delgadez, desproporción morfológica, facciones alargadas y estrechas, dentadura apiñada—, el hecho de tratarse de una afección irreversible fue lo que le forjó el carácter del que hoy podía sentirse orgulloso y que, sin duda, le había empujado a enfrentarse a situaciones límite con pasmosa racionalidad. Racional fue buscar una actividad física que compensara sus deficiencias al tiempo que cultivaba su parte analítica para ponerla a la altura de su excelente capacidad creativa. Racional fue elegir las artes marciales. Probó con judo, karate, jiu-jitsu y aikido hasta que se topó con el krav magá; o, mejor dicho, hasta que el krav magá se topó con él. Racional fue especializarse en krav magá para convertirse en maestro.

Porque solo los maestros dan lecciones.

Y había llegado el momento de impartir la primera.

Antes de ponerse la chaqueta, el Espantapájaros se preparó para la conversación que tenía pendiente con Émile Qabbani, asumiendo que se imponía valorar y poner en marcha un plan de contingencias en función de la información que le proporcionara. Así, inspiró y espiró varias veces después de adoptar una postura cómoda en una butaca horriblemente tapizada que había junto a la ventana.

—¡Ya era hora, maldita sea! —fue lo primero que dijo en francés su interlocutor.

—Esperaba recibir noticias suyas mucho antes, señor Jinks —le respondió, esta vez sí, en el mismo idioma.

—¡Sí, por supuesto, pero resulta que todo se ha ido a la mierda y no he tenido la posibilidad de hacerlo! Y deje de llamarme así, es ridículo.

Percatarse de que debido a las lesiones bucodentales no era capaz de pronunciar con corrección no ayudó a Émile Qabbani a controlar su agitado estado de nervios.

—Muy bien. Lo primero que le voy a pedir es que procure tranquilizarse y me diga en qué situación nos encontramos.

—¡Nos encontramos en la mierda, básicamente! ¡Ahí es donde nos encontramos! Porque nada ha salido como estaba previsto. ¡Nada! ¡¿Me está escuchando?!

—¿Qué le hace pensar que haya dejado de hacerlo?

—¡Esos cabrones que usted seleccionó me la han jugado!

—¿Puede ser más específico?

—Claro que puedo. ¿Por dónde quiere que empiece? ¡No, no me lo diga! Por el principio, ¿a qué sí?

—Sería de agradecer.

—Pues, así, para empezar, le diré que tuve que cargarme a los vigilantes porque no se comportaron como usted dijo que actuarían.

Escucharlo hizo que se le incrementara la frecuencia cardíaca. Los muertos lo cambiaban todo de forma radical.

—Neutralicé al primero, pero el del centro de control quiso hacerse el héroe haciendo sonar la alarma y no me dejó otra opción que dispararle. El otro salió huyendo y lo tuve que perseguir por todo el museo hasta que me topé con él y le di lo suyo. ¿O acaso debía dejarlo libre y que diera la alarma? No, ¿verdad? Entonces me fui a por la maldita escultura esa y regresé con esos dos hijos de puta sin imaginarme en ningún momento que tenían planeado joderme. Cuando estábamos recorriendo la ruta de escape me atacaron los dos por sorpresa y, claro, yo me defendí como pude. Al viejo le tuve que volar la cabeza, pero el otro me golpeó a traición con la linterna y luego me pateó hasta que me dio por muerto. Al recobrar el sentido me he dado cuenta de que no tenía ni la mochila ni mi arma. He podido salir de ese infierno repugnante por puro instinto de supervivencia, pero agoté la batería de tanto usar la linterna para poder moverme y hasta que no he llegado al hotel no he podido llamarle.

Silencio.

—¿Me ha oído?

—Ya le he dicho que sí. Ahora le voy a hacer algunas preguntas y, por favor, sea lo más preciso posible.

—¿Dónde se encuentra en este instante?

—En el hotel.

—En la habitación del hotel, entiendo.

—¡Pues claro!

—Le pedí que fuera preciso.

—Dando vueltas en la habitación de mi hotel esperando a poder hablar con usted.

—¿Logró salir al exterior por el punto establecido?

—Salí por donde pude. Y gracias, porque no estaba yo para darme muchos paseos por ahí abajo. En cuanto di con una escalera y reuní fuerzas para subir, me largué.

—Comprendo. ¿Sabría concretar el punto exacto por donde salió?

—No, ni idea, pero casi me aplasta la cabeza un coche. Más problemas.

—Entonces le han visto salir.

—Sí, claro que me han visto.

—¿Muchas personas?

—No me paré a contarlas, pero, sí, había gente mirando.

—Y luego, ¿qué hizo, señor Jinks?

—Ya se lo he dicho, me he venido al hotel.

—¿Supo llegar por sí mismo?

—Tragando alfileres de dolor, pero sí.

—Me refiero a que si lo hizo por su propio pie o necesitó la ayuda de alguien.

—¡Yo solo! —mintió.

—Me pregunto cómo es eso posible si no sabía dónde estaba ni disponía de batería para usar su móvil y ubicarse.

Silencio.

—Se olvida de mi adiestramiento —improvisó. Bajo ningún concepto iba a reconocer que había cometido el error de preguntar—. Soy capaz de eso y de mucho más.

—Le felicito. ¿Alguien, aparte de mí, sabe en qué hotel está alojado?

—Nadie. ¿Por quién me ha tomado? Yo soy un profesional.

—No lo pongo en duda. ¿Qué lesiones tiene además de la que intuyo que tiene en la boca y que le impide vocalizar correctamente?

Qabbani subió un peldaño más en la escalera de odio hacia su interlocutor.

—Me falta un diente, otro está partido a la mitad y diría que tengo alguna costilla rota. También me duele la mandíbula y tengo una herida en la cabeza.

—¿Precisa atención médica inmediata o puede moverse?

—Estoy jodido, muy jodido, pero puedo moverme. De hecho, quería hablar con usted para que me dijera dónde está alojado ese traidor hijo de puta y ajustar cuentas con él.

—Esa opción no la podemos considerar por ahora.

—¡¿Cómo dice?! ¡Es justo lo que tenemos que hacer! ¡Recuperar la pieza y eliminarlo!

—No, en absoluto. En estos instantes la policía ya estará investigando el asunto. De hecho, teniendo en cuenta que a las ocho de la mañana los habrán avisado, ya llevan tres horas con ello. Con suerte estarán barajando otra ruta de escape y los estarán buscando en la zona equivocada. Sin embargo, eso va a cambiar en cuanto la persona que le ha visto salir de las alcantarillas avise a la policía si no lo ha hecho ya. Como estoy convencido de que ha necesitado ayuda para llegar, puede que alguien sepa dónde se aloja usted, así que lo primero que debemos hacer es establecer un lugar seguro en el que pueda esconderse hasta que pasen...

—¡No! ¡Tenemos que ir a por ese desgraciado! ¡Ya le he dicho que nadie me ha visto entrar, ni siquiera los de recepción, ¿entiende, jodido engendro?!

Silencio.

—Le entiendo, pero no le creo. Y si vuelve a interrumpirme, a levantarme la voz o a faltarme al respeto terminaré esta llamada de inmediato y antes de que logre ponerse los zapatos tendrá a la policía en la puerta de la habitación 507 del hotel Meliá Recoletos.

Casi podía oler el miedo del libanés a través del teléfono.

—Va a recoger usted todas sus pertenencias personales, y cuando digo todas es todas, y va a esperar a que yo le envíe una ubicación donde se dirigirá a pie sin llamar la atención —prosiguió Tinus van der Dyke sin modificar el tono—. Y dese prisa —fue lo último que dijo.

Acto seguido chasqueó la lengua, buscó su reflejo en el espejo y se señaló con el dedo.

—Eso te pasa por trabajar con aficionados.

Esquina de la calle Paz con la calle Imperial

En su estimación temporal, Sara no había tenido en cuenta el hecho de llevar puestas las botas de protección, por lo que invirtió en llegar dos minutos más de lo previsto. Álvaro Peteira salió a su encuentro al verla llegar al trote con la expresión crispada y braceando en demasía para suplir las carencias de su lastrado tren inferior.

—Estás de sábado noche —bromeó el gallego—. Oye, ¿eso del pelo no será lo que creo que es?

—Ni lo sé ni quiero saberlo. ¿Es esa la alcantarilla? —señaló.

—Esa es.

Los de la Unidad de Subsuelo, recién llegados, se acercaron a echar un vistazo.

—El hombre que estuvo a punto de pasarle por encima es ese del pelo blanco. Dice que apareció de repente y que se detuvo a menos de medio metro. Tenía un aspecto horrible y sangraba por la boca.

—Entonces ¿pudo verle bien el careto?

—Sí, eso dice. Tomó aquella dirección —indicó con el brazo—. Caminaba con dificultad e iba agarrándose del costado. Los compañeros se lo van a llevar a comisaría y ya han llamado al especialista para hacer el retrato robot del sujeto.

—Bien, algo es algo.

—No me cuadra —dijo el subinspector Llanes en un alarde de laconismo.

—¿El qué? —preguntó ella.

—Esta zona no está conectada con la otra. Es decir, aunque estén relativamente cerca, no hay forma de llegar hasta aquí por la ruta que hemos hecho nosotros. Este colector va hacia el barrio de la Victoria, el otro baja hasta Isabel la Católica y luego recorre el paseo de Zorrilla hacia arriba.

—¿Entonces?

—Entonces una cosa es segura: el tío que salió por ahí no venía del museo.

—Joder. ¿Estaría preparando algo?

Nacho se encogió de hombros.

—La única manera de averiguarlo es bajando.

—¡¿Otra vez?! ¡Mierda puta! —protestó Sara Robles entre dientes.

—Nunca mejor dicho —apuntaló Peteira.

Paseo de Filipinos

Tenía la atención puesta en la estatua de Colón cuando oyó el sonido de un claxon. Un cielo con diluidos brochazos blancos permitía que el sol se luciera en el cumplimiento de sus funciones. No obstante, el sudor que perlaba la frente de Émile Qabbani no era consecuencia de la temperatura, sino del dolor constante que nacía de alguna costilla, se reproducía a través de su sistema nervioso e iba a morir licuado a través de sus glándulas sudoríparas.

Un monovolumen azul marino con los cristales tintados se detuvo a su altura. Arrobado por completo, el libanés asistió al proceso por el cual desaparecía paulatinamente el vidrio al tiempo que aparecía el rostro del Espantapájaros, como si jamás hubiera asistido a tan prodigioso encantamiento.

—¡Meta su equipaje en el maletero y suba de una vez! —le ordenó haciendo añicos el fatamorgana.

Qabbani, con su reciedumbre al borde del colapso, obedeció. Al sentarse emitió un quejido que no pasó desapercibido para el conductor. Tinus van der Dyke metió primera y aceleró.

—En la guantera encontrará analgésicos y antiinflamatorios, tómese dos de cada. También hay una botella de agua fría. De momento, poco más se puede hacer.

—Gracias. ¿Adónde vamos?

—A ningún sitio en concreto. Antes de tomar ninguna decisión necesito conocer los detalles de lo que ha ocurrido.

—Ya se lo he contado todo.

—No.

—¿No? Es muy sencillo: esos cabrones nos la han jugado.

—Eso sería el resumen, pero debo entender el porqué.

—¿El porqué de qué?

—La razón por la que los señores Pixie y Dixie, sin motivo aparente, se han puesto de acuerdo para perder su parte del botín a cambio de jugarse la vida quedándose con una talla cuyo valor en sus manos es equiparable al de un saco de estiércol. No tiene ningún sentido.

—Los maleantes de tres al cuarto son así: violentos y codiciosos.

—Se equivoca, ninguno de los dos tenía antecedentes violentos y tampoco aspiraban a llevarse más dinero de lo acordado. Por eso los seleccionamos a ellos.

—Quizá se equivocó.

—No, en absoluto, estoy seguro de ello.

—¡¿Qué pasa, que usted no comete errores?!

—No suelo, pero si sucede los asumo con el fin de no volver a repetirlos.

Cuando la luz del semáforo se puso en verde, siguió recto para entrar en la estación de tren Campo Grande.

—¿Qué demonios hacemos aquí?

Tinus van der Dyke no contestó. Estacionó frente a la entrada, pulso el botón de apagado del motor con la mirada fija en la puerta y se puso unas gafas de sol de pasta negra y cristales naranjas. Luego se volvió hacia el libanés y lo examinó durante unos segundos.

—Voy a comprobar algo. Quédese aquí y tómese las pastillas, está pálido.

Émile Qabbani se tragó los cuatro comprimidos y se bebió la mitad de la botella de agua. A esas alturas solo tenía claras dos cosas: que el maldito Espantapájaros no tenía nada de idiota y que dependía de él para enderezar un asunto que se le estaba escapando de las manos.

Algunos minutos más tarde regresó con un periódico bajo el brazo y un vaso de plástico en la mano.

—Póngase los hielos en el labio, le bajará la inflamación —le dijo.

—¿Y bien?

—De momento no le han identificado, lo cual no significa que no lo vayan a hacer en breve —dijo al tiempo que se ponían en marcha.

—¿Y eso cómo lo sabe?

—Porque no he visto más presencia de policía nacional de lo normal, lo cual quiere decir que aún no tienen una descripción física del tipo que han visto salir de una alcantarilla. Por lo tanto, tampoco habrán puesto en marcha un operativo de búsqueda porque no saben a quién buscar.

—Puede que no me identifiquen.

—Es una posibilidad, sí. Pero es poco probable porque supongo que usted figura en los archivos policiales. ¿Me equivoco, señor Jinks?

—No, no se equivoca.

—Lo normal es que el hombre que ha estado a punto de atropellarle haya avisado a la policía. Estos ya están al corriente de que el robo se ha cometido a través de la red de saneamiento, por lo que no les habrá costado mucho relacionar un hecho con otro. No tardando mucho tendrán un retrato robot de un sospechoso que se parecerá mucho o poco a usted y, entonces sí, pondrán en marcha controles de carreteras, vigilancia en las estaciones de tren y autobuses, etcétera, etcétera. Necesitaba saberlo por si acaso.

—¿Por si acaso, qué?

—Por si acaso tenemos que abandonar la ciudad de inmediato. Y ello va a depender de lo que usted me cuente ahora.

Justo en ese momento dio un volantazo, estacionó en batería entre dos coches aparcados bajo el Arco de Ladrillo y se quitó el cinturón de seguridad.

—Por allí, todo recto, se sale a la carretera que enlaza con la autopista que va a Madrid —le indicó con el brazo—. Y desde aquí estamos a unos cincuenta metros tanto de la estación de tren como de la de autobuses.

—Yo no me voy a marchar de esta maldita ciudad sin la escultura.

Lo siguiente que notó el libanés fue que una mano enorme le cubría la cara por completo y le empujaba la cabeza contra el cristal de la ventanilla con una facilidad pasmosa. Luego sitió una ligera presión en el costado.

—Si le golpeo justo aquí —le dijo sin alterar el tono de voz—, va a desear estar muerto, así que no me dé motivos para hacerlo. ¿Lo ha entendido?

—¡Suélteme de una vez!

—Insisto: no me obligue a emplear la fuerza —le advirtió antes de soltarle.

—Pero ¡¿qué mierda le pasa ahora?! —protestó Qabbani.

—Pasa que usted no está capacitado para tomar ninguna decisión que pueda afectarme a mí directa o indirectamente.

—Yo solo he dicho que...

El Espantapájaros se giró hacia él de forma repentina.

—No hable, solo responda a mis preguntas.

—Está bien, de acuerdo —claudicó.

—Reláteme con todo detalle cómo, cuándo y dónde le atacaron los señores Pixie y Dixie.

Émile Qabbani quiso liberar su hastío con un resoplido, pero la hinchazón de los labios se lo impidió.

—Estábamos tratando de salir de una zona con mucho fango al final del antiguo cauce del... como se llame.

—Esgueva —completó.

—Eso. El señor Dixie iba el primero con la linterna, luego yo, y justo detrás de mí estaba el señor Pixie. Entonces, sin...

—¿Por qué iba delante el señor Dixie si el que mejor conocía la ruta de salida era el señor Pixie?

—Ah, sí, claro. El viejo se había hecho daño en el tobillo y necesitaba tener las manos libres para moverse mejor, así que el señor Dixie se ofreció para ir el primero con la linterna.

—¿Comprobó que era cierto, señor Jinks?

—Cojeaba bastante y el señor Dixie le tuvo que ayudar a ponerse las botas de protección. No mentía.

—Siga.

—Yo me había guardado el arma en el bolsillo trasero del pantalón y el muy cabrón debió de verlo o qué sé yo pero, de repente, trató de arrebatarme el arma. Me agarró por el cuello y el otro aprovechó para golpearme. Lo tenían hablado, de eso estoy seguro. Tardé un poco en reaccionar, lo reconozco, pero esos dos desgraciados no sabían a quién se la estaban jugando. No sé cómo me zafé de los dos, saqué el arma y disparé varias veces en el pecho a ese desgraciado. En el momento que me di la vuelta para darle lo suyo al otro, el muy cabrón aprovechó para darme con la linterna en toda la boca —teatralizó imitando el golpe—, y también en la cabeza —prosiguió inclinándose para mostrarle la herida— hasta que me dejó grogui. Y luego en el suelo me molió a patadas. Quería matarme, estoy seguro. Al recobrar el sentido no sabía dónde estaba. Todo a oscuras, muerto de dolor, sin mi pistola y sin el botín... Solo quería salir de allí y, tras dar unas cuantas vueltas casi a tientas, encontré una escalera y salí. Eso fue todo.

Casi podía oírse cómo iban machihembrando las piezas en el cerebro de Van der Dyke.

—¿Había tenido algún otro episodio similar de confrontación con Pixie o Dixie, o los dos, previo a este? —preguntó con escaso interés, como quien consulta el horóscopo.

—No.

—¿Cree que pudieron sentirse amenazados cuando supieron que había tenido que eliminar a los vigilantes?

—Ni siquiera se lo dije, para que no se pusieran nerviosos.

—¿Y lo estaban?

—¿Nerviosos? Un poco, supongo. Como todos.

—Ya. Nada fuera de lo habitual.

—No. Yo sigo pensando que lo planeó el viejo y al otro no le quedó más remedio que seguir sus instrucciones.

Tinus van der Dyke caviló durante unos instantes.

—Por tanto, usted va caminando por la galería que está repleta de fango al final del antiguo cauce del Esgueva y, sin motivo aparente, el señor Pixie, que está lesionado en un tobillo, le ataca por la espalda con la intención de quitarle el arma. El señor Dixie lo ayuda pero consigue librarse de ambos, sacar su pistola y disparar al señor Pixie. Por cierto, esta mañana me dijo que le había volado la cabeza y ahora me ha contado que le disparó varias veces en el pecho.

—Lo de volarle la cabeza era una manera de hablar.

—No importa. Luego usted se gira para disparar al señor Dixie, pero este le agrede con la linterna, primero en la boca y acto seguido en la cabeza. Y, una vez el suelo, lo patea hasta dejarlo inconsciente. ¿Fue así?

—Sí, más o menos.

—¿Más o menos? ¿Fue exactamente así o hay algo que no he entendido bien?

Qabbani vaciló.

—Fue así.

—Ajá.

Van der Dyke se presionó el puente de la nariz mientras visualizaba los movimientos que debía ejecutar. La áspera voz de Itay Geafi, su primer instructor de krav magá, resonaba en su cabeza: «Lo primero es neutralizar la amenaza inminente, y, si no hay amenaza inminente que neutralizar, se ataca antes de que lo haga tu oponente. Solo son necesarios tres movimientos: neutralizar, aturdir, definir». Sin amenaza que neutralizar, concentró toda su fuerza en su hombro derecho para proyectar el codo de forma súbita e impactar con eficacia en la nuez del libanés. Oír el chasquido del hueso hioides al fracturarse le indicó que había logrado su objetivo primario: aturdir. El prioritario, no obstante, consistía en escuchar un crujido. Qabbani reaccionó como esperaba, agarrándose con ambas manos del cuello, circunstancia que aprovechó para colocar la mano derecha en la parte posterior de su cabeza y empujarla hacia delante hasta que se encontró con el salpicadero. Sin aire y en tan desfavorable posición, el Espantapájaros sabía que disponía de un par de segundos. Un lujo. De nuevo recurrió al codo —esta vez describiendo una trayectoria vertical de arriba hacia abajo—, para golpearle con extrema violencia en la nuca y definir provocando una fractura cervical irreversible.

Un crujido.

PRISIONES INVISIBLES

Antiguo cauce del Esgueva
Valladolid
12 de mayo de 2019

Podría decirse que los receptores olfativos de su pituitaria amarilla eran, con diferencia, los que mejor se habían aclimatado de entre todos sus sentidos, negándose a etiquetar aquellos vapores como lo que eran: sustancias repugnantes. La vista, por su parte, evitaba captar con detalle los objetos que, tanto estáticos como en movimiento —principalmente estos segundos—, decoraban ese espacio tenebroso. El gusto, anulado por decreto ley, apenas le servía para recordarle el sabor acerbo que se había adherido a su paladar desde que pusiera los pies por primera vez en ese submundo confiando en que fuera la última. El oído, no siendo Nacho Llanes ni Sara Robles dos grandes conversadores, apenas registraba uso alguno. Por último, el tacto, aletargado bajo una doble capa de látex, hacía tiempo que solo enviaba una única información a su cerebro: necesitas una ducha urgente.

El recorrido desde la alcantarilla por donde salió un presunto participante en el atraco al museo había ido mejorando de forma sustancial conforme se acercaban a lo que el subinspector consideraba que era su destino. El colector de aguas residuales lo habían dejado atrás hacía unos cuantos minutos y se encontraban disfrutando del exceso de espacio existente bajo los arcos que sostenían unas bóvedas del mismo material y un señor puente soterrado bajo el asfalto urbano.

—¿Ves esas escaleras de caracol? —le preguntó Nacho Llanes alumbrándolas con la linterna.

—Sí, claro.

—Pues van a dar a uno de los baños públicos de la sala de exposiciones de San Benito.

—Es decir, que podría bajar cualquiera.

—Cualquiera que lo supiera y tuviera la fuerza suficiente para levantar la tapa. A nosotros, entre dos, nos cuesta. Ahora vamos a entrar en una galería en la que hay mucho fango. Cuidado, no claves demasiado la suela, porque a mí una vez se me hundió una bota y ya no pude sacarla ni con ayuda. Otra cosa: no creo que nos encontremos alguna bolsa de metano, pero, si esto pita —prosiguió agarrando el dispositivo electrónico que colgaba de su cinturón—, retrocedemos de inmediato aguantando la respiración.

—Entendido.

—Por cierto, es posible que ellos hayan usado detectores de gases para moverse por aquí abajo, y no son fáciles de conseguir, por lo que deberíamos hacer un par de preguntas a algunos proveedores por si acaso.

—Anotado.

No habían avanzado ni cinco metros cuando ambos se detuvieron casi al unísono.

Los agudos sonidos que recogían sus nervios auditivos cobraban vida en sus cabezas en forma de peludos y rabilargos roedores de orejas pequeñas que campaban a sus anchas bajo ese firmamento hormigonado. Más de uno y más de..., ¿diez, cien?

Más de uno ya era multitud.

Piel de gallina bajo el traje de seguridad de la inspectora Robles.

—Allí las veo —las localizó el subinspector.

Efectivamente, sumaban entre diez y cien.

—Qué asco me dan las hijas del demonio —se sinceró ella.

—Ahí tiene que haber algo —elucubró el de Subsuelo con preocupante aplomo.

—Algo como qué.

—Algo de comer.

—¿Un bicho muerto?

—Sí, pero muy grande.

—Acerquémonos —dijo ella con escaso convencimiento.

El subinspector fue golpeando con la linterna en la pared a cada paso que daba hacia el festín. Algunas ratas prefirieron dar un par de dentelladas más antes de salir por patas, otras se erguían plantando bigotes a los recién llegados por muy colosos que fueran.

—Joder, me lo estaba imaginando —se adelantó él a apunto de hacer *spoiler*.

Sara se echó a un lado para poder ver lo que alumbraban los haces de luz.

Un rostro humano; o, más bien, lo que quedaba de él.

Nacional 601

Acababa de pasar el cartel de La Pedraja del Portillo. Conducía tranquilo su Citroën C4, pero Tinus van der Dyke tenía que hacer un gran esfuerzo para sujetar las bridas de ese caballo salvaje que era su estado de nervios. Repasaba mentalmente los principios básicos del estoicismo y se preguntaba cómo demonios aplicarlos en una situación como la que estaba afrontando él en ese momento. Enseguida se percató de que no era buena idea porque tanto Zenón de Citio, fundador de la escuela filosófica estoica, como Séneca, uno de sus más importantes seguidores, terminaron suicidándose cuando tuvieron que mirar cara a cara a los problemas.

Necesitaba algo más mundano y conectado a la realidad.

Tomar decisiones acertadas, por ejemplo.

—Así que a un hombre de sesenta y tres años y con la lesión en el tobillo le da por atacar a un tipo armado con experiencia militar. Primero dices que le vuelas la cabeza y luego que le disparas en el pecho. Que el otro te golpea con la linterna hasta dejarte grogui y resulta que la única herida que tienes en la cabeza es vertical, no horizontal... Claro, claro.

Pero ¡¿qué piensas?! ¡¿Crees que yo soy idiota?! ¡¿Que he nacido ayer?! —le recriminó a Émile Qabbani en afrikáner, su lengua materna.

A su lado, recostado en el asiento, el libanés no contestó.

Los muertos no suelen hacerlo.

—El hijo de la gran puta de Chikalkin te ordenó no dejar testigos, ¿verdad? Muy propio de ese ruso malnacido, muy propio. Primero a ellos y luego a mí. Menos a repartir. Negocio redondo. Pero ahora, mírate, ¿quién es el idiota? ¡Eh, dime! ¡¿Quién?!

Sin quitar la vista del GPS de su teléfono, tomó una rotonda y salió por la primera carretera a la derecha que se adentraba en ese océano acetrinado que conformaban las copas de los pinos. Se había decantado por la zona buscando áreas coloreadas de verde en Google Maps que estuvieran razonablemente cerca de la ciudad, pero tampoco demasiado. Había varias, casi tantas como marrones, así que eligió esa al azar y la aplicación se encargó de trazar la ruta hasta allí.

No era aquella la primera vez en la que había tenido que arrebatarle la vida a otro ser humano, pero sí la ocasión en la que lo había deseado con más fervor. La mera sospecha de estar convirtiéndose en un burdo asesino hacía tambalear sus cimientos, y si había algo que le mantenía en pie caminando sobre arenas movedizas era su diamantina solidez a la hora de enfrentarse a las dificultades. Pero esta, la que ahora debía afrontar y resolver de forma satisfactoria, era de categoría mayúscula. Tanto era así que por unos instantes valoró la posibilidad de poner al corriente a su socio, opción que desechó al percatarse de que hacerlo condicionaría el resto de la planificación y le dejaría en una posición de notable desigualdad. Lo cambiaría todo. No. Nadie como él sabía que ceñirse a lo establecido era el mejor salvavidas cuando el barco empezaba a zozobrar.

La situación tenía que solventarla por sí solo y el primer paso para lograrlo consistía en enfriar sus pensamientos. Por suerte, Qabbani había muerto sin liberar fluidos, circunstancia que no pensaba desaprovechar para recurrir a la forma más conveniente de deshacerse de un cuerpo: enterrarlo. El suelo arenoso en el que arraigaban las raíces de los pinos que abundaban por los alrededores jugaba a favor de obra, pero antes de ponerse con ello debía solucionar dos problemas: el primero consistía en localizar el lugar ideal para llevarlo a cabo de noche, alejado de las improbables aunque posibles miradas fortuitas; y el segundo, aún sin resolver, pasaba por conseguir la herramienta necesaria siendo domingo. Para un experto como él, asaltar alguna tienda de un solitario centro comercial utilizando su infalible inhibidor de alarmas era un juego de niños, pero un juego arriesgado habida cuenta de la tesitura en la que se encontraba. No lo había descartado del todo, pero confiaba en encontrar otra vía mucho menos temeraria.

Tinus van der Dyke comprobó por los espejos que no había otros vehículos a la vista y redujo la velocidad. Cuando la aguja del velocímetro bajó del veinte, memorizó las coordenadas en el GPS sabiendo que después tendría que borrar el historial para que no quedara registro, puso el cuentakilómetros a cero y se salió de la calzada. Luego recorrió trescientos quince metros por un camino de tierra y se detuvo con la intención de inspeccionar el lugar. Aunque de forma tímida, sonrió al comprobar que lo arropaban cientos de pinos y que, en efecto, aquella tierra era ideal para cavar un agujero de uno por dos y de dos metros de profundidad. Si nada se torcía y conseguía una pala, confiaba en repetir ese mismo itinerario en unas horas con las luces apagadas para no llamar la atención.

—Ya te he encontrado un sitio —le comunicó a Qabbani al regresar al vehículo.

Justo en ese instante se percató de que poco más tenía que decirle al libanés, por lo que no era mala idea aprovechar la discreción para trasladarlo al maletero.

De regreso a la ciudad, el Espantapájaros seguía cocinando mentalmente la manera de hacerse con una pala cuando le sobrepasó un tipo en bicicleta con el distintivo de Glovo. De inmediato infirió que si él no podía comprar el producto que necesitaba, ellos tampoco, pero le abrió una puerta que hasta ese momento permanecía cerrada: internet. No obstante, el problema volvía a ser el mismo: domingo. Había leído que, a raíz de la puesta en marcha del servicio de entrega en dos horas de Amazon muchos de sus competidores habían igualado la oferta, pero ninguno contemplaba los festivos. Ahora bien, ¿y los particulares? Tenía que encontrar algún anuncio de alguien que vendiera una pala en la provincia de Valladolid. Así, en cuanto pudo estacionó y, sin bajarse del coche, escribió el criterio de búsqueda en su buscador: «Comprar palas Valladolid». Palas de pádel. Agua. «Comprar palas de cavar». Resultado: excavadoras. Tinus van der Dyke se concedió unos segundos para modificar el criterio de búsqueda. «Vendo pala cavar». Varias referencias con fotos en la página web de Milanuncios. El enlace le ofrecía ciento setenta y siete resultados. Ahora tenía que tener la suerte de que uno de ellos, solo uno, fuera de Valladolid. Al hacer el filtro por provincia le salieron cuatro resultados. Sus ojos se pararon en el que rezaba: «Dos palas de obra o de cavar. Veinte euros».

—¡Este es!

Contactar.

La Rosaleda

Había perdido la cuenta de las veces que lo había recorrido y, a pesar de que cambiaba continuamente de ruta, Rai se creía en disposición de adivinar el número exacto de rosas por cada una de las distintas variedades que salpicaban de rojo, rosa, amarillo y blanco aquel magnífico espacio verde. Organizado a partir de una plazoleta central y enmarcada por cuatro grandes celosías de piedra porticadas, el jardín se extendía por el margen izquierdo del río Pisuerga desde el puente de Poniente hasta el de Isabel la Católica, y, si bien los rosales no abarcaban tanto espacio, tal era su belleza que daban nombre a toda la extensión de más de treinta y cinco mil metros cuadrados.

Nunca se había parado a pensar en lo relativo y caprichoso que era el paso del tiempo. Recordaba haber pasado jornadas de diez horas como un fugaz pestañeo a decenas de metros bajo tierra, excavando una galería sin pensar en otra cosa que en optimizar al máximo sus reservas energéticas. Ahora, sin embargo, no veía la forma de que avanzaran las condenadas manecillas del reloj y aún no eran ni las doce de la mañana. Pensar en las horas, minutos y segundos que le quedaban por delante de tediosa espera hacía que le hirviera la sangre. Alterado, buscó un lugar distinto donde sentarse de los muchos bancos en los que ya había acomodado sus posaderas. Se decantó por uno de piedra cuyo respaldo y reposabrazos era un seto recortado con esa intención, se quitó la mochila y la colocó con cuidado entre los tobillos. Languidecía el asturiano en estériles pensamientos cuando se fijó en un anciano que caminaba apoyándose en un bastón. Saltaba a la vista que era de morigeradas costumbres arraigadas en la buena educación de antaño. Vestía con esa elegancia de quien ha puesto empeño en encontrar el atuendo propicio para la ocasión: pantalón de franela beis, zapatos marrones a juego con el cinturón y camisa blanca recién planchada. El sombrero de ala corta color caqui le quitaba un buen puñado de años de los muchos que evidenciaban las arrugas que surcaban su rostro. El hombre se detuvo a escasos metros de distancia frente a uno de los arcos dispuestos para que los rosales trepadores recubrieran la estructura. Tras unos momentos de plácida contemplación se giró hacia él y le sonrió.

—Antes lucían de otra forma —aseguró.

—¿Cómo dice?

—Las rosas. Este —prosiguió el hombre golpeando la base del arco con el bastón— estaba repleto de unas de color bermellón de las que quitaban el hipo. Cuántas veces los mozos de por aquí se arriesgaban a que los cazara el guardia por arrancar media docena para ennoviarse con alguna chavala. Los jóvenes de ahora ya no regalan flores, envían mensajes por el móvil. Todo el santo día pegados al teléfono como lelos.

El otro se rio con ganas.

—Tiene usted toda la razón.

—Pues claro que la tengo. Mis nietos están alelados y sus padres más. José Antonio García Lesmes —se presentó ofreciéndole la mano.

—Raimundo Trapiello Díaz —le correspondió.

—¿Le importa que me siente? Varices.

Rai, de naturaleza poco habladora, le pareció un ofrecimiento caído del cielo.

—¡Cómo no! Siéntese, siéntese. Este lugar es una maravilla.

—¿Asturiano? —indagó José Antonio.

El minero no ocultó su sorpresa.

—Tengo familia en Gijón. Antes iba mucho por allí, pero desde que no conduzco me cuesta salir de excursión.

—De Langreo.

El hombre desvió la mirada mientras consultaba sus recuerdos.

—No, por ahí no he estado. ¿Y qué hace un joven de Langreo por estos lares?

—Trabajar. Por allí no sobra el curro y tenemos que buscarnos las habichuelas donde sea.

—Ley de vida. Yo he trabajado desde los dieciséis hasta los sesenta y cinco, y porque me obligaron a jubilarme. Casi cuarenta años en Parques y Jardines del Ayuntamiento.

Soy de los pocos que pueden decir que conoció en persona al bueno de don Francisco Sabadell.

Silencio.

—Ya, claro, cómo vas a saber. Todo esto —dijo dibujando un arco con el bastón— lleva su nombre: Rosaleda Francisco Sabadell. Gracias a esa familia los vallisoletanos respiramos oxígeno en esta ciudad pensada para fabricar coches. ¿Le apetece escuchar la historia?

Rai asintió convencido.

—En 1870, el entonces alcalde de Valladolid, don Miguel Íscar, le encargó un estudio para modernizar el Campo Grande al mandamás de los mandamases de los jardines de Barcelona, que era el tío de don Francisco Sabadell padre. Este envió a Valladolid a su sobrino para que ejecutara el proyecto en persona y ya se asentó aquí para los restos. Cambió el diseño por completo para que fuera paseable: asfaltado, alumbrado público, incorporación del estanque, la pérgola y todo lo demás —resumió—. Además de introducir nuevas especies de flora y fauna para llenarlo de vida, por supuesto. Doy por hecho que ha estado usted en el Campo Grande.

—Sí, pero de pasada. Tengo que recorrerlo con más calma.

—Hágalo, no se arrepentirá.

—Bueno, pues su hijo, don Francisco Sabadell, mi jefe, heredó el cargo de director municipal de jardines y continuó con la obra de su padre. Era un hombre complicado, sí, pero diligente como pocos. No sé cómo lo hacía, pero tenía la enorme virtud de sacar petróleo del presupuesto público para mantenerlo todo como si fuera el jardín de su casa. Cuando se jubiló, el cargo lo ocupó su sobrino, don Andrés Sabadell, con el que yo trabajaba codo con codo. Qué buen hombre era, siempre tenía un chiste para soltarte. De él aprendí que las cosas se pueden hacer igual de bien sonriendo que no sonriendo, pero que cada día que no sonríes es un día tirado a la basura.

—Bueno, no sé si estoy muy de acuerdo con eso. Uno no siempre tiene motivos para estar feliz.

El alborotado piar de varios gorriones fue lo único que se oyó durante unos instantes.

—No se ofenda, pero... Me he fijado en que lleva usted un buen rato dando vueltas por aquí y supuse que le vendría bien escuchar las palabras de este viejo. Verá, puede que tenga razón en que a veces no hay demasiados motivos para ser feliz, pero eso no quita para que deje de sonreír. El problema es que la mayoría de las veces no valoramos lo que tenemos y eso nos impide apreciar las pequeñas cosas que suman. No damos importancia a poder pasear un domingo soleado por estos jardines, por ejemplo. O simplemente al hecho de elegir pasear o no pasear. Ser libres, amigo mío, es razón suficiente para sonreír cada día, el problema es que nosotros mismos nos encerramos en prisiones invisibles de las que luego nos resulta imposible salir. Ese es el problema.

Rai masticó aquellas palabras.

—Prisiones invisibles —masculló.

José Antonio consultó la hora en su reloj de pulsera.

—Tengo que marcharme, o no me va a dar tiempo a hacer la ronda de nietos. La hago siempre los domingos porque aprovecho para darles la propina y así parece que me quieren más. Pero hoy está todo el mundo revolucionado con lo del robo al Museo de Escultura, supongo que ya se habrá enterado.

—Sí, algo he oído —dijo con forzado desinterés.

—En fin... Que pase un buen día, amigo, y no se meta en ninguna prisión de la que no pueda salir, visible o invisible.

—Muchas gracias por el consejo.

—No hay de qué.

Rai no era consciente de ello, pero mientras contemplaba cómo el anciano se perdía entre los rosales, sonreía. Era un sonrisa tímida, anémica, de esas que gastan las personas que no están acostumbradas a sonreír.

Residencia de Sara Robles

La sensación iba más allá del placer. Acababa de configurar la alcachofa para que el agua le golpeara con fuerza en la nuca toda vez que, tras quince minutos de impetuoso restriego, había dejado de sentirse sucia. Necesitaba relajarse. Tres cadáveres en un día eran demasiados, pero lo que en realidad le generaba esa marejada interna tan sumamente molesta era la sensación de que las cosas todavía iban a tener que empeorar mucho antes de empezar a mejorar. Además, tenía en pañales la investigación de la extraña muerte de la anciana, lo cual le iba a restar recursos y energía para afrontar un caso como el que se le venía encima. Y la prensa, cómo no, afilándose las uñas, cuestión que era la que más parecía preocuparle al comisario Herranz-Alfageme después de la dilatada conversación telefónica que había mantenido con él antes de irse a casa.

Habían empeñado más de tres horas en sacar el cuerpo del hombre que encontraron en las cloacas con varios impactos de bala. Las hipótesis eran infinitas, no obstante, la que parecía más plausible apuntaba a que podía tratarse de uno de los atracadores. Vestía con ropa de faena de la empresa Aquavall, pero tras varios intentos fallidos había logrado hablar con una persona responsable de la compañía que le confirmó que, como sospechaba, no tenían conocimiento de que hubiera desaparecido algún miembro de su plantilla. Estaban trabajando a marchas forzadas en la identificación del sujeto, aunque, siendo domingo, no esperaba resultados hasta primera hora del lunes. Solo pensar en la semana que le esperaba le provocaba serios retortijones. Por ello, era imperativo que lograra desconectar unas cuantas horas y, aunque se le ocurrían muchas formas de intentarlo, sabía que solo iba a encontrar un modo de conseguirlo. La voz de la doctora Hernández Revilla resonó en su cabeza como si fuera la de su conciencia: «Tienes que distinguir la ansiedad asociada con el estrés de la necesidad de satisfacer tu apetito sexual. Porque, por mucha hambre que tengas y por mucho que te encante el helado, eres consciente de que no puedes alimentarte siempre de helado, ¿verdad?».

A Sara no le había hecho falta el símil para comprenderlo, y, aunque sonaba muy racional, en ese momento lo que realmente necesitaba era una buena panzada de helado. También podría tratar de explorar la vía manual, pero, siendo consciente de que un par de cucharaditas no la iban a saciar, lo descartó de inmediato. Dos tiritas no detienen una hemorragia, conque dispuso lo necesario para entrar en quirófano a sabiendas de que la intervención no iba a resultar en absoluto sencilla. Lo principal era elaborar un buen listado de candidatos, no tanto a nivel cuantitativo como sí en lo cualitativo. Calidad frente a cantidad. Así, nombres de amigos con derecho a roce, de amantes ocasionales, de polvos recurrentes e incluso de pretendientes a estrenar empezaron a revolotear en su cabeza. Muchos, tantos como descartes por diversos motivos. Tenía que concretar antes de salir de la ducha y entre tres y cinco opciones le parecieron suficientes como para acertar con una. Puntuaba tanto el recuerdo remanente en la memoria del último encuentro sexual con el aspirante como las probabilidades que había de no fallar el tiro. Santi Rastas, por ejemplo, era una buena alternativa, pero no iba a irse a Madrid para saborear un par de orgasmos. ¿O sí? Jaime Sucio podría valer. Vivía relativamente cerca, estaba soltero —por lo menos la última vez que se vieron lo estaba— y era bastante creativo en la cama. El problema radicaba en que su apartamento era repugnante y Sara prefería no tener que meter a nadie en la suya para no verse en la necesidad de echarlo en cuanto diera por concluida la sesión. Podría recurrir de nuevo a Juanjo Casiguapo si tuviera su teléfono, pero algo le decía que se iba a terminar arrepintiendo.

Cuando salió del baño, transcurridos veinte minutos, cuatro cromos conformaban su álbum pero dos llamadas más tarde sus posibilidades se habían reducido a la mitad. Antes de poner el dedo sobre el icono de la llamada del siguiente de la lista, Sara tomó aire y no lo soltó hasta que escuchó la voz de Mario Ojosazules, cuya mayor virtud residía en su priápica resistencia.

—¡Sara! Menuda sorpresa.

No era capaz de situar en la línea temporal la última vez que se habían visto, pero no debía de haber pasado demasiado tiempo, porque lo conoció durante la pasada Nochevieja y recordaba que se habían acostado tres o cuatro veces. Lo mejor de Mario Ojosazules era que no encontraba ningún motivo de peso para no repetir con él.

—¿Cómo va todo? —preguntó ella por preguntar.

—Bien, como siempre, sin muchos cambios. ¿Y tú?

—Igual. Oye, me apetece verte, ¿tienes planes para esta tarde?

—Joder, pues sí, la verdad. He quedado con unos colegas dentro de un rato para ver el partido del Pucela.

—Del Pucela —repitió.

—Sí, nos lo jugamos todo contra el Rayo.

A punto estuvo de preguntarle a qué hora empezaba el partido por si le daba tiempo a uno rápido, pero un fogonazo de dignidad le hizo cambiar de parecer.

—Vale, otro día entonces.

—Sí, otro día. Lo siento.

Ya tenía un motivo.

Y uno de peso.

Eliminó a Mario Ojosazules de sus contactos y pasó al siguiente y último cromo. Fede Mocasines era profesor de Historia en un instituto. Divertido y cariñoso, se había ganado su pseudo apellido por su demostrada predilección hacia ese tipo de calzado. Sin embargo, no era diversión y cariño lo que buscaba Sara, por lo que permaneció unos segundos con la mirada fija en la pantalla antes de arrojar el teléfono al sofá como si fuera el foco de una enfermedad contagiosa.

—¡A la mierda todos!

Catorce minutos después entraba Sara en comisaría sin saber muy bien por qué.

Mucho menos para qué.

Término municipal de La Pedraja del Portillo

Se detuvo unos instantes a recobrar el aliento y a secarse el sudor que discurría en minúsculos riachuelos por las mesetas de sus sienes. A su alrededor la oscuridad lo cubría todo con su manto, apenas rasgado de forma subrepticia por un haz de luz que nacía de la linterna de un móvil. Esta, regulada con extrema discreción, iluminaba un hueco abierto en la tierra de unos dos metros de largo por noventa centímetros de ancho y dos de profundidad.

Tinus van der Dyke se había decantado por un espacio entre dos pinos que previamente había marcado en ambos troncos valiéndose de una llave. También había memorizado la ubicación exacta según su GPS por si las cosas se ponían feas y tenía que recurrir a ella. La temperatura había descendido al menos diez grados, pero el esfuerzo físico le hacía inmune al frío. Notaba cargada la espalda y los hombros, pero eran las manos lo que más le dolía a pesar de la protección que le ofrecían los guantes. En ese instante escuchó en su cabeza la voz del señor Botha, su vecino de parcela desde antes de que su país pasara de llamarse Rodesia del Sur a Zimbabue: «Nada curte más el cuerpo que cavar una zanja». Jamás averiguó el motivo por el cual aquel excoronel de las Fuerzas Expedicionarias Británicas cavaba tantas zanjas, pero no le faltaba razón. El Espantapájaros escrutó de nuevo la tumba que había diseñado para el libanés y consultó su reloj. Había tardado algo menos de una hora, lo cual era para sentirse más que satisfecho, más si cabe teniendo en cuenta lo mucho que le había costado conseguir esa maldita pala.

La dirección del vendedor correspondía al barrio de Girón, en el oeste de la ciudad, conformado por casas bajas que parecían encajar más con la fisonomía urbanística de un pueblo que de una ciudad. El dueño de la herramienta, un hombre de poco más de treinta años, gafas tipo Trotsky y pelo largo recogido en una coleta, le contó que estaba tratando de sacar algo de provecho del variopinto contenido de una caseta que el anterior dueño, ya difunto, había construido en el patio trasero.

—Mi mujer me decía que estaba zumbado con tanto subir fotos y fotos a las páginas webs, pero, mira tú por dónde, ya he sacado más de trescientos euros vendiendo esta mierda —le dijo encendiendo la luz—. Ahí las tiene. ¿Se las envuelvo para regalo?

—En realidad solo necesito una.

—Son un lote. Veinte pavos las dos, pero si solo quiere una, pues una.

—¿Una por diez?

—No, por veinte. Son un lote, pero si solo quiere llevarse una, allá usted. Por cierto, ¿de dónde es?

—Soy holandés, pero mi hermana vive por aquí desde hace tiempo. Se ha empeñado en trabajar toda la tarde en el jardín y no sabe qué ha hecho con la pala.

—Mujeres. Cuando quieren algo, lo quieren ya —comentó—. Bueno, entonces, ¿cuál se lleva?

—Esa —señaló—. Parece que está menos oxidada que la otra.

—Sí, eso parece.

—¿Esos guantes también están en venta?

—Por supuesto. Por otros diez son suyos, y esta vez no me diga que solo va a necesitar uno.

Tinus van der Dyke no quiso alargar más el encuentro. Le dio lo suyo y se marchó sin dar muestras de las ganas que tenía de estrenar su compra para otro propósito distinto del originario. El resto de la tarde lo consumió intentando pasar lo más desapercibido posible, por lo que buscó una zona poco transitada para aparcar el coche y se dedicó a exprimir sus neuronas construyendo posibles escenarios con sus consecuentes formas de actuar. Le frustraba sobremanera que el protocolo de seguridad que él había impuesto estableciera que la comunicación entre los miembros del equipo era estratificada y estanca. Es decir, que los señores Pixie y Dixie solo podían contactar con el señor Jinks y este solo podía hacerlo con él. De otra manera ya habría intentado ofrecer un pacto al señor Dixie para recuperar la talla y tener algo con lo que negociar con Chikalkin. No existiendo la posibilidad, solo tenía una carta para jugar con el ruso: un foto. Una foto que debía hacer en ese preciso momento y cuyo único protagonista descansaba en el maletero. Sacar el cuerpo de Qabbani le supuso no menos esfuerzo que meterlo y quiso cargar a plomo con él para no dejar huellas de arrastre. Ahora bien, cuando alcanzó la vertical de la tumba lo dejó caer sin delicadeza alguna. A continuación se sentó en el borde y se tomó su tiempo para encuadrar el plano y enfocar convenientemente la cara del difunto. Tinus van der Dyke era consciente de que corría un riesgo al activar el flash, pero se cercioró de que solo fuera necesario hacer una. Para comprobarlo, la examinó a conciencia recorriendo cada detalle de la macabra fotografía.

Quiso la fortuna que un detalle inesperado en forma de bulto en el bolsillo delantero del pantalón le hiciera fruncir el ceño.

—¡No me lo puedo creer! —verbalizó en afrikáner antes de dejarse caer en el hoyo para comprobar que, en efecto, era cierto lo que había detectado en la imagen.

Una carcajada nerviosa fue lo siguiente que se perdió en la Tierra de Pinares castellana.

La Rosaleda

El asturiano hizo una última comprobación previa y se puso manos a la obra. Había tenido tiempo más que suficiente para encontrar la piedra adecuada con la que conseguir su propósito en aquel lugar que Charlie le había sugerido durante una distendida y cómica conversación. Pasaban algunos minutos de la medianoche, por lo que podría decirse que había tenido que esperar más de doce horas para que se vaciara la zona de transeúntes. Sin embargo, tras la conversación que mantuvo con José Antonio, Rai resolvió que no tenía mucho sentido quedarse allí esperando, conque se acercó hasta la plaza Mayor dando un paseo e incluso se atrevió a tomarse unas cuantas raciones con sus cañas y vinos correspondientes. Fue en uno de esos bares, El Corcho, cuando, disfrutando de la primera de las tres croquetas que le hicieron volver a creer en los Santos Sacramentos, escuchó lo del partido. El fútbol le interesaba lo justo, pero no le pareció mala idea para seguir matando el tiempo ver ese partido del que hablaba con tanto entusiasmo un grupo de aficionados del Real Valladolid. Así, anotó mentalmente el nombre del bar en el que iban a verlo y allí se plantó con la mochila a la espalda justo en el momento en el que empezaba a rodar el esférico. Cuatro pintas de cerveza más tarde, salía de El BarCo infectado por la alegría de los presentes después de la victoria con la que certificaban su permanencia en primera y habiendo disfrutado, más que con el partido en sí, con el espectáculo de histerismo exacerbado protagonizado por el dueño del negocio, un tal Luis.

El distanciamiento con la realidad le duró lo que tardó el efecto del alcohol en esfumarse, y se vio de nuevo sentado en un banco de las Moreras esperando a que cayera la noche y desaparecieran las incómodas miradas que volvían a acosarle, aunque solo sucediera en su imaginación. Una vez estuvo seguro de que nadie lo estaba observando, posó cuidadosamente la mochila en el suelo, se arrodilló y, agarrando la piedra con ambas manos, empezó a retirar arena a los pies de un árbol. No llegaba a la decena las veces que lo había hecho cuando sonó su móvil.

—¡Pero no me jodas! —protestó con el pulso acelerado.

En la pantalla, el nombre del señor Jinks.

—Tu putísima madre, cabrón —le dijo antes de rechazar la llamada, tirar el teléfono junto a la mochila y continuar con la tarea.

Un doble pitido le volvió a interrumpir para avisarle de que había recibido una imagen. La curiosidad le hizo abrir el archivo. Enseguida reconoció el rostro del libanés, pero tuvo que invertir un par de segundos en percatarse de que esa expresión no podía contener un ápice de vida. Una segunda fotografía, esta más alejada, mostraba el contexto que le faltaba para comprender que alguien se lo había cargado y se disponía a enterrarlo.

Y ese alguien insistía de nuevo en hablar con él.

Un tono.

Dos tonos.

—Vamos, vamos, vamos —musitó Tinus van der Dyke, ansioso.

—¡¿Quién cojones es y qué cojones quiere?! —escuchó al fin.

—Soy la persona que le metió en este lío y la que va a ayudarle a salir de él —contestó.

Silencio. Buena señal.

—¡¿Qué le ha pasado a ese maldito cabrón?!

—Me he visto en la obligación de neutralizarlo.

—¿Usted lo ha matado?

—Así es.

—¡¿Por qué?!

—Era él o nosotros.

—¡Ese malnacido disparó a Charlie! ¡Lo asesinó, así, sin más!

—Lo sé. Me contó que ustedes intentaron matarlo y él se defendió.

—¡Es mentira!

—Lo sé. No se altere, se lo ruego. Tenía la orden de matarnos a todos, primero a ustedes dos y luego a mí.

—¡¿La orden de quién?! ¡¿Y qué pinta usted en todo esto?!

—Soy la persona que lo planificó todo, pero él trabajaba para otro tipo. Es complicado de explicar por teléfono.

—¡¿Y qué pretende?! ¿Que nos veamos para que pueda liquidarme a mí también? ¿Se cree que soy idiota?

—No, en absoluto. Comprendo que no se fíe de nadie en este momento, pero, créame, nuestra única salida pasa por trabajar juntos y tengo un plan.

—¿Un plan? ¿Qué plan?

El Espantapájaros notó que su interlocutor relajaba el tono de voz por primera vez.

—Por teléfono no. Como le decía antes, es complejo.

—Pues va a tener que convencerme por teléfono en treinta segundos porque ese es el tiempo que voy a tardar en tirarlo al río.

El Espantapájaros invirtió cinco en cavilar.

—Está bien. Escuche: usted tiene lo que ellos quieren y yo tengo un seguro de vida para ambos. Esas cartas no sirven de mucho por separado, pero juntas nos proporcionan una jugada a la que podemos sacar mucho provecho.

—Muy bien. Usted ya sabe que tengo la maldita estatua, ¿y qué demonios tiene usted?

—Tengo la ubicación exacta donde la policía puede encontrar el cuerpo que acabo de enterrar. Si localizan a este perro lo vincularán de inmediato con su amo, lo cual, amigo mío, no le conviene en absoluto a la organización a la que pertenece.

—¿Qué organización?

—Eso no puedo decírselo, igual que yo no le estoy pidiendo que me desvele el paradero de *El martirio de san Sebastián*.

—¿Así se llama?

—Así se llama, en efecto.

—¿Y cuánto vale esto?

—Su valor es incalculable, pero ahora mismo en lo que tenemos que pensar es en que, mientras esté en nuestro poder, nuestras vidas valen algo.

—En mi —recalcó— poder. Porque la tengo yo. Usted no.

—Lo sé.

—Entonces, a ver, ¿para qué coño le necesito yo?

—Para salir vivo de esta. Más pronto que tarde darán con usted, y cuando lo hagan no van a negociar. Simplemente le arrancarán la piel a tiras hasta que les diga dónde está la talla. Y luego lo matarán. Y si intenta venderla por sus medios lo único que conseguirá es que lo encuentren antes.

Durante algunos segundos no hubo cruce de palabras.

—¿Cómo sé que puedo fiarme de usted?

—No lo sabe, pero es su única opción.

—También puedo acudir a la policía y aunque me caigan unos años, por lo menos conservaré el pellejo.

—Con tres muertos, no serán un par de años.

—¡¿Tres?! ¡¿Cómo que tres?!

—Los dos vigilantes de seguridad y su compañero.

Silencio.

—No sabía nada de los vigilantes. Se los cargó ese jodido psicópata, ¿no?

—Así es, pero usted está involucrado y aunque se demuestre que fue él, como cooperador necesario, la mierda le va a cubrir de los pies a la cabeza. Sin embargo, aunque le cayeran diez o quince años, le aseguro que no duraría vivo más de un par de meses entre rejas.

—No sé de dónde coño es usted, pero aquí, en España, las cárceles son seguras.

—En España, como en cualquier cárcel del mundo, siempre hay alguien dispuesto a matar a otro recluso a cambio de algo. Y los tipos a los que nos enfrentamos tienen mucho de todo, créame.

—¡Cagonsós! —le escuchó murmurar.

—Insisto: solo trabajando juntos vamos a conseguir celebrar más cumpleaños.

Casi podía escuchar los engranajes del cerebro del señor Dixie.

—Muy bien, vale. ¡¿Y qué propone?!

—Le propongo que vaya a algún lugar seguro a descansar. Esta noche nadie le estará buscando excepto la policía. No regrese al hotel en el que estaba alojado, es peligroso. Mañana por la mañana le enviaré una ubicación segura para vernos en persona donde le explicaré detalladamente mi plan.

—Vaya donde vaya, no llevaré la estatua.

—No se lo he pedido, pero lo que sí vamos a necesitar es una foto que pruebe que está en nuestro, en su —corrigió— poder.

—¿Una foto?

—Eso he dicho: una foto. Es importante. ¿Es posible?

Dixie tardó en contestar.

—Le llevaré su foto, ho.

—Una cosa más. Por favor, asegúrese de que la pieza no sufre ningún desperfecto; perdería todo su valor.

—Hasta ahí llego —se despidió.

Tinus van der Dyke descargó la mirada en el vacío mientras repasaba en su cabeza algunos detalles de la conversación que acababa de mantener antes de evaluar la tesitura en la que se encontraba. En líneas generales, nada había cambiado con respecto a su objetivo, pero era muy consciente de que agitar el avispero le iba a provocar más de una picadura. La cuestión radicaba en conseguir que otros se llevaran la peor parte.

Sin pensárselo dos veces, volvió a usar el pulgar de Émile para desbloquear el teléfono, seleccionó la misma fotografía y se la envió al suyo. Luego le introdujo un nuevo pin por si necesitaba volver a usarlo y, por fin, cubrió el cuerpo de tierra. Sudando por el esfuerzo físico y con la espalda dolorida, el Espantapájaros se apoyó en el capó del coche, tomó aire y alzó la mirada al firmamento.

—Ahora te toca a ti, bastardo.

CONTAMINACIÓN ACÚSTICA

Barrio de las Delicias
Valladolid
13 de mayo de 2019

En la Cadena SER el parte de las siete de la mañana había abierto con el asunto, y en *El Norte de Castilla* la portada rezaba: «El robo en el Museo Nacional de Escultura deja tres muertos y decenas de incógnitas». Fabuloso. Todos los medios de ámbito nacional se habían hecho eco de la noticia, lo cual no jugaba en absoluto a favor de obra. Una vez, había escuchado decir a un compañero de Zaragoza que la prensa era como las arenas movedizas: «Si te mueves estás jodido y si te quedas quieto también, pero tardan más en tragarte». Afortunadamente, a ella no le tocaba lidiar con ese toro. Su morlaco, el que le esperaba en algún despacho del gris edificio al que se disponía a entrar, llevaba traje y corbata y desempeñaba el cargo de subdelegado del Gobierno. El comisario Herranz-Alfageme la había llamado a primera hora para avisarla de que el político había requerido su presencia en la reunión convocada para las nueve de la mañana, lo cual, por inusual, no dejaba de resultar inquietante. Lo ordinario, cuando los políticos se veían en la «necesidad» de inmiscuirse en terreno policial, comprometía al comisario provincial y, si la cosa era muy seria, a Copito. Pero que el señor subdelegado hubiera requerido la presencia de la jefa del Grupo de Homicidios era razón más que suficiente como para que a Sara Robles se le avinagrara el semblante.

—Buenos días —oyó a su espalda—. ¿Café? —le ofreció Patricio Matesanz.

—No, gracias. ¿Está todo el mundo?

—Hasta el apuntador.

—Bien. Yo antes de nada tengo que pasar por vicaría, espero que no me entretengan demasiado porque..., ¿pasa algo? —quiso saber ella al interpretar la expresión del subinspector.

—¿Has hablado con Márquez?

—¿Márquez el de la oficina de denuncias?

—Ya me jode tener que ser yo quien te lo cuente, pero... En fin. A las ocho se ha plantado aquí el sobrinito de la difunta de la plaza de Tenerías, ahora no me viene el apellido...

—Puente. Alfredo Puente.

—Eso.

—¿Y?

—Ha venido acompañado por un abogado y te ha clavado una denuncia.

La inspectora Robles dio un paso atrás como si quisiera esquivar la última palabra que acababa de pronunciar su compañero.

—¡¿Estás de coña?!

—Ya me gustaría. Le han pasado el marrón a Márquez, que estaba de jefe de turno y ha intentado lidiar con él, pero el leguleyo ha debido de amenazarle con ir al juzgado e incluso con acudir al Defensor del Pueblo y no le han quedado más cojones que tragar.

—¿Lo sabe el comisario?

Matesanz se encogió de hombros.

—Supongo. Habla con Márquez. Él te sacará de dudas.

—Paso. Lo voy a saber en cuanto vea el careto de Copito.

Sara se secó el sudor de las palmas de las manos en el vaquero y se dirigió a su mesa. Estaba recopilando el material necesario para la reunión cuando le sonó el teléfono de sobremesa.

—Robles —respondió.

—Buenos días. —Era el comisario—. Finalmente no va a ser necesario que estés presente en la reunión. Al terminar te aviso y hablamos.

El tono era agrio; más agrio de lo normal.

—¿Por algún motivo en concreto?

—Sí, pero lo hablamos luego. Otra cosa: la directora del museo está abajo esperando para hablar conmigo, pero ahora mismo no estoy yo para escuchar a directoras de museos. Atiéndela tú y le explicas que... Lo que sea.

—Lo que sea. Entendido.

—Te aviso.

Sara se quedó escuchando el pitido continuo hasta que sintió un fuerte pellizco en el estómago que le hizo colgar con más fuerza de la que hubiera deseado. Cuando levantó la cabeza se encontró con la mirada de Peteira.

—¿Todo en orden, jefa?

La inspectora tardó en contestar.

—¿Recuerdas cómo se llamaba la directora del museo?

—María Bolaños.

—Eso. Tengo que hablar con ella. Si en treinta minutos no estoy de vuelta baja a buscarme a la sala de abajo y me sacas de ahí con un asunto urgente.

—Cronómetro en marcha —dijo el gallego dando varios golpecitos a la esfera de su reloj de pulsera.

La primera impresión le hizo pensar que aquella mujer había envejecido quince años de la noche a la mañana. Tenía los párpados hinchados, rendidos ante la fuerza de la gravedad, y las dos manchas oscuras que crecían bajo sus ojos amenazaban con seguir conquistando terreno facial. Al estrecharle la mano le dio una sensación de extrema fragilidad, por lo que el contacto no pasó del mero roce de piel. Rodolfo Velasco, con las manos recogidas a la espalda, se mantuvo en un respetuoso segundo plano y se limitó a saludarla con un casi imperceptible movimiento de las cejas.

—Buenos días. ¿Se encuentra usted mejor?

—Sí, gracias. Más o menos —puntualizó.

—Me alegro. El comisario Herranz-Alfageme está atendiendo un asunto importante. Si tiene la oportunidad se unirá a nosotros, pero me ha pedido que vayamos comenzando para no hacerles esperar más.

—Ya, comprendo. Es muy amable.

—Pase y tomen asiento. ¿Agua, café?

—Nada, gracias. Llevo toda la noche despierta a base de cafeína. Debo de tener la tensión por las nubes. No me puedo quitar de la cabeza a Chemita y a Eduardo. Y, por otra parte, no saber qué ha podido pasar con *El martirio de san Sebastián* me ataca los nervios. Porque seguimos sin saber nada nuevo, ¿verdad? —probó.

—Nada. Precisamente me disponía a reunirme ahora con todo el Grupo para empezar a distribuir el trabajo. Tenemos mucho por hacer.

—Sí, lo entiendo. Lo que sucede es que cada hora que pasa la talla podría estar más lejos o cambiar de manos una y otra vez, perdiéndosele la pista hasta que...

—Perdone —la interrumpió—. Me gustaría aclararle que nuestra prioridad es centrarnos en la investigación de los tres homicidios. Recuperar la pieza robada será consecuencia de, no sé si me explico.

—Sí, sí, por supuesto. Lo comprendo, lo comprendo —dijo algo abochornada agarrándose ambas manos para tratar de embridar el temblor que se estaba apoderando de ellas—. ¿Quién es el tercer muerto, si puede saberse?

Sara Robles hizo un esfuerzo por no verbalizar lo primero que le pasaba por la cabeza.

—Aún no lo hemos identificado. Estamos en ello.

—María —intervino Velasco—. Todo esto se ciñe a unos procedimientos que no son inmediatos. Tenemos que ser pacientes y dejarles trabajar.

—Gracias —dijo Sara. Al mirarle se percató de que una gota de sudor descendía por la sien izquierda para morir en la ceja—. Personalmente me comprometo a mantenerla informada sobre cualquier avance sustancial que se produzca. Entretanto, como sugería Rodolfo, tienen que ser pacientes.

La directora del museo reclinó la cabeza hacia atrás.

—Lo que sí me gustaría saber —retomó la inspectora— es, según su criterio, por qué han elegido esa escultura en concreto.

María Bolaños tomó aire por la nariz como si estuviera aspirando las palabras que necesitaba pronunciar para hacerse entender.

—Habría que empezar diciendo que es la pieza más relevante de todas las que componen el retablo de San Benito. Representa a un joven de sinuosa figura que ha sido asaeteado y se encuentra sumido en la agonía que precede a la muerte, lo cual consigue transmitir gracias a la sutil expresión de su rostro. A nivel estructural está basado en la línea *serpentinata* —le ilustró dibujando una ese en el aire— tan usada en la escultura italiana por la cual está profundamente influenciado. Son los inicios del manierismo, donde lo subjetivo, lo abstracto e inestable, lo espiritual, se impone a lo racional, a las proporciones, a la armonía y a los cánones de la belleza clásica. La composición es de corte helicoidal y ascendente, como si quisiera dar a entender que su espíritu está a punto de abandonar ese cuerpo martirizado para, ya libre y puro, reunirse en los cielos con el Creador.

A esas alturas de la exposición, Sara Robles empezaba a arrepentirse de haber formulado la pregunta.

—Berruguete es el maestro de lo inestable, y en esta talla lo logra escenificar con gran maestría, dando la sensación de que, en cualquier momento, san Sebastián va a escurrirse del tronco al que lo han amarrado. Concibe la imagen para ser contemplada desde varios puntos de vista a pesar de que, al formar parte de un retablo, el espectador solo va a poder hacerlo de frente. Es del todo maravillosa —calificó subrayándolo con un suspiro—. Al margen, esta pieza está considerada como un estudio anatómico de la sensualidad masculina, pudiendo interpretarse fuera del contexto religioso como que el joven está a punto de tener un orgasmo.

La inspectora pestañeó varias veces.

—La carga emotiva que desprende de su mirada, la boca entreabierta, la tensión muscular de su abdomen...

—Entiendo —atajó Sara Robles—. ¿Se le ocurre a quién podría interesarle hacerse con esta pieza?

—Está claro que no me la han robado —a la policía no se le escapó el uso del posesivo— para exponerla en otro museo. Tiene que haber sido un encargo de alguien con dinero que la quiere solo para él.

—O para ella.

—Lo mismo me da. Esta talla pertenece al mundo entero. Cualquiera debería poder disfrutar de ella y solo el hecho de pensar en la posibilidad de que no volvamos a recuperarla me provoca un dolor aquí —dijo agarrándose el pecho— que me está matando.

—Entonces no le queda otra que pensar en positivo y confiar. Paciencia. Y, ahora, me va a tener que disculpar, pero tengo mucho trabajo.

—Por supuesto —se adelantó Velasco—. ¿Vas a necesitar algo más de mí?

—Sí. Supongo que tenéis los expedientes del personal que trabaja en el museo.

—Son subcontratas, así que tendremos que solicitarlos a sus empresas.

—Cuanto antes, por favor.

Rodolfo Velasco asintió.

—Gracias a ambos por vuestra buena disposición.

—Faltaría más —contestó él.

—Os acompaño.

Estaba estrechando la temblorosa mano de la directora del museo cuando esta levantó la mirada para encontrarse con la de Sara Robles. El titilar de sus ojos fue suficiente para que se contagiara de la pesadumbre de la directora. Con la intención de dejar atrás esa aflicción, apretó el paso dispuesta a subir las escaleras y mantener de una vez por todas la reunión con el Grupo de Homicidios, intento que se frustró al salirle al paso un hombre de complexión ectomorfa, edad ambigua, facciones angulosas y pelo castaño intencionadamente despeinado.

—¿Inspectora Robles?

Esta resopló.

—Soy yo, pero ahora me pilla en un pésimo momento.

El otro compuso un gesto cordial y se estiró la americana del traje como si un ente invisible se la acabara de arrugar. A Sara le dio la sensación de que su rostro le resultaba familiar, como si aquella no fuera la primera vez que lo veía.

—Soy el inspector jefe Mauro Craviotto, de la Brigada de Patrimonio Histórico. Acabo de llegar de Madrid. Hace unos minutos he hablado por teléfono con el comisario Herranz-Alfageme y me han dicho que pregunte por usted.

—A mí nadie me ha dicho nada y tengo que...

—Sí, ya me imagino que estará hasta arriba y lo último que querría yo es molestarla. Si le parece me tomo un café por aquí cerca y regreso como... ¿en media horita?

—Se lo agradezco.

Craviotto le mostró la blancura de sus piezas dentales alineadas casi de un modo castrense. Cuando le dio la espalda le asaltó la imagen del actor que interpretaba al poli con problemas psicológicos de la primera temporada de *True Detective* y cuyo nombre nunca era capaz de recordar. Con la impresión de que estaba siendo examinada, Sara subió las escaleras extremando la precaución para evitar que la mala suerte que la acompañaba la hiciera tropezar.

Residencia de Nikita Chikalkin.
Benalmádena Costa

Era como si una prensa hidráulica le oprimiera las sienes con la firme intención de hacerle estallar la cabeza. Cada uno de los fotones que atravesaban el enorme ventanal abierto al mar se convertía en un alfiler que se clavaba en la parte posterior de sus globos oculares. Vestido con la ropa del día anterior, permaneció unos minutos sentado en la cama en un fútil intento de ordenar decenas de imágenes difusas en una línea temporal coherente. La fiesta había empezado la noche del sábado en una sala de Marbella cuyo nombre no era capaz de recordar, del mismo modo que no estaba capacitado para concretar la hora del domingo a la que había caído inconsciente. Ni siquiera podía establecer el momento exacto en el que les propuso a sus compatriotas continuarla en su casa y mucho menos cuándo se habían marchado. Lo que sí podía inferir —porque lo contrario no era posible— era que sus reservas personales de coca estarían muy esquilmadas si no agotadas. Esas tres narices con patas que le había enviado el viejo para controlarlo eran auténticas aspiradoras y tampoco es que se les diera mal tragar el vodka que le traían de Rusia a noventa y dos euros la botella. Pero los negocios eran los negocios, y tenía asumido que consolidar el suyo en la Costa del Sol no le iba a salir barato.

Nikita Chikalkin se armó de valor para ponerse en movimiento con el objeto de llegar a la cocina y meterse un Espidifen de esos repugnantes con sabor a albaricoque. Sin perder el contacto con la pared, deambuló por la casa sin darle importancia alguna al caos que reinaba en cada estancia. Un tanga de color negro que colgaba sobre un picaporte de una de las habitaciones de la planta baja le hizo acordarse de las dos profesionales a las que habían llamado a primera hora de la tarde. Por suerte, Ekaterina no llegaba hasta el viernes, tiempo de sobra para que la rumana que limpiaba la casa desplegara toda su magia. ¿O era de Bulgaria? Precavido, no quiso abrir la puerta por si acaso le tocaba largar a la calle de mala manera a alguna de esas zorras. No hasta que no recobrara un mínimo de sus capacidades cognitivas. Se disponía a disolver los polvos medicinales en el agua cuando un leve zumbido cerebral le obligó a detenerse.

Una alarma estaba sonando dentro de su cabeza.

El ruso, resuelto a dar con el origen, cerró los ojos. Buena parte de su foresta neuronal había sido arrasada por los efectos del alcohol y las drogas, por lo que solo tenía que recorrer el área que estaba siendo repoblada. Instantes después, cual aparición mariana, vio el rostro de Émile Qabbani. Una retahíla de improperios que hubieran hecho sonrojar a cualquier charcutero del barrio moscovita de Chistye Prudí le sirvieron de bálsamo contra la vergüenza que le generó percatarse de que no había estado pendiente del asunto que tenía entre manos en Valladolid. Tenía que contactar de inmediato con Samir, que a buen seguro le pondría al corriente de todo, pero, para ello, antes tenía que encontrar su condenado móvil. No tardó más de dos minutos en dar con él en una esquina del dormitorio, aunque en su cabeza lo procesara como una eternidad. Al agacharse e incorporarse con presteza le sobrevino un vahído que a punto estuvo de hacerle perder la verticalidad. Tras proferir más blasfemias reparadoras se apoyó en la cómoda y comprobó que, en efecto, tenía algunas llamadas perdidas, muchas más de las que estaba capacitado para gestionar. Sin embargo, no fue eso sino un email lo que le llamó la atención. Eso le extrañó, porque solo Ekaterina le enviaba correos electrónicos y de forma muy esporádica, básicamente para avisarle de que había sobrepasado el límite de la tarjeta. Pero más extraño aún era que el remitente fuera Émile Qabbani y que el asunto rezara: «Mira esto, cabrón».

Solo dos archivos de imagen adjuntos.

Cinco segundos más tarde, el terminal reventaba contra la pared.

Calle Ferrari

Al abrigo de los soportales y aun siendo consciente de que era una soberana tontería, Raimundo Trapiello Díaz se giraba de vez en cuando para comprobar que no lo estaban siguiendo. Un lúgubre callejón que se abría a su izquierda y desde el cual podría haberle abordado cualquiera le provocó un escalofrío. Tenía que sosegarse.

Había dormido poco y mal. Y no se debía a la incomodidad de los asientos traseros de la Ford Transit, sino a permanecer sumido de forma voluntaria en un estado de vigilia que le impedía conciliar el sueño. Así, casi se alegró al recibir el mensaje, a pesar de que seguía sin estar convencido de que reunirse con ese desconocido fuera una buena idea. Comprobar que la ubicación le llevaba a la plaza Mayor le extrañó primero y le tranquilizó después, dado que las posibilidades de que intentara algo extraño se reducían bastante en una zona tan transitada como esa. De camino sintió que debía tapar el hueco que sentía en el estómago y se detuvo frente a un garito con más apariencia de bar de copas que de desayunos. El hambre y la visión de la barra repleta le animaron a entrar. Engulló los huevos benedictinos y el café con leche templada mientras escuchaba las conversaciones de los presentes acerca del robo al museo. Un escándalo. Durante unos segundos se distrajo observando el frenético ir y venir de la camarera sin perder la sonrisa, entendiendo en el acto el motivo por el que el lugar gozaba de tanto predicamento. Antes de marcharse, Raimundo se confabuló para regresar al día siguiente a The Bowie, si es que había un día siguiente para regresar.

A pesar de que el recinto estaba en obras se veía mucha actividad sobre el embaldosado rojizo, un ir y venir de personas que le invitó a llenar los pulmones y dirigirse hacia la estatua de un desconocido, que, en actitud desafiante presidía la plaza. Enseguida vio que alguien con gafas de sol y que estaba sentado en las escaleras de las que emergía el pedestal levantaba el brazo. A pesar de la distancia, el asturiano no pasó por alto esa triste figura cuyo perfil anatómico parecía haber salido de un manual de invertebrados. Rai se detuvo a un par de metros de distancia e introdujo las manos en los bolsillos tratando de aparentar normalidad absoluta.

—Siéntese, se lo ruego.

Este no se movió.

—Allí mismo —señaló hacia las once— había un convento, el convento de San Francisco —precisó—, donde Cristóbal Colón fue enterrado al morir aquí, en esta ciudad. Tras sus muros había muchas obras de arte de gran valor, muchas de las cuales, cuando fue demolido, fueron a parar al Museo Nacional de Escultura. Curioso, ¿verdad?

—Si usted lo dice...

—Uno nunca sabe dónde terminan los caminos por mucho que se estudie el mapa. Por ejemplo, usted y yo jamás deberíamos habernos conocido y aquí estamos los dos, frente a frente, desconfiando el uno del otro, cuando, en realidad, dependemos el uno del otro.

Rai emitió un fuerte chasquido con la lengua.

—La vida tien estes coses —le contestó en bable.

—Sin duda. Me llevó casi seis meses planearlo todo para entrar y salir con la talla sin tener que emplear la violencia.

Ese es mi sello, y después de veinte años esta es la primera vez que... No quiero decir que todos los golpes hayan salido exactamente como lo había previsto; no, para nada, siempre hay imprevistos, pero nunca con sangre. ¡Nunca! —remarcó apretando los puños—. Y, en cierto modo, la culpa es mía. No tenía que haber consentido que ese cateto hijo de puta me impusiera las condiciones. El papel del señor Jinks lo habría hecho uno de mis hombres y todo habría salido bien, pero él no me dio opción y no tuve más remedio que tragar con ello. El cabronazo tenía que asegurarse de tener el control y me metió un imbécil de gatillo fácil. ¡Maldita sea!

—¡¿Y quién ye él, ho?!

—Ellos, más bien.

A Rai, que ya cabalgaba sobre un corcel sin montura, se le desbocó el bable.

—Yo, tu, él, nós, vós y ellos. ¡Mierda pa toos! O se dexa de secretitos, o conmigo nun cunte pa lo que sía que tien pensáu. De mano: ¡¿quién coño ye usté?!

—No sé si le he entendido correctamente.

—Que me diga de una santa vez quién coño es usted —le repitió vocalizando muy despacio.

El otro agachó la cabeza y asintió un par de veces.

—Está bien, pero siéntese o, mejor aún, vayamos a dar un paseo —dijo incorporándose.

Fue entonces cuando Rai se dio cuenta de la altura que tenía aquel tipo. Con las manos recogidas a la espalda comenzó a caminar en dirección a la calle Santiago.

—Mi nombre es Tinus van der Dyke, pero en el negocio me conocen como el Espantapájaros. Padezco síndrome de Marfán, que es lo que explica mi apariencia física. Nací en Zimbabue. Soy descendiente de holandeses que llegaron desde Sudáfrica tras caer derrotados en las guerras de los Bóeres, pero a los veintiuno emigré a Europa y desde entonces he vivido en ocho países, los últimos doce años casi siempre en España. En Málaga conocí a una galerista con la que me casé. Viví seis años maravillosos y dos horrorosos hasta que me divorcié y me quitó casi todo lo que tenía. Apenas me quedó para comprarme una casita en Frigiliana, un pueblecito precioso donde pensaba retirarme..., hasta que cambié de opinión.

—¿Y qué fue eso que le hizo cambiar de opinión?

—Una oportunidad única. Un encargo.

—Ya.

—Déjeme que continúe, por favor. Desde muy pequeño destaqué por mis habilidades artísticas, sobre todo en el campo de la pintura, aunque también he tenido incursiones en la escultura. En Londres conseguí trabajo en un taller de restauración y allí descubrí que tenía un don. Era capaz de dominar una gran variedad de estilos imitando técnicas pictóricas inventadas por otros. En otras palabras: falsificar. Mi especialidad es la pintura al óleo, realista a poder ser.

—Ni idea. Yo no entiendo de óleos ni de leches benditas.

—Sí, tiene razón. A veces pienso que todo el mundo entiende de arte. Abrevio. El caso es que, queriendo o sin querer, me fui introduciendo en un mundo que permanece casi invisible pero que existe, vaya si existe. Hice algunas operaciones de poca monta, pero enseguida me di cuenta de que el dinero de verdad no estaba en colar algunas falsificaciones a nuevos ricos sin conocimientos de arte. El dinero de verdad lo manejaban los marchantes. Empecé trabajando para varias galerías, algunas muy importantes, y más tarde me asocié con un tratante de Ámsterdam al que estuve representando, pero cuando me hice con un volumen suficiente de contactos me puse por mi cuenta. Con solo veinticuatro años viajaba por toda Europa y EE. UU. verificando obras de arte en operaciones en las que se movían grandes sumas de dinero. Con el tiempo fui ganando prestigio, pero seguía habiendo muy pocos ceros en mi cuenta corriente.

—No me diga más. Que veía pasar los billetes delante de su cara y decidió coger su parte.

Tinus van der Dyke se rio.

—Sí, podría decirse así. Básicamente tomé conciencia de que un porcentaje de los galeristas, grandes inversores particulares, anticuarios, coleccionistas y subasteros estaban interesados en obras que no circulaban en el mercado oficial y por las que estaban dispuestos a pagar lo que les pidieran.

—No entiendo muy bien qué significa eso.

—Le pongo un ejemplo. Un jeque saudí quiere tener un Monet colgado en el salón de su casa. Yo sé dónde están todos los Monet que existen en el planeta, así que le ofrezco distintas opciones.

—Y lo roba —se adelantó el asturiano.

—No es tan sencillo. No suele ser la primera opción, ni la segunda. Hay otras vías, pero sí, también está esa, y, cuando es la que toca, yo me encargo de planificarlo y otros de ejecutarlo. Personas de confianza. Profesionales. Hay dinero de sobra para repartir, se lo aseguro.

—Entonces, ¿usted nunca se pringa?

—No comprendo que es «pringa».

—Que no se ensucia las manos.

—Lo intento.

—Mira qué bien.

—Lo cual no quiere decir que no asuma mis riesgos. De hecho, y sin entrar en detalles, si me vine a España fue porque mi nombre ya estaba en los archivos de muchas policías europeas, Interpol, Europol, FBI...

—¿Y se puede saber cuántos palos ha pegado por ahí?

—No viene a cuento ahora, pero unos cuantos y uno, en concreto, muy importante del que a la postre saqué muy poco provecho. Por ello decidí bajar el listón, pero siendo yo el que tuviera siempre el control de todo. Me especialicé en coleccionistas particulares, aunque también he hecho modestas galerías de arte, pequeños museos y, antes de dejarlo, me dediqué fundamentalmente a los edificios religiosos.

—¿Robaba en las iglesias?

—Iglesias, ermitas, catedrales, monasterios, conventos... Es como quitarle un caramelo a un niño, pero, claro, las piezas suelen tener menos valor que otras.

—En resumen, que es usted un ladrón de guante blanco al que le han ido muy bien las cosas hasta ayer. Ahora cuénteme quién es ese cabrón que le tiene cogido por los huevos.

La expresión del Espantapájaros, hasta entonces laxa, se tensó y compactó de manera involuntaria.

—Nikita Chikalkin, un nuevo *vor v zakone* al que han puesto al frente de los negocios en España desde que, hace unos meses, Vladimir Kumarin, que es el *pakhan,* es decir, el jefe de jefes de la Tambovskaya Bratvá, volviera a ingresar en prisión.

—¿De la qué?

El Espantapájaros suspiró.

—Una organización criminal que pertenece a la mafia rusa —concretó.

—¡Cagonsós!

—Resumiendo mucho, le diré que yo tenía unos cuantos miles de dólares repartidos por el mundo y necesitaba traérmelos a España en forma de dinero de curso legal.

—En otras palabras, blanquear.

—Eso es. Y, para ello, me requirieron un aval.

—Un aval —repitió con aire valorativo.

—Sí. Las obras de arte se utilizan cada vez con más frecuencia para avalar otras operaciones que conllevan bastante riesgo.

—¿Como cuáles?

—Tráfico de armas, de estupefacientes, de personas... y blanqueo de capitales, por ejemplo.

—O sea, que tenías que robar *El martirio de san Sebastián* para avalar el blanqueo de tu dinero.

—De todos mis ahorros.

—Un montón de pasta.

—Un montón, en efecto, pero Chikalkin no me pidió esa talla en concreto. La elegí yo porque conocía la existencia de una tasación que hizo Sotheby's de varias piezas escultóricas del siglo XVI entre las que se encontraba esta, y su valor en el mercado superaba el capital que yo pretendía blanquear.

Conseguí una copia del documento y con eso me sirvió para convencerlo. Además, lo puse en contacto con un holandés que controla la cocaína que entra por Ámsterdam y circula por los países escandinavos y el norte de Europa. Chikalkin quería empezar a mover su propia mercancía por la Costa del Sol sin depender de Kumarin, y *El martirio de san Sebastián* le iba a servir para pagar la operación. Un negocio redondo.

—Vale. Ya lo pillo.

—Nos dimos la mano y empecé a proyectarlo todo, como siempre, al detalle. Como te decía antes, invertí casi seis meses en investigar con qué sistema de seguridad me iba a enfrentar, personal especializado... Todo —resumió—. En cuanto lo tuve dispuesto me reuní con Chikalkin y le expuse el plan. El golpe lo iba a dirigir Darko, la persona que contactó contigo y que...

—El montenegrino con solo una ceja.

—Si Darko le escuchara decir eso se metería en un problema muy serio —bromeó—. Él era nuestro señor Jinks. Ya había trabajado conmigo en varias ocasiones, pero, en ese punto, Chikalkin no estuvo de acuerdo. No debía fiarse por completo de mí y el muy cabrón se empeñó en tener dentro a uno de los suyos. Al principio me negué en rotundo, pero él no dio su brazo a torcer y... accedí. Estaba todo tan claro, tan mascado, y yo tenía tantas ganas de retirarme de una vez por todas que tragué. Tragué con ese maldito imbécil y tuve que dejar fuera a Darko. Y ahí me equivoqué. Me equivoqué de lleno.

—¿Por qué yo?

—De eso se encargaba Darko. Yo le describía los perfiles que necesitaba y él se encargaba de contratar al personal. Para esta operación no queríamos gente que estuviera demasiado comprometida y, mucho menos, que tuviera alguna vinculación con nosotros. Y, total, ni siquiera tenían que entrar en el museo. Solo cavar.

—Claro, claro, solo cavar —dijo claramente airado.

—No me malinterprete, no digo que la labor encomendada a los señores Pixie y Dixie no fuera importante, me refiero a que conllevaba mucho menos peligro que neutralizar a los vigilantes, como debía hacer el señor Jinks. Neutralizar, no matar. Y cuando hablé con Émile Qabbani tuve claro que fue algo premeditado.

—¿Así se llama el mamón?

Van der Dyke asintió.

—Cumplía órdenes de Chikalkin. Sin testigos ni compañeros. De este modo se quedaba con la talla valorada en cuatro millones de euros y...

—¡¿Cuatro millones?! ¡Cagondiola! Y de ahí yo solo pillaba ciento ochenta mil...

—Ciento ochenta mil está más que bien, amigo. Tan bien que aceptó a las primeras de cambio, no me salga ahora con esas. De hecho, Darko me dijo que estaba convencido de que lo habríais hecho por la mitad, pero yo no quise modificarlo.

Rai se achantó.

—Además, no creo que en este momento el dinero sea el mayor de nuestros problemas.

—¡¿Y cuál es el mayor de nuestros problemas?!

Tinus van der Dyke se metió la mano en el bolsillo del pantalón y le mostró la pantalla de su teléfono móvil.

—Este.

Seis llamadas perdidas de Nikita Chikalkin.

Comisaría de distrito de las Delicias

Esa estampa urbana la tenía grabada a fuego en su memoria. Al otro lado del cristal de la ventana, todo, estático e inanimado, parecía ser inmune a cualquier tipo de alteración. Por el contrario, a este lado —el suyo—, la realidad, cambiante y caprichosa, dependía de múltiples factores, casi infinitos, y esa arbitrariedad incontrolable era lo que explicaba que el ritmo cardíaco de Sara Robles estuviera más acelerado de lo normal.

—Estamos todos —le avisó Patricio Matesanz.

Sentados frente a la pizarra magnética blanca cuya función era más cómica que práctica, los seis miembros del Grupo de Homicidios de Valladolid aguardaban a recibir las instrucciones de su inmediato superior. Esta se frotó la cara con ambas manos, se rehízo la coleta y se aclaró la garganta.

—Buenos días a todos y gracias a los que no les tocaba estar y están. Tenemos dos asuntos en marcha, por lo que no queda otra que dividirse. Matesanz, tú te encargas del de la plaza de Tenerías. Navarro te da soporte. Álvaro, tú y el resto vais con el Cristo Bendito del museo. Voy a solicitar al Grupo de Robos que nos ceda al menos dos agentes, no creo que me pongan problemas. Vosotros dos —señaló a los subinspectores— os encargáis de organizar los horarios para que siempre haya alguien disponible, se acabaron los turnos fijos hasta nueva orden. Avisad en casa, evitemos líos de última hora. Quiero dos diarios de gestiones abiertos desde ya mismo, que todo quede bien registrado: quién, cuándo y dónde. Y todo es todo —enfatizó—. Yo me encargo de la coordinación general, de la comunicación hacia arriba, juzgados y demás mierdas que nadie quiere hacer.

El tono de la jefa del Grupo de Homicidios, severo pero cercano, explicaba que las expresiones de los presentes se hubieran ido acorazando de manera progresiva.

—Matesanz: lo primero es comprobar si lo que ha declarado el sobrino es cierto. Revisemos las cámaras en zonas de tránsito hacia el edificio, no hace falta complicarse más la vida. Necesitamos saber a qué hora exacta llegó al domicilio. Encárgate tú de investigarlo a fondo sin que se nos asuste demasiado, que se le ve muy sensible al hombre. Cuando hablé con él en la casa mencionó a una prima, no recuerdo el nombre.

—Isabel —aportó Peteira.

—Buena memoria. Localizadla y hablad con ella a ver si nos cuenta qué demonios había en la caja de caudales, si es que había algo. Haz magia. Yo me pongo con la petición al juzgado para intervenir su teléfono y con el listado de llamadas del de la víctima. Hay que hacer una lista con los vecinos y hablar con todos, a ver qué nos cuentan de interesante. Procuraré que alguien de Seguridad Ciudadana os eche una mano con esto. Y mucho ojito, porque el subdelegado vive en ese portal. Más cosas. Sí. Hay que preparar el oficio para que la Interpol nos confirme que la asistenta ha entrado en Bolivia. Que su nombre aparezca en el listado de pasajeros no implica necesariamente que esté en el país. Y estate muy pendiente de los resultados de la autopsia, porque lo va a condicionar todo.

—Hace un rato he intentado hablar con Villamil, pero he pinchado en hueso —comentó Matesanz.

—Vale. Sigue echándole el aliento en la nuca, que cuanto antes cerremos este caso más recursos tendremos para el otro. Vamos con lo tuyo, Álvaro.

En ese instante, las cabezas de los integrantes del Grupo se giraron hacia la puerta al unísono. El comisario Herranz-Alfageme precedía la entrada de un desconocido.

—Perdón por la intromisión. Este es el inspector jefe Mauro Craviotto, de la Brigada de Patrimonio Histórico. Lo envían de Madrid para darnos soporte en la investigación. Todo tuyo, Robles.

—Ya nos conocemos. Pensaba ponerle al día más tarde.

—No tenemos tiempo para más tarde. Cuando termines, vienes —fue lo último que dijo.

—Siéntese donde pueda.

—De tú, por favor. Buenos días a todos —saludó antes de acomodar sus posaderas sobre una de las mesas de trabajo y cruzar los brazos a la altura del pecho.

—Seguimos. Asegúrate de que los de la Científica están con la necrorreseña del cadáver que encontramos en la red de alcantarillado a ver si tenemos suerte y lo encontramos en la base de datos de fichados. Tenemos mucho curro con el tema de las cámaras y ya sé que es un coñazo insufrible, pero...

—Pero si se hace entre varios, mejor que mejor —completó Áxel Botello—. La última vez me tocó comérmelo a mí casi solito.

—Tranquilo, majete, habrá más que suficiente para compartir —atajó Peteira.

—Velasco nos va a facilitar todo lo que necesitemos de puertas adentro. Hay que revisar las grabaciones de los días previos. Buscamos cualquier cosa que nos llame la atención más allá de las visitas rutinarias, poniendo especial interés en las de la sala de donde se sustrajo la pieza robada, que creo recordar que es la tres. De conseguir el material de las cámaras del exterior que se ocupe la gente de Seguridad Privada. Me encargo yo de apretarles, porque tenemos que averiguar por dónde entraron, pero, principalmente, por dónde salieron. Subsuelo nos va a ayudar con esto, pero ahora mismo no están nada claras las rutas que utilizaron. También hay que chequear listados de hospedaje de la capital y la provincia. Y esto, Álvaro, cuanto antes.

Sara hizo caso omiso del resoplido que se escuchó en la sala.

—Necesitamos preparar los oficios para las compañías de telefonía que corresponda. Tráfico de llamadas en los repetidores que dan cobertura a la zona, sobre todo en horario nocturno. Nos van a dar un tocho, ya veremos qué criterios usamos para filtrarlo. Está claro que los asaltantes conocían bien la red de alcantarillado. Hay que coordinarse con los de Subsuelo para que nos cuenten quiénes tienen acceso a esa información: empleados del Ayuntamiento, empresas de pocería, de telecomunicaciones, gas, Aguas de Valladolid... no sé. Esto urge —le dijo a Peteira—. Más cosas: hay que citar hoy mismo al testigo que vio al tipo ese saliendo de la alcantarilla. Elaboremos un listado del personal que trabaja en el museo, y habrá que solicitar una orden para bucear en sus cuentas corrientes por si encontramos movimientos extraños: ingresos repentinos periódicos sin justificar y demás.

La inspectora repasó mentalmente su listado antes de proseguir.

—Otro tema prioritario es el análisis de las herramientas y demás material que dejaron abandonado. A ver si averiguamos de dónde salió. Coordínate con la gente de Subsuelo. Nacho Llanes sugiere que indaguemos en la posible compra de detectores de gases, porque no son nada fáciles de conseguir y si los han usado para moverse ahí abajo eso nos podría llevar hasta el comprador. Los que hicieron el túnel sabían del paño, eso es evidente, por lo que tenemos que rascar ahí. Yo contactaré con la central de la UDEV para que nos pasen toda la información que tengan acerca de grupos especializados en este tipo de robos y posibles compradores. Y lo mismo conviene meter en el ajo también a la Interpol y Europol.

—Conviene, por supuesto que conviene —asintió Craviotto—, pero ya te adelanto que no van a aportar nada nuevo a lo poco que sabemos.

Silencio.

—Le escuchamos —le animó la inspectora.

—Los robos de obras de arte, aunque podamos pensar lo contrario, habitualmente no se producen por encargo, sino por oportunidad. En nuestro país se cometen entre doscientos y doscientos cincuenta robos de objetos de Patrimonio Artístico Nacional, la mayor parte en domicilios particulares, como le ocurrió a la Koplowitz; y en edificios religiosos que, al carecer de medidas de seguridad eficaces, atraen a los malos. Y tampoco pensemos en asaltos sofisticados perpetrados por gente especializada; no, para nada. Por norma se trata de tipos de poca monta a quienes les surge la ocasión de llevarse algo que, intuyen, tiene mucho valor. Como nos ocurrió con el Códice Calixtino, caso en el que el culpable resultó ser un antiguo electricista que trabajó veintitantos años en la catedral. Cuando intentan vender, como no saben a quién, la cagan y fin de la aventura. O bien, como suele suceder en buena parte de los casos, la pieza se pierde para siempre escondida en un armario. O, peor aún, destruida por el propio ladrón.

—Tócate los cojones —soltó Dani Navarro.

—Trágico, lo sé. Otra cosa bien distinta es esta a la que nos enfrentamos. Un robo en un museo, uno como este, es casi inédito en España. Me viene a la cabeza ahora el de los cuadros sustraídos del Palacio Real de Madrid o el de la Biblioteca Nacional, cuando desaparecieron unos mapas de gran valor. Se conocen casos realmente llamativos por espectaculares, como el del museo Gardner de Boston, aún sin resolver, donde se llevaron cuadros por un valor de más de doscientos cincuenta millones de dólares; o los dos Van Gogh que se han recuperado hace poco después de catorce años en paradero desconocido; o algunos que rozan lo incomprensible como los varios robos que ha sufrido *El grito* de Munch; pero, como digo, en España los podemos contar con los dedos de las manos. Hasta donde yo sé, tiene toda la pinta de que fueron a por esa talla en concreto. Estudiaron las medidas de seguridad y lo planificaron con tiempo, pero diría que algo no salió como esperaban. No suele haber muertos. No en este tipo de robos. Tenemos algunos nombres, por supuesto, e investigarlos será lo primero que hagamos, pero no creo que Erik «el belga», por poner un ejemplo, esté involucrado, no sé si me explico. No obstante, si quieres, hablamos de todo esto con más calma cuando termines aquí —le propuso Craviotto con naturalidad.

—Sí, mejor. Gracias. Ya estamos terminando. Es probable que me haya dejado cosas en el tintero, pero con todo esto ya tenemos para ponernos a trabajar. Solo una cosa más que sé que todos tenéis presente, pero que no está de más recordar: de aquí no sale nada sin que pase por mí. Nada de nada —insistió—, pero sobre todo nada que tenga que ver con el robo. Si alguien, quien sea, os pregunta, le deriváis a mí. Nos van a achuchar mucho, pero nosotros a lo nuestro, que bastante tenemos. ¿Alguna duda o comentario?

Mutismo generalizado.

—Pues al tajo.

Residencia de Nikita Chikalkin
Benalmádena Costa

A punto de alcanzar la cota superior sobre la vertical del horizonte, el sol calentaba la superficie de un mar que, sosegado, parecía querer contrarrestar el alterado estado de ánimo del ruso.

Nikita Ivanov Chikalkin había nacido en San Petersburgo hacía cincuenta y tres años. Último de cinco hermanos nacidos en el seno de una familia humilde pero honesta, empezó a corromperse al juntarse con lo peor del cuartel durante el servicio militar obligatorio. Tras cumplir con la madre patria le ofrecieron trabajos puntuales por los que ganaba por horas más que sus padres juntos al mes, cuestión numérica que marcaría su futuro. Cuando entró como *boyevik* de la Tambovskaya Bratvá tuvo la suerte de hacerlo meses antes de que estallara una lucha interna por el control de la organización, pero, sobre todo, el acierto de elegir el bando ganador: el de Vladimir Kumarin. Muy astuto a la hora de moverse internamente, no tardó en ganarse la confianza del *pakhan* e ir sumando méritos que le hicieron ascender con sorprendente rapidez. Su nombramiento como *vor v zakone* —persona de confianza en determinado ámbito territorial— fue inesperado incluso para él. Pero si algo tuvo claro Chikalkin tan pronto como aceptó el cargo es que no iba a desaprovechar la oportunidad que le estaban poniendo en bandeja.

Se enfrentaba ahora a su primer gran revés.

El primero y, si no lo resolvía de inmediato, el último.

Tenía que mantener la calma. Delante de Samir Qabbani, su *brigadir,* no podía comportarse como un cualquiera. Debía demostrarle y demostrarse a sí mismo que era capaz de enfrentarse a los problemas como se esperaba de un *vor v zakone.* Firmeza y frialdad. Debía ceñirse al código, pero sin llamar la atención de la policía. El viejo se lo había dejado bien claro cuando le encargó volver a levantar el negocio en la Costa del Sol: «Ve despacio. No hagas ruido, porque no toleraré más detenciones». Las operaciones de la UDYCO contra el crimen organizado que actuaba desde Marbella se habían cebado con ellos de un modo casi cruel. Lo que le había dicho Jim O'Malley —el jefe de los irlandeses que movían toda la marihuana que entraba por el Mediterráneo— era cierto:

—A vosotros, los rusos, os encanta ir por ahí en vuestros descapotables de lujo acompañados de una rubia de tetas operadas, enseñando vuestros anillos de oro a la policía mientras que nosotros robamos Megane para movernos. Era solo cuestión de tiempo que os trincaran, hermano.

La macrooperación Kus se había saldado con ciento veintinueve detenidos por todo el Levante español y, aunque era precisamente la que le había abierto las puertas del negocio a la Tambovskaya Bratvá y lo había colocado a él al frente de la organización, era innegable que habían perdido mucho terreno frente a otros grupos presentes en la zona. En el triángulo que conformaban Marbella, Fuengirola y Estepona, estaban presentes una veintena de grupos criminales de distintas nacionalidades. Justo este era el motivo que a él le había convencido para establecer su centro de operaciones en Benalmádena, cerca y a la vez fuera del meollo, pero sobre todo fuera del alcance de albaneses, kosovares, rumanos y búlgaros. La mafia rusa solía chocar con ellos porque su pretensión era pillar de aquí y de allá, picoteando en cualquier bolsillo como las repugnantes palomas, siempre a la espera de que caigan las migajas en las terrazas plagadas de turistas. Al acecho de los desechos. Lo habitual era que se tratara de pequeños grupos conformados por exmilitares que se creían capacitados para manejar todo tipo de negocio. Nunca decían que no a nada y eso era francamente molesto para los demás. Los de la Camorra napolitana y los argelinos se odiaban entre sí, pero a veces se aliaban para que los daneses, suecos y holandeses dejaran de comerles terreno en la venta del hachís y de la coca. Y, si las cosas se ponían feas, se contrataba a un par de colombianos y asunto zanjado. Los rusos, tal y como dictaba el código, preferían resolver sus problemas por sus propios medios. Para ello contaban con gente especializada, experimentada y con marcado instinto feral, como era el caso de Samir Qabbani, su *brigadir.* Él, al mando de sus *boyeviki* —soldados, algunos de ellos mercenarios libaneses como él—, era los ojos, los oídos y los puños de la organización en la calle sin necesidad de dárselas de matasiete. No era el suyo un caso habitual. En absoluto. Para empezar porque no era ruso, y eso en sí mismo ya levantaba ampollas a nivel interno. Pero, además, resultaba que Vladimir Kumarin, el jefe de jefes, odiaba a los árabes con todas sus fuerzas desde que le tocó vérselas con ellos en Afganistán. Para él todos eran iguales. Todos hechos de la misma mierda. Por ello, temblaba con el solo hecho de pensar en qué pasaría si llegara a los oídos de Kumarin que le había encargado la operación a un árabe al que apenas conocía, y que con el robo de esa obra de arte pretendía avalar una operación de compra de cocaína con la que meter la cabeza en el mercado emergente del norte de África. Los turistas que ahora llenaban los complejos hoteleros de Egipto, Túnez y Marruecos necesitaban coca, y los turcos, que solían ser sus principales suministradores, los tenían bastante abandonados desde que en su país habían endurecido las penas por tráfico de drogas. La jugada era redonda para él. No se inmiscuía en el negocio principal de la *bratvá* —el tráfico de personas— ni entraba en la zona que trabajaban otros grupos de la mafia rusa. Así no cabreaba a nadie, aunque bien era cierto que había preferido ocultárselo al viejo para no tener que darle su parte. Estando entre rejas no tenía por qué enterarse, pero si el cadáver de Émile Qabbani ponía a la policía tras la pista de su organización, todo podría esfumarse como si jamás hubiera existido: su magnífica casa abierta al Mediterráneo, el Maserati, el velero, las fiestas, las mujeres, la coca y el vodka importado de Rusia. Todo. Tenía que ponerse manos a la obra de inmediato; por eso, cuando se repuso del golpe que le provocó recibir las fotos del Espantapájaros, metió su tarjeta SIM en un terminal nuevo y lo llamó varias veces. Van der Dyke no contestaba, por lo que la única solución que se le ocurrió pasaba por recurrir a su *brigadir* y aprovechar el componente emocional para zanjar un asunto que podría llevarle a la ruina o a la tumba.

Nikita Chikalkin había decidido recibirlo en la piscina para evitar que viera el desorden de casa y encajara las piezas que evidenciaban su dejadez. Se preparó un Bullshot cortito de vodka y con un par de gotas de más de tabasco y se sentó a esperar. Cinco minutos más tarde lo vio entrar acompañado por uno de los hombres de seguridad que tenía en su casa. Aquel cabrón imponía. Y no solo por su formidable aspecto físico, sino, más bien, por esa expresión suya indescifrable, blindada, completamente opaca, como si hubiera sido diseñada para no transmitir emociones al exterior.

El ruso le invitó a sentarse con un aristocrático movimiento de la mano con la que sostenía el cóctel y prendió un cigarro.

—Tenemos problemas —dijo tras quitarse las gafas de sol. Luego se mojó los labios comprobando que, como sospechaba, se había pasado con el tabasco—. Tu primo la ha cagado.

—Le he llamado a usted en cuanto me han informado del fiasco y también he tratado de contactar con Émile, pero ambas cosas me han sido imposibles.

—Yo estaba atendiendo mis negocios, últimamente no doy abasto, pero por lo menos sigo vivo —soltó Chikalkin sin pretender ser gracioso.

Samir Qabbani no pestañeó.

—¿Émile está muerto? —preguntó.

Chikalkin desbloqueó su teléfono y le mostró la pantalla. Los bultos que aparecieron sobre el arco cigomático de Samir evidenciaron que estaba apretando los dientes.

—Me la ha enviado Van der Dyke.

El libanés levantó la mirada. Sus ojos eran dos profundos agujeros negros dispuestos a absorber cualquier materia que estuviera a su alcance.

—¿Ha sido él?

—Todavía no lo sé. Hablan de tres muertos: dos vigilantes y un asaltante. Si se trata de Émile y lo identifican, cosa que sucederá con total seguridad porque lo tienen fichado y bien fichado, nos podemos considerar historia, porque enseguida lo relacionarán con nosotros. ¿Comprendes la gravedad de la situación?

—Por supuesto.

—Con la poli encima no podremos movernos y en Moscú tomarán decisiones que no nos convienen.

—Sé cómo funciona esto.

—Estupendo. Si te fijas en la foto, parece que Émile está metido dentro de un agujero. Yo diría que se lo ha cargado Van der Dyke, lo ha enterrado en algún sitio que solo él sabe y me quiere chantajear con ello.

—Tiene sentido. Entonces, ¿Émile mató a los vigilantes y al otro?

El ruso se sorbió el contenido de la nariz, giró la cabeza a su izquierda y lo escupió contra el césped.

—Pues claro. Ocurriría algo, o puede que la cosa se le fuera de las manos y no tuviera más remedio que cargarse a todo el mundo. Ahora nunca lo sabremos.

Chikalkin mentía, pero no le iba a confesar a su mano derecha que no lo había hecho partícipe de su decisión de no dejar testigos.

—Siento mucho que tu primo haya muerto, pero no es este el momento de lamentarse. No tenemos tiempo.

Samir hizo de bilis corazón.

—¿Qué quiere que haga?

—Quiero que te marches a Valladolid, encuentres a ese cabrón, te lo cargues y me traigas la escultura esa del demonio. Llévate a Grigori si quieres —le propuso refiriéndose al *boyeviki* con quien sabía que mantenía una más estrecha relación de confianza.

—No, iré solo. Grigori tiene cosas que hacer por aquí.

—Como prefieras.

—¿Cómo sabemos que tiene la escultura?

—Porque me ha enviado otra foto que lo prueba. Es evidente que quiere negociar, pero es listo y sabe que ahora tiene él la sartén por el mango. Nosotros nunca negociamos en desventaja, equilibramos la balanza.

Samir Qabbani se frotó su incipiente barba. Sonó a lija de grano grueso.

—No tiene prisa, pero antes o después me llamará para establecer sus condiciones; entonces te tocará a ti resolverlo a nuestro modo.

—Le voy a arrancar el corazón.

—Puedes quedártelo si se te antoja.

—Bien. Una cosa más. ¿Qué pasa con el otro tipo?

—¡¿Cómo quieres que yo lo sepa?! —contestó endureciendo el tono al tiempo que dejaba de mala manera el vaso encima de la mesa de cristal.

—No me refería a eso. Si no está muerto, está vivo. ¿Qué hago con él?

El ruso le dio una calada al cigarro y retuvo el humo un par de segundos antes de expulsarlo.

—Lo principal es el Espantapájaros y recuperar la pieza, pero si se te cruza en el camino, te lo quitas de enmedio y se acabó. En ese sobre —le señaló— tienes diez mil. Son tuyos. Resuelve esta mierda y te daré otros veinte, más lo acordado por los beneficios que saquemos de la coca.

Samir permaneció unos instantes, pensativo, acariciando su amuleto: un diente humano amarrado a una cuerda que le colgaba del cuello.

—No quiero nada. Yo decidí que se encargara Émile. Ahora veo que me equivoqué. Me marcho ya.

—Como prefieras —aceptó Chikalkin—. Mantenme informado.

Samir acababa de incorporarse cuando sonó el teléfono de su jefe. Este abrió mucho los ojos y le hizo una seña para que su hombre de confianza volviera a sentarse.

—Es él desde el teléfono de Émile —le susurró mostrándole la pantalla.

Nikita Chikalkin dio un par de caladas seguidas al cigarro antes de activar el manos libres del móvil y dejarlo sobre la mesa.

—Le escucho.

—Doy por hecho que estará al corriente de que las cosas no han salido como estaban previstas.

—Lo estoy, por supuesto que lo estoy.

Usaba el ruso una entonación anodina, casi cándida, nada acorde con las circunstancias.

—Su hombre se volvió loco: ha matado a dos vigilantes del museo innecesariamente, asesinó a sangre fría a los señores Pixie y Dixie y luego trató de matarme a mí. No me quedó otra opción que defenderme.

—La prensa habla de tres muertos.

—Al señor Dixie todavía no lo han encontrado, pero también le pegó un tiro antes de salir del alcantarillado. Ya le dije que era un error que él participara. Le insistí, pero usted se empeñó en llevarme la contraria.

—Puede ser, sí, pero eso ya no podemos solucionarlo.

—Tengo una propuesta para usted.

—Soy todo oídos.

—Mantenemos el trato. Usted cumple con su parte y yo le entrego la talla y le digo dónde está enterrado. Cuando tenga mi dinero me marcharé fuera del país y nunca más volverá a verme.

—Ha matado a uno de los míos. Las condiciones no pueden mantenerse.

—No me dejó otra opción.

—Como sea, pero tiene que pagarlo. Tendrá que conformarse con la mitad: dos millones.

Tinus van der Dyke caviló durante unos segundos.

—Ese mierdecilla no valía dos millones. Deberá conformarse con uno.

Samir se revolvió al escucharlo.

—Que sean tres millones entonces —convino.

—Tres millones.

—Doy por hecho que lo suyo lo quiere en metálico.

—En efecto.

—No hay problema.

—La ciudad está tomada por la policía, así que habrá que extremar las precauciones. Pensaré en la mejor forma de hacerlo.

—Bien. Enviaré a una persona de confianza para que se encargue de todo. Le pasaré su contacto para que a partir de ahora trate directamente con él.

—Entendido. Le voy a pedir que no intente jugármela, supongo que es consciente de que ambos saldríamos muy mal parados.

—Lo único que quiero es olvidarme de este asunto —certificó el ruso. Sonaba casi real.

—Coincido. Hasta mañana.

Cuando se cortó la comunicación, Nikita Chikalkin buscó a su mano derecha con la mirada y le sonrió mostrando sus imperfecciones dentales.

—Pasa por el despacho de Cornejo y que te dé el dinero. Yo le aviso antes para que te prepare medio millón que abulte como tres, por si te toca enseñarlo. No hace falta que te diga que tiene que volver todo, ¿verdad?

—No, pero ya lo ha dicho.

—Lo dejo todo en tus manos.

—Solo una pregunta más: ¿ha cambiado de terminal?

—Sí, el otro se me rompió esta mañana de forma accidental.

—Hay que encriptarlo.

—Lo sé, lo sé, pero todavía no me ha dado tiempo. Lo único que he hecho ha sido cambiarle la tarjeta. Esta misma tarde se lo hago llegar a... ¿Cómo se llama la turca esa?

—Ayyan, pero es pakistaní.

Y su pareja sentimental desde hacía más de cinco años, pero eso ni su jefe lo sabía ni le convenía que lo supiera.

—Lo que sea. No te preocupes, que esta tarde lo tiene. Venga, en marcha.

Este humilló la cabeza antes de levantarse de la silla y caminar lentamente hacia la salida. El *vor v zakone* agarró el coctel y, esta vez sí, le dio un trago largo.

Estaba demasiado picante.

A setecientos cincuenta y tres kilómetros de distancia más al norte, sentado en la terraza de la cafetería Lion d'Or de la plaza Mayor de Valladolid, un hombre nacido en Asturias miraba con detenimiento a otro de Zimbabue esperando escuchar su veredicto sobre la conversación telefónica que acababa de mantener con todo un capo de la mafia rusa. Como esta tardaba en producirse, se decidió a tomar la palabra.

—Y bueno, ¿bien o qué?

—Lo que esperaba.

—Joder, pues fenomenal. Mañana hacemos el intercambio y todos contentos.

—No va a haber ningún intercambio.

—¿No?

—No.

—Chikalkin va a enviar a Samir Qabbani, que es primo del tipo al que enterré anoche, para matarme.

—¡¿En serio?!

—Con absoluta certeza.

—¿Entonces?

—Sigue teniendo el arma que le arrebató a Émile, ¿verdad?

Barrio de las Delicias

Eran casi las ocho cuando decidió salir a respirar un poco de aire fresco. No era habitual el trasiego que se había producido en el edificio, mucho menos tratándose de un día festivo, pero la tensión que impregnaba esas paredes, densa y pegajosa, les afectaba a todos, desde las altas esferas policiales hasta al último funcionario de la comisaría.

Para su sorpresa, la conversación con Herranz-Alfageme había discurrido por cauces nada hostiles. Con respecto a la denuncia del sobrino de la víctima, Copito le restó importancia, pero le pidió que, en la medida de lo posible, evitara el contacto directo con él. Ni siquiera quiso escuchar su versión de los hechos y, tras pasar de puntillas por lo urgente, se centró en lo importante. Un conciso resumen acerca de la distribución del trabajo fue suficiente para que el comisario lo refrendara por omisión de objeciones y en lo único que hizo especial hincapié fue en que tuviera mucho cuidado con la información que se manejaba fuera de la brigada. Finalmente le dejó claro que sobre ella recaía la coordinación general de la investigación y que ello incluía el apoyo externo proveniente de otros grupos, incluyendo el enviado desde Madrid.

El resto de la tarde lo dedicó a quitarse de encima el engorroso papeleo que conllevaba un caso de esa categoría, aplazando, gestión tras gestión, el encuentro que debía mantener con el inspector jefe Craviotto. En lo personal seguía notando la ansiedad del apetito sexual no satisfecho, puede que la doctora Hernández Revilla tuviera razón y solo existiera dentro de su cabeza, pero en ese mismo instante habría hipotecado su alma por materializar alguna de las escenas que se estaban rodando en su plató mental.

La vibración del móvil interrumpió una orgía imaginaria. Era Peteira.

—Jefa, llegaron los resultados de la necrorreseña. El tipo estaba fichado y cumplió condena en Aranjuez por varios robos. Butrones.

—Chimpún.

—Te resumo: Carlos Antonio Belmonte Camargo, cincuenta y seis, soltero y natural de Madrid. Era pocero de profesión, por lo que sabía moverse bien por el inframundo. Formaba parte de una banda a la que terminaron trincando. Le cayeron tres años y medio, pero no parece que le sirvieran para reinsertarse en la sociedad, porque salió en poco más de uno.

—Bien. Vamos a escarbar entre sus antiguos socios, a ver si cantamos por lo menos una línea. Hay que hablar con su entorno cercano a ver qué saben y..., bueno, todo el resto de vainas que ya conocéis —acortó.

—Hablando de vainas —dijo el gallego bajando la voz varias octavas—, tienes aquí esperándote al de la Brigada de Vainas Patrimoniales, Reliquias y Demás Enseres Artísticos.

—Pásamelo, haz el favor.

—Compi, la jefa al aparato —le escuchó decir a Peteira.

—Inspectora Robles, pensé que te habías marchado ya a casa.

—Ya me gustaría. ¿Cómo estás de tiempo ahora?

—A tu entera disposición.

—Pregunta a alguno de estos donde está el Rosabel. Te espero ahí.

Olía a guiso casero. Cual fugitivos de una prisión culinaria, las esencias de las hierbas aromáticas se estaban dando a la fuga de la cocina de Cuqui. Sara reconoció la hierbabuena y el laurel, pero no eran esas, sino el estragón, la que había impuesto su ley al resto.

—¿Cacharreando en la sala de máquinas? —le preguntó al dueño, quien la había recibido con su habitual efusividad.

—Los festivos por la tarde, si no hay futbol, suelo cerrar, pero, ya ves, hoy he aprovechado para preparar los manjares de la semanita que se nos viene encima. Menudo lío gordo el del museo, ¿no?

—Gordísimo. Me voy a sentar por ahí, que tengo que hablar con alguien. Ponme un café solo con hielo.

—Te conviene un vino o una cerveza, Sara.

—Ya me gustaría, pero todavía me queda para rato en la ratonera.

Acababa de servirle el café cuando vio aparecer a Mauro Craviotto como si estuviera protagonizando un anuncio de moda dirigido a hombres maduros de espíritu renovado. Sara levantó innecesariamente el brazo, dado que no parecía muy imperioso desvelar su posición entre las cinco personas que, contando con ellos dos y el dueño, poblaban el local.

—Me voy a tomar una cerveza bien grande —dijo él—. ¿Tienes alguna artesanal?

—Aquí lo único artesanal es el vermú, que lo elaboro yo mismo con estas manos. ¿Quieres probarlo?

—Pues, oye, ¿por qué no?

—Blanco o rojo.

—Los dos, en ese orden.

—Me cae bien el nuevo —le dijo a Sara como si el aludido acabara de evaporarse.

—Cuqui es un tío muy especial —dijo esta en cuanto se marchó—. Aquí todos lo adoramos.

Craviotto sonrió luciendo hoyuelos. Fue entonces cuando ella se percató de que el tipo que tenía delante tenía un encanto tan natural que rozaba el artificio.

—Un día intenso, ¿eh?

—Y lo que te rondaré, morena.

—Sin duda. Ya me he enterado de la identificación del sujeto que encontraron en el alcantarillado. Ojalá nos lleve a algún sitio. He hecho una búsqueda en nuestras bases de datos, pero no he obtenido ningún resultado, así que...

—¿Qué bases de datos?

Craviotto chasqueó los dedos.

—Vale. Quizá sea bueno que haga una presentación formal de quiénes somos y a qué nos dedicamos.

—Quizá —convino ella.

—La Brigada de Patrimonio Histórico pertenece a la Unidad Central de Delincuencia Especializada y Violenta, pero también tenemos una estrecha relación con el Ministerio de Cultura y Deporte a través de la Subdirección General de Protección del Patrimonio Histórico. Principalmente nuestra función es asumir las competencias de una investigación cuando existe una agresión contra un bien cultural, como es el caso. Léase, el expolio arqueológico, el contrabando de obras de arte, los delitos contra la propiedad intelectual y derechos de autor, las apropiaciones indebidas, daños, estafas, falsificaciones y un largo etcétera. A nivel nacional trabajamos con los delegados de Patrimonio Histórico, delegados diocesanos para el patrimonio eclesiástico, asociaciones de anticuarios o catedráticos y profesores universitarios. Y fuera, mantenemos contacto con la Interpol, Europol, y, cada vez más, con el FBI. De igual modo, tenemos competencias para el control del comercio de bienes culturales por internet, para la revisión y cotejo de los bienes incluidos en los catálogos de las salas de subastas y todo ello es lo que alimenta nuestra base de datos: Dulcinea.

—Dulcinea.

Cuqui dejó el vaso sobre la mesa y este lo apresó de inmediato para probarlo.

—Sí, señor —valoró Craviotto—. Algunos bares de Madrid, de esos de toda la vida, deberían tomar nota.

—Muchas gracias, amigo —dijo visiblemente halagado—. Cuando lo termines me das un grito y te traigo el otro, que para mí es mejor. Os dejo a lo vuestro.

Sara se quitó el coletero e introdujo los dedos en su pelo para masajearse el cuero cabelludo.

—Estábamos en El Toboso —retomó ella.

—Por buscar una definición rápida diría que Dulcinea es un completo y extenso archivo informático de los robos de obras de arte que compartimos con la Guardia Civil: pinturas, esculturas, elementos arquitectónicos, piezas arqueológicas... En la actualidad contiene más de doce mil registros. Y también tenemos acceso al de la Interpol, que es infinitamente más extenso. *El martirio de san Sebastián* ya está incorporada en ambos, me he ocupado *ex profeso* de que se hiciera con total celeridad.

—¿Doce mil? ¿Tantos robos hay de obras de arte?

—Y esos son solo los que se denuncian y aún no se han recuperado. Nuestro ratio de éxito ronda el quince por ciento.

—Dicho así, no parece mucho —valoró Sara Robles.

—Lo sé, pero con los recursos que tenemos y las dificultades intrínsecas de las investigaciones, poco más podemos hacer. Y estamos a la vanguardia de Europa. La buena noticia es que ese porcentaje aumenta cuando se trata de dar con obras de arte robadas de gran valor. Sin embargo, hay casos y casos. Por ejemplo, no sé si recuerdas el del robo de cinco cuadros de Francis Bacon en un piso del centro de Madrid.

—No, lo siento.

—Bueno. Pues eso sucedió en julio del 2015 en la vivienda de Juan Capelo, un amigo personal del pintor que las recibió en herencia. También se llevaron joyas y una colección de monedas antiguas. Total, más de treinta millones de euros, aunque en el mercado negro podrían alcanzar el doble de ese valor. Después de detener a diez personas que estaban relacionadas de una u otra forma con el robo, conseguimos recuperar tres de los cinco cuadros dos años más tarde. Al margen de los ladrones que entraron en la vivienda, estaban involucrados un marchante de renombre y peristas de Madrid y Barcelona.

—¿Y cómo dieron con ellos?

—Como casi siempre: al intentar colocar las obras robadas. Lo apuntaba esta mañana. Los robos por encargo son excepcionales y, por lo tanto, implican encontrar a alguien que tenga dinero y quiera comprar el botín. Para llegar hasta él hay que pasar por varios eslabones, lo cual va encareciendo el precio: del ladrón a un perista que tenga experiencia en colocar obras de arte robadas, de este a otro que suele estar más limpio y que es el que cuenta con muchos e importantes contactos en el mercado negro y el que se encarga de dar con el pagador. El problema es que hay que autentificar la obra mediante la verificación de un experto y ahí es cuando la cadena suele romperse.

—Entiendo.

—Pero, además, contamos con un gran hándicap. El delito en que incurren está tipificado por el Código Penal como «Robo con fuerza en las cosas» y está castigado con penas que no sobrepasan los tres años de reclusión, o cinco si el bien sustraído está considerado patrimonio histórico. Una miseria —calificó el inspector jefe.

—Pues sí, una ganga. Te agradezco que compartas conmigo toda esta información. Ahora me interesaría saber cuáles van a ser vuestros siguientes pasos en esta investigación.

Mauro Craviotto apuró el vermú y le hizo una indicación a Cuqui con el brazo.

—Por supuesto, pero antes déjame que complete la dupla. ¿Segura de que no quieres uno? Si como dice el que sabe, está mejor el rojo, hay que probarlo.

Entonces ella cayó en la cuenta de que llevaba años yendo al Rosabel y que nunca había probado el vermú casero a pesar de las veces que Cuqui se lo había ofrecido.

—Venga —aceptó.

Craviotto le sostuvo la mirada solo unos instantes, instantes en los que Sara tuvo la impresión de que la desnudaba por dentro. Lejos de sentirse incómoda, se dejó invadir por una corriente cálida que hacía tiempo, demasiado, que no sentía.

—Tengo que atender esta llamada —dijo él agitando su móvil—. Serán solo unos minutos.

Salvada por la campana.

Autopista A-6 a la altura de Arévalo

Dos medias lunas blancas bien definidas en las uñas de sus pulgares denotaban la fuerza con la que Samir Qabbani agarraba el volante de su Nissan Juke.

Había hecho dos paradas desde el momento en que salió de la casa de Nikita Chikalkin con un encargo que cumplir. La primera en el despacho del abogado que, sin necesidad de mediar palabra, le entregó el maletín que tenía preparado para él. La otra fue en su casa, con el propósito de reunir el arsenal básico que podría necesitar —al margen de la Desert Eagle .50 con acabado en cromo pulido que siempre llevaba encima—, meterlo en una bolsa de deporte negra con rayas blancas, marca Adidas, modelo retro, y coger la documentación falsa y demás enseres susceptibles de resultar útiles en la empresa que tenía por delante. No se fiaba en absoluto del tal Van der Dyke. Solo había coincidido una vez con él y fue un encuentro fugaz pero suficiente para saber que no era tan estúpido como para creer que un *vor v zakone* de la mafia rusa iba a permitir que las cosas quedaran así. Estaba tan seguro de ello como de que la decisión de no dejar testigos del robo al museo no había partido de Émile. Le molestaba sobremanera que Chikalkin se lo hubiera ocultado. Se suponía que él era su hombre de confianza. Él era la persona que le había encumbrado a la envidiable posición en la que se encontraba. Gracias a él, o, mejor dicho, al respeto que se había ganado entre el resto de organizaciones criminales que operaban en la Costa del Sol e incluso en el Levante, Nikita Chikalkin podía llevar esa vida repleta de excesos.

Excesos que conllevan riesgos. Esa falta de consideración de su jefe le cabreaba y mucho, pero era un profesional y en ese momento lo que tocaba era canalizar su ira hacia su objetivo. Si no lo conseguía, su proyecto de futuro podría derrumbarse como un castillo de naipes, y no había luchado todos esos años para permitir que su prestigio se volatizara en un abrir y cerrar de ojos.

Ahora bien, iba a disfrutar con ello como hizo con aquel gordo albanés que pretendía llenarlo todo de putas de los Balcanes y al que le estuvo quitando trozos de carne durante casi dos días con unas tenazas.

Se lo debía a Émile, sangre de su sangre.

Tres días después de cumplir los dieciséis, Samir Qabbani tuvo que salir huyendo de Beirut junto a su familia. Recordaba que acaba de empezar el año 1984 cuando se hizo público que su padre era la mano derecha de Elie Hobeika, considerado el máximo responsable de la masacre de Sabra y Chatila perpetrada unos años antes. Aquello sucedió en el contexto del conflicto armado que enfrentaba a libaneses con sus vecinos israelíes, quienes, de forma sucinta, se habían ganado el apoyo de la Falange Libanesa, un movimiento político con extensiones paramilitares integrado casi en su totalidad por miembros de la Iglesia católica maronita. Los servicios secretos israelíes les encargaron entrar en dos campamentos de refugiados palestinos en busca de guerrilleros de la OLP, y estos, movidos por los deseos de venganza reprimidos en el pasado, se comportaron con extrema violencia asesinando centenares de hombres, mujeres y niños indefensos. Como era de esperar, la mitad de los milicianos chiitas del país se lanzaron a las calles de la capital libanesa en busca de venganza. Siria, Jordania y finalmente Egipto fueron los territorios que recorrió la familia Qabbani buscando comunidades cristianas en las que pasar desapercibidos y empezar de cero. Y fue allí, en El Cairo, donde dieron caza a su padre acribillándolo desde una moto junto a su esposa y sus hermanas mayores en la puerta de casa. Samir, convaleciente aún de una gripe, fue testigo de ello desde la ventana. Sin familia y sin futuro, se le ocurrió que podría encontrar otra con la que vivir el presente y con diecinueve años se alistó en la Legión Francesa. El conocimiento de la lengua, pero, sobre todo, el convencimiento de que todo lo malo que le ocurriera le iba a servir para fortalecerle, le sirvió para superar el adiestramiento con holgura y labrarse las mejores amistades con lo peor de su regimiento. En 1992 se destetó militarmente en Somalia combatiendo contra las distintas facciones armadas locales que trataban de hacerse con el control de la ayuda humanitaria. Allí contabilizó su primer muerto en combate de los muchos que siguieron después en Ruanda, Zaire, Camerún y Centroáfrica. Con treinta y seis decidió que había llegado el momento de sacar partido de sus virtudes y, siguiendo los pasos de un antiguo camarada, recaló en la Costa del Sol ofreciéndose como hombre de armas a las muchas organizaciones criminales asentadas en la zona. Estuvo un tiempo moviendo hachís para los marselleses —francoparlantes como él, la mayoría de descendencia argelina—, luego pasó por el negocio de la cocaína trabajando para la Camorra napolitana, con la que no terminó nunca de entenderse, hasta que se puso por su cuenta como sicario para quien pudiera pagarle su tarifa. Encargarse de los ajustes de cuentas, si bien salía muy rentable, desgastaba mucho de hombros para arriba, aunque, si algo salía mal, los problemas de conciencia pasaban a un segundo o tercer plano. Podría haberse conformado con lo que tenía, pero el destino quiso que su vida se cruzara con la de un ruso recién llegado que necesitaba tener cerca a alguien con experiencia en la zona. Las condiciones que Nikita Chikalkin le puso encima de la mesa eran muy mejorables, cierto, pero no obstante terminó aceptando al dejarse seducir por el hecho de llegar a ser alguien dentro de un colectivo. Alguien con margen de maniobra para hacerse un nombre.

Y quien tiene nombre se convierte en un hombre respetable.

Le llevó dos años convencer a su jefe de la necesidad de conformar su propio grupo de exlegionarios dentro de la *bratvá* rusa. Algo inédito, sí, pero que funcionaba y de qué forma para consolidar las fronteras del negocio de la prostitución de las ambiciones ajenas. Sobre todo de los kosovares y albaneses que contaban con experiencia militar y tenían muy poco que perder. Tres muertos fueron suficientes para mantener el *limes* del reino de Chikalkin y poder establecer alianzas con otros grupos con el propósito de nutrir los clubes de la zona con mercancía traída del Este; locales que le servían para blanquear capitales de las muchas empresas de construcción que surgieron como fruta de temporada a lo largo y ancho de la Costa del Sol. El crecimiento requería más personal, y fue entonces cuando se acordó de Émile. Al principio solo le encarga asuntos menores, cobros, extorsiones y algún asalto que otro en complejos residenciales de lujo donde sabía que podían encontrar dinero en efectivo y joyas para financiar otras operaciones. Pero en cuanto Chikalkin le habló del asunto del robo en un museo, vio la oportunidad de que su fichaje demostrara de qué material estaba hecho. En teoría iba a ser pan comido, planificado al detalle por un experto en la materia a quien tenían bien agarrado por los huevos. Todo encajaba a la perfección. El botín les iba a servir para introducirse en el mercado de la cocaína sin tener que pasar por las manos de la matriz de Moscú y, aunque la idea no le terminaba de convencer del todo, asumió que su papel dentro de la organización no era poner en solfa las decisiones que venían de arriba, sino llevarlas a buen término. Él era consciente de que en su mundo no existían las garantías, pero en ningún momento se le pasó por la cabeza que todo se pudiera torcer de un modo tan dramático. Le tocaba volver a poner las cosas en su sitio.

Ahora bien, iba a disfrutar de ello como hizo con el sicario colombiano que enviaron para matarlo al que le arrancó la lengua con unas tenazas y colgó por los pies hasta que el gorrino dejó de retorcerse.

Se lo debía a Émile, sangre de su sangre.

Un cartel que anunciaba que faltaban sesenta y seis kilómetros para llegar a Valladolid le dio una idea. Lo había visto varias veces en Ruanda y la curiosidad le hizo preguntar por la técnica para arrancar la cara a alguien. Era tan sencillo como dibujar un seis con un machete empezando justo por debajo de la nariz, siguiendo una trayectoria descendente hacia la barbilla, rodearla por debajo sin dañar venas y arterias importantes y luego subir por la mejilla hasta terminar el número en la frente. Si se hacía con corrección, esto es, llegando hasta el hueso, solo había que meter los dedos en el labio superior y tirar con fuerza respetando la misma dirección del trazado. Tardaría un par de horas en morir, tiempo más que suficiente para hacerse los selfis de rigor. Pensar en ello y en la fotografía de su primo muerto le pareció justicia poética.

Un kilómetro después la decisión era inamovible.

Se lo debía a Émile, sangre de su sangre.

Museo Nacional de Escultura

Encerrado en su despacho, llevaba trabajando en ello desde que a primera hora llegaran los *pendrives* con las grabaciones solicitadas a la compañía de seguridad. El esfuerzo se manifestaba en la dilatación y enrojecimiento de los vasos sanguíneos de la esclerótica del ojo. Los expertos lo llamaban fatiga ocular digital y el suyo era un caso de manual, porque revisar todos esos minutos con el objeto de dar con el material comprometedor y eliminarlo resultaba harto fatigoso. Y eso que sabía el día y la franja horaria en la que buscar.

Rodolfo Velasco por fin podía respirar tranquilo.

Muy vivos tenían que andar a quienes les cayera el encargo del visionado para darse cuenta de los cortes. Él sabía muy bien cómo se llevaba a cabo ese tipo de tareas y afortunadamente las cámaras que le afectaban a él no eran a las que más atención tenían que prestar los investigadores.

El director de seguridad se incorporó y realizó algunos ejercicios de estiramiento de los músculos de la espalda al tiempo que, a través del cristal de la ventana, disfrutaba de la tranquilidad que reinaba en el Patio Grande. Le gustaba saborear esa sensación de sosiego cuando el museo se vaciaba de visitantes y, siendo consciente de lo delicado de la situación en la que se encontraba, sabía que esas imágenes le podían hacer perder todo lo que había logrado con el sudor de su frente.

No.

De ninguna manera.

Bar Rosabel

—Te comentaba antes —retomó Mauro Craviotto tras degustar el vermú rojo— que del tal Belmonte Camargo no nos ha aparecido nada, pero ya estamos elaborando un listado de posibles sospechosos en función del tipo de robo. La dificultad estriba en que tenemos que coordinarnos con la Interpol, porque en golpes de esta entidad participan más personas de las que actúan sobre el terreno y no sería raro que la talla terminara fuera de España. Hay que comprobar si ellos tienen registrados asaltos a museos con un *modus operandi* similar, a través del alcantarillado. Y como Albert Spaggiari ya está muerto, supongo que no tendrán muchos candidatos —bromeó.

—¿Quién?

—Perdona, a veces pienso que la gente de fuera del gremio está puesta. Es el autor del conocido como Robo del Siglo. Se produjo a mediados de los setenta en la sede de Niza del banco Société Générale. Accedieron haciendo un túnel de ocho metros a través de la red de alcantarillado y se llevaron sesenta millones de francos de las cajas de seguridad. La gran diferencia es que en ese no hubo ni un solo tiro y en el nuestro tenemos tres cadáveres.

—Cierto.

—También vamos a agitar, y mucho, el avispero conformado por peristas, tasadores, anticuarios, subasteros, galeristas, restauradores, coleccionistas y demás fauna y flora del mercado del arte. Los hay que no hacen ascos a lo que se mueve en el mercado negro si pueden sacar tajada, y no descartamos que vayan a establecer contacto con alguno. Algo con lo que nos encontramos de forma habitual en los casos en los que la mercancía sustraída tiene mucho valor es que traten de dejarla en barbecho fuera del país donde ha sido robada y, después de un tiempo, cuando el asunto ya no aparece en los medios y deja de ser una prioridad para los investigadores, empiecen a moverse. A veces nos encontramos con casos en los que la obra se secuestra, digámoslo así, y se pide un rescate por ella. Y últimamente han subido mucho los robos de piezas importantes cuyo valor sirve para avalar otras operaciones del crimen organizado, como el tráfico de estupefacientes o el tráfico de armas. En estos, las posibilidades de recuperar la mercancía se reducen mucho y de hallarla en buen estado, más.

—Por lo que veo, y disculpa si estoy equivocada, no parece que tengas muchas esperanzas de recuperarla.

El inspector jefe Craviotto recortó la distancia con Sara y construyó una mueca seductora, rozagante, que habría hecho enrojecer de envidia al mismísimo George Clooney.

—Año tras año, entre la Guardia Civil y nosotros recibimos cientos de denuncias por robos de distinta entidad. Al margen, nos distrae enormemente y nos come recursos verificar las muchas falsificaciones que circulan en el mercado, estimadas en un treinta por ciento del total. Ya sabes, de repente alguien aparece con un Velázquez que dice que su bisabuela tenía colgado en el salón y pretende subastarlo por quince millones de euros de precio de salida. Sin ir más lejos, el año pasado se celebró una muestra de Modigliani en Génova en la que se demostró que más de un tercio de las obras expuestas eran falsificaciones. Lo paradójico es que poco después alguien se atrevió a pagar 158 millones de euros por su *Desnudo acostado.* Una locura.

—Depende del patrimonio que tuviera el comprador.

—Puede. Nosotros contamos con veintidós funcionarios repartidos en tres grupos, dos operativos y uno de análisis, y te aseguro que, aunque se puede mejorar, la maquinaria está bien engrasada. Yo solo llevo tres años como jefe de la brigada, pero sumo once en total perteneciendo a ella y he tenido la suerte de aprender del mejor: Antonio Ojeda. Un fenómeno. Él siempre me decía que hay que optimizar al máximo los recursos, pero más aún los esfuerzos personales —añadió señalándose la sien—. Este robo va a hacer mucho ruido, solo hay que afinar el oído para percibir lo que necesitamos escuchar.

—Buen símil.

—No es de mi cosecha, es de Ojeda, lo confieso. Si tuviera que apostar, diría que vamos a recuperar *El martirio de san Sebastián,* ahora bien, no sé cuándo. Ni idea. Puede ser mañana o dentro de diez años, pero lo bueno es que, en una pieza de gran valor artístico, ambas son válidas. Digamos que en mi negocio —dijo dibujando unas comillas en el aire con los dedos— el cuándo no importa tanto. Sin embargo, en el tuyo es determinante. Por eso quería pedirte que me dejaras ayudarte en labores que os provoquen, digámoslo así, contaminación acústica.

La inspectora Robles inclinó ligeramente la cabeza y achinó los ojos.

—¿Por ejemplo?

—En el *briefing* con la gente del Grupo de Homicidios pasaste de puntillas por un asunto que a mí me parece de mucha importancia: la investigación del personal del museo. No sería nada extraño que hubieran contado con la colaboración de gente de dentro para conseguir información sobre los sistemas de seguridad, turnos de vigilancia, planos... De todo. Y yo haría especial hincapié en los dos fallecidos. He podido ver la grabación del robo y, aunque es verdad que el vigilante de la sala se gira de inmediato al ver al encapuchado, el otro solo reacciona cuando este le dispara. ¿Y si estaba implicado y el asaltante quiso eliminar cabos sueltos? —elucubró exprimiendo su talento telegénico natural.

—Ahora mismo caben todas las posibilidades, pero no podemos dejarnos llevar por la casuística sin contar con...

—Sí, sí, lo sé —la cortó—. Pero no es habitual la violencia con la que actúa y encontrar el porqué podría suponer un buen punto de partida para ir eliminando incógnitas. Y digo más: también habría que investigar al director de seguridad y a la directora del museo, aunque solo sea por eliminar candidatos. Y si todo esto lo hacemos nosotros desde la asepsia que da la distancia, a los tuyos les va a proporcionar mayor margen de maniobra, ¿no crees?

Durante unos segundos Sara Robles trató de encontrar razones de peso que colocar en su plato de balanza para compensar la presión que sentía como máxima responsable de la investigación. Tenía un buen equipo, de eso estaba convencida, tanto como de que en breve se iban a ver todos desbordados. Por ello, rechazar la ayuda externa no parecía una medida muy inteligente, sobre todo cuando provenía de alguien que conocía muy bien el paño.

—Sí, es posible —contestó algo dubitativa.

—Además de eso, podemos ayudaros con el visionado de las imágenes captadas por las cámaras del museo. Tienes razón en pensar que las de la sala 3 son importantísimas, pero habrá que irse muy atrás y dedicarles el tiempo que requieren a las del acceso principal. Yo dispongo de personal acostumbrado a detectar comportamientos anómalos. Y, si sabes lo que tienes que buscar, es más probable que lo encuentres.

—¿Esa frase también es de tu predecesor?

—No, era de mi madre.

Ella le pagó la ocurrencia con una mueca de complicidad.

—Tus chicos van a tener mucha tela que cortar con todo el material que les van a traer de las cámaras del exterior, déjanos a nosotros el museo de puertas adentro.

—De acuerdo.

—Bien. Pues, si te parece, regresamos a comisaría y nos tiramos de cabeza a la piscina, a ver si hay o no hay agua —propuso él, arriscado.

Mientras Mauro Craviotto se encargaba de pagar la cuenta y dialogaba con Cuqui como si hubieran compartido pupitre desde primaria, Sara permaneció sentada, valorativa, sin saber si ese encanto de hombre era un regalo del cielo o la reencarnación del diablo en la tierra. De lo que sí estaba completamente segura era de que podría ganarse la vida como doble del actor que interpretaba al poli con problemas psicológicos de la primera temporada de *True Detective* y cuyo nombre todavía no era capaz de recordar.

MATTHEW MCCONAUGHEY

Residencia de Sara Robles
Calle Torrecilla, 18. Valladolid
14 de mayo de 2019

Faltaban quince minutos para que sonara el despertador, pero, como venía siendo habitual las últimas semanas, su alianza con Morfeo terminaba antes de lo convenido.

Y de lo conveniente.

Lo que no era nada conveniente ni había sido convenido con premeditación era que otro ser humano reposara de un modo tan placentero sobre un revoltijo de sábanas.

Sus sábanas.

Sara llevaba un rato largo sin poder levantar la vista de ese acompasado e hipnótico respirar. Daba la sensación de que necesitara corroborar que la imagen que estaba procesando su cerebro era real. De pie, a tres metros de la cama, íntegramente desnuda, guardaba las distancias como si el tipo al que se había follado desde que entraron por la puerta y hasta las tres de la madrugada se hubiera convertido de forma repentina en un animal peligroso. O repugnante. Pero de repugnante había tenido poco. Más bien delicioso, porque ese era el adjetivo que mejor definía la sesión de sexo improvisado que aún latía en aquella atmósfera cerrada, viciada. Viciada como ella. Y viciosa, a juzgar por cómo había dado rienda suelta a ese potro que tanto tiempo había permanecido amarrado contra su voluntad.

—¿Tanto tiempo? —preguntó Sara la Puritana.

—El tiempo es relativo —respondió Sara la Cachonda.

—Tres días es relativamente poco tiempo. Asumible.

—No para mí, y lo sabes.

—La doctora Hernández Revilla dice que lo tuyo no tiene nada que ver con una necesidad física. Nadie necesita sentir varios orgasmos cada tres días.

—Pues yo lo firmaba a diario. Y han sido cinco. Y si no fuera porque nos tenemos que marchar le sacaba otros dos.

—Tiene que pensar de ti que eres una cerda de categoría máxima, y no me digas que te da igual que lo crea, porque yo también vivo en tu cabeza y sé muy bien lo que pasa aquí dentro.

—¿Soy una cerda por disfrutar del sexo? A él se le veía muy afligido, ¿verdad? A punto de llorar ha estado varias veces.

—No lo digo por eso.

—¿Entonces?

—¿De verdad es necesario que lo verbalice?

—No, ya sé por dónde van los tiros.

—Pues eso, que tiene toda la pinta de que la vas a cagar bien cagada. Podrías haberte ido a escalar para quemar adrenalina. ¿Hace cuánto que no vas?

—Si puedo elegir entre sudar escalando o sudar follando...

—Te vas a arrepentir y lo sabes.

—Es posible, pero de momento me encuentro estupendamente, ¿no lo notas?

—Eres patética. Para empezar, estas charlas tienen sentido antes de que te tires a alguien, no después.

—Joder, pues aparece cuando tengas que aparecer, que la que ha llegado tarde has sido tú —le recriminó Sara la Cachonda.

—Mira, ahí te doy la razón. A ver si para la siguiente ando más lista.

—¿Das por hecho que habrá una siguiente?

—Como si no te conociera, bonita.

—Si vas a dispararme, apúntame a la cabeza —le escuchó decir a él.

En un abracadabra, las voces de la Cachonda y la Puritana se apagaron, y con ellas la suya propia.

—Llevas un buen rato ahí parada observándome.

—No tanto, no te vengas arriba —se defendió Sara.

—Se llama arrepentimiento —definió él incorporándose para apoyar la espalda en el cabecero.

—Se llama estupidez —le corrigió Sara.

—Entonces seremos dos estúpidos que lo han pasado estúpidamente bien.

Sara se masajeó el cuero cabelludo e inspiró por la nariz.

—Me meto en la ducha.

Bajo el agua tibia, Sara hizo un rebobinado de los acontecimientos desde que, pasadas las once, las dependencias del Grupo de Homicidios empezara a sufrir la despoblación provocada por el cansancio de una jornada más intensa que extensa. Una hora más tarde solo quedaban dos seres vivos deambulando entre aquellas dunas. Dos reptiles sedientos de cama. Fue ella la que preguntó dónde se alojaba y él quien le respondió con un: «Donde tú me lleves». Era cierto que a Mauro Craviotto no le había dado tiempo a reservar hotel, pero el problema se hubiera solucionado de forma tan sencilla como acercándolo a cualquiera y despidiéndose hasta el día siguiente. Pero no. Ella se limitó a hacer como si prestara atención al relato de un robo perpetrado por tres rumanos en un museo de Rotterdam mientras decidía qué hacer. Finalmente, Sara la Cachonda se salió con la suya y cuando a él se le ocurrió preguntar a qué hotel lo estaba llevando, ella no le quiso responder. En el siguiente semáforo que les pilló en rojo, se volvió hacia Mauro y le preguntó qué tipo de alojamiento le apetecía, uno de dormir mucho o uno de dormir poco.

La puntuación rozaba la matrícula de honor. Resuelto en general, muy suelto en particular. Por momentos agresivo, pero sin pasarse de la raya; y en otros, dócil, rozando la sumisión. Dulce, atrevido, pero, sobre todo, creativo con la lengua y las manos, actitud poco frecuente y por ende muy bien valorada en su particular sistema de puntuación.

Muy rico todo.

—La vas a cagar bien cagada —escuchó decir a Sara la Puritana mientras se secaba el pelo con la toalla.

Al regresar a la habitación fue directa al armario para pillar lo primero que le resultara cómodo para afrontar el día que tenía por delante.

—Tengo la maleta en tu coche —le recordó Mauro—. ¿Te importa que baje a por ella? No querría vestirme con lo mismo de ayer.

—Hacemos lo siguiente: te vas duchando y yo aprovecho para bajar al garaje y subir tu maleta. Te la dejo ahí —señaló—. Supongo que no tienes ningún inconveniente en ir en taxi a comisaría, ¿verdad?

—No, ninguno, pero voy a alquilar un coche para poder moverme sin tener que molestar a terceros.

—Tú mismo. En el mueble del baño tienes toallas limpias.

—Gracias.

Estaba terminando de vestirse cuando se volvió hacia él. Sonreía.

—Espero que esto no...

—¡Sara! —le cortó levantando las palmas de las manos—. No soy ningún crío. Puedes estar tranquila, nadie se va a enterar de lo que ha pasado aquí.

Y fue justo en ese instante cuando el caprichoso azar le susurró un nombre: Matthew McConaughey.

—¿Y ahora de qué te ríes? —quiso saber él.

—Nos vemos luego.

—¡¿Ni un beso de despedida?! —le escuchó decir en tono jovial antes de salir por la puerta.

Camino de comisaría al volante de su Mini Cooper de segunda mano no dejaba de repetirse: «Bien, Sara, bien». Estaba girando a la izquierda en el paseo de Zorrilla a la altura del Campo Grande cuando se acordó de que no había encendido el móvil. Al hacerlo le entraron varias llamadas perdidas y un audio de WhatsApp de Álvaro Peteira.

Reproducir.

«Jefa, buenos días. No sé si te acordaste de que hoy me toca llevar a los gemelos a revisión. Les tienen que hacer un porrón de pruebas y no son rápidas, así que hasta mediodía calculo que no estaré libre. Entonces, me paso ahora por el museo, recojo el material de video que me dijo Velasco que ya tiene preparado para nosotros y si te parece te lo dejo en casa, que me pilla mejor que ir hasta comisaría. Así, Botello puede empezar con ello ya mismo. Bueno, pues eso, que ya estoy yendo para allá».

El audio se lo había enviado hacía veinticuatro minutos, lapso de tiempo suficiente para haber recogido el material y, efectivamente, estar llegando a su casa.

—¡Me cago en todo! —exclamó mientras le devolvía la llamada.

—Jefa —respondió.

—Álvaro, acabo de escuchar el audio. Ya he salido de casa. ¿Dónde andas?

—En tu calle.

—Doy la vuelta.

—No hace falta. Tuve la inmensa fortuna —calificó con sorna— de encontrarme al Gavioto y se lo he dado a él.

La suerte del enano. Otra vez.

Silencio.

—Te tengo que dejar, que llego tarde a la consulta —retomó el subinspector, cortante.

—Vale, nos vemos luego.

Manotazos al salpicadero.

Parking exterior del centro comercial Vallsur

Tres minutos antes de que Samir Qabbani no pudiera esquivar los dos proyectiles que viajaban a seiscientos cuarenta metros por segundo, el libanés ascendía la rampa que llevaba hasta la planta superior y echaba un vistazo a la pantalla de su portátil para comprobar que todo seguía en orden. Notaba cómo la tensión muscular se adueñaba de su cuerpo a través de su sistema nervioso. Sin embargo, lejos de sentirse incómodo, lo aceptaba como una respuesta natural de su organismo ante la situación que debía confrontar.

No podía ser de otra forma.

El mensaje con la ubicación y las instrucciones le había sorprendido durmiendo en el coche. Formaba parte de su procedimiento. Cuando la operación consistía en entrar y salir del territorio enemigo, no necesitaba acampar. Había que minimizar riesgos al máximo, y alojarse en cualquier sitio siempre dejaba rastro. Así, cenó en el primer bar que encontró abierto, condujo hasta una zona poco transitada y no estacionó hasta que encontró el lugar adecuado para descansar. El asiento del Juke no había sido diseñado para dormir y, aunque era infinitamente mejor que hacerlo a la intemperie, tardó horas en conciliar el sueño. Ese tiempo lo invirtió en repasar su trayectoria vital haciendo especial hincapié en los últimos años. Le había costado mucho esfuerzo alcanzar esa privilegiada posición en la que se encontraba como para ceder un solo metro de terreno. No sabía cómo iba a resolver la situación a la que tendría que enfrentarse al día siguiente, pero en el amplio abanico de opciones que se abría frente a él todas contemplaban recuperar la delantera. En combate, ganar o perder la iniciativa eran sinónimos de éxito o fracaso, por lo que Samir tenía muy claro que lo primero que debía hacer era arrebatarle el mango de la sartén a su enemigo y machacarle el cráneo con ella. Una vez controlada la situación, el orden de prioridades lo tenía más que decidido: comprobar que tenía la condenada escultura, forzarlo a que lo llevara al sitio donde había enterrado el cuerpo de Émile y usar ese mismo agujero para hacer desaparecer el del Espantapájaros, eso sí, después de arrancarle la cara y grabarlo.

Tan pronto como alcanzó su destino se percató de lo acertado que había estado el Espantapájaros al elegir ese emplazamiento. Era un lugar público con al menos dos cámaras de vigilancia y a esa hora de la mañana, recién abierto el centro comercial, tan solo se contaban seis vehículos aparcados. Uno de ellos, una Ford Transit de color blanco, estaba parado justo en la esquina opuesta a la puerta de acceso, casualmente frente a otra cámara. Sentir el peso del kevlar protegiendo su tórax, pero, sobre todo, notar el volumen de la Desert Eagle por dentro del cinturón le hacía sentirse más seguro. Cerró la pantalla del portátil y, sin quitar la vista de su objetivo, Samir condujo muy despacio hasta que vio cómo se abría la puerta del conductor de la furgoneta. Reconoció de inmediato la peculiar morfología de su enemigo y, tras cerciorarse de que no representaba ninguna amenaza, metió primera y estacionó enfrentando el morro a un par de metros de distancia. Samir Qabbani se apeó como si aquello fuera algo rutinario y caminó hacia él con paso firme. Le produjo cierta incomodidad no detectar alteración alguna en la neutra expresión de Van der Dyke, y, sabiendo que no era a él a quien le tocaba hablar, se limitó a componer un gesto desbravado, casi afable, más propio de un bisonte en la pradera que, obedeciendo a su bóvida naturaleza, se dispusiera a ramonear algunos tallos tiernos.

—Samir Qabbani —fue lo primero que dijo.

Este asintió.

—Siento lo de su primo, pero él ha sido quien ha provocado que nos veamos envueltos en este embrollo. Vamos a solucionar esto y cada uno que siga su camino.

—Esas son las órdenes que traigo.

—Bien. ¿Mi dinero?

—Lo tengo, pero antes tiene que enseñarme lo que he venido a buscar.

—¡Por supuesto! ¡Acompáñeme! —le invitó elevando la voz.

Para su sorpresa, el Espantapájaros le dio la espalda con la intención de abrir la puerta corredera y, aunque la situación era harto anómala, no detectó ninguna señal de peligro hasta que vio que el otro se echaba a un lado de forma repentina y algo se movía en el interior de la furgoneta.

Algo no, alguien.

Alguien gritando y empuñando un arma.

Empuñando un arma con la clara intención de disparar.

Con la clara intención de dispararle a él.

Y como si su entrenado cerebro se encargara de compensar el error, Samir Qabbani reaccionó increíblemente rápido haciendo que su mano derecha entrara en contacto con las cachas de la pistola al tiempo que daba un paso lateral con el propósito de eludir primero y neutralizar después. Increíblemente rápido, sí, pero no lo suficiente como para esquivar los dos proyectiles que viajaban a seiscientos cuarenta metros por segundo.

Cinco minutos antes de que Samir Qabbani no pudiera esquivar los dos proyectiles que viajaban a seiscientos cuarenta metros por segundo, Tinus van der Dyke estaba sentado en la Ford Transit con la mirada puesta en la rampa de acceso al parking. Repasaba el plan con Rai por enésima vez. El minero asturiano, superado por el papel que le había tocado interpretar en la obra macabra que estaban a punto de escenificar, lo escuchaba agazapado desde la zona de carga de la furgoneta.

—No existe otra opción: en cuanto yo abra, tú le disparas. No puedes dudar. No lo pienses, solo apunta y aprieta el gatillo dos veces. Nos llevamos el dinero y nos largamos en el otro coche. Cuando descubran e identifiquen el cuerpo van a tardar muy poco en llamar a la puerta de Chikalkin. Eso lo mantendrá entretenido lo suficiente para que nosotros podamos desaparecer. Necesito estar seguro de que estás preparado y dispuesto a hacerlo.

—¡Yá te dixi que sí la primer vegada! —le gritó alterado y, por ende, en su lengua materna.

Se refería a la pasada tarde.

Tras la conversación telefónica con el ruso, Van der Dyke le había argumentado de manera pormenorizada las razones por las que debían anticiparse a la persona que enviara Chikalkin para matarlo. Debían aprovechar su única ventaja: Rai. Las probabilidades de que hubieran previsto su asociación e intenciones eran muy escasas, por lo que solo tenían que encontrar el sitio ideal para tenderle la emboscada. Un lugar público y con videovigilancia para evitar que el libanés sacara su arma a las primeras de cambio y le vaciara el cargador en la cara. La cosa se complicaba dado que no podía ser un sitio muy concurrido —esa planta solo tenía cierta actividad cuando abrían los cines— y, sobre todo, porque debían poder anular el circuito de cámaras sin levantar sospechas. Y fue esta la tarea que les ocupó buena parte de la tarde hasta que a Rai se le encendió la bombilla. Conocía el centro comercial de recorrerlo para matar el tedio y ocupar su cabeza durante las horas muertas en las que no tenía que estar bajo tierra. Podría considerarse una paradoja, pero a Rai le encantaban esos lugares bajo techo repletos de gente que va y viene cargada de bolsas, a pesar de que él no solía comprar nada que no necesitara. Fueron a verlo y, tras el visto bueno del Espantapájaros, aguardaron impacientemente a que se vaciara. Colarse de nuevo en el parking y anular el circuito exterior de cámaras resultó tan sencillo como cortar los cables que confluían en el cuadro de alimentación eléctrico, situado este a la vista y sin más protección que cuatro tornillos de seguridad. Para cuando quisieran darse cuenta al día siguiente, ellos ya estarían saliendo de

Valladolid en dirección a Portugal. Allí permanecerían ocultos durante el tiempo que consideraran oportuno bajo el auspicio de un viejo amigo de Van der Dyke a quien no necesitaba dar explicaciones. Del resto de la operación se encargaría su socio, con quien había vuelto a hablar esa noche para ponerlo al día de sus planes y asegurarse de que no lo necesitaba en la ciudad.

—De acuerdo. Tienes razón, solo quería escuchártelo decir.

—¿Seguro que ese cabrón no se va a enguedeyar a tiros según te vea?

—Es un profesional. Buscará la forma de hacernos creer que vamos a llegar a un acuerdo y, seguramente, después de comprobar que tengo la talla querrá llevarme al otro sitio con el pretexto de entregarme el dinero. O bien me obliga a que le conduzca en persona al lugar donde está enterrado su primo y es allí donde tiene pensado matarme. Pero nada de eso es relevante porque no le vamos a dar opción. Lo que él no puede esperarse de ninguna manera es que intente algo aquí. Cuando llegue, verá esa cámara —le señaló—. Y esa otra de allí, que también está bastante visible. En cuanto se dé cuenta de que estamos justo aparcados frente a esta de aquí se le van a quitar las ganas de hacer ninguna idiotez, pero al mismo tiempo se relajará creyendo que nosotros tampoco podemos actuar. No obstante, todo esto no servirá de nada si al abrir la puerta dudas un solo segundo y no le disparas.

—¡Eso nun va asoceder te digo, ho! —contestó, tenso, el minero.

Cinco minutos más tarde lo demostraba con hechos.

Comisaría de distrito de las Delicias

Era su semblante crispado la manifestación externa de su estado de ánimo. La flagelación mental a la que se había sometido durante el trayecto no había dado resultado y, siendo consciente de que no podía viajar hacia atrás en el tiempo, lo único que le ocupaba la cabeza en ese instante era que no trascendiera su *affaire* con Mauro Craviotto. Respondió a un «buenos días» anónimo sin levantar la vista del suelo, pero no le quedó más remedio que detenerse cuando, al subir las escaleras, se topó de frente con el agente Navarro.

—Buenos días. Nos crecen los enanos.

La inspectora resopló hastiada.

—¡¿Más enanos?! No me... Te escucho.

—Matesanz se ha tenido que marchar hace un rato cagando leches porque se encontraba mal.

—¿Qué le pasa?

—Ni idea, pero tenía mala cara. Más mala cara de lo habitual, quiero decir. Decía que se había levantado con algo de fiebre y que le dolía el estómago. El caso es que había quedado con Villamil para algo relacionado con la autopsia y me ha pedido que vaya yo, pero en treinta minutos viene Isabel García, que es la otra sobrina de la fallecida, y no consigo localizarla para decirle que venga algo más tarde. Pues eso, mierdas por doquier. Hay algo nuevo: la Interpol confirmó que la asistenta entró en el país y la están intentando localizar para que declare. También estamos a fuego con las cámaras para verificar la hora de llegada del sobrino. Y ya. Me piro al Anatómico Forense.

—Venga, luego me cuentas —lo animó dándole un golpe en el hombro.

—Por cierto, por cierto —dijo sin detenerse—. Tenemos visita.

—¿Visita?

Dani Navarro se giró y levantó ambos brazos al tiempo que componía una mueca circense.

—¡Sorpresa!

—Estoy yo para sorpresitas —musitó mientras buscaba en la agenda el teléfono del subinspector.

Apagado. Mal rollo.

Justo en ese momento apareció «Alto a la Guardia Civil» en la pantalla.

—Joder, papá, ahora no —verbalizó.

Pero José María Robles de Castro, brigada retirado de la Benemérita, no era de los que se rendía fácilmente, por lo que Sara decidió que le convenía atender su llamada antes de que le estuviera sonando el teléfono durante todo el día.

—Papá, me pillas fatal —contestó.

—Me imagino. Ya he leído las noticias y entiendo que estarás con el agua hasta el cuello. Solo quería asegurarme de que estás bien.

—Todo lo bien que se puede estar.

—Vale, hija, pues nada. Es que como el domingo no me llamaste ni ayer tampoco...

Ella arrugó la frente.

—Para saber qué fecha fue el domingo debería saber qué día es hoy, y lo cierto es que... —Un fogonazo—. ¡Se me pasó por completo, joder! Lo siento. Justo el domingo fue lo del museo y estuve todo el día liada. Y el lunes igual. Lo siento mucho, papá, de verdad.

—No pasa nada. A mí se me olvidaba casi siempre el aniversario de boda y no veas los cabreos que se agarraba tu madre.

—No es lo mismo. Es que no sé ni dónde tengo la cabeza. Lo siento, lo siento, lo siento —repitió angustiada.

Dos uniformados que pasaron a su lado se le quedaron mirando sin disimulo.

—Ni te pregunto si vas a subir a Jaca para celebrarlo juntos —continuó él.

—Imposible. Me espera una temporadita horrible, pero en cuanto tenga un momento para respirar te prometo que agarro el coche y me planto allí.

—Vale, hija, tranquila. Por aquí estaremos. O eso espero, porque la semana pasada se murió José Ramón. ¿Te acuerdas de José Ramón, verdad?

—¿Tu compañero?

—Sí, veintiún años, casi nada —dijo con la voz quebradiza—. No quise llamarte para no molestarte.

—Joder, papá, puedes llamarme cuando quieras. ¿Cómo fue?

—Ataque al corazón. Le pilló en casa. Fulminante. Tenía un año menos que yo, ¿sabías?

—No, no sabía. Pues lo siento —repitió.

—Le dio un martes y, fíjate, el sábado estuvimos juntos echando la partida y me contó que se había hecho una revisión de todo y que estaba como un roble. Ya ves, el pobre Joserra. Como un roble, decía. Un día estás y al siguiente..., pum, al hoyo.

—No digas eso.

—Sí, hija, sí. Esto es así. Pero no quiero molestarte más, que bastante tienes con lo tuyo. Llámame cuando puedas, anda.

—Vale, papá. Un beso y felicidades atrasadas.

—Otro.

Sara Robles dejó pasar unos segundos para intentar contener eso que se estaba agolpando en sus sienes.

—Asco de mañana, asco de día, asco de semana... ¡Asco de todo! —gruñó entre dientes.

Acto seguido se refugió en el baño y se mojó la cara y la nuca. Por suerte no había nadie a quien dar explicaciones.

—Eres un auténtico desastre —le dijo a su reflejo.

Aún invirtió unos minutos más en salir hasta que estuvo segura de que había recobrado el control. Le ayudó repasar su listado de tareas, y en primer lugar figuraba llamar al juzgado para tratar de agilizar todas las peticiones en curso. Se disponía a ello cuando la agente Montes se encargó de impedírselo.

—Herranz-Alfageme ha venido a buscarte. Ha dicho que en cuanto llegues vayas a verlo. Y ha puesto especial énfasis en el «en cuanto».

Una sonrisa difícil de interpretar se fue adueñando de las facciones de la agente Montes.

—¿Y ahora qué coño pasa?

—Es mejor que lo averigües tú misma.

—No me lo puedo creer, de verdad. De verdad que no.

La inspectora dejó caer sus cosas sobre la mesa y, visiblemente malhumorada, se dirigió al despacho del comisario a paso de legionario. Golpeó la puerta con los nudillos y la abrió sin esperar a que la invitaran a entrar.

Estaba de espaldas, pero no le hizo falta que se diera la vuelta para reconocerlo.

Aceleración del ritmo cardíaco.

Respiración entrecortada.

Flojera de piernas.

Parking exterior del centro comercial Vallsur

—¡Eso nun va asoceder te digo, ho! —le había gritado Rai al Espantapájaros cinco minutos antes de abatir a Samir Qabbani.

Necesitaba vomitar. Atenazado por los nervios en la parte trasera de la furgoneta, Rai trataba de hacer suyos los argumentos de Van der Dyke.

Era su única salida.

¿Cómo había llegado hasta allí? Hasta hacía muy poco tiempo solo era un minero en paro a quien se le hacían eternas las semanas esperando a que lo llamaran de algún sitio para trabajar. Y ahora, en vez de sostener un martillo neumático, tenía una pistola en sus manos, cargada y con el seguro quitado, dispuesto a disparar a un tipo al que, supuestamente, le habían encargado matarlo. En realidad, la cosa era bien sencilla: cuando se abriera la puerta corredera solo tenía que sujetar la pistola con ambas manos, apuntar y apretar el gatillo dos veces. Y ya. Visualizar la escena provocaba que cientos de agujas se clavaran en su estómago. Le faltaba el aire. Apuntar y apretar el gatillo dos veces. Sin más. Cualquiera era capaz de hacerlo. ¿Cualquiera? ¿Y si se quedaba paralizado justo en ese momento? ¿Y si al mirar a los ojos a ese desconocido se activaba un mecanismo interno que le impidiera disparar? Igual la solución pasaba por no mirarlo a los ojos. Tan sencillo como eso. Apuntar al pecho y pegarle dos tiros. Era su vida lo que estaba en juego y el premio era suculento. Con todo ese dinero ya no tendría que preocuparse nunca más de recibir una llamada de alguien ofreciéndole un contrato basura, de trabajar doce horas en una estrecha galería mientras se le ennegrecían los pulmones, hipotecando su futuro. Dos tiros y ya. Dos tiros y a vivir. Cerca del mar, eso sí. Donde calentara el sol y los días de lluvia fueran noticia. Donde las mujeres de piel morena sonrieran por defecto.

Arena fina.

La brisa marina acariciando su cara.

El opalino reflejo de la luna rompiendo en dos el horizonte.

—¡Atento! ¡Viene un coche! —le advirtió Van der Dyke.

Entumecimiento absoluto.

Rai deseaba con todas sus fuerzas que no se tratara de él. Que no apareciera. Que no tuviera que apuntar y apretar el gatillo dos veces. No tener que convertirse en un asesino.

—¡Es él! —le confirmó.

Miles de agujas.

Temblores.

Agarrotamiento.

El corazón palpitándole en la garganta.

Respiraba por la boca como un pez fuera del agua mientras oía voces fuera. Un intercambio de palabras que su aturullado cerebro era incapaz de procesar. Sin darse cuenta, había cambiado de postura. Rodilla en tierra, brazos extendidos, agarrando el arma con las dos manos y toda su atención puesta en la puerta corredera. En tales circunstancias la voz de José Antonio García Lesmes, el hombre que conoció en la Rosaleda, se coló en su mente.

«Y no se meta en ninguna prisión de la que no pueda salir, visible o invisible» —la frase, convertida ya en una verdad inveterada en su código genético, le llegaba con meses de retraso. Ahora de lo único que tenía que preocuparse era de sobrevivir. Apuntar y disparar dos veces. Arena fina. No mirarlo a los ojos. La brisa marina acariciando su cara. Dos tiros y ya. El opalino reflejo de la luna rompiendo en dos el horizonte.

—¡Por supuesto! ¡Acompáñeme! —escuchó decir al Espantapájaros.

Todo se volvió borroso. Todo, excepto un pequeño rectángulo que correspondía al mecanismo interno de la manija de apertura. Justo ahí se produciría la primera señal.

Silencio absoluto.

Lo siguiente lo registró a cámara lenta. Era como si toda su existencia confluyera en ese instante, como si se hubiera preparado toda la vida para afrontar ese momento, como si se tratara de algo rutinario carente de mérito, vacío de contenido. Cuando regresó a un estado de conciencia semirracional, Rai tenía los ojos clavados en los del hombre que acababa de abatir y que se retorcía en el suelo con la boca muy abierta. Gritaba, pero sus oídos no recogían sonido alguno; se movía, pero su parte analítica no estaba preparada para anticiparse a lo que estaba a punto de suceder.

Y lo que sucedió fue que Samir Qabbani, desde el suelo, levantó su pistola y efectuó cinco disparos. Los dos primeros proyectiles del calibre cincuenta Action Express impactaron en la chapa del vehículo abriendo dos boquetes de trece milímetros de diámetro. Los dos siguientes atravesaron la zona abdominal del asturiano, uno en el colon descendente y el otro en el cuerpo gástrico del estómago, dejando sendos orificios de salida para terminar alojados en la parte posterior del asiento del copiloto. El quinto, caprichoso, se detuvo al encontrarse con la densidad ósea de la cadera, seccionando en su camino la arteria ilíaca externa.

Sometido por las leyes dictatoriales de la anatomía, Raimundo Trapiello Díaz, minero de profesión devenido en ladrón ocasional de museos, no tuvo otra opción que dejarse vencer por la gravedad, desplomándose cual títere sin hilos hasta topar con el contrachapado que revestía el suelo de la furgoneta.

Arena fina.

La brisa marina acariciando su cara.

El opalino reflejo de la luna rompiendo en dos el horizonte.

Comisaría de distrito de las Delicias

Veía cómo se le movían los labios al comisario Herranz-Alfageme, pero, en algún momento difícil de detectar, las palabras perdían su sonoridad para llegar del todo vacías hasta los oídos de la inspectora Robles. Ignorante del contenido de la conversación que se estaba produciendo en ese despacho y con el propósito de ocultar la turbación que se había apoderado de ella, se esforzaba por sostener una expresión neutra que no denotara desinterés. Sin saber muy bien cuándo, había tomado asiento, cruzado las piernas y apoyado la espalda en el respaldo aparentando estar cómoda al tiempo que asentía con un movimiento mecánico y repetitivo de su cabeza. Para lo que estaba del todo incapacitada, ni siquiera en modo posibilidad remota aunque fuera transitoria, era para girar el cuello y mirarlo directamente.

Le ocurrió algo parecido aquel aburrido domingo de otoño que, sin necesidad de despedidas, pusieron punto final a su relación; aquel último domingo de otoño aburrido que, sin cruzar palabra, Sancho y ella se dijeron adiós.

—¿No es así, Sara? —le preguntó el comisario para refrendar que la puesta al día que acababa de hacer con respecto a la investigación era correcta.

—Así es —respondió ella por responder.

—Pues entonces te toca a ti —le dijo Copito a Sancho— explicarnos a qué debemos tu presencia, porque el comunicado de la OCN de la Interpol en Madrid no especifica nada de nada.

—Sí, me lo creo. Azubuike Makila es muy amigo de alimentar el misterio.

El pelirrojo sacó su portátil de la funda protectora y lo colocó sobre la mesa orientando la pantalla hacia sus excompañeros.

—Este pájaro es Vladimir Kumarin, jefazo máximo de la Tambovskaya Bratvá, un grupo perteneciente a la mafia rusa que es originario del óblast de Tambov, cerca de San Petersburgo.

Ojos diminutos y negros en medio de una cabeza esférica, labios finos bajo un bigote bien perfilado y mentón prognático que le otorgaba un aire tosco muy oportuno.

—Estas son fotos más actuales. Tiene sesenta y tres años y en marzo de este año ha vuelto a ingresar en prisión tras probarse su pertenencia a organización criminal. Por resumir su historial, habría que decir que a principios de los noventa se aliaron con otros tipos para borrar del mapa a la *bratvá*, que partía el bacalao en toda esa zona. Lo hicieron como se hacen las cosas por allí: a tiros, y cuando lo lograron se enfrentaron entre ellos resultando como vencedores los chicos de la *Tambovskaya*. Durante uno de estos enfrentamientos Kumarin salió bastante mal parado, superando varias heridas feas de bala que lo dejaron un mes en coma y con un brazo menos: el derecho —concretó—. Pero ya se sabe que bicho malo nunca muere. El tipo siempre se ha manejado bien en la política y contaba con buenos contactos, gracias a los cuales llegó a la junta directiva de la Petersburg Fuel Company, una de las petroleras más importantes del país. Aunque no se ha podido probar, se sabe que tiene línea directa con el Servicio Federal de Seguridad y, si es necesario, con Putin.

—Qué suerte la suya —comentó Copito.

—Sus rublos le costará. Sigo. Tradicionalmente estos tipos se han dedicado al blanqueo de capitales a partir de un entramado de respetables empresas que controlan desde dentro. En Rusia hay muchos nuevos ricos cuyos patrimonios son, digámoslo así, poco transparentes. Clientes, clientes y más clientes. No obstante, al estar vinculados con la delincuencia organizada, se involucran en otros negocios como el tráfico de armas, narcotráfico y la prostitución. Y aquí es donde entramos nosotros. ¿Hasta el momento está todo claro?

Sara asintió a la vez que se percataba de que, antes o después, tendría que manifestarse, *ergo,* abrir la boca, *ergo,* verbalizar. Y si eso sucedía, lo lógico es que se dirigiera a ambos, lo cual incluía a Sancho.

—Bien. Hasta hace no mucho tiempo, el Grupo Estratégico contra el Tráfico de Personas —prosiguió traduciendo del inglés— se dedicaba fundamentalmente a prestar soporte a las distintas policías de los países miembros, sobre todo en el terreno de la inteligencia y la información. Sin embargo, desde que el inspector general Makila está al mando, se ha convertido en una unidad más operativa, en coordinación, eso sí, con las autoridades que correspondan. Para ello incorporaron a personas como yo, y, contando con los últimos fichajes, somos ya veinte. A la Tambovskaya Bratvá los tenemos en el punto de mira desde el 2004, principalmente en Alemania, donde incluso llegaron a detenerlo e interrogarlo sin sacar nada de provecho. Al parecer se precipitaron. En el ámbito de la prostitución, la manera de trabajar de la mafia rusa consiste en captar jóvenes con escasos recursos, de modo recurrente en las zonas rurales de su país, pero también de países de la antigua Unión Soviética, Rumanía y Bulgaria; allí las engañan con fabulosos contratos de trabajo en territorios de la Unión Europea y una vez en destino las obligan a prostituirse hasta pagar una deuda que resulta ser eterna. En España las colocan en prostíbulos de Levante, islas Baleares, Canarias, y, cómo no, de la Costa del Sol. Dependiendo de la suerte que tengan, las tratan mal o peor. Me ahorro los detalles.

—Mejor —juzgó Herranz-Alfageme.

—En la parte que me toca, el sur de Europa, los rusos se organizan entregando distintas zonas a nuevos *vory v zakone*, quienes se hacen responsables de los distintos negocios de la matriz casi de forma independiente con el propósito de que si cae alguno de ellos, no arrastre al resto de la organización. En la Costa del Sol, y ya me estoy acercando al lío, el tema ha ido cambiado de manos. Si la UDYCO desmantelaba una red, como ocurrió tras la Operación Troika y la Operación Avispa, que dejó muy tocados a los ucranianos, otros ocupaban rápidamente su lugar, pero después de la Operación Kus del año pasado, en la que detuvieron a ciento veintinueve personas, la Tambovskaya Bratvá se hizo con el control contra todo pronóstico y Kumarin puso al frente a este otro tipo: Nikita Chikalkin —les mostró.

—Tiene una cara de ruso que no puede con ella —se atrevió a decir Sara Robles sin quitar la vista de la pantalla por si se topaba con la del pelirrojo.

—Tal cual —convino Sancho—. A este no lo teníamos controlado, por lo que creemos que se trata de un mando intermedio que debía de conocer la zona y que, o bien se ha ganado el puesto por méritos propios, o bien le ha caído un marrón al que no puede decir que no. Vive en Benalmádena, lo cual no es habitual, ya que casi todos los que operan en la

Costa del Sol lo hacen desde sus mansiones de Marbella, pero esto no es lo único que se sale de la norma. Sus hombres no provienen en exclusiva de la zona de San Petersburgo, ni siquiera de la Madre Rusia. Tiene trabajando para él a varios árabes, la mayoría del Líbano, no me preguntéis por qué, pero es gente experimentada. Gente chunga con experiencia militar, casi todos de la Legión Extranjera. Su mano derecha es Samir Qabbani, un tipo que la gente de la UDYCO considera extremadamente peligroso. Se sabe que tiene varios delitos de sangre, pero no se ha podido probar ninguno hasta la fecha. Gracias a él, Chikalkin ha logrado mantener a raya a los demás grupos afincados en la zona, estabilizar el negocio y, por consiguiente, pensar a lo grande.

—Error —se anticipó con acierto el comisario.

—Enorme —calificó Sancho—. Porque en estas organizaciones lo de ser el niño en la comunión, la novia en la boda y el muerto en el entierro, como que no. Bueno, lo último, si te pasas de listo, es más que probable —añadió sin pretender hacer un chiste—. En concreto, lo que pretende Chikalkin es hacerse con parte del creciente mercado de estupefacientes del norte de África. Las deslealtades de este tipo son poco habituales entre los rusos, pero, claro, cuando el de arriba pasa por momentos difíciles, como es el caso de Kumarin, a algunos les crecen las uñas.

Sara, que rehuía el contacto visual con el de la Interpol, seguía buscando el instante propicio para intervenir.

—Abrevio. A principios de este año, el elevado ritmo de vida de Chikalkin, coches de lujo, joyas, casas, etcétera, llamó la atención de la Fiscalía Anticorrupción y, gracias a ello, la UDYCO lo tiene intervenido desde el mes de abril. Según nos cuentan, podrían haberlo detenido ya por algún delito de tipo económico, pero, tirando de persuasión, hemos conseguido convencerlos para que nos den más tiempo y poder probar su vinculación con Kumarin, y la de este con otros jefes de la mafia rusa. Estábamos convencidos de que la conexión nos iba a traer bastantes alegrías, pero nunca imaginamos que se fuera a meter en algo tan específico como el robo de obras de arte.

—Chimpún —verbalizó Sara casi al mismo tiempo que se arrepentía de haberlo hecho. Sancho se rio y quizá fuera eso lo que animó a la inspectora a mirarlo directamente por primera vez.

Rubor.

—Agarraos, que vienen curvas —prosiguió el pelirrojo—. El domingo por la noche alguien le envió a Chikalkin estas bonitas fotos por email. Es curioso, porque estos tipos saben cómo protegerse y utilizan móviles encriptados muy difíciles de rastrear, pero a veces se olvidan de que también les leemos el correo electrónico, entre otras cosas.

Sancho cambió de carpeta y ejecutó el archivo. La primera era de la talla robada, la segunda la protagonizaba un tipo muy muerto en una zanja.

—Lo hemos identificado y se trata de Émile Qabbani, primo de Samir, que llevaba un tiempecito trabajando con ellos en asuntos menores. Dadas las circunstancias, nos hemos movido muy muy rápido para triangular la IP con la compañía de telecomunicaciones y aquí es donde nos hemos encontrado con la sorpresa: Valladolid.

Copito, increíblemente, perdió una tonalidad facial más.

—¿Me estás contando que tenemos un fiambre por ahí pendiente de encontrar?

—Eso me temo.

El comisario miró a Sara Robles.

—Lo que nos faltaba.

—Cuando el asunto le ha llegado a Makila —retomó el de la Interpol— y ha sabido del atraco al Museo Nacional de Escultura, los muertos y demás, me ha regalado un vuelo a Madrid. Supongo que no tenía a otro oriundo de la zona al que endosárselo...

—Bueno, pues qué quieres que te diga, me alegro de que seas tú. Prefiero un cabezota conocido que un estirado por conocer.

—Gracias, hombre, gracias.

—Verás qué risa en cuanto le dé las buenas nuevas al comisario provincial y este al subdelegado. Bueno, nosotros a lo nuestro y que salga el sol por Antequera. Aclárame algo, Sancho: ¿qué papel va a desempeñar la UDYCO en este embrollo? Porque como tengamos que coordinarnos también con Dirección General de la Policía, esto se va a convertir en una orgía de placas y rangos imposible de organizar.

—De momento, ninguno. Ellos tienen competencias a nivel transnacional para perseguir el crimen organizado, pero como este expediente lo estamos siguiendo nosotros, lo único que nos piden es que los mantengamos informados de manera puntual. A mí, en concreto, lo que me han encargado es que siga la investigación desde el terreno, porque como le podamos enchufar esos cadáveres a Chikalkin seguro que se le afloja la lealtad y se le engrasa la lengua.

Asentía el comisario cuando le sonó el teléfono.

—¿Le has dicho que suba a mi despacho? De acuerdo, gracias.

—Te tengo que presentar a la persona que han enviado de la Brigada de Patrimonio Histórico para recuperar, o intentarlo, la pieza robada: *El nosequé de nosequién* —etiquetó.

—*El martirio de san Sebastián,* de Berruguete —completó ella, más suelta—. Resulta que tiene mucho valor y que el motivo del robo podría tener que ver con la necesidad de avalar o financiar otra operación.

—Sí, en el este de Europa es más frecuente de lo que parece. Hasta donde sé y por lo que me ha contado el comisario, tiene pinta de que se les ha ido de las manos y ahora Chikalkin tiene que arreglarlo como sea. Y rapidito, para que no se enteren en Moscú. Así que se ha puesto en marcha cagando leches y relajando mucho las precauciones porque hasta ahora la UDYCO no le había trincado en ninguna conversación telefónica comprometida. Y esta lo es, vaya si lo es. Entendemos que la mantiene con la persona que le envió las fotos y, como comprobaréis cuando os la pase, negocian un acuerdo para tratar de solucionarlo todo. Chikalkin dice que enviará a una persona de su confianza a Valladolid y, si esa persona es Samir Qabbani, las cosas se van a poner muy feas.

—¡Pues qué alegría me das! Fantástico, oye —dijo Sara Robles.

—Aunque también, si jugamos bien nuestras cartas, podemos matar dos pájaros de un tiro.

Los mismos golpes que pájaros sonaron tras la puerta precediendo la entrada de Mauro Craviotto. Ramiro Sancho se giró y se levantó casi en el mismo movimiento.

—¡Bueno, bueno, bueno! ¡Pues ya estamos todos! —exclamó el pelirrojo.

—¡Coño, Sancho, qué sorpresa! ¿Cómo te trata la vida?

—Hace tiempo que no nos hablamos —respondió este.

Intercambio de varoniles palmadas en la espalda.

Sara Robles, ojos muy abiertos —casi tanto como la boca—, no daba crédito a la inagotable corriente de mala fortuna que amenazaba con arrastrarla hasta el fondo de un abismo cada vez más profundo y oscuro.

—¿Os conocéis? —quiso saber Herranz-Alfageme.

—Ha pasado varias veces por Lyon dando la chapa con sus movidas y, como por allí vienen pocos compatriotas, no me ha quedado más remedio que darle cuartelillo. Cuando el comisario ha mencionado que habían enviado a alguien de patrimonio no pensé que se tratara del *number one* de la brigada. ¿Tan importante es lo que se han llevado?

—Bastante, por desgracia, pero paso de explicártelo porque no lo vas a entender.

—Mejor, así me ahorro tu aburrida clase magistral de Historia del Arte.

Craviotto intercambió un gesto cordial con Sara Robles, le estrechó la mano al comisario y tomó asiento con extrema parsimonia.

—No quiero que nadie se sienta ofendido ni nada parecido —retomó Copito—, pero antes de que os pongáis a trabajar, quiero dejar muy claro que la persona que dirige el cotarro es la inspectora Robles. No quiero malentendidos ni historias extrañas entre los tres.

«Historias extrañas entre los tres», repitió mentalmente ella.

—Y, por favor, controlemos toda la información para que no caiga algo sensible en manos de quien no tiene que caer, ¿estamos? ¡Joder con el telefonito! —protestó, airado—. Dime —Pausa—. ¡No me jodas! Gracias, ahora le doy el aviso.

Herranz-Alfageme colgó enérgicamente.

—La centralita del 112 está que arde. Han llamado varias personas diciendo que han escuchado disparos en Vallsur.

Y no le hizo falta malgastar más saliva.

Parking exterior del centro comercial Vallsur

Tinus van der Dyke hacía honor a la cualidad estática inherente a su sobrenombre.

Ahora bien, espantar no espantaba a nadie.

Incrédulo, se comportaba como si la escena que acababa de producirse no fuera cierta por no estar escrita en su guion. Lo había planificado al detalle. Tenían una sola oportunidad y, a la vista de las circunstancias y sin necesidad de ser demasiado objetivo, no la habían aprovechado. Inconcebible en su mundo de uno más uno suman siempre dos. No podía ser de otra manera. Rai había hecho exactamente lo que él le había dicho que hiciera: había intervenido en cuanto él abrió la puerta lateral, había apuntado al pecho y disparado dos veces. Hasta ahí todo correcto, pero... ¿Cómo era posible que, habiendo recibido dos balazos, Samir Qabbani siguiera capacitado para utilizar su arma?

Tamaña era la incógnita que, quizá por imposible de resolver, quizá por imprevista, le había hipotecado su capacidad de reacción mientras el libanés apretaba el gatillo hasta en cinco ocasiones. Desde su posición no podía saber qué suerte había corrido su compañero, pero intuía que no muy buena. Fue su instinto de supervivencia, al advertir que esta —su supervivencia— corría serio peligro, el que se impuso a la parálisis analítica y, de un modo tiránico, se puso al volante de un Fórmula Uno de la escudería krav magá. De nuevo la voz de Itay Geafi retumbó en su cabeza: «Si tienes que atacar, hazlo lo más rápido posible, lo más fuerte posible, lo más corto y lo más natural posible. Neutralizar, aturdir, definir. Neutralizar, aturdir, definir». Y desde la posición en la que se encontraba, lo más rápido, fuerte, corto y natural era aprovechar la desventaja del contrario, aún en el suelo, con la intención de desarmarlo usando el empeine del pie derecho. De inmediato y aprovechando la inercia del movimiento, golpearía con el talón en la mandíbula para causar una fractura o al menos una luxación del maxilar inferior. En función del resultado le aplicaría la técnica letal que mejor se ajustara a las circunstancias, casi seguro por algún tipo de sofocación mecánica.

La Desert Eagle completó un vuelo de tres metros y veinte centímetros antes de aterrizar y deslizarse otros sesenta y uno hasta que el rozamiento se opuso primero y se impuso después a la energía cinética que impulsaba la pistola. Lo siguiente consistía en aturdir, para lo cual se concentró en su objetivo con la idea de aunar contundencia y precisión. A continuación elevó la rodilla en perpendicular al plano horizontal para poder descargar el talón en la mandíbula con más fuerza. Sin embargo, antes de completar el golpe sabía que iba a fallar. Qabbani había detectado sus intenciones e iniciado la rotación sobre su espalda. Lo sorprendente era que no se trataba de un movimiento evasivo sino ofensivo, dado que con él pretendía impactar en su única pierna de apoyo y derribarlo. No lo podía evitar, pero sí prepararse para incorporarse aprovechando la caída. Tres décimas después de entrar en contacto con el cemento, Van der Dyke ya estaba sobre sus pies y había adoptado una cómoda posición defensiva desde donde contempló cómo lo hacía su oponente con similar rapidez y destreza. Qabbani se despojó de la cazadora de cuero despejando la incógnita acerca de su inmortalidad, ahora visible bajo una camiseta ajustada negra. Era evidente que sabía combatir cuerpo a cuerpo, y, por tanto, debía evaluar bien sus decisiones. Control y equilibrio. No encontró precipitación alguna en los enfurecidos ojos de su rival —inyectados de aviesas intenciones—, si bien detectó que algo a su espalda le había hecho desviar fugazmente la mirada: el arma. Asumiendo que la velocidad de desplazamiento no era su punto fuerte, el Espantapájaros descartó intentar alcanzarla antes que él y optó por impedir a toda costa que su rival se hiciera con ella. Cederle la iniciativa era lo más prudente.

Aullido de sirenas.

Distracción.

Oportunidad.

Acción.

Tinus van der Dyke se giró de forma súbita y recorrió la distancia que le separaba de la pistola moviendo sus piernas lo más rápido posible y exprimiendo al máximo la ventaja de haberse movido primero. Sabedor de que, por lógica, Qabbani lo iba a perseguir y nunca iba a anticiparse lo suficiente como para agacharse, cogerla y disparar, la pateó con la idea de alejarla en dirección opuesta a donde estaba la Ford Transit. No invirtió ni un solo instante en comprobar hasta dónde había logrado llegar en pos de subirse en la furgoneta, girar las llaves que estaban puestas en el contacto, meter primera y acelerar al máximo. Lo último que vio por el espejo retrovisor fue a Samir Qabbani intentando alcanzar su arma bajo un coche color rojo arrebol.

En ocasiones la suerte resulta esquiva, otras, decisiva.

Las ruedas chirriaban al descender el primer nivel de los dos que lo separaban de la calle. Se veía poca actividad en el parking, lo cual no dejaba de ser lo normal en un día de diario a las diez y pico de la mañana. Tenía que salir de allí antes de que llegara la policía y bloqueara las salidas. El día anterior había resuelto tomar la de la avenida de Zamora, por ser esta la vía menos transitada y por conectar con la avenida de Salamanca, una de las arterias principales de la ciudad. Delante de él, parado en el semáforo, un Audi Q3. Detrás, aunque no podía verlo, la amenaza de Qabbani. El sonido de la presencia policial crecía en intensidad, o eso le parecía mientras se desgranaban los segundos en una espera desesperante. Interminable. En cuanto se puso en verde se vio tentado a apremiar a la conductora a golpe de claxon para que se pusiera en marcha de una vez, pero se contuvo al detectar unos destellos rojos y azules que le robaron el aliento y las ganas de llamar la atención. Masticando su nerviosismo, se percató de que un caminante que parecía tener prisa se detenía repentinamente a su altura y se quedaba mirando a la furgoneta. Su expresión de extrañeza fue mutando hasta descomponerse en una mueca horrorizada propia de las películas de terror. Luego dio un paso atrás, como si pretendiera alejarse y se tapó la cara al tiempo que señalaba y vociferaba algo. Fue entonces cuando cayó en la cuenta.

No había cerrado la puerta corredera.

—*Nee, nee, nee, nee!* —repetía el adverbio de negación en afrikáner.

Solo tenía una opción: acelerar. Maniobró para sobrepasar el Q3 por su izquierda y giró en esa dirección con el único propósito de alejarse de allí. En el siguiente semáforo antes de incorporarse a la avenida de Zamora, tiró del freno de mano y descendió raudo para cerrar la puerta, y, sin tiempo para interesarse por el estado de Rai, se subió de nuevo y se conjuró para serenarse.

Lo urgente era encontrar un lugar donde abandonar un vehículo cuya descripción y probablemente matrícula estuvieran en breve en manos de la policía. Pero ¿qué pasaba con el minero? Si aún estaba vivo, debía llevarlo a un hospital. Qué menos que dejarlo en la puerta, aunque, bien pensado, resultaba muy arriesgado. ¿Quién le aseguraba que si sobrevivía no terminaría contando lo que sabía a la policía? Era doloroso comprobar cómo, en un abrir y cerrar de ojos, todo había adquirido una tonalidad pardusca demasiado sombría. De nada valía engañarse, la situación no podía ser más crítica. Asumirlo fue lo que le hizo evitar el embudo del centro de la ciudad y continuar recto en dirección al barrio de Parquesol después de cruzar el puente de la Hispanidad. No había recorrido ni cien metros cuando vio que a su izquierda desaparecían las edificaciones dejando espacio al espacio diáfano.

Espacio sin espacio para la videovigilancia.

Rotonda, cambio de sentido y camino de tierra. No necesitaba adentrarse en aquel descampado, por lo que detuvo la furgoneta junto a dos solitarios árboles entre los que quiso vislumbrar algo de intimidad. Apagó el motor y se apeó cargado de malos presagios, augurios que se cumplieron al procesar el cuadro grotesco que se pintaba de un rojo intenso dentro de la zona de carga.

Brochazos por doquier.

Chorretones.

Y un moribundo de tez cerosa con la frente asperjada de sudor.

Raimundo Trapiello Díaz agonizaba boca arriba junto a la puerta. Respiraba con notable fatiga, emitiendo un estridente silbido como si el aire se estuviera escapando por otro sitio. Con sumo cuidado de no mancharse, Van der Dyke se acuclilló a su lado y le dedicó un breve reconocimiento visual. Los músculos faciales, contraídos, dejaban ver sus dientes teñidos de sangre. Tenía ambas manos sobre el pecho dando la sensación de haberse preparado para recibir a la muerte con distinguida dignidad. No hacía falta ser galeno para saber que no había nada que pudiera hacer por él, lo cual le generó una extraña sensación que basculaba entre el alivio y la pena.

Se iba a morir.

¡Se iba a morir!

Un arponazo le atravesó de parte a parte.

¡Se iba a morir llevándose consigo la ubicación de *El martirio de san Sebastián.*

Tenía que impedirlo como fuera.

—Rai, ¿me escuchas?

Un leve movimiento ocular acompañado de un tosido sanguinolento le obligó a ganar distancia.

—Siento mucho que no haya salido como esperábamos. Lo siento de veras. No pensé que ese cabrón fuera a llevar un maldito chaleco antibalas. No, no lo pensé. Y lo siento, créeme. Yo he conseguido escapar de milagro y la policía me pisa los talones. Tienes que decirme dónde la has escondido.

Un parpadeo que bien podría haber sido el último le hizo amasar cierto atisbo de esperanza.

—Vamos, Rai, tienes que hacer un esfuerzo o esa obra de arte se perderá para siempre.

Arena fina.

La brisa marina acariciando su cara.

El opalino reflejo de la luna rompiendo en dos el horizonte.

A modo de incentivo, el Espantapájaros le agarró una mano haciendo de tripas corazón al notar la viscosidad que se escapaba furtiva entre sus dedos. El asturiano tomó aire por la boca y, muy lentamente, fotograma a fotograma, levantó el dedo corazón de la otra. El esfuerzo agotó su escaso remanente de energía y todo el entorno empezó a difuminarse hasta hacerse invisible y fundirse en una tonalidad oscura y mate.

Oscura y mate como el carbón.

Tinus van der Dyke soltó la mano del finado y emitió un chasquido con la lengua. Buscó sin éxito una porción de tejido donde limpiarse el plasma sanguíneo antes de salir al exterior y frotarse con arena entre arcada y arcada. Cuando estimó que era suficiente, extrajo su teléfono móvil y seleccionó el que empezaba por seiscientos setenta y siete.

Ni siquiera esperó a escuchar su voz.

—Necesito que vengas a buscarme ahora mismo.

SEGUNDAS OPORTUNIDADES

Parking exterior del centro comercial Vallsur
Paseo de Zorrilla s/n. Valladolid
14 de mayo de 2019

El equipo de transmisión del zeta, cual *magazine* deportivo en las ondas, les había ido narrando los acontecimientos más destacados de la jornada durante el trayecto. Sobre las diez de la mañana varios testigos habían escuchado disparos en el parking exterior del centro comercial Vallsur. A las diez y once minutos se presentaban dos K y un coche patrulla. Tras recibir el permiso del coordinador de servicios para intervenir, se constataba que, efectivamente, había casquillos de bala en el suelo y un vehículo sospechoso. Algo más tarde llegaban más efectivos policiales y se procedía a asegurar la zona: control de accesos tanto a pie como en coche, inspección pormenorizada del centro comercial e identificación de las personas presentes. Un testigo afirmaba haber visto una furgoneta de carga, blanca, marca Ford, modelo Transit, y con matrícula 6174 HQJ, que llevaba la puerta lateral abierta con el cuerpo de un hombre en su interior y mucha sangre. De inmediato se procedía a ordenar la búsqueda del vehículo que, se entendía, no podía estar lejos.

Y hasta ahí.

Sara Robles al volante, Mauro Craviotto en el asiento de copiloto y en la parte trasera Ramiro Sancho. Al barbudo pelirrojo no le había quedado más remedio que repetirle al recién llegado lo mismo que le había contado a Herranz-Alfageme, pero en versión resumida de minuto y medio.

—Jo-der —evaluó este—. Mafia rusa, ¿eh? Pues se está quedando una tarde estupenda como para no salir de casa —comentó, jocoso.

Sancho, pensativo, dedicó unos instantes a contemplar el exterior a través de la ventanilla mientras avanzaban por el paseo de Zorrilla a todo lo que daba el Toyota Prius, luces y sirenas mediante. No respondía tanto a su interés por el paisaje urbano de la ciudad —no hacía tanto que había estado— como a la necesidad de hacer un breve balance de su reencuentro con Sara. La había notado nerviosa y distante, lo cual comprendía a la perfección dadas las circunstancias: su no demasiado extenso y sin embargo intenso pasado amoroso, el modo en el que se habían ido distanciando, la ruptura, y, sobre todo, el inesperado reencuentro justificaban su huidiza actitud cuando se vieron en el despacho del comisario. Podía haberla avisado de que lo enviaban a Valladolid, pero, entre la premura con la que se tomó la decisión y que no quiso darle demasiada trascendencia al hecho, prefirió que las cosas se desarrollaran de forma natural. Aunque muy natural no había sido la reacción de Sara, perpleja e incómoda, casi molesta, sin saber muy bien si darle un par de besos, un abrazo, o, como al final fue, estrecharle la mano con aséptica formalidad.

—Menudo festival —observó la inspectora al ver la nutrida presencia policial en los aledaños de Vallsur y las caras de los viandantes que trataban de alejarse de allí lo antes posible.

—Lógico, supongo que por aquí no se producen tiroteos a diario —intervino Craviotto.

—No muchos. No estamos tan acostumbrados como lo estáis en tu brigada, que vais recogiendo cadáveres cada cuarto de hora en las galerías de arte, iglesias, conventos y demás epicentros del crimen mundial.

Sancho contuvo la carcajada. Esa era la Sara que le había calado hondo. La de la lengua afilada, la de la sorna sutil pero directa, la que se defendía atacando y moría matando.

—¡Uhhh! Se palpa la tensión *in the air* —prosiguió Craviotto.

—La justa y necesaria —matizó ella en cuanto llegaban a su destino—. Ahí veo a Toño. Fijo que le ha tocado comerse el pastel. Voy a hablar con ellos, no me desordenéis demasiado el gallinero, por favor.

Aprovechando que Mauro Craviotto estaba atendiendo una llamada, Sancho se bajó del zeta y se introdujo las manos en los bolsillos como si fuera a dar un paseo por el Campo Grande. Como era lógico, cuando se anunciaba fiesta mayor con fuegos artificiales, los chalecos y las Franchi del .12 eran los complementos más buscados por los del uniforme azul. La gente de la Científica estaba preparándose para trabajar sobre una zona concreta que ya se habían encargado de acotar. Reconoció muchas caras, otras no, pero, queriendo o sin querer, por hache o por be, sus ojos se centraron en Sara, a quien encontró muy resuelta a la hora de recopilar información hablando con quienes tenía que hablar. También se fijó, reminiscencias de un pasado homínido, en lo bien que le sentaban los vaqueros por detrás.

—Sancho, Sanchito, Sanchete, ¿qué haces tú por aquí? —escuchó a su espalda.

Santiago Salcedo, inspector jefe de la policía Científica, le daba la bienvenida con un par de amistosos golpecitos en el hombro.

—De visita —contestó, escueto.

—Pero ¿de visita oficial o por placer?

—Volver a casa siempre es un inmenso placer, Salcedo. Ya sabes que os llevo muy dentro de mi corazón.

—Vale, lo pillo.

—Por aquí las cosas andan agitadas, ¿no?

—Demasiado. Todavía estamos trabajando con material recogido en el museo y ahora esto. Tengo a todo el personal trabajando a tope, pero no hacemos más que acumular y acumular.

—Vamos, lo habitual.

—Sí, pero va a peor.

—Lo que no mejora con el tiempo, con el tiempo empeora —sentenció.

—Desde luego.

—Y aquí, ¿qué? ¿Unos tiritos y ya?

—Por el momento y hasta que tengamos acceso a las grabaciones, sí. Pero, ojo, que los cinco casquillos son de gran calibre. A falta de comprobación, yo apostaría por un .44 Magnum o un .50. Mira, otro como tú, que considera que el tamaño sí importa.

—Importa siempre. Descartando revólveres, ¿qué hierros nos quedan?

—Eso mejor pregúntaselo a Peteira, que es el experto. Por cierto, ¿dónde anda?

—No lo he visto, debe de andar de médicos con los críos.

—Ya. Bueno. Yo sigo con lo mío. Me alegro de verte.

—Igualmente —se despidió Sancho.

Craviotto se acercó con el teléfono en alto.

—De Madrid, no me dejan respirar un minuto. Estamos *a full* con el visionado de las cámaras del museo. Necesitan que vea algo, así que tengo que volver a comisaría. ¿Se lo dices a Robles?

—Descuida.

—Esta noche, si te cuadra, podemos tomarnos un par —le propuso el de Patrimonio.

—Te llamo.

Ramiro Sancho volvió a buscar a Sara con la mirada. La halló a unos cincuenta metros, haciendo aspavientos que arrastraban disconformidad o frustración en medio de un grupo compuesto por: un tipo alto y cuellilargo embutido en un traje de dos piezas marrón que, de haber tenido bordado un entramado blanco, podría pasar por jirafa; a su lado, pero manteniendo un discreto segundo plano, una mujer menuda con gafas de pasta roja trataba de no intervenir en la conversación; dos uniformados en modo asentimiento perpetuo y que debían de ser de los primeros que llegaron al lugar y por último, y de brazos cruzados, un vigilante de seguridad al que su empresa le había proporcionado un uniforme dos tallas mayor o bien había perdido mucho peso en poco tiempo, pretendiendo ser partícipe de algo que le quedaba tan grande como su atuendo. Sara estaba cabreada. Principalmente con la falsa jirafa que, de haber tenido la opción de elegir, hubiera preferido estar mordisqueando hojas de acacia en alguna llanura del continente africano que lidiar con la inspectora. Poco más tarde, ella daba por amortizada la reunión y se dirigía hacia el coche a velocidad de despegue.

—¡Mierda, joder! —se lamentó.

—¿Qué pasa?

—Pasa que estos genios tenían el cuadro eléctrico que alimenta el circuito de cámaras exterior a la vista y accesible. Así que solo han tenido que cortar los cables y a funcionar. Como resulta que a veces tienen averías eléctricas, pensaron que esta era una más y que ya darían parte al día siguiente. No tenemos nada. Bueno, sí, tenemos otro marronazo cojonudo.

Sancho carraspeó.

—No tendremos imágenes, pero esto nos da qué pensar.

Ella le clavó sus enfurecidos ojos para que continuara hablando.

—Partamos de la suposición de que esto tiene que ver con el caso. Tiene pinta de tratarse del encuentro en el que pretendían llegar a un acuerdo, el que os mencionaba antes en comisaría. Si es así, diría que una de las partes no estaba por la labor y que pretendía quitarse de enmedio al de enfrente sin dejar huella. Por lo tanto, tuvo que pasar por aquí previamente para inspeccionar el lugar y para anular las cámaras, ¿no?

Sara inspiró por la nariz y soltó el aire por la boca antes de deshacer el camino al trote e ir al encuentro de la falsa jirafa. Cuando regresó, se subió al coche sin mediar palabra y esperó a que Sancho hiciera lo propio.

—Le he dicho al director del centro comercial que pida a la empresa las imágenes de estos dos días anteriores. Se nos van a quemar las pestañas de tanto estar pegados a la pantalla. Por cierto, ¿dónde está Craviotto?

—Me ha dicho que se habían puesto en contacto con él desde Madrid por algo relacionado con las imágenes del museo y que tenía que comprobarlo en comisaría. Parecía importante.

—Ya veremos —dijo con aire desconfiado.

—Le dijo el tuerto al ciego.

Muerte y destrucción.

Destrucción masiva.

Aniquilación total.

—¡¿Y tú no podías haberme avisado de que venías?! —estalló Sara—. ¡Me has hecho quedar como una auténtica imbécil delante del comisario! ¡¿Qué coño era, una sorpresita?!

Sancho aguantó el chaparrón como pudo, pero, sabiendo descifrar las nubes, dio por hecho que pronto aquello se convertiría en un fuerte aguacero.

—Makila me lo comunicó el lunes después de comer. Apenas si me ha dado tiempo a meter cuatro calzoncillos en la maleta y a subirme en un avión. Supuse que andarías con el agua al cuello como para recibir un mensajito que te desestabilizara.

—¡¿Sabes lo que me desestabiliza de verdad?!

Rayos y truenos. Tocaba ponerse a cubierto.

—¡Me desestabiliza que Herranz-Alfageme se haya dado cuenta de que tu presencia me desestabiliza! Es que te miro y me entran unas ganas de darte un puñetazo que...

—Pues, si te vas a quedar más tranquila..., adelante, no te cortes.

Lo recibió en el lado izquierdo, pero al desplazarle la mandíbula le dolió en el derecho, concretamente en la articulación temporomandibular, justo en el punto donde se conectan el maxilar inferior y el superior. Por suerte para Sancho, se cumplió la Segunda Ley de Newton y, al no contar con demasiado espacio dentro del habitáculo para transmitir fuerza en el impacto, la intensidad del puñetazo no fue excesiva. Por suerte para Sara, no se cumplió la Tercera Ley de Newton, que demuestra que toda acción provoca siempre una reacción igual y contraria, y el pelirrojo se limitó a gestionar el dolor con la mayor dignidad posible.

—Atención, unidades próximas a Vallsur —escucharon por el equipo de transmisión del zeta—. Se ha encontrado abandonada la Ford Transit, matrícula 6174 HQJ, en un descampado frente al edificio de la Televisión de Castilla y León.

—¡¿Y dónde coño está eso?! —se preguntó Sara Robles.

—Arranca de una vez, yo te guío.

Mutismo.

—¡Hay que joderse!

Camino Viejo de Simancas

Caminaba con aparente serenidad portando su bolsa de deporte negra con rayas blancas, marca Adidas, modelo retro. En su interior, el arsenal básico compuesto por una Desert Eagle del calibre 50 con acabado en cromo pulido, tan bella como concluyente; una Beretta 92F con munición subsónica de 9 mm Luger, compatible con supresor por si se requería actuar con sigilo; un revólver del .38 Smith & Wesson M637 SP de cañón corto, para llevarlo encima sin llamar la atención; pistola Táser X26, pensada para desempeños no letales; un machete de hoja recta de cuarenta y dos centímetros, dentada en la parte superior, ideal para amedrentar y ablandar férreas voluntades; dos cuchillos de combate modelo Storm, utilizados por la infantería de marina rusa y famosos por su magnífica versatilidad, de gran utilidad, por poner un ejemplo, para arrancar una cara; cuerdas, bridas, esposas y cinta adhesiva por no limitar la creatividad en el arte de la inmovilización; dos puños americanos de aluminio, ligeros pero contundentes; guantes anticorte de nitrilo, máscara facial protectora y pasamontañas ignífugo y transpirable; un chaleco antibalas con dos impactos a la altura del pecho; un BIC —Botiquín Individual de Combate—, cortesía de la Brigada de Infantería de Marina española, siempre socorrido, tanto o más que el juego de veinticinco ganzúas que incluía en uno de los bolsillos externos; cinco gramos de cocaína sin cortar, por si el cuerpo le pedía algún suplemento químico; un MacBook Pro de 15 pulgadas; un pasaporte falso de la República Francesa con *carte nationale d'identité* a juego y, finalmente, medio millón de euros que pensaba devolver de forma íntegra a Nikita Chikalkin antes de saldar cuentas con él.

Del mismo modo —con aparente serenidad—, Samir Qabbani había salido a pie del centro comercial en el que se había dejado emboscar como un principiante. Por pecar de arrogancia. No se fiaba del Espantapájaros, pero tampoco había tomado las precauciones pertinentes a excepción del chaleco, ni había dedicado el tiempo suficiente a pensar en los riesgos que asumía acudiendo a un encuentro sin poner condiciones.

Por ello, aunque aparentaba estar sereno, se consumía por dentro como parte del proceso de asunción de sus errores.

Napalm circulando por sus venas.

Cianuro navegando por sus arterias.

Estaba vivo solo gracias a su experiencia en combate. Se veía como un auténtico saco de mierda con ojos. Así llamaban los veteranos de la Legión Extranjera a los niñatos que aún no se habían desvirgado en alguna misión y se creían inmortales. Luego, al escuchar cómo silbaban los proyectiles por encima de sus cabezas o al explotarles cerca una granada de fragmentación, palidecían y se dejaban llevar por la incontinencia de heces hasta convertirse en un verdadero saco de mierda con ojos.

En ningún momento se le ocurrió pensar en que ese maldito cabrón quisiera jugársela de esa forma; mucho menos que contara con la ayuda de alguien. Le dijeron que el otro peón había muerto y él se lo tragó. Así, sin más. Y fue ese, precisamente, quien le disparó a bocajarro. Todavía acusaba los impactos de los proyectiles en el plexo solar cuando, tirando de instinto bélico, logró abatirlo. El excesivo retroceso de la Eagle y, sobre todo, su posición tan desfavorable, le hicieron perder precisión, pero estaba del todo seguro de que dos de los cinco habían sido certeros, y eso era un certificado de muerte garantizado. Encima tuvo la mala suerte de que su arma acabara bajo uno de los pocos coches que había en el parking, porque, de no ser así, al maldito Espantapájaros no le habría dado tiempo a escapar. Tuvo que tirar de temple para tomar decisiones acertadas cuando ya se escuchaban cerca las sirenas de la policía. No disponía de margen para cometer más errores de novato, por lo que anduvo presto para meterlo todo en la bolsa de deporte y salir de allí por la salida de emergencias.

Dieciséis minutos más tarde y con la misma aparente serenidad, Samir Qabbani cruzaba el Pisuerga por la pasarela peatonal que desembocaba en el barrio de Arturo Eyries. Apenas le hizo falta caminar dos calles para saber que ese era el lugar en el que menos iba a llamar la atención de la ciudad. Allí establecería su centro de operaciones.

Ese maldito cabrón había jugado bien sus cartas y, sin embargo, no había ganado ni una sola moneda. Él seguía teniendo el *joker*, solo tenía que esperar a que volvieran a repartir los naipes para conformar su jugada ganadora.

Y, entonces sí, arrancarle su repugnante cara.

Calle de Francisco Umbral

No hubo intercambio de palabras más allá de las escuetas indicaciones del pelirrojo para llegar al lugar, pero ambos podían palpar los pensamientos convertidos en extrañas pero reconocibles emociones que, vaporosas, intoxicaban la minúscula atmósfera que se veían obligados a compartir. El habitáculo parecía estrecharse con cada minuto que transcurría sin que ninguno se atreviera a abrir la boca y, estando al borde de la afasia sentimental, Sancho carraspeó enérgicamente y se pasó la lengua por los labios.

—Es allí —indicó.

Otro pequeño circo policial.

—Ya lo veo.

Descendieron al unísono y se solaparon los sonidos que emitieron las puertas al cerrar. En otras circunstancias Sancho habría hecho algún comentario jocoso al respecto, pero el dolor que aún sentía en la mandíbula era incompatible con cualquier tipo de ocurrencia graciosa, por lo que se limitó a seguir a cierta distancia los pasos de la inspectora.

Áxel Botello salió a su encuentro.

—Otro —anunció sin más preámbulos.

—¿Otro qué?

—Otro cliente para Villamil con el *exitus letalis* certificado.

La ocurrencia tenía que ver con lo que escribía el personal del 112 tras verificar la muerte del sujeto. Sara Robles se quitó el coletero, se masajeó la cabeza y se rehízo el peinado.

Dos veces.

—¿Toño no ha llegado? —preguntó Sara por el coordinador de servicios.

—No lo he visto.

—Estará al caer. Vamos avanzando mientras tanto.

—Es por el otro lado. Ahí dentro han tenido una jarana buena, pero de las buenas buenas. No os hago *spoiler*, pero os adelanto que en la cabina no he visto sangre, así que el tipo que está muerto en la parte de atrás no puede ser el mismo que condujo hasta aquí. ¡Qué pasa, Sancho! Ya me dijo Navarro que estabas por aquí.

Choque de puños.

—Luego hablamos.

—Que Seguridad Ciudadana precinte la zona y desaloje a esos curiosos. Y, por lo que más queráis, que de ahí —Sara trazó en el aire una línea horizontal— no pase ni Dios. Ni la Virgen. Y ni un solo santo. Y menos con una cámara. ¿No hay nadie de la Científica?

—Estarán en Vallsur. A mí el aviso me ha pillado de camino, por eso he llegado antes.

—Encárgate de que ninguno de esos —prosiguió señalando a cuatro uniformados— se marche sin que alguien les saque los moldes del calzado. Y tú igual.

—Entendido, jefa.

—Hay que preguntar en ese concesionario por si acaso han visto llegar la furgoneta o, mejor aún, por si han visto bajarse a alguien, que, aunque no parece que pase mucha gente por aquí, siempre hay un fulano con un perro que pasear. En el coche hay calzas. Ahora vuelvo.

—Está alterada de cojones —comentó Botello en voz queda.

—Sí, y no es para menos. Haz lo que te ha dicho, no echemos más sal en la herida.

—Venga, hablamos más tarde.

—Cuarto cadáver —observó la inspectora en voz alta a la vez que le daba los dos plásticos al pelirrojo—. Y nos queda otro por encontrar. Total cinco en tres días. Acabamos de estropear la tasa de criminalidad del año y la de homicidios *per secula seculorum*.

—Tranquila, todavía te queda margen para desbancar a Tijuana del top.

Sara elevó una ceja.

—Me tenías que haber avisado, joder.

Eran ciertas. Tanto la conclusión a la que había llegado Áxel Botello como su observación sobre la jarana. Una fragancia metálica y dulzona se había instaurado en aquel estrecho cubículo, aroma que ya había atraído a decenas de moscas que revoloteaban alteradas por el festín de nutrientes presentes en el plasma, esparcidos y listos para poner a prueba la capacidad de succión de sus trompas.

—Vehículo mixto con cristales tintados, ideal para cometer atracos —evaluó ella—. Zona de carga para transportar el material que luego dejaron atrás y transporte de personas. Cinco plazas. Sabemos que, como mínimo, intervinieron cuatro en el robo. Y supongo que tenían pensado usarla para salir zumbando de Valladolid. Algo sucedió en las alcantarillas y uno de los Qabbani, el que ahora está criando malvas —aclaró—, se cargó a un operario. Los otros escaparon e intentaron negociar con el ruso ese tuyo que te pone cachondo. La diplomacia falló y ya solo queda un atracador y el sicario que haya enviado tu colega de la «Tambosloquemierdasea» para limpiarlo todo.

—Coincido —comentó él.

A simple vista se observaban varias heridas de bala y, por cómo estaba repartida la sangre, se podía inferir que no había tenido una muerte instantánea, lo cual no dejaba de resultar extraño por tratarse de un calibre letal, como bien había apuntado Salcedo. Un calibre incompatible con el latido del corazón.

—¿Cuántos casquillos se han recogido en el parking? —preguntó ella.

—Cinco.

—Tres impactos él, el cuarto y el quinto —contó Sara señalando los dos agujeros que se veían en la chapa.

—Las gallinas que entran por las que salen —comentó Sancho—. Las heridas debieron de producirse en zonas no vitales, porque yo diría que ha muerto desangrado.

—Sí, estoy de acuerdo.

—Uhhh, pero ¿qué tenemos aquí? Mira, acércate —el inspector alumbraba con la linterna del móvil bajo la segunda fila de asientos.

Sancho le señaló un casquillo que no quiso tocar.

—Es más pequeño. Diría que 9 mm.

—Maravilloso. Lo mismo tenemos otro cadáver más por ahí y sin saberlo. No nos queda tanto para igualar a Tijuana.

—No creo. En el parking no han encontrado rastros de sangre. Y en el coche tampoco. Yo creo que a este le dio tiempo a disparar una vez, falló y el otro no.

—¿Y por qué piensas que él disparó primero? —le preguntó ella señalando el cuerpo sin vida.

—Porque después de recibir tres cartuchazos del .44 o el .50 te aseguro que no eres capaz de apretar el gatillo. Ni de pestañear. El organismo, aunque siga vivo, está anulado por completo. Al margen, y esto ya son conjeturas mías que saco a raíz de la transcripción, apostaría a que el fulano que conducía y este mengano son los que organizaron el encuentro. Llaman a Chikalkin y este envía a uno de sus hombres. Ellos le dicen dónde y cuándo y previamente anulan el circuito de cámaras. Si están acostumbrados a pegar palos a museos, no creo que hayan sudado mucho para lograrlo. Le preparan una emboscada, pero les sale mal. Sobre todo a este —le señaló—. El otro consigue salir quemando rueda, y esto no lo digo de coña, porque vi marcas de neumáticos en dirección a la rampa de salida y, como sabe que tiene que abandonar el vehículo cuanto antes en una zona no muy concurrida, conduce hasta aquí y «Agur, Ben Hur».

Sara puso los brazos en jarra y caviló durante unos instantes como si estuviera visualizando la narración del pelirrojo.

—¿Agur, Ben Hur? —repitió.

—O, «Hasta la vista, turista»; «Hasta luego, flan de huevo»; «Me piro, vampiro», *«Sayonara, baby»*... Elige la que prefieras, pero no me vuelvas a sacudir, por favor.

En la cara de la inspectora se bosquejó un amago de sonrisa. A continuación miró a su alrededor para cerciorarse de que nadie los estaba mirando y le acarició fugazmente la barba en el lugar donde minutos antes le había clavado sus nudillos.

—Perdona.

Su voz arrastraba algo más que una disculpa.

Sancho asintió y, notando el alumbramiento de un incómodo rubor, se giró oteando el horizonte.

—¿Hacia dónde irías huyendo a pie?

—No sé. Tú conoces Valladolid mejor que yo.

—Hacía arriba llegas a Parquesol, por allí está La Flecha —se giró— y si regresara por donde ha venido llegaría a Parque Alameda, porque no hay otra forma de cruzar el río. Bueno, sí, a nado. Joder, lo mismo quiere emular al Garfia.

—¿A quién?

—Un quinqui de la zona que junto a su hermano la liaron parda. Aquí en Valladolid fue muy sonado. Finales de los ochenta. El cabrón se cepilló a un municipal, a un guardia civil y a un hombre que estaba donde no tenía que estar. Se montó un cerco policial del copón bendito y lo terminaron trincando, se dice, semienterrado en un islote que está a la altura del Cuatro de Marzo. Hasta lo de Augusto, fue lo más sonado que se recuerda en la ciudad.

—De momento y, sin tener nada de nada, ya lo hemos superado.

—No te pillo.

Sara Robles soltó aire.

—Que no tenemos nada, Sancho. Nada —repitió separando las sílabas—. Solo muertos y tiros por las calles como en el Lejano Oeste. *El Norte de Castilla* mañana no va a tener páginas suficientes para contarlo todo: los funerales de los dos vigilantes de seguridad, el tiroteo en Vallsur, otro cadáver en una furgoneta... Con un poco de suerte, pero de la del enano, claro, antes de que termine el día aparece en la puerta del ayuntamiento el cadáver que falta: el del primito. Toma, Óscar Puente, un regalo. ¿Has oído hablar de la suerte del enano?

—Claro. Que fue a cagar y se cagó en la mano —completó—. Lo que me sorprende es escuchártelo decir a ti.

—Me lo explicó Matesanz hace unos días y, créeme, me persigue desde entonces.

—Venga ya, Sara. Tú nunca has creído en la suerte, ni en la buena ni en la mala.

—Sí, pero las cosas cambian. En realidad, todo cambia menos mi suerte. Cuando me pregunten..., ¿qué coño digo? Nada, porque no tengo nada que decir. A poner cara de póker y a tragar mierda a paladas. ¡Como el puto enano!

Sancho reprimió el impulso de intentar calmarla entre sus brazos.

—No perdamos el norte. Ellos siempre van por delante, eso es así, y si alguien decide tenderle una trampa a otro y freírle a tiros, poco podemos hacer nosotros. Ahora mismo lo principal es poner en marcha un dispositivo de búsqueda para dar con Samir Qabbani, que ya te digo yo que es el que tira de calibre tocho y el último atracador que va a pie. Hay que cortar cagando leches las carreteras y poner patas arriba las calles. No queda otra.

A Sara le sonó el móvil.

—Copito, fijo.

Se equivocaba.

Era Matesanz.

Su esposa, concretamente.

Y no tenía buenas noticias.

Al enano le llegaba la mierda hasta el codo.

Laguna de Duero (Valladolid)

El dominio y control de los hechos. Eso era lo único que importaba en ese momento. Los hechos no son interpretables ni variables, varían los efectos derivados de los hechos, pero estos en sí mismos son inmutables.

Los hechos.

Los hechos.

Los hechos.

Tinus van der Dyke tenía que conseguir aislarlos de forma individual. Ponderar. Filtrar y analizar antes de procesar. Considerar opciones, valorar las consecuencias y actuar.

Equilibrio.

Los hechos bien calibrados aportan equilibrio.

Y, en ese preciso instante, el hecho irrefutable era que su socio tenía razón.

—¿Qué ha cambiado? —le preguntó este.

—Nada en realidad —contestó él—. Estamos en el punto exacto donde habíamos previsto estar. Es verdad que la dimensión es distinta y que tenemos que extremar las precauciones, pero dentro de muy poco tiempo todo habrá terminado y los dos habremos cumplido con nuestro objetivo.

Nadie como él sabía qué palabras debía utilizar. Era como si tuviera una conexión directa con su cerebro y estuviera escuchando a la voz de su conciencia. Cuando lo conoció, experimentó una sensación similar a lo que le ocurría al entrenar con Itay Geafi, su maestro de krav magá.

—Han muerto cuatro personas que no tenían que morir.

—Eso dejó de estar bajo tu control en el mismo momento en el que cediste ante la imposición de Chikalkin.

—Relativizar las consecuencias no disminuye la responsabilidad de quien toma las decisiones.

—Sí, pero se trataba de una condición excluyente. Si no hubiéramos aceptado, no estaríamos donde estamos.

—De alguna forma, me siento culpable de las muertes de los señores Pixie y Dixie.

—Ellos sabían perfectamente que existían riesgos y los asumieron.

—Ninguno era consciente de hasta qué extremo.

—Eso no cambia nada. Tú mismo lo has dicho antes: Chikalkin decidió no repartir con nadie. Por eso se empeñó en incluir a ese idiota de gatillo fácil en el papel del señor Jinks. Según su hoja de ruta, tú ya deberías estar muerto.

Tinus van der Dyke soltó una carcajada nerviosa.

—¿De qué te ríes ahora? —quiso saber su socio.

—De que el hijo de perra lo quería todo y ahora no tiene nada que repartir porque no tengo la menor idea de dónde está *El martirio de san Sebastián.* Traté de averiguarlo antes de que muriera, pero Dixie no quiso decírmelo. Me caía bien ese cabrón.

—Eso ahora es del todo secundario. Que se ocupen ellos de encontrarla. Nosotros tenemos que centrarnos en lo nuestro y el que te sientas culpable nos perjudica. Nos desestabiliza y ahora no podemos perder el control. Aquí estás completamente a salvo. Tienes todo lo que necesitas y es imposible que Qabbani te encuentre. Y déjame que te diga algo más: no creo que tarden mucho en pillar a ese animal y, o mucho me equivoco, o se va a reunir muy pronto con su querido primo.

—Sí, es posible, pero Chikalkin seguirá persiguiendo mi sombra.

El otro compuso un mohín cómico.

—Eso no es cierto. Le va a caer tanta mierda encima que no va a saber si es de día o de noche. No hemos llegado exactamente por el camino que habíamos previsto, pero... ¿es o no es un hecho innegable que hemos llegado al punto en el que queríamos estar?

—Sí, lo es.

—¿Entonces? No tienen forma de llegar hasta ti. Ni la poli, ni Qabbani, ni Chikalkin. Solo tienes que esperar a que se vayan desarrollando los acontecimientos por el cauce natural. Dentro de poco nos estaremos riéndonos de todo esto en El Salvador. ¿Te recuerdo el artículo 6 del Tratado de Extradición con España?

—«Ambos países tendrán derecho a denegar la extradición de sus propios nacionales» —citó de memoria Van der Dyke.

—Está todo atado y bien atado, amigo. Mantengamos la calma, ¿de acuerdo?

—Ya estoy más tranquilo.

—Eso es lo que quería escuchar. Las Flores, El Tunco, Las Tunas, Los Cóbanos... —citó los nombres de las playas levantando dedos de las manos—. Te van a sobrar lugares paradisíacos donde gastar tus veinte millones de euros.

El Espantapájaros sonrió.

—Así me gusta. Ahora me tengo que ir. Limitemos al máximo las comunicaciones. Si algo se tuerce, cortamos; y si no tienes noticias mías, ya sabes cómo actuar.

—Sí, ya sé.

—Tú relájate, tu parte ya está hecha. Solo piensa en el artículo 6.

—Artículo 6 —repitió.

Polígono de Argales

Parada en el semáforo, oía pero no escuchaba la voz femenina que relataba en un boletín de noticias especial los hechos acaecidos en el centro comercial. En la cabeza de Sara Robles solo había espacio para las palabras que había pronunciado la mujer de Patricio Matesanz: «Parece que tiene algo feo que le afecta al sistema digestivo. Se queda ingresado hasta que nos den los resultados de una biopsia que se hizo hace tres semanas y de la cual no me había dicho nada de nada». Sonaba feo. La ambigüedad era lo peor, y más aún desde la distancia. Había valorado ir al Río Hortega para palpar la situación en persona, pero no disponía de tiempo material para visitas hospitalarias con lo que se le venía encima. Se sentía como si estuviera caminando sobre un lago congelado y la capa de hielo empezara a crujir bajo sus pies. No sabía si quedarse quieta, avanzar o retroceder, porque cualquier paso en falso podría resultar fatal. A su lado, expresándose en francés por teléfono, otro problema. Objetivamente tendría que estar contenta de poder contar con la colaboración de Sancho, y sin embargo, en ese momento, lejos de sentirlo como un salvavidas, lo percibía como una pesada roca engrilletada a su tobillo.

—No te preocupes demasiado por Matesanz, es un tipo duro de cojones —dijo la roca como si le estuviera leyendo los pensamientos.

—Tal y como están las cosas..., si algo es susceptible de empeorar, empeora.

—Tratemos de pensar en positivo —propuso con aroma conclusivo—. Me dicen que cuando lleguemos a comisaría tendremos un dosier completito completito de Samir Qabbani.

Sara se limitó a mover la cabeza.

—Es más peligroso que un barbero bizco con hipo —calificó el pelirrojo.

Silencio.

—Con esa chorrada pretendía arrancarte una sonrisa.

—No estoy yo para muchas bromas, Sancho.

—Ya veo, ya.

—Si ese cabrón se siente acorralado puede preparar un buen pifostio, y no sé si tenemos más sitio en el depósito de cadáveres. ¿Crees que habrá huido a pie?

—Del centro comercial sí, pero vete tú a saber qué habrá hecho luego. Tiempo ha tenido para trincar un coche y poner kilómetros de distancia. Aunque..., si tuviera que apostar, diría que está escondido por ahí. Este tipo de gente suele cumplir con los encargos que les hacen. Makila quiere que lo agarremos vivo, pero no sé yo. No tiene pinta de que se vaya a dejar poner las esposas ni que vaya a cantar *La Traviata* en una sala de interrogatorio, la verdad.

—No, no tiene pinta. Este maldito semáforo es eterno.

—Oye, no te he preguntado qué tal con Craviotto.

En cuanto la luz se puso en verde, la inspectora hizo sonar el claxon dos veces para que el vehículo de delante se pusiera en marcha.

—Me pone de los nervios que la gente vaya por ahí como de paseo. Momias.

Sancho no quiso mencionar que a la momia apenas le había dado tiempo a reaccionar.

—Y no sé a qué te refieres con ese «qué tal».

El pelirrojo frunció el ceño.

—Pues eso: que qué tal. Que si aporta o no aporta, si se comporta o no se comporta. Un «qué tal» en general.

—Bien, aunque aportar no ha aportado mucho de momento. Nos ha ilustrado perfilando al delincuente de obras de arte tipo y poco más. Lo han traído para recuperar la talla y, sinceramente, a mí me la trae un poco al pairo lo que ocurra con ella. Solo quiero dejar de encontrarme muertos por ahí y trincar a los dos que nos faltan.

—Sí, bueno, cada uno a lo suyo. Craviotto a la escultura, tú a los muertos y yo a Chikalkin. A mí me parece un tío majete y la verdad es que me alegra el día cuando viene por allí, porque llevo una vida monacal que da hasta pena.

Sara estuvo tentada de indagar más en profundidad, pero no quiso darle a entender que tenía intereses más allá de lo profesional. Aceleró para sobrepasar dos coches y cruzar el semáforo de Arca Real en ámbar tirando a rojo.

—Al colega le rula muy rápido el cerebro y la gente de la Interpol lo tiene en bastante buena consideración.

—No sabría decirte, todavía no me ha dado tiempo a labrarme una opinión sobre él. —«Pero sí a follármelo», pensó Sara en el momento que le vibraba el teléfono.

El nombre del mencionado, como si fuera a intervenir por alusiones, apareció en la pantalla.

—Dime —contestó.

—Tengo que enseñarte algo importante. ¿Vienes a comisaría?

—Tardo unos minutos. ¿De qué se trata?

—Creo que tenemos al tipo que le está ayudando desde dentro.

Bar La Parada. Barrio de Arturo Eyries

—Doña Teresa dice que sí, pero que más vale que tengas la gallina, que aquí no fiamos a *naide* —le informó el gitano de los dientes amarillos que olía a fogata.

Solo había necesitado dos cafés para saber a quién se tenía que dirigir. Funcionaba igual en todos los sitios. Alguien conocía a alguien que a su vez conocía a la persona que sabía quién manejaba el cotarro. Y allí, en aquel barrio, era doña Teresa. Samir Qabbani prefería tratar con hombres, estaba más acostumbrado, pero al final lo único que importaba era tener el dinero suficiente. Y él lo tenía.

Se lo había preguntado a un gitano gordo con la camisa desabrochada hasta el ombligo que se estaba fumando un puro sentado en un taburete de fuera. Le había dado cincuenta euros y quince minutos más tarde había regresado acompañado por un primo suyo que se hacía llamar Goyito. De talla menuda, pelo en pecho y palillo asomando por la comisura de la boca, le había sometido a un sofisticado interrogatorio de una pregunta: «Aquí se paga to por adelantao. ¿Tiés pa pagar o no tiés pa pagar?». Cincuenta euros menos después se había presentado el gitano de los dientes amarillos, también primo de los anteriores, que lo había examinado de los pies a la cabeza antes de confirmarle que sí, que doña Teresa le iba a buscar un sitio para alojarse, pero que llevara el dinero.

Los tres lo condujeron sin mediar palabra hasta una suerte de local en cuyo cartel se podía leer: Iglesia Evangélica Bautista. Dentro, sentada en un banco, lo esperaba una mujer enlutada, de tez cetrina surcada por profundas arrugas y rictus plenipotenciario de gran visir otomano. Tendría sesenta años, pero sería creíble que hubiera cumplido la centena. El gitano gordo y el que se hacía llamar Goyito se quedaron fuera mientras que el de los dientes amarillos que olía a fogata le indicó que se sentara en el banco de detrás. Luego se cruzó de brazos y se sorbió con vehemencia el contenido de sus fosas nasales para hacerle saber que ahí se quedaba.

—A ver, dime, ¿y tú de quién eres? —quiso saber ella.

—Eso no importa. Solo quiero un lugar donde parar.

—Ah, si no eres de nadie, entonces te llamaré Morito.

Samir sostenía su amuleto entre el índice y el pulgar.

—Morito está bien.

La gitana se estiró la falda y le miró directamente a los ojos.

—Tengo un piso aquí cerca. Un piso grande y está más o menos decente. Con muebles. Muebles antiguos, pero muebles. Era de una paya rara que murió hace años. Tiene tele, luz y agua. Frigo sí, lavadora también, pero no funciona. Tengo otro en el barrio de Las Viudas, pero por allí no les gustan los moros, sí me entiendes. Este te sale a cien por semana y por adelantado. Por la luz y el agua no se te cobra, pero si quieres el internet y más cosas, te las subvencionas tú. ¿Te conviene o no te conviene?

—Me conviene.

—Bien. Nada de pasar drogas ni subir putas. No me gustan las putas ni sus hijos. Abajo vive un sobrino mío, así que no montes fiestas porque ese está muy loco y te arranca la cabeza si le despiertas a los críos. Y su mujer es peor. Si necesitas llamar por teléfono, él tiene. Te cobra un euro o asín, pero te deja llamar. ¿Cuánto tiempo te vas a quedar por aquí?

—No lo sé. Un tiempo.

—Un tiempo, ¿eh? Si nos causas problemas, recuerda que siempre habrá uno de los nuestros vayas donde vayas. ¿Me se entiende o no me se entiende?

Samir hizo el ademán de sacar el dinero de la bolsa de deporte.

—No, a mí no. Dáselo a mi hijo —le indicó moviendo la cabeza.

—Otra cosa: es posible que necesite un coche.

—Díselo a él. Es un piltrafa, pero con dinero te consigue todo lo que necesites. Todo lo que necesites menos droga. Droga no, sí me entiendes.

—No necesito nada de eso.

—Mejor que mejor, Morito. Ale, con Dios.

El hijo le condujo al bloque de viviendas en el número 9 de la calle Ecuador. Antes de subir se detuvo ante un paredón de ladrillo donde había una pintada en letras negras mayúsculas que, en dos líneas, rezaba: «Muérete, vieja». Siguiendo la estela olorosa que iba dejando el gitano de los dientes amarillos, subió dos pisos y, mientras el otro introducía la llave en la cerradura de la puerta en la que destacaba una chapa de latón con la imagen del Sagrado Corazón de Jesús, miró en derredor. Las paredes del descansillo presentaban un color que había evolucionado desde el blanco roto al roto a secas, con algunas reminiscencias de blanco naturalmente envejecido. El suelo, por su parte, añoraba las caricias de una fregona como un preso en libertad condicional las de una mujer, pero nada de eso parecía importarle al nuevo inquilino.

—Dame lo mío.

Samir dejó la bolsa de deporte en el suelo, se arrodilló para abrir la cremallera y metió la mano en el sobre del dinero. Al incorporarse para entregárselo creyó ver un destello de codicia en los diminutos ojos de su nuevo casero.

—Aquí tienes. Necesito un coche. Te daré uno de estos cada semana que lo use —le dijo enseñándole otro billete de cien—, y cuando me largue de aquí te lo devuelvo.

—Te dejo uno de los míos. Un Kadett. Es muy fulero, pero anda. ¿Te conviene o no te conviene?

—Si arranca, sí.

—Pues apoquina —le indicó juntando los cuatro dedos con la palma.

El gitano de los dientes amarillos que olía a fogata se metió la mano en el bolsillo trasero y le dio la llave.

—Es rojo y está aparcado justo enfrente del bar.

—Lo he visto. Está hecho una mierda, pero me servirá.

—De chipé. Los lunes se paga. Te pasas por el portal 2 de la calle Guatemala, subes al primero, da igual la letra, y se lo das a mi señora. Si te retrasas te cobro más, lo que sea, pero más. ¿Estamos?

Qabbani tragó inquina al tiempo que asentía con la cabeza.

—Pues ale, con Dios —lo despachó repitiendo la fórmula materna.

En cuanto cerró la puerta echó un vistazo a la casa para verificar que aquello era una pocilga pero que le serviría si, como esperaba, resolvía pronto lo que tenía entre manos. Puso a cargar el teléfono móvil y abrió la aplicación que le había instalado Ayyan. Poco más tarde, tras realizar una lectura muy favorable del mapa, se le agigantaba una sonrisa en sus gruesos labios mientras se dejaba caer sobre un sofá monoplaza con orejeras. El efecto fuelle liberó partículas odoríferas de antaño que habían encontrado asilo en la gomaespuma del relleno y que arrastraban esos matices que deja la muerte cuando visita un lugar.

Y ese salón concretamente lo había visitado hacía unos años.

Comisaría de distrito de las Delicias

—Son cantidades pequeñas, de menos de mil euros, y casi siempre distintas pero redondas, ¿veis? Ingresos periódicos en efectivo en distintas sucursales de su banco. Desde el mes de marzo suman veinte mil cuatrocientos euritos, que no está mal.

—¿Cómo es posible que te hayan dado los listados tan rápido? —indagó la inspectora Robles acodada sobre la mesa que le habían cedido a Mauro Craviotto en las dependencias de la brigada.

Hablaban en voz queda por lo delicado del asunto, a pesar de que ninguno de los agentes que se encontraban haciendo gestiones varias les estaba prestando atención.

—Ya te dije que mi gente sabe moverse bien y que tenemos nuestros atajos, pero, además, aunque solicité los movimientos de cuentas de todos, puse especial énfasis en este y en el de los dos vigilantes que murieron. Nada reseñable en los suyos, por cierto.

—¿Sospechabas de él? —preguntó Sancho.

—No tenía motivos para ello, la verdad, pero si te pones en la piel de alguien que está planeando el robo de un museo cuyas medidas de seguridad son sólidas, ¿a por quién irías?

—A por el director de seguridad —respondió el pelirrojo.

—Joder con Velasco. No me parece alguien que se deje sobornar —comentó Sara.

—Seguro que le contaron que iba a ser entrar y salir, que nadie sufriría ningún daño y bla, bla, bla. Dinero fácil. Toma, treinta mil ahora y treinta mil en cuanto la vendamos —elucubró—. Luego, si quiere evitar problemas con Hacienda, lo declara como ganancias patrimoniales derivadas de apuestas *online*, por ejemplo, paga el treinta y siete por ciento y a correr. También podría quedarse una parte en efectivo para ir tirando. Vamos, que difícil no es.

—¿Y qué propones que hagamos ahora? —quiso saber ella.

—Guardarlo bajo llave. Hay que solicitar la intervención de su móvil, la línea de casa si tiene y ponerle cola, porque no sería descabellado pensar que siga en contacto con el tipo que nos falta por encontrar.

—Ni tampoco que haya intervenido en el tiroteo de Vallsur —sugirió Sara—. Velasco controla de circuitos de vigilancia. Podría haberse encargado de anular el del centro comercial.

—Podría —corroboró Craviotto—. Bien pensado.

—Ahora me viene a la cabeza que cuando estuvo aquí acompañando a la directora del museo estaba bastante nervioso. Sudaba.

Sancho se rascó la barba a dos manos.

—Me suena que Álvaro mantenía cierta relación con él, quizá sea bueno que se encargue él de escarbar en ese montón de mierda.

—Sí, conocerlo lo conoce, pero no sé hasta qué punto es bueno que esto trascienda aquí dentro. Le daré una vuelta.

—Tengo más buenas noticias —prosiguió Mauro Craviotto—. Uno de los míos, Rubén, al que le he encargado el visionado de las cámaras del museo, me ha llamado antes para decirme que ha detectado un comportamiento extraño y que está tratando de limpiar la imagen para circularla por ahí. No es para empezar a tirar cohetes, pero a Rubén lo llamamos «el Lince» y no precisamente porque vea muy bien, que está operado de los ojos y aun así lleva gafas, sino porque el tío no mueve una ceja si no está seguro de que va a atrapar a su presa.

—A ver si es verdad, que ya va siendo hora de que nos sonría la suerte de una puñetera vez —apostilló la inspectora.

—¡Pero bueno! ¡¿Quién fue el inconsciente que dejó entrar aquí a este tío?! —gritó Álvaro Peteira desde la puerta.

Al apretón de manos le siguieron varios achuchones, meneos y zarandeos.

—Me escribió Botello para decírmelo, pero estaba de médicos con los gemelos y no lo he visto hasta que los he dejado en casa con Patri. Luego me han entrado un millón de llamadas con lo de esta mañana y ya no sé más.

—¿Todo en orden con Marquiños?

—Sí, todo bien. Santi anda un poco revoltoso últimamente, pero, oye, cosas de la vida. Bueno, ¿y tú, qué? ¿Cómo te dejaste engañar para que te metieran en este lío? ¿Es que no aprendiste nada con la edad que tienes?

—Eso parece, compañero.

—Lo tuyo es para hacérselo mirar, que no te pierdes una. ¡Manda carallo!

—No creo que lo mío se pueda tratar.

—Escucha, escucha —prosiguió el gallego bajando el tono como si le fuera a desvelar la ubicación exacta del Santo Grial—: he descubierto un sitio donde te juro que ponen la mejor chuleta de Valladolid. Gastrobar Pasión, se llama. Es un garito pequeño pero se come que lo flipas. Uno de estos días que nos podamos escapar, nos damos un homenaje en condiciones, ¿hace?

—Nos ha jodido. Y si puede ser hoy mejor que mañana.

—Hoy se me complicó el día y tenemos trabajo para dar y regalar. Veremos mañana a última hora.

—Tú mandas.

—Bueno, luego te veo. Jefa, ¿alguna novedad de lo de Vallsur?

Esta lo agarró del brazo y lo condujo hacia una zona más discreta. Allí le contó lo que se sabía del tiroteo y aprovechó para informarle de lo de Matesanz.

—Menuda cagada —evaluó.

—Sí, lo es, pero nosotros a lo nuestro. Habla con Navarro y que te ponga al día. Entre todos tenemos que echarle una mano y avanzar en el asunto de la plaza de Tenerías.

—Entendido, pero no sé de dónde voy a sacar el tiempo.

—Estamos todos igual.

—Sé que esta mañana había quedado para hablar con la prima del pelele ese y que a Villamil se le está atragantando la autopsia.

—Cosas del directo.

—Botello me contó antes, o anoche, ya no recuerdo cuándo, que lo van a tener muy jodido para verificar la hora de entrada del sobrino en el edificio. Dice que el material que le han proporcionado los de Seguridad Privada es muy escaso y de muy poca calidad.

—La movida de siempre.

—Pues sí.

—Que lo sigan intentando. Ahora tengo que contarte algo delicado, confidencial.

Cuando terminó, en el rostro del gallego había una interrogación congelada.

—No sé. A Velasco podría achacarle otras cosas, pero nunca pensé que pudiera ser tan pringado para mancharse las manos con un marrón así. ¿Qué quieres que haga?

—Llévatelo a tomar unas cañas, que lo mismo te cuenta algo. Yo hablaré con Copito para que me autorice las intervenciones y me asigne un par de agentes que no conozca para que se conviertan en sus sombras.

—Más marrones.

—Infinitos. Otra cosa: hay que darle prioridad a la identificación del hombre que hemos encontrado muerto en la furgoneta, a ver si tenemos suerte con la necrorreseña. Lo mismo con los vehículos. Tenemos que saber cuanto antes de dónde han salido. Y persigue a la gente de Salcedo con los resultados de balística, por favor, que tú tienes más mano izquierda que yo.

—Me pongo con ello.

—Gracias.

—Y, ya que estamos, ¿a qué debemos la presencia de Sancho?

—Parece que hay una conexión entre el robo y un grupo de la mafia rusa al que tienen echado el ojo por trata de personas. Pero supongo que él te lo contará mejor que yo cuando os toméis las cervezas de rigor. Te dejo, que...

Áxel Botello, teléfono en mano, le hizo una señal desde su mesa.

—Alguien de Armamento pregunta por ti, jefa —le anunció.

—¿De Armamento? No fastidies...

El agente se encogió de hombros.

—Robles —se identificó.

—Soy la subinspectora Gutiérrez, de Armamento. Nos ha saltado su nombre porque hace más de tres meses que no acude a la galería de tiro. ¿Podría tratarse de un error?

—Pues no sabría decirle, la verdad. Tengo yo ahora la cabeza como para acordarme de chorradas.

—Mi obligación es comunicarle que la ley le obliga a realizar las prácticas obligatorias con su arma reglamentaria. Yo dejo constancia de que se le ha avisado en tiempo y forma y usted haga lo que le parezca oportuno. Que tenga muy buenos días —se despidió.

Sara se quedó mirando el auricular durante unos cuantos segundos, procurando sofocar el incendio que se estaba propagando en su interior para que no le salieran llamas por la boca.

No lo logró.

Y no fue hasta que el fuego consumió su capacidad para proferir insultos contra la subinspectora Gutiérrez, sus antepasados y todo el personal de Armamento, cuando se percató de que reinaba el silencio más absoluto y puro que había existido jamás en aquel caótico espacio laboral. Al seguir la dirección de las atónitas miradas de sus compañeros, descubrió al comisario Herranz-Alfageme con las aletas de la nariz hinchadas, los ojos inyectados en sangre y una vena palpitante del grosor de una tubería partiéndole la frente en dos.

Laguna de Duero (Valladolid)

Bajó el cristal de la ventanilla del Kadett para que se renovara el aire dentro del habitáculo. Era casi medianoche y el descenso de temperatura más que considerable, circunstancia que le hizo viajar en el tiempo hasta aquellas jornadas en el desierto durante las cuales sus órdenes consistían únicamente en mantener la posición. Sabían que era muy improbable que entablaran combate con el enemigo, dado que la Legión Extranjera contaba con un armamento muy superior y sus técnicas, mucho más sofisticadas, no invitaban al enemigo a crear un enfrentamiento, lo cual no quitaba que permaneciera de forma latente el peligro de ser sorprendidos. Para evitarlo, bastaba con montar un perímetro de seguridad conformado por parejas de soldados que avizoraban constantemente la línea del horizonte y armarse de paciencia. El día se convertía en un auténtico infierno por las condiciones climáticas, pero las noches eran aún peores, puesto que no era hasta entonces cuando empezaba la actividad de la fauna que cohabitaba con ellos esas mismas traicioneras y gélidas dunas. Por eso había que afinar mucho el oído para distinguir el sutil desplazamiento de un reptil de las pisadas de un pequeño mamífero que no quiere ser detectado, aguzar a tope la vista para detectar a un escorpión colarse bajo las rocas que les servían de parapeto, o evitar cavar donde estaba enterrada la siempre agresiva araña arenera. Si te relajabas aumentaba drásticamente el riesgo de sufrir un percance serio, por lo que se turnaban para dormir de día y aguantar la noche con los ojos bien abiertos. Por todo ello, Samir Qabbani odiaba las agotadoras vigilancias.

Pero no era el caso.

El premio era tan suculento que no le importaba aguardar lo que fuera necesario hasta el instante preciso de actuar. La luna en gibosa creciente no favorecía demasiado, las costumbres españolas tampoco. A esa hora —las diez y treinta y ocho minutos— la actividad debería ser anecdótica en casi cualquier rincón del planeta, pero sin embargo, en esa población devenida en ciudad dormitorio de Valladolid, el trasiego de vehículos y personas aún era demasiado intenso como para intervenir con garantías. Prisa no había y no daba la sensación de que el Espantapájaros fuera a moverse de allí esa noche —en el caso de que se encontrara dentro de la casa, extremo que todavía no había tenido la oportunidad de comprobar—. De lo que sí estaba seguro era de que el móvil de su primo estaba tras esas cuatro paredes. La app de Ayyan era una auténtica maravilla. La había bautizado como Griffin, igual que el protagonista de la novela de H. G. Wells, *El hombre invisible*. Tenía sentido. Era del todo indetectable para el sistema operativo que hacía de huésped y realmente tenía el superpoder de estar omnipresente sin que el usuario se percatara de ello. Además, proporcionaba informes diarios de actividad, así como del uso del resto de aplicaciones y, cómo no, de la geolocalización del terminal con precisión de cirujano si estaba encendido. Si estaba apagado, como era el caso, utilizaba la energía residual que consume cualquier modelo para el mantenimiento de distintas funciones como el reloj. En esos casos la triangulación no era tan exacta, pero para eso llevaba más de dos horas observando, para ir descartando viviendas y minimizar opciones. Por suerte para Qabbani, la rata se escondía en un área de chalets pareados, porque de haberse tratado de un edificio de varias plantas la caza habría resultado mucho más tediosa.

Samir adoraba a Ayyan.

Gracias a Griffin y con el pretexto de encriptar los móviles para protegerse de posibles intervenciones policiales, Qabbani había logrado controlar la actividad de toda la organización sin que Chikalkin lo supiera, por supuesto. Ello le hacía sentirse como un dios todopoderoso vigilando desde las cibernéticas alturas.

Samir admiraba a Ayyan.

Captada por el Servicio de Inteligencia Pakistaní, en cuanto se licenció en Ciencias de la Computación por la Universidad de Michigan, Ayyan Hashmi enseguida destacó por su creatividad, siendo destinada a una división especializada en guerra cibernética. Adiestrada para combatir a su sempiterna enemiga, la India, aprendió a moverse sin llamar la atención en una sociedad controlada y dirigida por los hombres. Fue precisamente su deseo de escapar de la masculinidad lo que la animó a empezar a delinquir aprovechando sus conocimientos en el hackeo de entidades financieras. Cuando consideró que tenía el capital suficiente para comenzar una nueva vida, salió del país burlando la vigilancia a la que estaba sometida y se embarcó en un vuelo con destino a Atlanta. Tres años más tarde, el incremento progresivo de su patrimonio llamó la atención de quien no debía y tuvo que abandonar los Estados Unidos y los más de tres millones de dólares que tenía en varias cuentas que fueron intervenidas por el Departamento del Tesoro. Casi con lo puesto, Ayyan aterrizó en Málaga un mes de marzo del año 2014 para terminar incorporándose al departamento técnico de una cadena de telefonía móvil cuya central estaba en Marbella. Allí fue donde conoció a Samir, aunque su encuentro nada tuvo que ver con la tecnología, sino más bien con el ocio nocturno. Ella solía acudir a un local donde se concentraba la población árabe de la zona, que no era poca, y a él le llamó la atención su forma natural de pasar desapercibida. Decidió entonces indagar en aquel misterio de pelo negro ondulado, curvas sinuosas y mirada huidiza. Algunos meses más tarde, Ayyan estaba trabajando en exclusiva para una de las empresas de Chikalkin y, a cambio, Samir le llenaba los bolsillos y dejaba de hacer incómodas preguntas acerca del pasado.

Con el transcurso de los meses y a pesar del inconveniente que suponía tener que mantener oculta su relación, Samir y Ayyan fueron encontrando puntos comunes sobre los que cimentar el presente, ahora bien, sin quitar la vista del futuro en ningún momento, construyendo juntos un ambicioso y metódico plan que los llevaría a alcanzar cotas inimaginables. Pero ahora todo corría el riesgo de esfumarse si fracasaba. Si no cumplía el encargo de Chikalkin perdería todo el prestigio que se había labrado en años de avances sostenidos a base de tragar bilis y orgullo. No. De ninguna manera iba a permitir que un simple ladrón de obras de arte robara sus sueños y los de Ayyan. No. Eso no iba a suceder.

Una luz que nacía del interior de la vivienda lo sacó de sus pensamientos, e instantes después se abría la puerta principal. Recortada bajo el quicio, una figura contrahecha. Un automatismo le llevó a acariciar la metálica piel de la Beretta 92F en la que ya había adaptado el supresor de sonido. Valoró bajarse del Kadett, recorrer los escasos cuarenta metros que los separaban y descerrajarle cinco tiros en el pecho, pero enseguida lo descartó por dos motivos: necesitaba averiguar el lugar en el que escondía la condenada talla y dónde había enterrado a su primo, pero, sobre todo, no estaba dispuesto a privarse del placer que suponía arrancarle la cara. Tenía que ser paciente y aguardar a que llegara el momento de colarse dentro, sorprenderlo, inmovilizarlo y, por fin, disfrutar. La voz de Ayyan resonó en su cabeza:

«La paciencia es un árbol de raíces amargas y frutos dulces».

El Farolito

Era casi medianoche cuando, al salir de comisaría destilando frustración por todos y cada uno de sus poros, recibía la llamada de Sancho.

No podría asegurar que esa hubiera sido la peor tarde de su vida, porque no las recordaba todas, pero de todas las tardes que Sara recordaba, esa había sido la peor con diferencia. A saber: la dura reprimenda del comisario por perder las formas delante de su equipo más el bochorno de saber que no le faltaba razón, la rabia de verse enfrentada una y otra vez al infortunio, la congoja que le provocaba ser consciente de que los avances reales de la investigación eran insuficientes y, por supuesto, la inestabilidad emocional que le generaba la inesperada presencia de su expareja aderezada con las consecuencias de haberse acostado con Mauro Craviotto la noche anterior. Por todo ello, cuando el pelirrojo le propuso ir a tomar algo ni siquiera consideró la posibilidad de declinar la invitación.

Mientras conducía intentando ocupar su cabeza con pensamientos positivos que no dejaran espacio a los negativos, le asaltó una idea que, por alocada y seguramente precipitada, le pareció del todo conveniente.

Necesaria por atrevida.

Brillante por temeraria.

Así, sin perder un segundo, sacó su móvil, buscó en WhatsApp a la agente inmobiliaria y le envió un mensaje de voz en el que le confirmaba su interés por el piso de la calle San Felipe y que al día siguiente se volvía a poner en contacto para iniciar los trámites con el propósito de hacer la mudanza ese mismo fin de semana. Y, con un contundente y conclusivo «A tomar por el culo» fuera ya de micro, zanjó la cuestión.

Dejó el coche en el parking de la Catedral para evitar perder tiempo buscando aparcamiento en la calle. Se notaba tensa, acelerada. En cuanto salió al exterior se quitó el coletero y se adecentó el pelo sobre la marcha, sintiéndose ridícula de inmediato, como si aquello se tratara de una primera cita. Avergonzada por verse caminando en el filo de la vulnerabilidad, a punto estuvo de dar media vuelta. Sin embargo, tras unos segundos de indecisión, se abotonó la cazadora vaquera, introdujo las manos en los bolsillos del pantalón y se encaminó hacia el bar. El Farolito, referente y catalizador de la zona de la Catedral, había sido sometido a un lavado de cara aprovechando el traspaso del negocio. Dicho esto, mantenía la impronta tradicional en la que sus antiguos dueños tanto habían trabajado dejando, simplemente, que el transcurrir de los años hiciera su labor. Al enfilar la esquina de la calle Cascajares, Sara distinguió varios grupos ocupando las mesas altas de la terraza, pero no vio a nadie esperando en solitario. En el siguiente parpadeo sí reconoció la barba pelirroja que andaba buscando, pero solo no estaba. Le acompañaba alguien que le daba la espalda. Alguien cuyo perfil se parecía cada vez más al de Matthew McConaughey. Alguien con el que había mantenido intensas relaciones sexuales no hacía ni veinticuatro horas.

—Me cago en mi suerte —murmuró apretando los dientes.

Justo entonces Sancho la localizó con la mirada y le sonrió abortando cualquier intento de retirada.

—Buenas noches —saludó ella con escaso énfasis.

Cuatro besos, uno por mejilla.

—Vaya, no sabía que estabais juntos —comentó Sara como si tal cosa.

—Cuando te escribí no lo estábamos, pero resulta que aquí el amigo se aloja en el hotel Catedral.

—Tenía intención de meterme directo en la piltra, pero me he dejado liar. ¿Qué tomas?

—Un tercio. ¿No tienen Mahou?

—No, pero esta San Miguel —le mostró Sancho— también se deja beber.

—Pues venga.

Mauro Craviotto levantó el suyo con una mano y le hizo el gesto de la victoria al camarero.

—No sabía si ibas a venir. No me has contestado.

Sara frunció los labios. Era cierto, lo había leído pero se le había pasado confirmarle que iba. Definitivamente estaba lejos de recobrar el control de sus actos.

—Pensé que lo había hecho. Ando con la cabeza petada de tanta mierda.

Sancho, poco prudente, no pudo evitar acariciarle la mano. Movimiento que, a pesar de su fugacidad, no pasó desapercibido para Craviotto.

—Un momento, un momento... ¿Qué me estoy perdiendo yo aquí?

Los otros dos intercambiaron muecas reveladoras.

—Sara y yo fuimos pareja durante un tiempo —desveló el pelirrojo.

Sin saber dónde anclar su mirada, la inspectora dejó que naufragara en el vacío de la noche vallisoletana.

—Vaya, vaya, vaya... Menuda situación, ¿no?

—Lo dice el tipo al que en los pasillos de la UDEV se le conoce como el «Cortabragas» —aportó el de la Interpol.

—Bonito apodo —observó ella antes de dar el primer trago a la cerveza.

Largo. Muy largo. Todo lo largo que pudo.

—Bueno, cambiando de tema. Sancho y yo estábamos comentando que han montado un buen dispositivo de búsqueda. Se ha comunicado la descripción de Samir Qabbani a todas las dotaciones en servicio, a la UIP, Policía Local y al

COS de la Guardia Civil. Se ha constatado que no hay denuncias de robos en la zona, por lo que creemos que se mueve a pie. ¿Qué tal si hacemos una porra del tiempo que tardan en detenerlo? No, mejor del tiempo que tardan y de quién lo trinca, que así es más complicado. Yo apuesto por la UIP y como muy tarde mañana a las doce del mediodía.

—¡Ni por el forro! —opinó el de la Interpol—. Ese tío tiene recursos y va con un hierro potente. Yo digo que no lo agarran antes de cuarenta y ocho horas y que será, como siempre, algún munipa despistado que se topará de bruces con él.

—Yo, mientras no haya más muertos, me doy por satisfecha —dijo Sara.

—Por cierto, Sara, ¿qué tal con Copito? —quiso saber Sancho—. He hablado con él antes de marcharme de comisaría y lo he notado demasiado alterado para tratarse de un tipo como él, al que le corre hielo por las venas. Supongo que el subdelegado lo estará persiguiendo cada cinco minutos para preguntarle si hay novedades.

—Esta rebotado conmigo. Bastante —precisó—. El numerito que he montado con la de Armamento no le ha gustado nada, lógicamente, pero es que manda huevos que, sabiendo cómo está el patio, se le ocurra molestarme para decirme que tengo que pasar por la galería a pegar tiros. En fin, no quiero gastar más saliva con eso. Lo de Velasco tampoco le ha hecho mucha gracia, pero me ha dicho que se ponía con ello y que, por favor, fuéramos muy discretos con el asunto hasta que lo tengamos claro. Cuando se lo he contado a Peteira, por cierto, me ha torcido el morro. No le cuadra.

—Ya. Este tipo de cosas nos pillan siempre en *offside,* pero os aseguro que es más común de lo que parece. Como con el robo de *La Gioconda.*

—No sabía ni que hubieran intentado robarla —reconoció Sancho.

—Fue a principios de siglo. Una mañana vieron que faltaba el cuadro y se montó el lío. Los periódicos franceses no dejaban de escribir de ello, porque la policía no tenía por dónde empezar. Sospecharon de Apollinaire y de Picasso porque ambos, que eran coleguitas, estaban relacionados con un robo anterior de unas estatuillas que aparecieron en el taller del pintor. Se dice que Picasso, que por aquel entonces era un chaval poco conocido, se meó encima durante el interrogatorio. Resumo: cuando por fin dieron con el culpable, ojo, casi dos años más tarde, resultó que se trataba de un exempleado del museo. Vincenzo Peruggia, se llamaba. El tipo aún conservaba el camisón blanco y eso le ayudó a pasar desapercibido. Llegó a la sala, descolgó el cuadro, se deshizo del marco y lo sacó escondido bajo la ropa. Sofisticado, ¿eh? Lo que pasa es que no se le ocurrió otra cosa que tratar de vendérselo al director de la *Galleria degli Uffizi* y este lo denunció. Apenas cumplió unos meses en la cárcel, así que intentarlo merecía la pena. Con el paso de los años se supo que había un argentino que participó como autor intelectual, casi siempre lo hay —apostilló—, y que le había hecho el encargo para luego realizar copias falsas y venderlas a coleccionistas particulares con certificado de originalidad. Sin embargo, este se debió de echar para atrás al darse cuenta de la repercusión que estaba teniendo el robo, así que Peruggia no supo qué coño hacer con el cuadro de la señora que, dicho sea de paso, gracias a este escándalo se catapultó a la fama, dado que antes no era más que uno de tantos cuadros del Renacimiento, pequeño y un tanto insulso.

—Hay que joderse.

—Cada vez tengo más claro que lo de encontrar piezas robadas depende más de la ineptitud del ladrón que de las aptitudes del guardia —comentó Sara.

—Bueno, no siempre. Agitar el tronco del árbol suele dar resultado, porque antes o después termina cayendo algo de las ramas. Y ese árbol no es otro que el lugar donde se produce el robo. Ojalá me equivoque, pero a mí me parece que Velasco está de mierda hasta el cuello, y, cuando eso sucede, se suelen terminar atragantando.

—Que va a ser lo mismo que nos pase a nosotros como sigamos sin ninguna buena noticia que contar. Por cierto, ¿qué sabes de tu gente? —le preguntó Sara al de la Brigada de Patrimonio Histórico.

—Están en ello. Les he dicho que en cuanto sepan algo me llamen. Sea la hora que sea. De momento, nos da tiempo a tomarnos la última, ¿no?

Nadie se opuso.

Laguna de Duero (Valladolid)

Pasando por encima de las recomendaciones de su socio, Tinus van der Dyke había salido a tomar el aire. Conforme se consumía la tarde y los axiomas del estoicismo fueron ganando terreno a la casuística, su ritmo cardiorrespiratorio fue recobrando su velocidad habitual. Como consecuencia, había parido un minucioso análisis de la situación cuyas líneas generales coincidían con las conclusiones a las que había llegado él: estaban donde tenían que estar. Estar convencido de ello le causaba un efecto balsámico, sensación que se acrecentaba al ser consciente de que lo único que le quedaba por hacer era no dejarse ver demasiado. Ya le sucedió algo parecido en Boston, cuando lo del Gardner, pero en 1990 él tenía solo veintiún años y todo se veía de otra forma. Ahora, mucho más maduro y con la seguridad que otorga la experiencia, tendría que resultarle más sencillo relativizar los hechos y tomar el control. Tendría que, pero, a veces, la teoría no tiene correspondencia alguna con la práctica.

A veces.

El paseo apenas había durado media hora y solo se cruzó con un hombre de avanzada edad que le dio las buenas noches y con un chaval con rastas que le pasó a toda velocidad a los mandos de uno de esos horripilantes patinetes eléctricos que tanto se habían puesto de moda y que tanto odiaba. Se le había abierto el apetito, y en el instante en el que introdujo la llave en el bombín solo pensaba en comer algo de queso, abrir una botella de vino, beber hasta perder la consciencia y que se consumiera un día más.

Un día menos.

Van der Dyke entró directo a la cocina, dispuesto a completar los siguientes pasos. Cortó una generosa cuña y colocó metódicamente las porciones de un blanco puro de leche de oveja. Luego buscó en la alacena una copa tipo Borgoña e hizo presa por el cuello a una botella de Matarromera. Avanzó por el pasillo que desembocaba en el salón canturreando una canción de Stone Temple Pilots al tiempo que se acercaba el plato a la cara tratando de que no se le cayeran los cubiertos mientras olfateaba el penetrante aroma láctico del queso. Se disponía a apretar el interruptor de la luz con el codo cuando recibió un golpe tremendo en el temporal derecho que le provocó una especie de discinesia incompatible con el control de la verticalidad.

—*Ahlan wa sahlan* —oyó antes de dejarse arrastrar por la gravedad.

Samir Qabbani había contemplado desde el asiento del coche cómo el Espantapájaros se alejaba de la casa. Estaba a punto de perderlo de vista cuando un delgado filamento que empezó a parpadear dentro de su cabeza fue ganando en intensidad hasta convertirse en una brillante idea. Siempre resultaba más sencillo colarse en cualquier sitio si estaba desocupado, pero, además, podría llevar consigo la bolsa de deporte e ir preparando la salita de juegos para amenizar la espera. Contaba con el *router* como aliado para avisarlo con tiempo. El truco se lo había enseñado un fulano al que llamaban Naburla. Le explicó que esas cajitas negras tan monas que nos proveen de internet de forma inalámbrica se comportan igual que los perros cuando sus amos regresan a casa, con la diferencia de que los perros agitan el rabo y los *routers* agitan sus luces al detectar el móvil de su dueño.

Samir sacó un tubo de plástico del bolsillo interior de su cazadora, le quitó el tapón, lo inclinó sobre el dorso de la mano y le dio varios golpes con el índice hasta que se formó una diminuta montaña de nieve que, instantes después, desapareció en el interior de su fosa nasal izquierda. Acto seguido repitió la operación con la derecha y se presionó las aletas de nariz al tiempo que reclinaba la cabeza como parte de una liturgia que repetía cada vez que tenía que entrar en acción. Nunca se ponía si no era con ese pretexto. Era como si la coca le activara esa parte del cerebro que había sido instruida para la confrontación y se multiplicaran sus capacidades. Los efectos no tardarían en llegar, favoreciendo su estado de alerta, su agudeza sensorial y, de paso, su desinhibición empática frente a las normas morales. Antes de bajarse del coche se cubrió la cabeza con la capucha de la sudadera y se propinó dos buenos bofetones. Su semblante era otro: crispado, acorazado, con los cinco sentidos a flor de piel y una misión que cumplir. Abrió el maletero para coger la bolsa de deporte y, mientras cruzaba la calle, se aseguró de que no hubiera nadie cerca. Sin alterar el paso llegó hasta la puerta principal y examinó la cerradura. Nada que su pericia y sus veintiún tipos de ganzúas no pudieran solventar. La combinación entre el gancho largo y el rastrillado de una cara fueron suficientes y cuando cerró la puerta tras de sí soltó el aire que había retenido en sus pulmones durante los diecinueve segundos que invirtió en la operación. Guantes y pasamontañas. Lo primero que hizo, Beretta en mano, fue comprobar que la casa estaba vacía registrando cada estancia de forma pormenorizada y sigilosa. El recorrido le valió para comprobar que, en efecto, la talla no la tendría a la vista, tal y como había imaginado, y para decidir dónde y cómo lo iba a sorprender. Dónde y cómo lo iba a torturar. El salón reunía ambos requisitos y, además, ahí estaba el perrito de dos antenas esperando a que regresara su amo. Samir se sentó apoyando la espalda en la pared en la que se abría el vano de la puerta y, sin soltar el arma, adoptó una postura cómoda dispuesto a esperar lo que fuera necesario. Concretamente, diecisiete minutos. Al comenzar el baile de luces se puso en pie y dejó que la adrenalina hiciera su efecto. Amaba esa sensación: el incremento del ritmo cardiorrespiratorio para mejorar el rendimiento muscular, la relajación de los bronquios permitiendo una mayor entrada de oxígeno al tiempo que se expandían los vasos sanguíneos facilitando el trasiego de información neuronal. Casi podía notar la descomposición de glucógeno liberando energía pura, alimento esencial de un organismo a punto de entrar en acción. El libanés concentró toda su atención en el nervio auditivo para poder convertir en imágenes los ruidos que se estaban produciendo en la cocina. No tardó en detectar lo que estaba esperando: el sonido de unos pasos aproximándose. La clave del éxito consistía en aprovechar el factor sorpresa con el propósito de neutralizarlo y, para ello, lo único que tenía que controlar era la precipitación. Debía dejar que sobrepasara el quicio de la puerta para actuar y, por supuesto, hacerlo con contundencia. Su adversario era más alto que él, por lo que asió con fuerza la pistola por las cachas y la alzó por encima de la cabeza. Cuando sus pupilas —mejor adaptadas a las escasas condiciones lumínicas que las de su presa— detectaron el movimiento, envió la orden. La culata impactó en la parte posterior de la cabeza produciendo un chasquido seco, vigoroso, que causó el resultado que esperaba.

Entonces sí, le dio la bienvenida en árabe.

Tinus van der Dyke, apoyado sobre las palmas de las manos y las rodillas, trataba de recuperarse de la conmoción, pero el traumatismo le había afectado al tímpano y, en consecuencia, a su equilibriocepción. Mareado y con náuseas, la desorientación le impedía hacer un análisis pormenorizado de la situación. Anulada esa capacidad, solo le quedaba la parálisis. Veía porciones de queso esparcidas por el suelo, pedazos de lo que hacía no mucho era un plato y fragmentos de vidrio de distintos tamaños a su alrededor. También percibía los efluvios del vino que, recién liberados de la prisión de cristal en la que estaban embotellados, intoxicaban el ambiente. Sin embargo, era ese intenso palpitar que se había instalado encima de su oreja derecha lo que le impedía articular el modo de vencer a la gravedad e incorporarse.

El hombre que le había atacado empezó a hablar, pero, no estando él en condiciones de entablar conversación alguna, se decantó por seguir intentando ponerse de pie.

—Podría acabar contigo ahora mismo, pero mis órdenes son otras —mintió Qabbani—. Nikita Chikalkin no quiere que te mate, pero, por otra parte, el acuerdo al que habíamos llegado ha quedado anulado desde el momento en que me tendiste una trampa con tu amigo. Os subestimé y debería hacerte pagar por ello con tu vida, pero no me corresponde a mí decidir.

No había cambiado de planes, ni mucho menos, pero estaba teniendo en consideración que cualquier animal que se siente amenazado está dispuesto a hacer cualquier cosa por sobrevivir. Tenía que ofrecerle, por tanto, una posibilidad para sacarle la información que necesitaba y después... Después ya vería. Según lo que le fuera pidiendo el cuerpo.

—Te diré lo que vamos a hacer: cuando se te pase la borrachera te vas a sentar en esa silla de ahí, me vas a contar qué pasó realmente en el museo, cómo y por qué mataste a mi primo Émile. También me vas a decir dónde has enterrado su cadáver y, por supuesto, me vas a entregar la maldita escultura esa. Luego voy a dejar tres mil euros sobre esa mesa para que salgas del país y te puedas esconder en un agujero muy profundo donde no te encuentre la policía. Podrás empezar de nuevo, pero si algún día la casualidad hace que tu camino y el nuestro se vuelvan a juntar, te aseguro que te haré lo que ahora me está pidiendo el cuerpo que te haga.

Samir Qabbani hizo una pausa mientras disfrutaba de los intentos fallidos, casi cómicos, de aquel despojo humano por recuperar la verticalidad. Aprovechó entonces para quitarse los guantes y el pasamontañas y arrojarlos sobre un sofá.

—¿Tú crees en las segundas oportunidades? Yo sí. Te voy a contar algo, así te doy tiempo para recuperarte. En el año 2002 estalló una revuelta en Costa de Marfil que dejó al país dividido en regiones que apoyaban al Gobierno y otras que estaban en su contra. Se mataban en cualquier esquina y alguna que otra vez le tocaba el gordo a algún ciudadano francés, así que a Mitterrand no le quedó más remedio que enviarnos a nosotros: el 5° escuadrón del 1er Regimiento Extranjero de Caballería. Recuerdo que llovía como nunca había visto yo llover, y el sargento Domènech nos ordenó patrullar una zona en la que se habían detectado grupos de hombres armados. Cuando estábamos regresando a la base, el vehículo que abría la columna pisó un artefacto y saltó por los aires. Todavía puedo escuchar el estruendo —rememoró.

Van der Dyke, entretanto, seguía a lo suyo.

—Lógicamente salimos a socorrer a nuestros compañeros, y, claro, nos tirotearon desde ambos flancos. Empezamos a caer. A mí me alcanzaron en la pierna, pero aun así pude parapetarme tras un vehículo y responder al fuego enemigo. Resistimos un par de horas, o eso creo, pero al final perdí la consciencia y me desperté en algún lugar perdido del norte. Esos cabrones habían matado a nueve de los nuestros, y al resto, los tres que sobrevivimos, nos habían hecho prisioneros. Pretendían canjearnos por cientos de los suyos, pero, claro, no contaban con un detalle insignificante: Francia jamás negocia con terroristas, por lo que todos asumimos cuál iba a ser nuestro destino. Nadie te adiestra para ello, simplemente lo haces. Con el paso de los días ejecutaron a los otros dos compañeros para presionar al embajador francés, que hacía las veces de negociador, pero nuestras vidas no valían lo que pedían por ellas. Cuando me tocó mi turno me condujeron a las afueras de la aldea, y, para mi sorpresa, en vez de dispararme, su cabecilla, líder espiritual o lo que fuera, me dijo que matándome no ganaba ni perdía nada. Que estaba seguro de que si había esquivado la muerte era porque tenía algún propósito importante que cumplir. Me dejó libre y a las tres semanas regresamos con un batallón completo y no dejamos a uno vivo. Tardé varias horas en encontrar el cuerpo del tipo que me dio esa segunda oportunidad y, como no quedaba mucho de él, me llevé este diente —le mostró orgulloso— para acordarme de que todavía tengo un propósito importante que cumplir. Desde entonces es mi amuleto.

El Espantapájaros logró ponerse de rodillas, pero, a pesar de que lo intentaba con denuedo, aún no era capaz de levantar la cabeza.

—Yo no sé si tienes o no alguna meta por cruzar, pero si no te sientas en esa silla y empiezas a contestar a mis preguntas, te prometo por la memoria de aquel negro desgraciado que vas a sufrir como nunca has sufrido.

Dicho lo cual, hincó la boca del supresor en su cuello y le obligó a elevar la barbilla.

Samir Qabbani lo leyó en sus ojos milésimas antes de que sucediera, pero el Espantapájaros ejecutó los movimientos con tal precisión y rapidez que, cuando el libanés fue a dar la orden a su cerebro de apretar el gatillo, ya no tenía la Beretta en su poder. Cuando quiso contener el ataque de su oponente ya estaba aturdido y en franca desventaja para contraatacar, con su rival a la espalda agarrándolo de los carrillos y la clara intención de tirar de ellos hacia atrás.

O, lo que es lo mismo, de arrancarle la cara.

Paradójico.

Tinus van der Dyke era consciente, a pesar de la milonga que acababa de escuchar, de que solo tenía una oportunidad de salir vivo de allí. Por eso había fingido estar peor de lo que estaba; por eso hizo el paripé en el suelo, cayendo una y otra vez a pesar de que cada vez que lo hacía se hería con los cristales. Su propósito era recortar la distancia con la amenaza mientras él se divertía narrando aquella historia para no dormir sobre las segundas oportunidades. Con teatralizada torpeza logró ponerse de rodillas y fingir que intentaba levantar la cabeza para poder captar información en cada vistazo y procesarla. Fue al ver que sostenía un arma corta con silenciador, cuando tuvo claro el cómo; al notar que la apoyaba contra su cuello y le obligaba a elevar el mentón, supo cuándo.

Neutralizar, aturdir, definir.

Los años de entrenamiento hicieron el resto.

Para neutralizar necesitó completar una triple acción en un mismo movimiento: elevar los brazos para sujetar la pistola por el silenciador, girar con brusquedad la mano portadora del arma hacia su derecha para provocar la luxación del hueso escafoides y retirar la cabeza de la trayectoria del disparo. Aturdir fue más sencillo: transmitió toda su energía al tren inferior para incorporarse y proyectar los brazos hacia delante, golpeándole repetidamente en la mandíbula, el tabique nasal y las cuencas orbitales con el seno distal de la muñeca. Solo restaba definir, y para ello había elegido la técnica del anzuelo, que consistía en introducir los dedos en las paredes laterales de la cavidad oral del adversario y tirar con fuerza hacia fuera hasta producir el desgarro permanente del tejido circundante.

En el tambaleo de su adversario interpretó que se daban los condicionantes necesarios para poder realizarla desde la espalda, donde tenía más probabilidades de éxito, y la apuesta le salió perfecta. Con tres dedos de cada mano metidos entre las mejillas y los dientes, Tinus van der Dyke solo tenía que dar la orden a la parte posterior de los hombros para dibujarle una sonrisa vertical irreversible.

UN IMPULSO ATÁVICO

El Farolito
Calle Núñez de Arce, 1. Valladolid
14 de mayo de 2019

En la siguiente ronda y a raíz de una pregunta que le lanzó Mauro Craviotto, Sancho hizo un nada somero resumen de su trayectoria en la Interpol. Consistía, *grosso modo,* en la persecución de la trata de personas y fundamentalmente en los lugares de origen, por lo que había pasado largas temporadas en varios países de Europa del Este, Nigeria y el resto de zonas bañadas por el golfo de Guinea, Sudeste Asiático y Centroamérica. Su labor no se limitaba en exclusiva a lo policial, dado que, al depender de los gobiernos residentes, necesitaba desarrollar otras habilidades en el campo de la diplomacia y las relaciones internacionales.

—He conocido casos espeluznantes que me han hecho tener la convicción de que el ser humano es el ser más repugnante sobre la faz de la Tierra. Me afectan de una manera especial los casos en los que hay menores o mujeres embarazadas a las que les quitan a sus hijos para usarlos como moneda de cambio. Y donde más miseria hay, más proliferan estos bastardos —certificó el pelirrojo.

—Y todo empezó cuando decidiste que necesitabas un cambio de aires y te infiltraste en una red nigeriana que traía mujeres a España —intervino Sara.

Sancho no pudo evitar que se dibujara en su mente el rostro de Juliet, la prostituta de la que a punto estuvo de enamorarse, o al menos eso le gustaba pensar a él.

—Sí. La red que tenía montada Joseph Onazi nos llevó a desarticular otra mucho más importante. Fue el primer gran éxito para Azubuike Makila y su Strategic Group Against Human Trafficking, pero lo cierto es que, como dice mi compañero Vincent Dare, lo único que hacemos es crear espacios para que los ocupen otros.

—Hay delitos y delitos, pero ese que consiste en explotar a los más débiles es, como dices, del todo repugnante. Oye —prosiguió Craviotto sin esconder su interés—, antes ha dicho Sara que decidiste cambiar de aires, ¿fue a raíz de lo del asesino en serie que tuvisteis danzando por aquí?

—Por Valladolid, España y algunos países de Europa, el hijo de su puta madre. Lo de Augusto Ledesma lo superé, pero poco después tuvimos que enfrentarnos a un secuestro muy complicado de una menor que terminó mal.

—¿Mal? ¿Cómo de mal?

—Joder, Mauro, pareces un periodista de la prensa amarilla —le recriminó Sara.

—Vale, vale, perdón —se disculpó al comprobar que el semblante de Sancho se ensombrecía.

—Voy a pedir la última —dijo este.

—Yo renuncio. Necesito dormir, que a las siete tocan diana —se excusó el de Patrimonio.

—Pues yo me apunto —aprovechó Sara—. Todavía no he empapado del todo mis penas.

La inspectora Robles aguardó a que Mauro Craviotto se despidiera y alejara lo suficiente para liberar un resoplido liberador que Sancho interpretó con acierto.

—Lo siento, no sabía cómo librarme de él. Parece buen tipo, pero es demasiado intensito.

—Sí, lo es, pero la verdad es que me apetecía charlar un rato contigo a solas.

—A mí también.

A ella le gustó escucharlo.

—Al margen de lo que has contado, se te ve bastante asentado con los gabachos —retomó.

—Bueno, el trabajo está bien, pero el desgaste es el desgaste y en Lyon no es que haya hecho muchas amistades.

—Te lo voy a preguntar directamente, y si no quieres, no me contestes: ¿estás con alguien?

Sancho no se sintió molesto por la pregunta, más bien al contrario.

—He tenido alguna historia que otra, pero, no, nada serio. Viajo mucho como para plantearme una relación estable y, además, no creo que me vaya a quedar por allí toda la vida.

—¿No?

—Ni por el forro.

A Sara se le escapó un gesto pícaro que enseguida ocultó tras el tercio de cerveza.

—¿Y tú, qué?

Sara bebió de nuevo. Podría confesarle que había vuelto a recaer en la adicción al sexo, pero no tuvo arrestos. Ni falta que hacía.

—Yo igual. Escarceos sin demasiada relevancia. Llevo una racha bastante fea. Primero lo de la Funeraria Castellana, luego...

—¿Lo llevaste tú? —quiso saber, extrañado—. Me enteré del lío estando en Saigón a través de la web de *El Norte de Castilla,* que la visito siempre que me acuerdo.

—El caso nos cayó a nosotros, porque partió de una extorsión de un antiguo trabajador a la empresa y, casi de casualidad, nos topamos con el marronazo. Dos años de investigación y papeleo, mucho papeleo.

—Ya me imagino.

—Y cuando parecía que las aguas volvían a su cauce, en dos días nos explotan dos bombas en la jodida cara.

—¿Dos? ¿Cuál es la otra?

Sara Robles lo puso al día en el asunto de la mujer hallada muerta en la bañera, el sobrino, la caja de caudales y la escalera.

—Así, en frío, te diría que agarraras por los tobillos al tipo y lo agitaras hasta que se le resbalara la sarta de mentiras que os ha soltado.

—Lo tengo claro, pero, ya ves, al muy cabrón no se le ha ocurrido otra cosa que ponerme una denuncia.

—¡Hay que rejoderse! ¿Y qué alega?

—Que durante el interrogatorio en el domicilio lo traté como a un delincuente.

—Es que cuando te pones áspera, cualquier lija es caricia —bromeó.

—Ya te brotó la lírica, capullo.

—Perdona, ya sé que eres un encanto.

La rectificación vino acompañada por una carantoña en el cuello de Sara que le generó un escalofrío de proporciones vesubianas. Tamaña catástrofe no podía pasar desapercibida para el pelirrojo, que no supo si continuar provocando desastres naturales o dejar que se lo tragara la tierra.

Laguna de Duero (Valladolid)

Solo podía hacer una cosa para evitar que el Espantapájaros le arrancara de cuajo la cara.

El máximo registro alcanzado de una mordedura humana es de setenta y siete kilogramos por centímetro cuadrado. Puede que Samir Qabbani no lo igualara, pero, lo que sí logró fue provocar tal dolor en el pulpejo y la falange distal del dedo anular de su rival que lo obligó a retirar instintivamente las manos.

Le tocaba a él.

Cabezazo hacia atrás, giro de ciento ochenta grados y directo al esternón, golpe que acusó abriendo mucho la boca para recuperar el aire que le acababa de robar. Le afectó, en efecto, pero no tanto como a él, dado que se le agravó la lesión que arrastraba en el escafoides de la muñeca derecha y que, inmerso en el fragor de la pelea, no había tenido en cuenta. El siguiente ataque, por tanto, lo realizó con la izquierda, tirando un *crochet* bastante defectuoso que su contrincante detuvo subiendo la guardia. En ese punto, Qabbani ya había asumido que doblegarlo no iba a resultar tarea sencilla. Es decir, doblegarlo en un combate cuerpo a cuerpo. No sabía —ni tenía tiempo de averiguarlo— dónde había ido a parar la Beretta, pero esa era la segunda vez que lo desarmaba y quizá no fuera la opción más indicada. Su mayor ventaja residía en su superioridad física, al menos en términos de complexión muscular, por lo que, sin pensárselo demasiado se abalanzó sobre él acompañando la tentativa de placaje con un feroz gruñido que le nacía de lo más profundo del estómago.

La definición había resultado un fiasco y Tinus van der Dyke había encajado varios golpes, siendo el cabezazo en el pómulo izquierdo el más grave, seguido de cerca por el mal estado que a buen seguro tendría el dedo anular que tuvo la mala suerte de quedar dentro del alcance de sus molares. A eso había que añadir el recibimiento con el que le dejó grogui. No obstante, nada le impidió leer las intenciones del libanés y ofrecerle una respuesta proporcionada. Anticipándose al contacto, dio un pequeño paso lateral con el retorcido propósito de impactar con su rodilla en el rostro de Qabbani, que, en su afán por derribarlo no valoró la posibilidad del contraataque. Algo le rompió, eso seguro, pero la curiosidad no superó la oportunidad de zanjar la disputa aprovechando los medios que tenía al alcance de la mano. Medios cristalinos como el afilado fuste de la copa de vino, cuya base había resistido al impacto contra el suelo. Trataba el libanés de reponerse agarrándose con ambas manos al borde de la mesa del comedor, momento que aprovechó él para recoger la improvisada arma transparente y buscar una zona blanda donde incrustarla hasta la empuñadura.

Por qué no, el cuello.

Había notado la fractura del tabique nasal y los lacrimales habían reaccionado humedeciendo sus ojos. No veía del todo bien, pero así y todo percibió el movimiento del Espantapájaros, dándole tiempo a interponer el antebrazo izquierdo en la estocada que iba directa a su garganta. Gritó al sentir cómo un elemento extraño penetraba en el tejido y se rompía. Impulsado por la cólera y el miedo, lanzó dos patadas frontales que obligaron a su contrincante a cobardear para ganar distancia.

Pausa.

Lo siguiente que ocurrió carecía de toda lógica.

Transcurrían los segundos mientras ambos, que habían adoptado férreas posiciones defensivas —Peek-a-boo la elegida por Qabbani y guardia mixta la escogida por Van der Dyke—, se estudiaban a la vez que hacían acopio de oxígeno y energía para el siguiente asalto. Se veía algo más tocado el libanés, pero sostenía una actitud beligerante reflejada en la crispación que se había adueñado de su rostro. Por contra, su rival aparentaba estar más entero y, sin embargo, en su semblante no se apreciaba otra cosa que recelo. Este se desplazaba lateralmente describiendo una semicircunferencia mientras que el otro se limitaba a mantener la distancia hasta que, de forma inesperada, el Espantapájaros se lanzó a la carrera por el pasillo y desapareció.

No fue hasta que Samir Qabbani escuchó el sonido de la puerta cuando reaccionó ante el grotesco gesto de cobardía de su contrincante. —En realidad, tenía que ver con uno de los principios básicos del krav magá: evita ser lesionado—. A pesar de que en su fuero interno se alegrara de no tener que seguir midiéndose con ese maldito engendro salido del mismo infierno, su naturaleza combativa, aliada natural del honor cuando la razón no tiene cabida, no le permitió aceptar que la confrontación terminara de ese modo tan estrambótico. Por ello, buscó y encontró la Beretta, se enfundó guantes y pasamontañas y agarró la bolsa de deporte antes de salir en su persecución.

Lo empezó a notar en cuanto salió de la casa y Tinus van der Dyke echó a correr hacia ningún sitio con el único propósito de poner distancia respecto a la amenaza. Era un pinchazo justo bajo la rótula de la rodilla derecha. Un pinchazo que iba ganando en intensidad con cada zancada. No estaba en ese momento como para darse cuenta de que se había lastimado al propinarle un rodillazo defensivo a Qabbani. Estaba para correr.

Noche cerrada.

Nadie a la vista.

El inconveniente principal radicaba en que se encontraba en una zona poco habitada, donde el entramado de calles le ofrecía dos únicas opciones: ir hacia la autovía, lo cual carecía de sentido, o correr en línea recta unos quinientos metros hasta llegar a la zona donde los edificios de varias plantas imponían su dominio sobre las casas bajas. Era demasiada distancia para recorrer mermado físicamente. Ya no corría, trotaba. No quería mirar atrás, pero necesitaba averiguar si ese animal lo seguía. Sin dejar de avanzar, giró el tronco y comprobó que el panorama era peor de lo que había imaginado. Qabbani se estaba subiendo en un coche que había aparcado frente a su casa y no los separaban más de ciento cincuenta metros. Trató de forzar la rodilla, pero el dolor crecía en intensidad y le forzaba a cojear de forma ostensible, casi grotesca. La inseguridad le hacía comprobar dónde pisaba, y fue gracias a eso que pudo esquivar una piel de plátano que, solitaria y traicionera, parecía estar esperando pacientemente a provocar una dramática caída que, en su caso, habría sido definitiva. Tenía que encontrar una alternativa de inmediato. Al sobrepasar el muro de lo que podría ser un desguace o chatarrería, vio a una pareja que, fuera del rango lumínico de una farola, se besuqueaba con adolescente pasión. Al pasar junto a ellos se percató de que no era la primera vez que veía al chico.

Era el chaval con rastas.

El chaval con rastas que le pasó a toda velocidad con el patinete.

En ese instante supo dos cosas: por qué tenía tanta prisa el muchacho y cómo iba a escapar de Qabbani.

Tinus van der Dyke se equivocaba cuando probó por primera vez esos artilugios y creyó que aquella sería la última vez que se montaría en uno.

El Farolito

La comprometida situación la habían salvado y superado gracias a que ninguno de los dos se atrevió a dar el primer paso. Estaba dentro de los límites de la lógica, dado que ambos eran conscientes de que se encontraban al borde de un peligroso acantilado.

Un giro argumental que basculaba en torno al falso interés mutuo por las prácticas deportivas del otro llevó la conversación hacía aguas más templadas.

—Así que sigues empeñado en que te golpeen duro, ¿eh?

—Uno no abandona el rugby, es el rugby quien lo abandona a uno. Y yo, por el momento, sigo aguantando los ochenta minutos. Ahora bien, en el equipo todos somos *amateurs* y aunque entrenamos y jugamos en serio, nos contenemos bastante. ¿Y tú, qué? ¿Sigues empeñada en alcanzar las cotas más altas?

—Ahí sigo, pero *indoor*, que no es ni parecido. Como mucho estoy yendo un par de días a la semana al rocódromo para no perder facultades, pero hace mucho, pero que mucho tiempo que no escalo en condiciones. Si pudiera me iría mañana mismo a Jaca, vería a mi padre, que lo tengo completamente abandonado, y me quitaría el mono con sobredosis de montaña. Soñar es gratis.

—Mira que es raro que una cabra montesa como tú termine en la meseta...

—Más raro es que un castellano viejo como tú, que ha conseguido salir de la meseta, aproveche cualquier circunstancia para regresar.

—*Touché!* Pero lo que me ha traído de nuevo no es cualquier cosa.

Sara, animada por los cuatro tercios de cerveza que ya circulaban por su torrente sanguíneo, quiso participar en el juego.

—Claro, ¿quién podría resistirse a atrapar a un sicario que trabaja para una delegación de la mafia rusa en la Costa del Sol y provocar que, casi con total seguridad, desaparezca el negocio de la trata de personas a nivel mundial?

—No era consciente de lo mucho que echaba de menos tu lengua bífida.

—¡Uhhh! ¿Ahora hemos saltado a terrenos más húmedos? Te sigo, te sigo.

—No creo que quieras venir donde yo estoy ahora mismo —replicó golpeándose en la sien con el índice.

—Tú propón. Venga, atrévete.

—¡Joder! ¡Bien, coño, bien! ¡Seguís aquí! —escucharon.

Por el mismo sitio por el que había desaparecido Mauro Craviotto, aparecía de nuevo para su desesperación. Oculta y compartida desesperación.

—¡Acabo de recibir la llamada de Rubén, ya sabéis, del Lince!

Su entusiasmo se contagió de forma sincrónica.

—¿Y? ¡Suéltalo de una vez! —le apremió ella.

—Si realmente se trata de este tipo —dijo señalando eufórico la pantalla de su móvil—, estamos ante uno de los mitos vivientes en el robo de obras de arte a nivel mundial. Ya os dije que Rubén tenía algo y lo estaba moviendo por ahí, ¿no? ¡Pues bien, le ha respondido alguien del Art Crime Team del FBI asegurándole que es el mismo tipo al que llevan investigando más de veinte años y al que consideran el autor intelectual del robo del Gardner. ¡Acojonante! A ti te mencioné lo del robo en el Isabella Stewart Gardner Museum de Boston, ¿recuerdas? —le dijo a Sara Robles.

—No, lo siento. Me has contado demasiadas cosas en demasiado poco tiempo.

A pesar de que hizo caso omiso, el uso y abuso del adverbio no pasó desapercibido para Craviotto.

—Se considera el mayor robo de arte de la historia. Año 1990. Alguien se llevó trece cuadros de artistas como Vermeer, Rembrandt, Manet y Degas, que yo recuerde ahora. Están valorados, así por lo bajo, en quinientos millones de dólares, aunque su valor de mercado es... incalculable. Solo *El concierto* de Vermeer podría superar esa cantidad y ni te cuento el *Cristo en la tormenta en el mar de Galilea*, que es la única marina conocida de Rembrandt. Y ya os adelanto que no se ha recuperado ninguno hasta la fecha. ¡Ninguno! El robo lo estudiamos todos los que nos dedicamos a esto y se podría resumir así: dos tipos entran en el museo disfrazados de policías y se dirigen al vigilante de seguridad. Primero le cuentan que hay disturbios en los alrededores y que los han enviado para proteger el museo. Luego le preguntan si hay más compañeros y este contesta que hay otro, pero que está haciendo la ronda. Los reúnen a los dos en el vestíbulo y allí les comunican que es un robo. Los esposan y amordazan y se van de *tournée* por el museo como quien va de compras por un centro comercial. Se toman su tiempo y van pillando los cuadros que piensan que pueden tener más valor o, como todos pensamos, que alguien con contactos en el mercado negro les señaló.

—Hasta ahora veo poca similitud con el nuestro —comentó el de la Interpol.

—Bueno, habría que pensar en la intencionalidad de la ejecución. Es decir, el cómo se había larvado y cómo se ha llevado a cabo. No creo que la persona que lo ideó quisiera cargarse a los vigilantes a sangre fría. Y está claro que ninguno de los que sabemos que participaron, Qabbani, el pocero y el otro tipo que está a falta de identificar, fueran expertos en arte y, sin embargo, fueron a por la pieza más relevante del museo. Sabemos que hay un cuarto participante que es el que conducía la furgoneta. Ese es quien lo ideó. La firma, desde luego, se parece. Pero dejadme que os cuente el final de la historia.

—Adelante, adelante —lo animó Sara.

—Gracias. Los tíos se tiran una hora y media dentro del museo, sacan las láminas de los marcos y se piran por donde habían entrado. Del robo no se dan cuenta hasta que, al comprobar las cámaras tras el cambio de turno, se percatan de que han sido manipuladas justo media hora antes de entrar. El FBI siempre ha pensado que contaron con la colaboración de alguien que les contó cómo era el sistema de seguridad. El Velasco de turno, vaya. Llegaron a ofrecer hasta diez millones de dólares de recompensa a quien proporcionara una pista que llevara a recuperar los cuadros robados, pero ni así. Y ahora viene lo mejor: Thomas McShane, un experto en recuperación de obras de arte del FBI, tras años de investigación, llegó a demostrar que existía una vinculación entre la mafia irlandesa de Boston y el robo con el propósito de financiar al IRA. Cámbialo por la mafia rusa y, en lugar de financiar actividades terroristas, di que financian actividades delictivas. Los robos de obras de arte por encargo son en sí mismo excepcionales, lo habitual es que estén motivados por la oportunidad, pero cuando se dan, casi siempre hay detrás alguien con dinero que se ha empeñado en tener *Los girasoles* de Van Gogh colgado en la cocina.

—Eso ya me convence más —intervino Sancho.

—Si realmente se trata de él, Antonio se vuelve a poner el uniforme —verbalizó Craviotto en voz alta—. Antonio Ojeda, mi predecesor en el cargo —aclaró.

—Una leyenda —bromeó Sara.

—Para los que nos dedicamos a esto sí lo es —respondió él, casi ofendido—. Se llegó a obsesionar con este robo y estaba convencido de que la teoría del FBI era cierta. Se supo que ese cabrón se casó con una española y adquirió la nacionalidad, lo cual le ponía los pelos de punta. Antonio estaba convencido de que, directa o indirectamente, él era responsable de muchos de los robos que se producían en edificios religiosos. Va a flipar. Y no lo llamo ahora porque es tarde, pero lo mismo le envío un mensaje para que vaya pensando, que igual tengo que recurrir a su red de contactos. De momento yo me voy a comisaría a descargarme todo lo que me va a enviar Rubén, que la wifi del hotel me va como el culo y paso de estar esperando.

—Pero ¿antes nos vas a decir de una santísima vez quién demonios es él o nos lo vas a contar en el próximo episodio?

Mauro Craviotto se volvió hacia la inspectora, extrañado.

—¿Todavía no os lo he dicho?

—Pues no —certificó el pelirrojo.

Mauro Craviotto se aclaró la garganta como si las palabras que se disponía a pronunciar requirieran un tratamiento distintivo, señorial.

—Se llama Tinus van der Dyke, pero todo el mundo lo conoce como el Espantapájaros.

Laguna de Duero (Valladolid)

«El número de teléfono al que llama está apagado o fuera de cobertura».

Esa era la quinta vez que escuchaba el mismo mensaje. Había transcurrido mas de media hora desde que habló con su socio para contarle lo sucedido y que fuera a buscarlo lo antes posible.

—Tranquilo —le había dicho—, quédate donde estás y envíame tu ubicación. No tardo ni veinte minutos en llegar.

Pero Tinus van der Dyke estaba muy lejos de estar tranquilo. Además, necesitaba paliar las corrientes dolorosas que partían de la parte posterior de la cabeza, del pómulo izquierdo y de la rodilla derecha. El pulpejo del dedo anular prefería no examinarlo de nuevo, ya que al hacerlo la primera vez tuvo la sensación de que la uña se había fundido con la carne y la carne con el hueso.

Pero, con todo y con eso, estaba contento de seguir sintiendo, aunque solo fuera dolor.

El chaval de rastas estaba tan a lo suyo que cuando se quiso dar cuenta de que se estaba llevando su cabalgadura ya había puesto demasiado polvo de por medio para el insulto. Logró despistar a su perseguidor exprimiendo la buena aceleración, pero, sobre todo, su fabulosa maniobrabilidad, muy superior a la de su rival, en el callejeo, y más teniendo en consideración las limitaciones de la chatarra que, supuso, había robado Qabbani y que seguramente ni siquiera contara con dirección asistida. Ese fabuloso artilugio de dos ruedas le había salvado el pellejo, pero hasta que no estuvo seguro de que lo había perdido de vista no buscó un lugar donde esconderse y pedir ayuda a la única persona que se la podía prestar. Una zona ajardinada le sirvió para mimetizarse con la vegetación, liberar algo de la tensión acumulada durante la huida y cruzar los dedos. Desde donde estaba, controlaba los dos accesos y si veía aparecer al libanés podría tener escapatoria, aunque no deseaba volver a tentar a la suerte y mucho menos sin tener del todo claro qué autonomía proporcionaba la batería del cacharro.

«No tardo ni veinte minutos en llegar», resonó en su cabeza.

Cuarenta. Y seguía sin poder contactar con él. ¿Qué demonios le habría pasado? Decenas de suposiciones, centenares de conjeturas, miles de hipótesis, millones de cábalas y ni una sola plausible. Podía haberse retrasado por cualquier motivo, pero ¿por qué había apagado el teléfono?

Silencio.

Pasaban veinte minutos de la una de la madrugada y seguía sin pasar nada. No pasaban personas ni coches. Tampoco se le pasaba el dolor. Ni la angustia. Pasaba que si seguía sin pasar nada, no sabría qué hacer ni dónde ir.

«El número de teléfono al que llama está apagado o fuera de cobertura».

Comisaría de distrito de las Delicias

Los dos terminaron en la comisaría por miedo a lanzar una propuesta alternativa y recibir una negativa por respuesta.

Cosas de exparejas.

Cosas de polis.

Qué importaba.

La inspectora Robles estaba aprovechando para revisar los diarios de gestiones del día anterior y la alegró leer algo que había anotado el agente Navarro. Isabel García Puente, sobrina de Antonia Puente de la Cruz por parte de madre, había mencionado la existencia de unas postales de época que el padre de la fallecida había escrito a la que sería su esposa desde Rusia durante la campaña de la División Azul. Al parecer, aseguraba ella, su tía se las iba a dar en herencia porque su primo Alfredo siempre andaba diciendo que su abuelo era un fascista de mierda y que eso irritaba mucho a Antonia. Hacía algunos meses habían mantenido una discusión en la que Alfredo le había asegurado que haría todo lo posible por quedarse con ellas, aunque solo fuera para quemarlas, y que pensaba hablar con su tía para convencerla de que le correspondía quedárselas él. Lo siguiente que venía anotado era que Navarro había tratado de localizar dos veces a Alfredo sin éxito y que lo seguiría intentando. Por lo demás, seguían trabajando en el visionado de las imágenes proporcionadas por Seguridad Privada y, en cuanto a la autopsia, Villamil le había dicho que había encontrado algo en el hígado y que había tomado una muestra para analizar en el laboratorio. Calculaba entre siete y diez días para obtener los resultados.

—Diez días, joder —verbalizó.

—¿Qué has dicho? —preguntó Sancho, que estaba revisando papeles en la mesa que solía ocupar Peteira.

—No, nada, cosas mías. Han encontrado huellas tanto en la furgoneta abandonada como en el coche que estaba en el parking de Vallsur. Mañana las cotejan. También han sacado moldes de pisadas en el descampado y las que salen del asiento del conductor pertenecen a una talla del cuarenta y cuatro o cuarenta y cinco.

—Un bigardo.

—Alto, sí, pero no muy pesado, porque según el técnico la profundidad de la huella no era mucha.

—Alto y delgado como tu madre, morena salada... —canturreó el pelirrojo.

—Alto y delgado como el Espantapájaros. Os leo la ficha que nos pasa el FBI. Está en inglés. Nacido en Harare, Zimbabue, el 3 de marzo de 1969. Ha vivido en varios países de Europa y en el 2008 se casó con una mujer española de la que se divorció. No figura la fecha. Tampoco la última dirección. Habla inglés, francés, italiano, español y afrikáner. Mide seis con tres pies, que no tengo ni idea de cuánto es, y pesa ciento setenta y ocho libras, que lo mismo me da que me da lo mismo.

—Repite —le pidió Sara con las manos en el teclado.

—Seis con tres pies y ciento setenta y ocho libras.

—Un metro noventa y dos y ochenta y un kilos. Sí que es alto y delgado.

—Sigo. Padece síndrome de Marfán, que es un trastorno genético que afecta al tejido no sé qué que puede provocar problemas de corazón, óseos, respiratorios, dentales... y más. Morfológicamente se manifiesta en un crecimiento desproporcionado de las extremidades, facciones alargadas y estrechas, bla, bla, bla y... extrema delgadez. Toma ya.

—Bueno, apliquémonos la máxima del señor Lobo —aportó Sancho.

—¿De quién? —preguntó el de Patrimonio.

—¿No has visto *Pulp Fiction*?

—No. Tarantino no me mola. Soy más de Scorsese.

—Venga, pírate ya, hombre. Vas a comparar —insistió el pelirrojo.

—¿Qué tal si dejáis el debate cinematográfico para otro momento? —sugirió Sara—. ¿Qué más tienes del Espantapájaros?

—Fotos, pero son bastante antiguas, debía de tener veintitantos.

Mauro Craviotto giró su portátil para que pudieran verlas.

—El que le puso el apodo estuvo fino —dijo Sancho.

—Se sabe que Van der Dyke empezó como falsificador. Y al parecer no se le daba nada mal, pero por mucho talento que uno tenga, el dinero se lo llevan otros. Así, consiguió que lo contrataran en varias galerías como tratante, viajar por ahí y empaparse de cómo funcionaba el complejo y hermético mundo del arte. Se ganó un nombre, pero, además, se hizo con una selecta agenda de contactos, en plan: tú quieres algo y yo sé quién te lo puede conseguir. A veces de forma legal, a veces no. En la segunda estaba el dinero, por lo que decidió dar el salto a la planificación de robos. No tenemos manera de saber fehacientemente en cuántos ha participado, pero el FBI lo ha interrogado tres veces por tres causas distintas y en ninguna le pudieron sacar nada. Habría que ver qué tienen al respecto la Interpol y la Europol, porque me suena que también lo han llamado al orden en alguna ocasión.

—Yo me encargo de hacer la consulta —se ofreció Sancho.

—La captura de imagen tiene muy poca calidad. Según Rubén, los del Art Crime Team lo han reconocido por su morfología. Está tomada tres semanas antes del robo; por tanto, si estuvo en Valladolid, hay que comprobar en hospedería por si aparece su nombre.

—No creo que el tipo se haya registrado con su verdadero nombre, se supone que es un profesional de esto, ¿no? —conjeturó Sancho hundiendo los dedos en la frondosidad de su barba.

—Pues entonces habrá que ir con la foto en la mano, hotel por hotel, hostal por hostal, pensión por...

—Claro, claro. ¿Y los recursos de dónde los sacamos? —objetó Sara—. De Homicidios no, así que tendré que vendérselo al comisario para que me lo autorice y creo que está hasta los mismísimos de que le pida y no le dé una mierda.

—Bah, yo creo que se lo sabrás vender si despliegas todos tus encantos y...

—Mira, guapito, no te suelto un puñetazo ahora mismo porque me echan del cuerpo, pero no te admito un comentario de mierda como el que acabas de hacer. ¡¿Qué coño te crees?! ¡¿Que lo que consigo lo consigo enseñando las tetas?!

—Perdona, no quería decir eso. Me has malinterpretado.

—¡Y una mierda! Has dicho lo que has dicho y punto. Y te digo más: tenemos un millón de gestiones en curso, y la prioridad de mi gente no es resolver el robo, es atrapar a los tipos que han dejado cuatro muertos en la ciudad, más uno sorpresa que vete tú a saber cuándo lo vamos a encontrar.

—Sara, yo estoy aquí para ayudar, no para entorpecer. Si lo consideras oportuno yo mismo me encargo de tocar las puertas que haya que tocar.

—¡Asunto solucionado!

—Ehhh, si me disculpáis —terció Sancho—, voy al baño un segundito y resolvéis vuestras diferencias.

Sara se quitó el coletero, se rascó el cuero cabelludo con ambas manos y se volvió a hacer la coleta. Mauro esperó a que Sancho saliera de las dependencias de la brigada.

—Sara, escucha, por favor —hablaba en voz baja—. De verdad que no he querido ofenderte. Reconozco que ha sido un comentario muy desafortunado y te pido perdón, pero tienes que tratar de tranquilizarte un poco.

—Estoy tranquila.

—No, para nada, pero si te ayuda en algo te diré que puedes estar segura de que lo que pasó anoche no te va a perjudicar en nada. Lo pasamos bien, yo por lo menos —aclaró—, pero ya está. Hasta ahí llegó. Soy una tumba, créeme.

—Gracias. Fin. Sigamos con lo nuestro, ¿vale?

—De acuerdo.

—Y disculpa tú también por la salida de tono, pero... Pues eso, dicho queda —zanjó.

Sancho no tardó en regresar. Se estiró sin miramientos y, tras bostezar, anunció:

—Aquí el guardia se va a dormir.

—Espera, te acerco y así aprovecho. Mi cabeza no da para más.

—Pues no te voy a decir que no.

—Yo me quedo un rato —dijo Craviotto—. Rubén me va a enviar más cositas interesantes sobre este cabrón. Que descanséis. Mañana más y peor.

—Peor no, porque peor que hoy no se puede —alegó Sara.

—Ahí te equivocas. Si las cosas pueden ir a peor, empeoran —aseguró Sancho.

Barrio de Arturo Eyries

Como si aquel espacio urbano estuviera reservado para el Kadett, Samir Qabbani estacionó justo en el mismo sitio en el que estaba cuando lo vio por primera vez. Muy mermado en lo moral y en lo físico, caminó arrastrando los pies con una decisión por tomar.

Definitivamente, aquel maldito engendro, aquel amorfo despojo humano, se había vuelto a salir con la suya. ¡¿Cómo era posible que se le hubiera escapado vivo después de haberlo sorprendido en su propia casa?! El fulano sabía pelear, de eso ya no le cabía ninguna duda, pero, además, tenía recursos. Eso lo constató en cuanto lo vio subirse a ese patinete eléctrico y desaparecer. Aún estuvo un rato más dando vueltas, desesperado, con el cuerpo rogándole una tregua y el cerebro sumido en el caos absoluto, sin capacidad para tomar decisiones coherentes hasta que lo venció la imperiosa necesidad de aliviar el dolor. Lo más urgente era colocarse el tabique nasal. No era la primera vez que lo hacía, por lo que se fue directo al baño, mordió una toalla y lo logró en el segundo intento. Con los ojos anegados de lágrimas, abordó entonces lo importante: la herida del antebrazo. Sin alcanzar la categoría de grave, sí requería cortar de inmediato la hemorragia que le había provocado el Espantapájaros con el fuste de una copa de vino. Un vendaje compresivo y dos analgésicos fueron suficientes como medidas cautelares, antes de asumir que debía retirarse a sus cuarteles de invierno para poder realizar un balance de la situación y actuar en consecuencia. El posicionamiento del móvil de Émile seguía estático y, por lógica, descartó que el Espantapájaros regresara a la casa para recuperarlo. Esa carta, su *joker,* ya no la podría volver a usar durante la partida y, en ese instante, lo que más le carcomía por dentro era no tener la menor idea de cómo iba a dar de nuevo con él. Además, era consciente de que tenía un cronómetro en contra que iba desgranando el tiempo del que disponía hasta que la policía lo identificara como uno de los participantes del tiroteo en el centro comercial. Tenía, por tanto, que desprenderse de la Desert Eagle superando los vínculos afectivos que le unían a ella. Con ese propósito y aprovechando la nocturnidad de la madrugada, Samir Qabbani caminó unos metros bordeando el Polideportivo Pisuerga, descendió hasta la ribera del río al tiempo que iba desmontando la pistola pieza a pieza. Con todo el dolor de su corazón, fue arrojándolas al lecho fluvial lo más lejos que pudo una de otra. Cada onda concéntrica que se formaba en el agua era una metáfora de lo que ocurría en su interior, un halo destructivo de ira y frustración que amenazaba con arrasar cualquier resquicio de raciocinio que quedara dentro de él. Cabizbajo, deshizo el camino para llegar cuanto antes al cuchitril que le había alquilado a doña Teresa. Solo quería tirarse en ese infecto colchón, cerrar los ojos y no pensar en nada. Dormir, aunque solo fuera por escapar durante unas horas de una realidad pintada con el pincel del fracaso de oscuras tonalidades y negros matices.

Una realidad muy alejada de sus pretensiones.

Una realidad que no se había planteado ni en el peor de los escenarios previstos.

Cuando cerró la puerta tras de sí, dejó caer la bolsa de deporte y deambuló hasta el cuarto de baño, donde se desvistió con la idea de darse una ducha caliente como preámbulo anestésico de una ineludible desconexión.

Ineludible, sí; a no ser que surgiera algo más inevitable aún.

Inevitable como era comprobar por qué estaba movida —milímetros, sí, pero movida— la tapa de la cisterna del retrete. Cisterna del retrete donde había escondido una bolsa de plástico. Una bolsa de plástico que contenía un sobre. Un sobre en cuyo interior estaba el dinero que le había dado el abogado de Nikita Chikalkin.

Antes de levantarla, Samir Qabbani ya sabía que no había nada.

Antes de romperla en pedazos contra el suelo, Samir Qabbani ya sabía quién le había robado y qué iba a hacer para recuperar el dinero. Porque prefería estar muerto a regresar a Benalmádena habiendo fracasado en su misión sin la escultura y sin el dinero.

Un impulso atávico hizo que se le saltaran las últimas costuras de cualquier vestimenta racional que pudiera encorsetarlo.

CONEXIÓN ANTAGÓNICA

Hospital Universitario Río Hortega
Dulzaina, 2. Valladolid
15 de mayo de 2019

Lo que tú digas, Sara, pero no me parece a mí que esté todo bajo control —dudó Matesanz.

Le había sonado el despertador a las seis de la mañana. Con escasas tres horas de descanso y cargando al hombro con la galbana matutina, había conseguido arrastrarse hasta la ducha con la única esperanza de que la jornada se desarrollara por derroteros menos tortuosos que la que acababa de dejar atrás. De todo lo acontecido el día anterior, lo más positivo —lo único— era haberse levantado en su cama sin estar acompañada por nadie. Podía sentirse orgullosa de ello, aunque tenía la sospecha de que la abstinencia, más pronto que tarde, empezaría a llamar a la puerta. ¿Cuánto tiempo lograría retenerla ahí fuera? ¿Convenía echar el pestillo y la cadena o simplemente dejarla pasar?

Antes de vestirse con ropa cómoda —tejanos azules, camiseta, zapatillas y cazadora vaquera—, maquillarse lo justo —lo justo para cubrir esas dos manchas oscuras que teñían sus párpados inferiores—, Sara elaboró un listado de tareas cuyo encabezamiento tenía muy claro: visitar a Patricio Matesanz. A las siete y cinco minutos entraba por la puerta del hospital con energías renovadas a pesar de no tener demasiados motivos para pensar en positivo. Tan pronto como entró en la habitación y comprobó el tono ceniciento de la tez de su compañero, consumió tres cuartas partes de ese depósito.

La mujer del subinspector aprovechó su llegada para salir a tomar el aire y, tras ponerle al día de los últimos acontecimientos, el veterano policía acababa de emitir su veredicto.

—Pues claro que no, jodido Watson, pero mientras estés aquí por un dolor de barriga yo lo tengo todo, todo, todito controlado. Y punto.

—Ya te pillo, ya. ¿Vais a citar al sobrino?

—Hoy mismo pasa por vicaría, pero creo que lo voy a sentar frente a Dani Navarro, porque conmigo la cosa no tiene pinta de terminar en beso.

El veterano policía arrugó los labios al tiempo que se oprimía los lacrimales con el índice y el anular.

—Tú eres la jefa. Se sienta contigo, Sara, y que te cuente qué sabe de unas postales, a ver cómo reacciona. Si tiene algo que esconder lo sabrás de inmediato. Y si no le gusta, que se la envaine, porque no tiene otra opción. Además, así le das la oportunidad de que te pida disculpas por haberte denunciado.

Sara Robles sonrió.

—Lo mismo hasta tienes razón.

—Yo no creo que ese pelamanillas sea capaz de cargarse a la señora, pero... ¿y si discutió con ella y en el forcejeo ella tropezó y se abrió la cabeza?

—Podría ser, pero hasta que no tengamos una imagen de él entrando en el portal no vamos a poder probar nada. Navarro tiene los ojos inyectados en sangre de revisar cámaras. Gómez le ayuda cuando puede, porque bastante tiene con chequear los listados que nos han proporcionado las compañías de telecomunicaciones. Por si fuera poco, ayer mismo nos han llegado las de la compañía de seguridad de Vallsur. Más madera. Nos faltan recursos, la historia de siempre. Por otra parte, la Interpol ha confirmado la entrada de la asistenta en el país y están intentando localizarla para interrogarla, pero parece que está en no sé qué zona del país que es de difícil acceso y bla, bla, bla. Y encima se nos complica la autopsia.

—¿Qué pasa con la autopsia?

—Villamil ha encontrado algo raro en el hígado y ha mandado una muestra de tejido para que la analicen en Madrid.

—Cuando los marrones llegan en manada hay que tratar de abatir al líder. Céntrate en el sobrino, él es la clave. Pero, bueno, en fin, yo tampoco me desgastaría demasiado con esto. Lo realmente preocupante lo tienes pululando por ahí, armado, y con vete tú a saber qué intenciones.

—Lo están buscando hasta debajo de las piedras, pero ese cabronazo es muy pro. No obstante, lo único realmente preocupante —recalcó usando la misma expresión— es que, en cuanto te den los resultados y vean que no tienes nada, te saquen de aquí de una patada en el culo. Eso y preservar al lince ibérico.

—Va a salir todo bien.

—Seguro que sí. Por cierto, ¿cómo eres tan desgraciado de hacerte una biopsia y no decirle nada a tu mujer?

—No la conoces. Es muy aprensiva. Mucho. Demasiado. Todo lo hipocondríaca que puede llegar a ser una persona. Si no me llegan a dar esos pinchazos, creo que jamás se habría enterado.

—Ya. ¿Te traen los resultados a lo largo de la mañana?

—Se supone que sí, cuando el facultativo haga la ronda.

—Vale. Me llamas. Ahora tengo que irme.

—Espera, Sara, déjame decirte algo.

Matesanz se aclaró la garganta.

—Aprovecha que está Sancho. No sé lo que tuvisteis o dejasteis de tener en el pasado, pero es un buen perro de presa y te puede ayudar a atrapar a ese desgraciado.

—Lo sé, y no nos sobran recursos ni personal, así que... incluso él nos puede servir —bromeó—. Avísame cuando sepas algo.

Un leve zarandeo del hombro y una flácida sonrisa le sirvió de despedida.

Conforme descendía por la rampa con la mirada puesta en ese cielo azul cobalto libre de nubes, se acordó de una sentencia que había escuchado varias veces por boca de Sancho: «Los días que amanecen despejados son los que más te mojas. Ni Dios saca el paraguas». Notar la vibración del móvil a través del pantalón justo en ese preciso instante le hizo arrugar el entrecejo. Era Peteira.

—Buenos días, Álvaro —contestó.

—De buenos no parece que vayan a tener nada, jefa. Acaban de avisarnos. Dos cuerpos, hombre y mujer de mediana edad, con múltiples heridas por arma blanca. Calle Guatemala, 2. Voy para allá y me llevo al pelirrojo.

Silencio.

—¿Me oíste? —preguntó Peteira—. ¿Jefa, estás ahí?

Ya chispeaba.

Laguna de Duero (Valladolid)

Como si fuera gratis, la gasolinera presentaba un trasiego ininterrumpido de vehículos sedientos de combustible. Después de realizar un análisis exhaustivo de los cinco candidatos que estaban en el área de estacionamiento, dos eran los que más puntos sumaron. Un camión de cabina roja y matrícula portuguesa cuya carga estaba revestida por una lona. El otro, de matrícula española, tenía cabina blanca y remolque de cuatro ejes en el que portaba un contenedor de barco. Debía elegir bien, porque lo último que podía permitirse era llamar la atención.

Tinus van der Dyke se frotó los párpados intentando aliviar el incesante picor que nacía de la parte posterior de los globos oculares.

Pasar la noche no había sido fácil.

Tras aguantar escondido en una zona ajardinada durante un tiempo indefinido, Tinus van der Dyke consumió sus reservas de resiliencia llegando a la conclusión de que debía tomar decisiones asumiendo sin ambages la tesitura en la que se encontraba. Recurriendo de nuevo al primer axioma del estoicismo, es decir, ocupándose de los asuntos que estaban a su alcance y eliminando los que quedaban fuera, empezó a preguntarse cómo era posible que el libanés hubiera dado con su paradero. No tardó en formular una teoría, mucho menos aún en aprobarla obviando tamizarla por el filtro del escepticismo: Qabbani había dado con él rastreando el móvil de Émile. Era la única posibilidad, porque la otra, que su socio le hubiera traicionado, no se sustentaba en cimientos sólidos, o más bien se negaba en rotundo a sustentarla. Estar forzosamente convencido de ello lo llevó a tomar una iniciativa arriesgada, pero al mismo tiempo defendida por el sentido común. Porque era de sentido común pensar que la probabilidad real de que Qabbani regresara a la casa a buscarlo después de haber mantenido una lucha a muerte era nula. O muy reducida. A no ser que él hubiera llegado a la misma conclusión, claro.

Tan claro no debía de tenerlo Van der Dyke considerando el nudo marinero que tenía por estómago y su progresivo constreñimiento conforme se iba aproximando a la casa. Por fortuna, a la postre, su teoría resultó acertada; ahora bien, pasó las horas que quedaban hasta el amanecer en estado permanente de vigilia, cuchillo de cocina en mano, al caer en la cuenta de que no había tenido en consideración un pequeño detalle: ¿y si el libanés regresaba en busca de *El martirio de san Sebastián*? No fue así, y con las primeras luces del día se preparó para poner en marcha su plan.

Cabina roja o cabina blanca.

El primero tenía la ventaja de tener un destino internacional, por lo menos sobre el papel. Con la batería a tope de carga, calculó que le daría para recorrer unos cuantos kilómetros en la dirección que fuera, lo mismo le daba. Sin embargo, colar el teléfono dentro parecía más complicado que hacerlo en el otro, donde podía adosarlo con facilidad a la base del contenedor gracias a la cinta de doble cara. El objetivo consistía en mantener a Qabbani en movimiento y alejado de Valladolid, lugar que no pensaba abandonar hasta averiguar qué había sucedido con su socio. Había valorado usar una aplicación de esas con las que compartes viajes con otros usuarios y largarse de allí, primero a Madrid y luego ya vería. El pero —y no era un «pero» cualquiera— era que esa medida implicaba renunciar a todo. Absolutamente a todo. ¿Qué tipo de vida le esperaba sin recursos económicos? Una demasiado insulsa para todo lo que había luchado por disfrutar de otra.

Cabina blanca.

Acción.

El Espantapájaros se aproximó simulando que hablaba por el móvil, caminando de forma errática pero con rumbo fijo. Cuando alcanzó su destino, apoyó la espalda en el contenedor y se tomó su tiempo para cerciorarse de que no hubiera nadie mirando. Sin moverse, sacó el terminal de Émile del bolsillo trasero, le quitó la protección del adhesivo y lo colocó asegurándose de que se sujetaba con firmeza.

Evasión.

El siguiente paso consistía en buscar el modo de llegar a Valladolid y encontrar un lugar en el que ocultarse desde donde poder moverse con cautela. Tenía que dar con su socio y asegurarse de que ponía en marcha la segunda parte del plan. Todo apuntaba a que había sucedido algo inesperado que le había impedido ir a buscarlo y obligado a cortar la comunicación con él. De cualquier manera, ya habían previsto esta contingencia y sabía cómo localizarlo, la cuestión era asumir el riesgo que implicaba meterse en la boca del lobo y salir indemne. Resolver esa ecuación no iba a resultar sencillo, pero se sentía capacitado para ello. Ya se había demostrado a sí mismo que enfrentarse a las situaciones extremas era su mayor virtud, y aquella, sin duda, lo era. Entonces, sin tener muchos motivos para ello, se dejó inundar por una leve pero complaciente corriente de optimismo. «Todo va a salir bien», se repetía mentalmente.

Y en parte no se equivocaba.

Pero solo en parte.

Avenida de Medina del Campo

—Sancho, carallo, ya sé que no están las cosas para demasiadas bromas, pero podrías abrir la boca, digo yo. No sé, contarme algo, que desde que te has subido al coche no has dicho ni coño —le increpó Peteira al volante del vehículo camuflado.

No estaba el de la Interpol para mucha charla. Se había desvelado de madrugada con la sensación de que poco o nada estaba aportando a la investigación más allá del evidente desequilibrio emocional que su presencia provocaba en la responsable del caso. Así, a las seis de la mañana, salió a correr por el parque Ribera de Castilla con la intención de oxigenarse. Y podría decirse que lo logró en parte, la de los pulmones, porque en la cabeza seguía presente la pegajosa impresión de estar restando más que sumando. Eran las siete y media cuando pisaba comisaría con el propósito de exponerle una alternativa al inspector general Makila: trasladarse a Málaga y continuar allí su labor golpeando la columna vertebral de la organización.

La negativa había sido rotunda:

—La oportunidad de atrapar a Qabbani con la mierda hasta el cuello es lo suficientemente jugosa como para no dejarla pasar —argumentó el nigeriano—. Con varios cargos por homicidio a sus espadas ni siquiera necesitaríamos negociar con él. Vamos directamente a por Chikalkin y le decimos que su hombre no está dispuesto a pasarse veinte años en prisión. Verás qué rápido nos cuenta lo que necesitamos escuchar.

—No tenemos la certeza de que siga en Valladolid —trató de justificarse Sancho.

—Ese tipo de soldados no suelen abandonar el campo de batalla. Tú encárgate de que lo cojan con vida, porque muerto no nos vale una mierda.

La conversación la había mantenido antes de que entrara el aviso de la sala de emergencias: dos cuerpos con evidencias de haber sufrido una muerte violenta en el barrio de Arturo Eyries. No hacía falta ser marinero para atar los cabos. La zona estaba demasiado próxima al centro comercial donde se vio a Samir Qabbani por última vez. Que el hecho no estuviera vinculado con el libanés era tan improbable como que él hiciera cambiar de parecer a Azubuike Makila.

—Tú mismo —insistió Peteira.

—Estoy preocupado por Sara, cojones, se le están amontonando los muertos y...

—Escucha, escucha —le interrumpió—: no creo que a la jefa le ayude que te pongas en plan paternalista con ella, que se ha ocupado de demostrar que tiene unas tragaderas que ya quisieran muchos. ¿Te contó toda la basura que le tocó remover con lo de la funeraria y su puta madre?

—Mira, Álvaro, no me vengas ahora con esas historias, porque creo que conozco a Sara un poco mejor que tú. Yo no estoy diciendo que...

—¡Bueno, carallo, bueno! No te columpies, que porque te la hayas estado follando no quiere decir que sepas lo que le conviene ahora y lo que le deja de convenir.

—¡Hay que joderse! —gritó—. ¡Si me dejas terminar una maldita frase lo mismo entiendes lo que te quiero tratar de decir!

La aperrada mueca de consentimiento de Peteira tardó en llegar. Lapso que Sancho invirtió para domar su tono de voz.

—Me refiero a que tiene demasiados frentes abiertos como para que yo la distraiga, no que sea incapaz de afrontar lo que le ha caído encima.

—Pero... ¿qué pasa? ¿Que la llama sigue encendida aún?

—Pues no lo sé. No tengo ni idea de lo que pasa por su cabeza, pero lo nuestro terminó porque tenía que terminar, no porque dejara de existir algo entre nosotros. Ayer por la noche estuvimos tomando algo y si de mí hubiera dependido habríamos acabado en la cama. Menos mal que Mauro Craviotto andaba por allí y surgió lo del Espantapájaros ese, porque si no la hubiera cargado con la caballería pesada.

En ese instante, la imagen del aludido saliendo del portal de Sara Robles se proyectó en el asfalto frente a los ojos del gallego.

—Ya —se limitó a decir—. Me lo ha contado según me crucé con él esta mañana. Según parece, lo tiene muy claro y un antiguo jefe suyo al que tiene en un pedestal se lo corroboró.

—Antonio Ojeda.

—Ese. Le entendí que iba a buscarlo a la estación.

Sancho elevó sus pobladas cejas y las mantuvo así durante unos segundos.

—¿Viene a Valladolid?

—Eso dijo.

—Demasiados gallos del mundo del arte en el mismo corral.

—Si viene para aportar algo, bienvenido sea. Yo, sobre lo de Velasco, preferí no decirle nada hasta hablar con Sara.

—¿Qué pasa con Velasco?

—Estabas tan liado al teléfono que no tuve la oportunidad de contártelo. Uno de los agentes que se encargan de su seguimiento lo vio entrar por la tarde en uno de esos locales de apuestas deportivas. Se tiró dentro casi dos horitas antes de meterse en casa.

—No jodas. Así que igual tiene problemas con el juego y eso es lo que lo ha empujado a entrar en el lío.

—Igual. O lo mismo eso explica que todas las semanas haga ingresos en efectivo.

—Con esas historias terminas palmando pasta, no ganando.

—Sí, en teoría, sí. Pero vete tú a saber.

—Mala pinta tiene —juzgó el pelirrojo.

—A mí me sigue sin cuadrar que se haya pringado, pero cosas más raras se han visto. No tengo ni idea de cuál es la calle Guatemala, por aquí siempre me pierdo.

—Me suena que está hacia dentro. Gira por esa.

—Oye, esta noche, si no se nos complica demasiado la cosa y consigo permiso pernocta, podríamos enchufarnos un trozo de carne en el Gastrobar Pasión. Así nos ponemos un poco al día de todo —propuso el gallego.

—Compro. Mira, va a ser allí —señaló el pelirrojo.

—Fijo.

El subinspector redujo la velocidad para no llevarse por delante a alguna de las decenas de personas que se agolpaban en la calle.

—Gitanos —identificó Sancho.

—Ya sabemos la etnia de las víctimas. ¡Buah, menudo guirigay que hay aquí montado!

En las expresiones de los hombres y mujeres de todas las edades que poblaban las inmediaciones se podía leer un encalabrinamiento a punto de ebullición.

—Ya puede venir más gente de Seguridad Ciudadana o estos nos comen vivos —observó Álvaro Peteira.

—No hay mañana cuando la sangre gitana se derrama —sentenció Sancho.

—Mateo, 13. Pero que me toquen mucho los cojones, que ando yo muy tenso. Que el Celta se la juega el sábado y aún no estamos salvados —dijo antes de bajar del coche. El comentario provocó que Sancho liberara una inoportuna carcajada que despertó la animadversión de quienes la oyeron.

Mientras se adentraban entre la muchedumbre, las amenazas hacia quien hubiera sido el causante de la desgracia aumentaban en intensidad. Las plañideras, vestidas de riguroso negro, eran las encargadas de poner la nota trágica escenificando bruscos aspavientos con los brazos. Los más pequeños, ajenos al drama, parecían entretenerse con el espectáculo.

Peteira repetía una y otra vez el mismo mantra mostrando la placa por encima de su cabeza.

—¡A ver, dejen paso, por favor!

Dos uniformados salieron del portal para rescatar a sus compañeros de la marabunta.

—Vamos a necesitar más gente aquí —protestó uno de ellos.

El gallego se giró hacia él.

—¿Tú crees?

—Primer piso, la puerta de la derecha —les informó el otro—. Arriba están los dos compañeros que acudieron a comprobar la llamada.

—Gracias —intervino Sancho.

Los aludidos aguardaban en el descansillo con pinta de tener muchas ganas de marcharse de allí. Tras las presentaciones, uno de ellos, el más veterano, tomó la iniciativa. El otro, pálido y sudoroso, aún trataba de recomponerse.

—Los encontramos a los dos en el salón. La puerta no parece que haya sido forzada y las ventanas que dan al exterior están enrejadas. Según nos ha contado la persona que llamó, que dice ser la madre de él y propietaria del piso, todas las mañanas se pasa por aquí a ver a sus nietos. El de enfrente también es suyo, por cierto. Supongo que en uno viven y en otro pasan la mandanga porque la señora se ha negado a enseñárnoslo. Joder, parecía el ama del calabozo con ese manojo de llaves. El caso es que al entrar se encontró el percal. Los dos niños maniatados y amordazados en su habitación, y el matrimonio... Pues eso —resumió—. Están en el salón. Creemos que ella tiene el cuello roto, pero él... Pfff. Simplemente no tiene cara.

—¿Están identificados? —quiso saber Peteira.

El más joven sacó una libreta.

—Bernardo Santos Gabarri y Angélica Jiménez Ferreduela —leyó—. Lo ha confirmado la abuela.

—¿Y los niños dónde están? —preguntó Sancho.

—Se los ha llevado la abuela con no sé quién. Un familiar, supongo. Uno de ellos, el niño, creo, se había cagado encima.

Ramiro Sancho se mesó la barba mientras buscaba la mirada de su compañero.

—A los niños los tiene que examinar un médico y deberíamos hablar con la abuela. Id a buscarla, por favor —les pidió.

El agente más joven, ofuscado, chasqueó la lengua.

—Sí, sí, habría sido mejor ser ministro del Aire, pero como somos polis toca lo que toca —expuso el gallego—. Y lo que toca ahora es cerciorarnos de que esos niños están bien.

El policía iba a decir algo cuando su compañero le dio un golpe en el hombro e hizo un ademán con la cabeza para que le siguiera.

—¿Entramos o, como establece el procedimiento, esperamos a los dentistas? —le consultó Peteira refiriéndose a los de la Científica.

—Yo soy un mero observador.

—No me toques los cojones, anda.

—Tú primero —le invitó Sancho.

La penumbra barnizaba un pasillo largo y estrecho. Al fondo, un haz de luz que atravesaba el espacio en oblicuo marcaba el camino a seguir.

—Qué asco de sitio —dijo Álvaro Peteira.

—En lugares peores nos ha tocado bailar. Tira.

—Huele desde aquí. Cuidado —le advirtió—, eso de ahí es sangre.

Peteira la esquivó, pero Sancho se detuvo, alumbró las manchas del suelo con la linterna del móvil, elevó la mirada hacia arriba e hizo algunas anotaciones mentales.

La falta de aire renovado acentuaba la intensidad de los efluvios que se habían desprendido de los humores corporales. Así y todo, era el olor a cenicero rebosante de colillas el que predominaba en el ambiente. Peteira buscó, encontró y accionó el interruptor de la luz golpeándolo con el codo. Una lámpara de seis brazos con tres bombillas vivas por otras tantas muertas bañó la estancia con una luz pajiza. De planta rectangular, estaba amueblado con enseres que en los años sesenta hacía sesenta años que habían pasado de moda. A los pies de un sofá, el cuerpo de la mujer —oronda ella, de melena azabache y armígeras facciones—, se presentaba en decúbito ventral, con los brazos en cruz, las piernas encogidas y, tal y como había adelantado el uniformado, la cabeza en posición antinatural mirando hacia la puerta. Porque muy natural no era que la barbilla estuviera por encima del hombro.

Peteira se acuclilló para examinar el cadáver.

—Ya se aprecia la mancha de Sommer-Larcher —identificó refiriéndose al oscurecimiento de parte de la esclerótica.

—De tres a cinco horas muerta.

—Al menos. Está claro que actuó de madrugada. Estas puertas se abren de un soplido, así que entró por aquí y a gozar.

—Allí está el otro —dijo Sancho al tiempo que le indicaba la dirección que debía seguir con un movimiento lateral de cabeza.

Se sujetaba de rodillas gracias a que tenía las manos atadas a la espalda y bien amarradas a un radiador de pared. Notablemente encorvado y con el mentón apoyado contra el pecho, parecería estar meditando si no fuera por la sangre que se acumulaba en la parte superior de un pijama de raso azul celeste.

Ambos se aproximaron extremando la precaución para no intoxicar el escenario del crimen. Álvaro Peteira dobló el lomo para examinar al sujeto.

—¡Me cago en la madre que me parió! —exclamó regresando en el acto a la posición anterior y arqueando la columna.

—¡¿Qué pasa?!

Este se giró ofuscado.

—¡Coño, cuando dijo que no tenía cara pensé que se la habían reventado a hostias, pero no, es literal!

Sancho se agachó para comprobarlo.

—¡Hay que rejoderse!

Aquel salón se convirtió en un concurso de execraciones y aspavientos hasta que ambos soltaron lo que tenían que soltar.

—Hay que estar muy encabronado con alguien para hacerle un estropicio así —concluyó el pelirrojo.

—Ese cabrón es un tarado de mucho cuidado. ¡Puto cafre! ¡¿Y dónde coño está?! —dijo mirando a su alrededor.

—¿El qué?

—¡Pues qué va a ser, carallo, la cara del tipo! ¿O crees que se la llevó de recuerdo?

—Ni puta idea, pero no seré yo quien se quede aquí a buscarla.

Ambos se sobrecogieron cuando el teléfono del subinspector gritó desde el bolsillo trasero del pantalón.

—¡Menudo volumen, joder! ¡Te estás quedando sordo?! —le increpó Sancho.

El aludido hizo caso omiso.

—Estamos dentro —contestó—. Esto es una mierda. Una mierda gigantesca —Silencio—. No, pero supongo que estarán al caer. De acuerdo, jefa, ahora vamos.

Sancho salió raudo a su encuentro. Era la suya una expresión neutra y así la mantuvo, blindada y apática, mientras el pelirrojo le informaba de lo poco que sabían.

—Me ahorro la inspección ocular, ya veré el millón de fotos que nos pase la gente de Salcedo. Me voy, que tengo una cita con la agencia inmobiliaria. ¿Vosotros qué hacéis?

Intercambio de interrogantes.

—Hay que hablar con la abuela, estamos esperando a que nos la traigan o nos digan dónde está, a ver qué cuenta —respondió Peteira.

—Vale, os veo más tarde en comisaría.

Ambos asistieron a su huida intercambiando muecas de incredulidad.

—Pues vas a tener razón: está completamente superada —certificó Peteira.

CL-510 a la altura de Valdejimena (Salamanca)

Conducía con una mano al volante. Mientras, con la otra, manoseaba su amuleto sin quitar la vista de la carretera.

A juzgar por los síntomas que presentaba el sujeto —ritmo cardiaco normal, respiración pausada, distensión muscular—, muy pocos se atreverían a decir que Samir Qabbani acabara de cometer un doble asesinato. Podría pensarse que esa asombrosa relajación fuera la respuesta natural compensatoria al estado colérico en el que cayó cuando descubrió que el dinero de Chikalkin había desaparecido; sin embargo, estaba más relacionado con la llamada que había recibido hacía algo más de dos horas. Diazepam en vena. El desconocido que se había identificado como Volodia hablaba en nombre de Vladimir Kumarin, jefe de jefes de la Tambovskaya Bratvá, de quien había oído hablar lo suficiente como para saber que la propuesta que le estaba haciendo no era susceptible de ser rechazada.

Resultaba cuando menos curioso cómo las cosas podían tomar un sentido radicalmente opuesto en cuestión de minutos.

Tener la absoluta certeza de que el responsable del robo no podía ser otro que el gitano de los dientes amarillos que olía a hoguera lo ayudó a mantener el control de sus impulsos. Era evidente que ese tarugo no tenía la menor idea de con quién se la estaba jugando y, en la tesitura en la que se encontraba Qabbani, no podía consentir que otro cualquiera le pisoteara el ego. Así las cosas, tras recuperar el control de su voluntad y superar las secuelas físicas de la pelea que había mantenido con el Espantapájaros, dispuso lo necesario para poner remedio inmediato. Y todo lo que iba a necesitar estaba contenido en su bolsa de deporte. La secuencia fue: dos tiros de coca —que le hicieron ver las estrellas al tener el tabique nasal dañado—, pasamontañas, guantes, ganzúas, Táser X26, cuerdas para los adultos, cinta adhesiva para los menores y un cuchillo de combate modelo Storm. Una maquinaria bien engrasada funciona siempre, aunque le resultó un tanto decepcionante la poca resistencia que le ofreció aquel cerdo repugnante. Ni siquiera le había practicado un miserable corte y ya había confesado dónde había guardado el dinero. En esa mansedumbre puede que influyera el hecho de asistir al momento en el que le partió el cuello a su mujer. Con el sobre en su poder —el imbécil presuntuoso lo había guardado en un cajón de su mesilla de noche—, se tomó su tiempo para practicar con él lo que tanto deseaba haberle hecho al Espantapájaros. Completamente a su merced, no opuso apenas resistencia mientras lo inmovilizaba —muy ocupado en suplicar por su vida hasta que le introdujo un trapo de cocina por el gaznate— y, entonces sí, se concentró para proceder. Previsor, lo primero que hizo Samir Qabbani fue desnudarse antes de arrodillarse para ponerse a su altura. Agarrándolo con fuerza del cabello para que no moviera la cabeza, logró dibujar el seis casi de un solo trazo, pero no siendo perfecto el amarre, se vio forzado a repasar con la punta del cuchillo algunas zonas donde no había llegado hasta el hueso. En definitiva, tal y como había visto hacer a los milicianos, el truco consistía en meter bien los dedos, agarrar con fuerza del tejido y tirar sin miedo. Lo que menos le gustó fue lo mucho que salpicó el desgraciado, pero, por suerte, tenía la ropa lo suficientemente lejos como para que se viera afectada. Luego se duchó con vehemencia y antes de marcharse buscó el lugar apropiado para dejar lo que minutos antes conformaba un rostro.

Abandonaba el lugar, sin embargo, no del todo satisfecho, dado que haberle ajustado las cuentas implicaba poner kilómetros de distancia con Valladolid y, por consiguiente, renunciar a cumplir con la misión que le habían encomendado, olvidarse de vengar a su primo Émile y desistir en su intención de arrancarle la cara al Espantapájaros. Todo ello de forma provisional, por supuesto, porque más pronto que tarde, en cuanto las aguas volvieran a su cauce, regresaría a España para volver a ponerlo todo en su sitio. Lo que primaba en aquel instante era hacerse con un coche y poner rumbo a Marsella. Odiaba a los franceses con todas sus fuerzas, pero allí contaba con viejos amigos y compatriotas que le facilitarían todo lo necesario para permanecer oculto durante una buena temporada. Así, se alejó caminando de aquel barrio con la intención de robar un coche que no fuera fácil de relacionar con lo ocurrido en aquel piso de mala muerte. Cruzó al otro lado del río y en el vecindario del Cuatro de Marzo se le antojó un Seat León FR blanco con toda la pinta de tener un dueño cuidadoso. Era un modelo muy común, difícil de controlar y ya le cambiaría las placas de la matrícula en cuanto tuviera la oportunidad.

Iba camino de Burgos por carreteras secundarias cuando recibió la llamada del tal Volodia. A punto estuvo de no atenderla, pero una corazonada le susurró que le convenía hacerlo. No invirtió ni cinco minutos en concluir que la proposición que venía del mismísimo Kumarin podría ser la oportunidad que tanto llevaba esperando. Esa segunda oportunidad que un día le regaló aquel guerrillero costamarfileño.

Las sensaciones que le transmitía su amuleto le invitaban a pensar así.

Rumbo al sur.

Estación de autobuses de Valladolid

Durante la planificación del robo al museo lo había valorado como una alternativa para alojar al equipo, pero a la postre se decantó por el método tradicional. No obstante, dadas las circunstancias y ante la posibilidad de que lo estuvieran buscando, utilizar los servicios de Airbnb se le antojó lo más adecuado. Lo hizo a lo largo del trayecto en autobús desde Laguna de Duero hasta Valladolid. Contactó con la propietaria de un apartamento recién reformado con un dormitorio, cocina y baño, situado a cinco minutos del centro. Hizo la reserva para una semana y completó el resto de trámites sin plantear objeciones. Sin embargo, para recoger las llaves y evitar el contacto físico, le dijo que tenía diversas reuniones en la ciudad y que enviaría a un empleado suyo a recogerlas donde ella le dijera. Con el dinero ya en su cuenta y la oportunidad a la vista de ampliar una semana o dos más, su interlocutora no puso pegas. La dificultad residía en seleccionar un candidato que aceptara el encargo, pero, por suerte, si existía un lugar indicado donde encontrar una elevada concentración de aspirantes, ese era una estación de autobuses.

No había demasiada gente a esa hora de la mañana, pero sí la suficiente como para que ya hubiera descartado a tres mendigos, a dos que tenían aspecto de politoxicómanos —aunque solo uno lo fuera— y demás patulea perteneciente al lumpen urbanita contemporáneo. Tampoco quería pasearse más de lo estrictamente necesario ni salir a través del vestíbulo para eludir las cámaras, pero, sobre todo, para evitar cruzarse con las dos parejas de policías nacionales de uniforme que había visto pululando por ahí. Su ámbito de actuación se circunscribía a la zona de andenes. Sentada frente al número 7, una treintañera que vestía sudadera roja con capucha y pantalones anchos centró su atención. Se estaba liando un cigarro y tenía a su lado una de esas mochilas de acampada en la que no cabía una brizna de hierba.

Tenía que intentarlo.

—Hola, ¿te importa que me siente? —le preguntó modulando el tono.

—Pues anda que no hay sitio libre por ahí —contestó ella sin levantar la vista del cigarro.

A esas alturas, Tinus van der Dyke ya sabía dos cosas: que la chica era andaluza o extremeña y que no se lo iba a poner fácil. De la siguiente frase que pronunciara dependía que le siguiera o no escuchando. Se sentó a su derecha para evitar que viera la evidente tumefacción que se había extendido por su pómulo izquierdo.

—Necesito que alguien me haga un pequeño favor y estoy dispuesto a pagar por ello.

Ella levantó la mirada. Sus finos labios, libres de carmín, compusieron un inquisitivo rictus de disconformidad. Sin llegar a ser guapa, tenía el atractivo de quien está acostumbrada a salir airosa de situaciones como aquella.

—Ya. ¿Un pequeño favor de esos que se hacen en los asquerosos baños de una estación de autobuses? Lárgate antes de que llame a los de seguridad.

—No tiene nada que ver con eso. Si me das diez segundos te lo explico.

Esta se encogió de hombros.

—Me llamo Albert y acabo de llegar a Valladolid por trabajo. He alquilado un piso por Airbnb pero me tengo que marchar a una reunión y no puedo ir a por las llaves. Necesito que alguien vaya a recogerlas a una oficina que está por el centro y que luego me las dé a mí. Te pagaré cincuenta euros.

La chica se pasó la pega por la lengua, terminó de liarlo y lo prendió. Con más estilo del que cabía esperar, expulsó el humo por la comisura de la boca y chasqueó la lengua.

—Mira, Albert, o como te llames. No me pareces el típico puerco asqueroso, pero no me creo una palabra de lo que me has dicho. Me he fijado antes en tu careto y, al margen de ser muy... raro —definió con diplomacia— y de que parece que llevas un mes sin pegar ojo, tienes un golpetazo de padre y muy señor mío. No sé a qué clase de reunión tienes que ir, pero, vamos, que no creo que vaya a ser con el embajador del país al que pertenezcas.

El Espantapájaros sonrió.

—Te felicito, eres muy observadora. Ha sido un accidente con una puerta.

—Sí, claro, el clásico accidente. Vete por ahí.

Tinus van der Dyke se disponía a emprender la retirada cuando vio que ella levantaba el índice y parecía dispuesta a seguir hablando.

—El caso es que necesito dinero para volver a Jaén, pero por cincuenta euros de mierda prefiero no meterme en líos, no sé si me explico.

—¿Cuánto?

Ella dio otra calada al cigarro y se acarició el lóbulo de la oreja —más asaeteada que la talla robada— mientras evaluaba su contrapropuesta.

—Cien más el taxi, no pienso caminar cargada con esto hasta donde tenga que recoger esas llaves. Y más vale que sean llaves, porque si es otra cosa me piro y me quedo con la pasta.

—Son llaves. La mitad ahora y la otra mitad más el taxi en cuanto me las des. Yo te espero aquí y te cuido tu mochila para evitar que caigas en la tentación de quedarte con el dinero y dejarme tirado.

—Esta mochila ya vale más de cien y dentro tengo todas mis cosas. No pienso arriesgarme a que me la levanten. Búscate a otra.

El Espantapájaros chasqueó los dedos.

—Te doy ciento cincuenta ahora. Cien de lo tuyo y cincuenta como depósito por la mochila. Cuando vuelvas me devuelves los cincuenta y tan amigos.

—Te devuelvo los cincuenta menos lo que me cueste el taxi de ida y vuelta.

—Los cincuenta menos lo que te cueste el taxi de ida y vuelta —repitió.

—Y como no estés voy directa a denunciarte a la poli.

—Como no vuelvas... Nada. Ni siquiera sé tu nombre.

—Me llamo Paola.

—No tienes cara de Paola.

—Eso díselo a mi padre, que me lo puso porque estaba flipado con una actriz colombiana que se llamaba así y que actuaba en *Pasión de gavilanes*.

—El nombre es bonito, solo digo que no tienes cara de Paola.

—Ni tú de Albert, porque no te llamas Albert, ¿a qué no?

—No.

—Lo sabía.

—Me llamo Tinus —dijo ofreciéndole la mano sin acordarse de que tenía vendada la falange distal del dedo anular. Ella se la estrechó igualmente.

—Venga ya. ¿Qué nombre ese?

—El que me puso mi madre.

—Prefiero Albert.

—Como quieras.

—¿Y qué te ha pasado ahí? ¿La misma puerta?

—La misma.

—Vale, vale, tú mismo con tu mecanismo. Y, bueno, ¿tienes el dinero ahí o qué?

Calle Venezuela, 11

Sostenía una mirada retadora forjada con esa tendencia innata a no fiarse de la autoridad; rozando el odio visceral, verdadero, de ese que se aprende estando en el útero materno y se comprende al salir de él. De pie y con los brazos cruzados a la altura del pecho, la matriarca del clan los atendía en el salón luciendo luto perpetuo recién renovado. En la casa se contaban al menos otros cuatro familiares, todos varones, que permanecían en respetuoso silencio mientras iban y venían conteniendo su alteración por la presencia policial.

—Teresa Gabarri Ferreduela me llamo, pero aquí todos me conocen como doña Teresa —respondió ella a la pregunta de Peteira.

Cuando los agentes de Seguridad Ciudadana dieron con ella —lo cual no les había resultado complicado dado que era conocida en todo el barrio—, se había negado a regresar al piso en el que había encontrado muertos a su hijo y a su nuera, pero no había puesto ningún impedimento en atender a quien fuera en su propio domicilio. Allí era donde había trasladado a sus nietos y de donde no se iban a mover —según había jurado tras besarse la medalla de la Virgen de las Angustias— a no ser que la sacaran a ella con los pies por delante.

—Nosotros estamos aquí para preguntarle por lo que vio al entrar en la casa de su hijo, de lo otro se encargarán las personas que corresponda —intervino Sancho.

—Ustedes tienen sus leyes y nosotros tenemos las nuestras. Y aquí, en mi casa, la única ley que sirve es la mía, ¿me se entiende o no me se entiende?

El subinspector iba a decir algo, pero la intervención del pelirrojo funcionó de píldora abortiva verbal.

—Señora, solo queremos atrapar a la persona que ha cometido este crimen. Díganos, por favor, qué vio cuando entró en el piso.

Ella deliberó durante unos segundos.

—Solo hablaré con usté, el ojos claros se sale «pafuera».

Sancho posó su mano en el hombro de Álvaro Peteira.

—Tardo cinco minutos.

—Aire —dijo ella conforme se dio la vuelta. Luego bajó los brazos y se agarró las manos con fuerza para contener el temblor—. Na más entrar ya sabía yo que algo había pasado. No se escuchaba na. Llamé a la Angélica, pero na. Era mi sobrina, ¿sabeusté?

—¿Eran primos?

—Lo eran. Ella estaba tirada en el suelo y mi hijo...

Por un instante dio la sensación de que se iba a derrumbar, pero no pasó de ahí, y como si se avergonzara de haber flaqueado, acorazó aún más el semblante y tomó aire.

—Mi hijo estaba arrodillado un poco más allá. En cuanto me acerqué y vi lo que le habían hecho se me partió en dos el alma y empecé a gritar de la rabia, sí me entiende. Después vinieron los míos y encontraron a los chiquillos atados como ganado, pero vivos, y entonces le di las gracias a Nuestra Señora por haberlos protegido.

—Entiendo. Muchas gracias. ¿Recuerda usted si tocó algo antes de llamar a emergencias?

—Na. No toqué na. Nos salimos todos pa la calle y yo me traje a mis nietos conmigo, que es con quien tienen que estar.

—Nadie lo duda. Al margen de a los niños, ¿usted o alguna de las personas que entró en el domicilio de su hijo se llevó algo?

Doña Teresa amusgó los ojos y negó con la cabeza.

—La buscamos, pero no estaba. Ese malparido se llevó la cara de mi hijo.

—Señora, es muy importante que nos diga la verdad, estamos aquí para ayudarles, créame.

—Es la pura verdad.

Pero Sancho sabía que no.

—¿Cree que alguien ha podido entrar en el piso antes de que llegaran los agentes de policía?

—No.

Un hombre corpulento de mediana edad contestó con rotundidad.

—Él es Samuel, sobrino nieto mío. Le encargué que se quedara aquí y que no dejara pasar a más nadie. Y eso hizo.

El pelirrojo se pasó la mano por la barba.

—¿Tienen alguna de idea de quién pudo hacerlo?

Un silencio se agigantó entre ambos.

—Sé quien fue.

Sancho le sostuvo la mirada.

—Le escucho.

—El morito. Fue el morito, me cago en todos sus muertos y que pronto se junte con ellos.

—¿Qué morito?

—Uno que vino a pedir techo y techo le di.

—Continúe, por favor.

—Tenemos casas. Casas que nos quedamos cuando no nos pueden pagar por lo que sea. Nosotros tenemos, otros no. Nosotros dejamos dinero y si no pueden devolvérnoslo, pues se tienen que marchar y nos quedamos con el piso y con to lo que hay dentro, sí me entiende. Otras veces son casas que no tienen dueño y nosotros les damos un uso. Aquí las cosas funcionan asín. Tenemos nuestras leyes y las leyes se cumplen. Esas casas las dejamos por un dinero a la semana. Ese hijo de Satanás vino ayer buscando un sitio para quedarse y yo le di uno. Me pagó y punto final. El asunto es que... ¡Ay, mi Bernardo! —suspiró agarrándose la falda con rabia y elevando la mirada—. Él no sabía de las personas. Él no, pero yo sí. Y se lo dije, sí me entiende.

—No, ahora no la comprendo, lo siento.

Doña Teresa juntó las palmas de las manos en posición orante y se golpeó varias veces en la frente antes de continuar.

—Le dije que ese hombre era un mala sangre y que tenía que cuidarse muy mucho de él. Yo se lo vi enseguida. Eso se sabe. Mal fario. Y ese moro malcriado, me cago en su raza, tenía el mal dentro.

—Ya.

—Me vino mi Bernardo a la noche y me contó que había entrado en la casa de él. Y que se había llevado un dinero. Un dinero serio, sí me entiende. Yo le dije que no, que se lo retornara en el acto porque nos iba a traer una ruina, pero él juró por Dios que lo haría a la mañana temprano y asín se quedó la cosa. Y mire. No le dio ni tiempo. Mal viento lo lleve.

Sancho sacó su teléfono del bolsillo y le mostró la foto que tenían de Samir Qabbani.

—¿Es este hombre?

Doña Teresa se mordió con fuerza en dedo índice antes de contestar.

—Ese es. ¡¿Cómo se llama ese hijo del diablo?!

—Eso no puedo decírselo.

—Bueno, lo mismo da, porque aunque no lo sepa todavía, está muerto.

—Atiéndame, señora: lamentamos mucho lo ocurrido, pero de llevarlo ante la justicia nos encargamos nosotros.

—Aquí su justicia no sirve. Ojo por ojo y diente por diente.

—No se lo aconsejo.

—Nada se puede hacer ya. Es lo que dice la ley. ¡Nuestra ley! —selló golpeándose el pecho varias veces con el puño.

Sancho dejó que la mujer se tranquilizara.

—Necesitamos entrar en la casa que le alquiló. Dígame la dirección, por favor.

—Es en Ecuador, 9, pero ya no está allí. Pregunte usté por el piso de la loca Mercedes.

Algo le hizo arrugar el entrecejo, pero en ese momento no cayó en la cuenta.

—Gracias. Antes de irme me gustaría ver a los niños.

—¿Y eso por qué?

—Solo por comprobar que no necesitan asistencia médica.

—Ya se lo digo yo que no. Y punto.

—Hágame caso, es lo mejor. Si regreso a comisaría e informo de que no me han permitido verlos van a enviar al séptimo de caballería.

Doña Teresa realizó varios aspavientos para hacer notar su ofuscación antes de dirigirse hacia la habitación principal. Sin decir nada, el joven que custodiaba la entrada dio un paso lateral y ella abrió la puerta de mala gana.

—No entre. Desde aquí puede ver que los chiquillos están bien.

El más pequeño se entretenía a los pies de la cama con un coche de juguete en cada mano mientras que su hermana, sentada sobre la almohada, mantenía una conversación con una joven algo mayor que ella. Al asomarse, Sancho captó su atención unos instantes durante los cuales pudo leer en sus ojos las reminiscencias que dejan los hechos traumáticos vividos en primera persona. El de la Interpol se giró hacia doña Teresa.

—Los servicios sociales querrán evaluarlos psicológicamente y, si quiere mi consejo, yo no me opondría. Nadie se los va a quitar, pero tienen que comprobar que están bien.

—Dicho queda. Ahora hágame el favor de marcharse, que aquí tenemos muchas cosas que tratar, sí me entiende.

—Muy bien. Si necesita contactar conmigo, llame a comisaría de Delicias y pregunte por mí. Me llamo Ramiro Sancho. Avise si va a salir de la ciudad, porque la llamarán para declarar.

—Ya sé cómo se llama, y no se preocupe, que yo no voy a marchar a ningún sitio.

Fuera del edificio le esperaba Álvaro Peteira.

—¿Y bien?

—Lo ha identificado. Ha sido Qabbani. Cuando salió huyendo del aparcamiento llegó hasta aquí, un lugar cojonudo para encontrar cobijo sin dejar rastro. Alcanzó un acuerdo con doña Teresa, que es quien maneja todo el cotarro, y le dieron un piso abandonado. Pero el hijo se pasó de listo, entró en la casa y le robó dinero. Bastante, al parecer, y ahí la cagó bien cagada.

—Ese cabrón no se anda con hostias.

—Pilla los chalecos. Vamos a echar un vistazo al piso que le alquilaron a Qabbani, que está aquí al lado. Él no va a estar, seguro, pero por si acaso. Y luego que se pasen los Salcedos, a ver si encuentran algo.

—Todavía tengo revuelto el estómago, joder —dijo el subinspector mientras se lo ajustaba—. No hace mucho leí que en la antigua China y en África desollaban las caras de sus víctimas como amuleto, para protegerse del espíritu de su anterior dueño.

—En México algunos cárteles lo siguen haciendo para deshumanizar los cuerpos antes de exponerlos públicamente.

—Animales. ¡Pero qué poco evolucionamos, carallo!

—Por cierto... Creo que la señora se ha quedado la cara.

—¡No fastidies, hombre! ¿Se lo sacaste a ella?

—No, pero las manchas de sangre del pasillo coincidían con la vertical de una lámpara y la mayoría eran gotas redondas perfectas rodeadas de otras satélites de menor diámetro. Es decir, que cayeron desde bastante altura. Yo diría que el fulano la dejó justo ahí para que la encontrara el primero que entrara en el piso.

—¡Menudo hijo de puta!

—Tenemos que trincarlo antes de que lo encuentre el clan y lo hagan picadillo.

—Lo mismo nos hacen un favor.

—A mí no, desde luego; aunque..., bien pensado, igual es lo que nos conviene a todos. Cada uno en su casa y Dios en la de todos.

Peteira sacó el teléfono.

—Es Montes.

Recorrieron los treinta metros que los separaban de Ecuador, 9 bajo las atentas miradas de varios vecinos todavía alterados por el revuelo que reinaba en el barrio. Al doblar la esquina, Sancho se topó con una pintada que hacía años que no veía.

—Han identificado al de la furgo —anunció Peteira—. El alojamiento lo pagaba la misma empresa que se hacía cargo del hotel donde estaba el pocero. Es un minero asturiano que... ¿Me escuchaste o qué?

Sancho, inmerso en un traumático viaje hacia atrás en el tiempo, se conformaba con respirar aceleradamente.

Comisaría de distrito de las Delicias

De pie frente a la máquina expendedora de bebidas, Sara estaba a punto de establecer una conexión antagónica entre el funcionamiento de la vida y el mecanismo del armatoste. La conclusión estaba clara: qué sencillo sería todo si todo funcionara de forma sencilla. Como uno espera que funcione. Como sucede con la máquina expendedora de bebidas: introduces dinero suficiente por la ranura, seleccionas el producto que deseas beber, aprietas el botón correspondiente y listo.

Pim, pam, pum.

Tres acciones, objetivo cumplido y a por el siguiente.

La vida real jamás es así.

En la vida real, la ranura varía de tamaño dependiendo de factores que desconoces, por lo tanto no siempre entran las monedas. En la vida real no tienes claro el producto que deseas, porque en ocasiones los necesitas todos, y en otras, ninguno. En la vida real los botones casi nunca se corresponden con los productos; a veces sí, pero lo más probable es que en esa ocasión en la que te estás jugando el pellejo, no.

—Perdona, ¿vas a sacar algo? —oyó.

La inspectora se giró. Era Marta, del Grupo de Menudeo.

—Sí, disculpa. Bueno, no. No sé. Dale tú.

Sara se echó a un lado y contempló maravillada cómo su colega, resuelta y decidida, extraía un zumo de sabor tropical en cuestión de segundos.

—Hasta luego —se despidió Marta.

Pim, pam, pum, objetivo cumplido y a por el siguiente.

Ella estaba en proceso de aprendizaje. De hecho, acababa de superar un hito de apariencia menor, pero en absoluto desdeñable. En el bolsillo de su cazadora vaquera tenía las llaves de su nueva casa en la calle San Felipe, con su altillo incluido. Había salido airosa del trámite burocrático y había firmado el contrato que, por cierto, ya no recordaba haber guardado en ningún sitio en concreto. *Peccata minuta*. Había concretado para el día siguiente la mudanza con una empresa de confianza de la agente inmobiliaria, por lo que en cuarenta y ocho horas estaría estrenando una nueva etapa.

Casa nueva, vida nueva.

Un paso al frente.

Con un par.

Sara agarró un vaso de plástico y lo puso en la vertical del grifo del dispensador de agua. Lo empujó hacia abajo y esperó a que se llenara un poco más de la mitad, porque no tenía tanta sed y odiaba desperdiciar el líquido elemento. Al contacto con los labios, frunció el ceño y lo retiró de inmediato arrojándolo contra el suelo.

—¡Mierda puta!

Estaba muy caliente. Lo había hecho todo bien, pero se había equivocado de grifo y alguien, seguramente los que se traían de casa las dichosas bolsitas de té, había subido a tope la temperatura del termostato.

—¡Me cago en todo!

Sara Robles no paró de maldecir hasta que se sintió aliviada —que no repuesta— por la frustración que le generó fracasar en su intento por aliviar la sed. Se dirigía a su mesa cuando Nacho Llanes, de Subsuelo, que llevaba emboscado en la puerta de Brigada más de una hora, le salió al paso.

—Disculpa, Robles, ¿tienes un par de minutos?

Un par le parecían muchos. Una eternidad.

—Dime —se limitó a contestar.

—Tengo claras las rutas de entrada y salida de los atracadores, ¿te lo explico sobre el papel y ya te lo dejo aquí para que lo incluyas en las diligencias?

Sara consultó su reloj. Disponía de un cuarto de hora.

—Venga, pero no me digas que tengo que volver a bajar, porque paso.

—Tranquila.

Planos y más planos. Se disponía a hablar, sonoro aclarado de garganta mediante, cuando chilló el teléfono de su escritorio. La inspectora comprobó que se trataba de una llamada interna antes de presionar la tecla de silenciado.

—Puedes cogerlo si quieres.

—No, ahora no.

—Bueno, no me voy a enrollar mucho, es solo para que lo entiendas bien si te toca explicárselo al jefe. Entrada: imposible de saber cuál o cuáles usaron para bajar a este colector de aguas residuales —le señaló con la punta de un bolígrafo—. Hemos revisado varias tapas que están alejadas del tránsito de vehículos, descartado las que están en vías principales o en el rango de visión de cámaras de vigilancia evidentes, tipo bancos y demás. No hemos hallado rastro en ninguna de haber sido manipuladas, porque es tan sencillo como tener un gancho y tirar. Pero pensamos que pudieron hacerlo por cualquiera de las que te he marcado en rojo.

—Entendido.

—Siguiendo esta ruta —prosiguió—, llegaron a este punto que está bajo el empedrado de Cadenas de San Gregorio y con la lanza térmica abrieron un boquete de un metro y medio de diámetro para conectar con un ramal de alcantarillado que recorre en diagonal el patio del museo. Desde aquí, unos metros más adelante, excavaron el túnel con una ligera pendiente hacia los baños.

—Lo recuerdo. ¿Cuánto tiempo crees que tardaron en hacerlo?

—Es difícil de establecer, pero los dos curritos que terminaron muertos sabían lo que hacían. Un pocero y un minero, buena combinación.

—Un segundo, un segundo. ¿Un minero?

—Sí, ¿no te lo han dicho? El tío que resultó muerto en el tiroteo del centro comercial había trabajado en las minas de carbón toda su vida. Lo han identificado esta mañana.

Sara elevó las cejas.

—No, nadie me ha dicho nada, pero es que he estado liada con lo de Arturo Eyries. Más mierda.

—Ya me he enterado. ¿Está relacionado?

—Todavía es pronto para saberlo, pero pensamos que sí.

—Ya. En fin, no me gustaría estar en tu pellejo, la verdad.

—Esa suerte tienes.

El de Subsuelo golpeó con los dedos sobre la mesa a modo de colofón acústico, cual si de un chascarrillo se tratara.

—Sigo. Salida: más ingenioso aún. ¿Recuerdas que no me cuadraba la zona por la que vieron salir al tipo ese?

—Sí. Dijiste que no estaba conectada con el museo.

De nuevo el estridente sonido del teléfono. Mismo problema, idéntica solución.

—Eso es. Pero más pillados nos quedamos cuando revisamos todas las tapas de la red a la que pertenece el museo y vimos que las pestañas de seguridad seguían en su sitio. El error es que dimos por hecho que habían seguido la misma ruta, por San Quirce, Isabel la Católica..., pero no. Entrar de uno en uno es más fácil que salir los tres al mismo tiempo. Mucho riesgo. Al margen, debían contar con el vehículo de huida bien aparcado durante días en un lugar que no molestara demasiado ni llamara la atención. Está claro que el que lo planeó tenía acceso a planos muy detallados. Nos ha costado dar con ello, pero a fuerza de bajar y bajar, los chicos se percataron de que este descabalgamiento de tierra había sido removido recientemente, y entonces todo encajó. Pasan por aquí, lo tapan de nuevo, llegan hasta un tramo que pertenece al antiguo pasadizo que comunicaba San Pablo con el Palacio Real —remarcó en el plano, entusiasmado—, y desde este punto, otro butrón para conectar con este colector y de ahí directos al antiguo cauce del Esgueva. Luego, de excursión hasta el aliviadero del Pisuerga, donde además, al estar al nivel freático del río y con la tapia que separa el paseo de la ribera, no hay forma de que los vieran salir. Y menos a esas horas, claro.

—Jo-der.

—Como te digo, no eran unos cualquiera.

—Ya, pero aunque fueran el Messi y Cristiano de las alcantarillas, sigo pensando que alguien les tuvo que proporcionar los planos y marcarles el camino. Por ahí no hemos avanzado nada, ¿no?

—Es muy complicado. Hemos elaborado un listado de posibles empresas con acceso a los planos, empleados públicos y demás, y nos salen más de veinte posibilidades. También existe la posibilidad de que hayan accedido a la red del Ayuntamiento y los hayan copiado o algo así; yo de informática no controlo.

—Puede.

Sara estiró la espalda y tomó aire.

—Te voy a hacer una pregunta delicada y que no salga de aquí —le advirtió en tono apreciativo—. ¿Rodolfo Velasco podría haber tenido acceso a esa información de alguna forma?

Nacho Llanes pestañeó varias veces como para verificar que realmente le estaba haciendo esa pregunta.

—No lo creo. A no ser que sea un hacker o como se diga. ¿Está en el punto de mira?

—Sí, pero lo sabemos cuatro.

—De cuatro a cuatrocientos hay solo un bocazas de diferencia.

La sentencia le provocó cierto malestar estomacal a la inspectora. Cuando volvió a levantar la vista, Carmen Montes estaba junto a su mesa.

—Por ahí debajo debe de estar la necrorreseña del sujeto que nos faltaba por identificar —le informó indicándole con el dedo hacia un montón de papeles—. Ya sabemos que algunas de las huellas encontradas en la furgoneta del jaleo de Vallsur son suyas. Otras son del otro tipo que se halló muerto en el subsuelo, y el resto están aún sin identificar.

—El resto... ¿cuántas son?

—Creen que dos más, pero no lo pueden saber con certeza.

—Estupendo.

—Las huellas de los dos identificados también han sido halladas en las herramientas de trabajo que usaron para moverse bajo tierra, así que esa parte la tenemos más o menos cerrada.

—Vale, gracias, ahora le echo un vistazo.

—Más cosas: el que te llamaba era Navarro. Te está esperando en la sala de abajo con el señor Puente, que ha venido acompañado por su abogado, por cierto, y me pide que te pregunte si finalmente vas a poder bajar o no. Mauro Craviotto ha llegado a primera hora, pero se ha marchado a la estación a recoger a no sé quién y me ha encargado que te diga que a mediodía querría mantener una reunión contigo. Que es muy importante. También quiere verte Copito: «Conforme aparezca por aquí» —repitió impostando la voz del comisario—. Sancho ha llamado para confirmar que los dos muertos de Arturo Eyries se los tenemos que apuntar a Samir Qabbani, al parecer por un robo o algo así, pero que tan pronto como pudiera se pasaba por aquí y te detallaba. Ah, y Velasco, que ha llamado para decir que se pasará por aquí a lo largo de la mañana y que quería charlar un rato contigo.

—Charlar, ¿eh?

—Eso ha dicho, sí: charlar. Como ves, estás muy solicitada.

—Me siento tan afortunada...

Sara Robles cerró los ojos y se masajeó las sienes.

—Yo ya me voy —intervino el de Subsuelo—. Si necesitas algo, ya sabes.

—Gracias, Nacho, buen trabajo.

En cuanto se quedó sola localizó y ojeó la información sobre Raimundo Trapiello Díaz e inspiró profundamente antes de afrontar el siguiente pim, pam, pum. Mientras lo hacía tuvo que acallar varias veces la voz de Sara la Cachonda intentando convencerla de que lo mejor que podía hacer para disminuir el estrés era mantener una buena sesión de sexo. Tratando de huir de ese pensamiento, cerró con fuerza los párpados, pero solo consiguió visualizar el rostro de la pareja que le sugería su subconsciente.

Y no era esa, ni mucho menos, la cara que esperaba ver.

PIM, PAM, PUM

Estación de autobuses
Calle del Puente Colgante, 2. Valladolid
15 de mayo de 2019

No las tenía todas consigo, pero algo que iba más allá de una crédula corazonada le decía que Paola no le iba a fallar. Se iban a cumplir tres cuartos de hora desde que se despidió de él metiéndose los tres billetes de cincuenta euros en el bolsillo trasero del pantalón, pero cada minuto que pasaba se le hacía eterno. Mucho más si cabe a partir del instante en el cual, buscando la forma de contactar con su socio, le invadió una idea que por disparatada le pareció brillante. Todo dependía de que ella cumpliera con lo acordado.

Tinus van der Dyke se encontraba en las antípodas de la ataraxia a pesar de que no se había movido del sitio. Hacía muchos minutos que su mirada rebosante de ansiedad apuntaba hacia la puerta que daba acceso a la zona de andenes, dispuesta a arponear visualmente a su Moby Dick.

—¡Eh, tío! ¿Un cigarro tienes por ahí?

Una cara carente de dientes.

Imprecaciones en afrikáner.

—¡No! ¡No fumo! —le gritó cuando se recuperó del susto.

—Bueno, hombre, bueno, tampoco es para ponerse así.

Lo primero que se le pasó por la cabeza fue darle un cabezazo en el punto de intersección del hueso frontal y los huesos propios de la nariz, pero el sentido común intervino a tiempo para tirar de las riendas.

—¡Lárgate de una vez!

—¿Y un par de euros? —insistió poniéndole la palma de la mano a la altura de los ojos para mostrarle algunas monedas. No fue, sin embargo, el dinero lo que reclamó su atención. Fueron los enjambres de renegridas bacterias que recubrían la concavidad de unas uñas que nada tenían que envidiar en largura a las de un oso hormiguero. Tanto microorganismo nocivo lo dejó sin habla hasta que, de improviso, vio cómo las monedas saltaban por el aire.

—¡A mamarla a Parla! —oyó.

Era Paola.

—¡Venga, vámonos! —dijo acto seguido agarrando su mochila.

Ver todo su capital esparcido por el asfalto hizo que el oso hormiguero se enfureciera, pero, al estar incapacitado para realizar dos tareas al mismo tiempo, se decantó por recoger las monedas en vez de insultarlos como merecían.

—¿Nunca te ha dicho tu mamá que no debes hablar con extraños?

Una sonrisa pícara amenazaba con quedarse a vivir en los labios de Paola.

—¿Tienes las llaves?

—Por supuesto.

La chica introdujo la mano en uno de los bolsos de la sudadera roja y se las mostró agarrando la arandela con dos dedos y agitándolas para hacerlas sonar.

—Me han sobrado nueve euros del taxi. ¿Me los perdonas por haberte librado del yonqui?

—Quédatelos —accedió él al tiempo que le entregaba el botín.

—Genial. Bueno, pues encantada y suerte con las puertas.

Van der Dyke se detuvo.

—Espera, Paola, tengo otro trabajo que proponerte.

—Muchas gracias, pero no.

—Trescientos.

—Mira, yo no sé qué líos te traes entre manos, pero mi instinto me dice que me voy a meter en un problema cojonudo y paso.

—Solo escúchame un minuto. Te prometo que es otra tontería.

—Cincuenta por escuchar la tontería.

—Joder, como extorsionadora no tienes precio.

De nuevo el movimiento de dedos y otro billete anaranjado incrementó el patrimonio de Paola.

—¿Tienes carné de conducir?

—Pues claro.

—¿Lo llevas encima?

—Sí.

—Estupendo. Salgamos por allí, no quiero cruzar por el vestíbulo.

—Todavía no te he dicho que vaya a hacer lo que sea que vayas a proponerme, ¿eh?

—No, no lo has dicho, pero sé que lo vas a hacer.

Comisaría de distrito de las Delicias

Bajaba las escaleras tratando de conjurarse consigo misma para controlar sus impulsos cuando casi se topó con él de bruces. Durante los instantes en los que sus miradas se embarullaron, a Sara le pareció detectar algo raro. Sancho tuvo el impulso de preguntarle si se encontraba bien, pero, en ese momento, sus cuerdas vocales no atendían las órdenes del corazón sino las del condenado cerebro.

—Si venías a verme vas a tener que esperar, porque me meto en un lío ahora mismo —se anticipó ella.

—Sí, a eso venía, pero puedo esperar. No pasa nada. Además, de camino me ha llamado Copito para decirme que me pase por su despacho —contestó el pelirrojo.

—De ahí vengo yo.

—¿Y?

Breve pero intenso. Sara sabía que el comisario quería escuchar un argumento que pudiera repetir hacia arriba y que no sonara demasiado mal. Un argumento con cierta solidez con el que ganar tiempo. Una explicación que calara en alguien como el subdelegado del Gobierno, por ejemplo, y que le llevara a la conclusión de que se avanzaba despacio pero se avanzaba. Avanzar, ese era el concepto que debían vender. A la inspectora le había venido francamente bien la confirmación de que, tal y como sospechaban, los dos nuevos cadáveres había que adjudicárselos a Qabbani y que, por consiguiente, debían conseguir más efectivos para reforzar el operativo de búsqueda contra el libanés. Lo único que le había dejado mal sabor de boca de la conversación con Herranz-Alfageme era que le hubiera preguntado tres veces si se encontraba bien porque parecía un tanto desorientada, distraída. Llegó incluso a ofrecerle la posibilidad de tomarse unos días libres, ofrecimiento al que ni siquiera prestó oídos. No le faltaba razón al comisario dado que, en cuanto Sara detectaba que su interlocutor se disponía a fabricar palabras de más, aprovechaba para atender esas voces internas que intentaban arrastrarla a sus respectivos terrenos. Y el que pertenecía a Sara la Cachonda estaba anegado de lascivia.

Sobre esto último nada le mencionó a Sancho.

—Bueno, pues dale caña —le animó el pelirrojo cuando terminó el resumen ejecutivo—. Luego nos vemos, ¿no?

Aquello sonó a cita programada.

—¿Luego? ¿Cuándo?

—¿No has hablado con Craviotto?

—No. Me ha llamado pero no he podido atenderle.

—¡Hay que joderse! A mí me ha dicho que ha quedado contigo dentro de un rato para mantener una reunión con Antonio Ojeda relacionada con el Espantapájaros. En plan monográfico, ya sabes. Que tienen cosas muy importantes que contarnos y bla, bla, bla.

Sara hinchó los carrillos con aire que fue soltando poco a poco por la boca.

—No hemos concretado ninguna hora. Ha llamado esta mañana y ha dejado un recado a Montes, pero todavía no he hablado con él. Dani Navarro me está esperando para interrogar al sobrino de la fallecida y Velasco también quiere verme.

—¿El que te puso la queja?

—El mismo.

—Para él tiene.

—No, voy en plan moderado.

—Por eso. ¿Y Velasco? ¿Qué quiere?

—No tengo ni la menor idea. ¡Sorpresa!

—Bueno, tú a lo tuyo. Cuando lleguen estos me siento con ellos, los escucho y luego te cuento.

—Gracias. También me tienes que hablar de la conversación con la matriarca.

—También. Álvaro se ha quedado por allí a ver si rasca algo más. Oye, te noto un tanto..., no sé. ¿Cómo estás?

—Para entrar a vivir. Yo a ti te veo algo alterado. ¿Pasa algo?

Resulta que, en ocasiones, el corazón termina por imponerse. Por suerte para Sancho, solo sucede en ocasiones.

Sancho eludió el contacto visual y se rascó la barba.

—Verás... La señora Teresa maneja con mano de hierro todo un clan gitano que es, en concreto, el más importante de Arturo Eyries. Yo creo que pudo pasar así: después del guirigay de Vallsur, Samir Qabbani llega en busca de un lugar para esconderse y le ofrecen un piso de los muchos que tienen. Llegan a un acuerdo y se instala. Al hijo de la señora Teresa no se le ocurre otra cosa que robarle, el otro se cabrea y les sella el pasaporte a él y a la mujer. Bien. Hasta aquí todo normal. El tema, el temita de los cojones, es que cuando vamos a registrar el piso que le alquilaron a Qabbani me doy cuenta de que no es la primera vez que he estado allí. Que, casualidades de la vida, es el que pertenecía a la madre de Augusto Ledesma, donde, oh destino, nos la encontramos muerta con la bolsa de plástico en la cabeza.

Sara Robles chasqueó la lengua.

—Entrar ahí de nuevo me ha revuelto un poco las tripas, la verdad. Cuando no has superado lo de atrás, lo de menos es lo de más —sentenció—. Subo a ver a Copito.

—Vale. Si necesitas algo, ya sabes.

Bajaba la inspectora los últimos peldaños procesando el refrán y preguntándose si era posible despojarse por completo del pasado. Antes de tocar la puerta de la sala concluyó que lo que pretendemos que sean puntos y aparte casi siempre terminan siendo, en realidad, puntos y seguido. Comprobar que la expresión de asombro de Alfredo Puente al verla entrar se fue transformando en otra más cercana al desasosiego, le hizo entender que Patricio Matesanz tenía razón.

—Perdón por el retraso; y por llegar tarde —añadió con aire jocoso—. Últimamente por aquí andamos todos como pollos sin cabeza. Soy la inspectora Robles —se presentó al abogado ofreciéndole la mano.

Se apellidaba González. Rostro abuhado, sobrado de kilos y gafas modelo letrado peligroso. Luego hizo lo propio con el sobrino pero regando su sonrisa todo lo que pudo hasta que logró que fuera inmarcesible. A Sara le gustó comprobar que una fina capa de sudor frío le recubría la mano.

—¿Me he perdido algo importante? —preguntó la inspectora con notable desinterés al tiempo que tomaba asiento.

Había acordado con él hacerlo así. Navarro los atendía en primera instancia y, pasados unos minutos, aparecía ella con una sonrisa en los labios y el cuchillo entre los dientes.

El abogado carraspeó con vehemencia, como si se estuviera preparando para perorar como exigían los cánones de la profesión.

—Precisamente estaba informando al agente Navarro de que mi cliente quería modificar su primera declaración —dijo, sin embargo, claro y conciso.

—¿Y se trata de una pequeña modificación o de una modificación sustancial?

—Diría que sustancial —contestó con cierto esplín.

—Entiendo. Pues adelante, le estamos escuchando.

González le cedió la palabra con la mirada a Alfredo Puente, al que no le quedó más remedio que hacer uso de ella. Desnortado y atenazado por los nervios, invirtió doce minutos y ocho segundos en contar algo que podría haber relatado en tres. En la narración, plagada de circunloquios, alguna lágrima, perífrasis, moqueos y rodeos, reconocía que después de descubrir el cuerpo y asegurarse de que nada podía hacer ya por salvar la vida de su querida tía no llamó de inmediato, sino que quiso hacerse con la colección de postales antiguas que consideraba suyas por derecho. La llave de la caja de caudales la encontró en el bolso que estaba colgado en el perchero de pared del recibidor y, una vez que las tuvo en su poder, marcó el 112. Intentando resolver cómo sacar de allí tan preciado botín, no se percató de volver a colocar la escalera en su sitio y de cerrar la puerta del armario. Tampoco esperaba que se presentaran tan rápido y al escuchar que llamaban a la puerta se las introdujo por dentro del calzoncillo antes de abrir. También admitía haber sido él quien había cerrado el grifo de agua caliente y que fue la confusión del momento lo que le empujó a obcecarse en la negación. A Sara le llamó la atención que no recalcara su inocencia respecto a la muerte de su tía.

—Muchas gracias —dijo la inspectora tras un prolongado silencio—. ¿Puedo preguntarle cuándo y por qué ha decidido contarnos la verdad?

—Ayer. Quería ayudar en la investigación para que todo se aclare de una vez.

—Aquí traigo las postales aludidas —intervino el abogado sacando un sobre de su maletín y colocándolo encima de la mesa—, para ponerlas a su disposición.

—Ya. ¿Ha hablado con su prima últimamente?

Rubor.

—Sí, ayer me llamó por teléfono.

—Y supongo que le contó que había mantenido un encuentro con el agente Navarro en el que le había hablado de las dichosas postales, ¿verdad?

—Sí, me lo dijo.

—Entendido. Que deje constancia por escrito de la nueva declaración y que se marche. Nos pondremos en contacto con usted cuando sea oportuno.

El abogado le hizo un gesto a su cliente.

—Quería decir que lamento mucho si he ocasionado algún problema y como acto de buena voluntad retiraré la denuncia que interpuse contra usted.

—Ahá —articuló ella, escueta por defecto.

—También me gustaría saber si esto va a tener alguna implicación que pudiera perjudicarme.

—Eso tendrá que decirlo el juez que instruye el caso.

Silencio.

Cara de cántaro roto del arrepentido de tanto ir a la fuente.

—Si le sirve de consuelo, yo, por mi parte, acepto sus disculpas. Les dejo con el agente Navarro; como les decía al principio, tenemos mucho jaleo últimamente.

Cara de fuente rompe cántaros de la inspectora Robles.

¡Pim, pam, pum!

Inmediaciones de la comisaría
de distrito de las Delicias

Déjenos aquí mismo —le dijo Mauro Craviotto al taxista.

Estaba incómodo. Necesitaba hablar del caso con su exjefe antes de verse con Sara Robles, pero se negaba a hacerlo delante de aquel extraño, por lo que apenas habían intercambiado algunos comentarios triviales, exentos de relevancia.

Le había resultado muy sencillo. De hecho, ni siquiera tuvo que industriárselas para convencerlo, dado que fue Antonio Ojeda quien dio el primer paso: «Desde mi casa de San

Rafael tardo diez minutos en llegar a la estación de Segovia-Guiomar y otra media hora hasta Valladolid». Le había hablado del Espantapájaros prácticamente desde el primer día que entró a formar parte de la Brigada de Patrimonio Histórico. «Tenemos al lobo dentro del corral», repetía. Porque él siempre había considerado todo el patrimonio artístico español como algo suyo, y le incomodaba saber que Tinus van der Dyke se había afincado en España y vivía cual ciudadano normal siendo uno de los tipos más peligrosos del mundo en el espectro del robo de grandes obras de arte. Era su profesor Moriarty y, de alguna manera, sentía por él tanta admiración que el propio Craviotto terminó contagiándose de ella. De hecho, ambos se sintieron algo defraudados cuando no les quedó más remedio que descartarlo como sospechoso de haber planeado el robo del Códice Calixtino. Ojeda estaba convencido de que estaba implicado en algunos robos menores y que algún día llevaría a cabo un golpe a la altura de sus capacidades.

Un golpe como el del Museo Nacional de Escultura.

—¿Te parece que tomemos un café aquí y así charlamos un rato antes de meternos en harina? —propuso Craviotto.

—Me parece —accedió Ojeda. Sesenta y tantos, frente despejada, pelo cano y profuso bigote de corte autoritario a juego con el tono campanudo y desgastado de su voz, como si surgiera desde lo más profundo de una caverna. Las bolsas bajo unos ojos de mirada cansada le otorgaban una apariencia de *bulldog* experimentado, de probada paciencia, pero, sobre todo, de credibilidad.

El humo que se elevaba de las tazas era una analogía de lo que estaba ocurriendo dentro de aquellas dos cabezas que aún no habían verbalizado sus pensamientos.

—Es lo que menos echo de menos —se lanzó Antonio Ojeda señalando el móvil que Craviotto acababa de dejar sobre la barra—. Terminé harto de ser esclavo del condenado aparato y te puedo asegurar que se puede vivir perfectamente sin él.

—No lo dudo, pero ya sabes cómo es esto. Por cierto, siento haberte molestado el otro día tan tarde, el asunto lo requería.

—No me has molestado en absoluto. Además, ya sabes que Valladolid es como mi segunda casa.

Pero la expresión de Craviotto decía que no, que no sabía que Valladolid era como su segunda casa.

—No te lo he contado, pero no hace mucho que he conocido a una persona, Agri se llama, que es profesora de instituto y..., mira tú por dónde, ha surgido la chispa. Y, claro, vengo al menos dos veces al mes. De hecho lo del robo me pilló aquí, pero me tuve que marchar en el tren de las once de la mañana porque tenía que asistir al funeral de un amigo y no me enteré del asunto hasta que llegué a Madrid.

—Vamos, que si llegas a enterarte aquí te quedas.

Ojeda se mesó el bigote.

—Puede. He seguido muy de cerca toda la información que han dado los medios sobre el robo y, si quieres que te diga la verdad... ¡Echaba de menos un poco de acción!

—Y más si está involucrado el Espantapájaros como es el caso.

—En cuanto vi la foto que me enviaste supe que se trataba de él —se lanzó Ojeda—. Si me la hubieras pasado antes no te habría hecho falta lanzar la consulta a los cuatro vientos.

—Lo hizo Rubén siguiendo el procedimiento que tú mismo creaste, amigo mío. Tenemos claro que se trata de Van der Dyke, perfecto, pero eso mismo es lo que me invita a pensar que, para ser el Napoleón del robo de obras de arte, ha cometido un error de principiante, ¿no crees?

—¿Te refieres a dejarse captar por una cámara?

—Claro.

—No, no, en absoluto. Y me parece mentira que hagas ese comentario cuando sabes perfectamente que esa imagen por sí misma no sirve ni servirá de nada. ¿Qué juez la aceptaría como prueba? Ninguno. Y si así fuera, con decir que estaba visitando el museo, solucionado. Nosotros sabemos que es él, el FBI y cualquiera que sea del ramo también. Pero ¿el juez? No, para nada. Apenas se le distingue la cara y cuando me enseñes el corte entero del vídeo estoy seguro de que lo veremos dando un paseo por el museo como si tal cosa. Tenía que recorrerlo para planificar el asalto, comprobar en persona las medidas de seguridad, pero, sobre todo, elegir la pieza.

—Sí, puede que tengas razón, y ahora que lo mencionas, tú que sabes bastante más de arte que yo, te pregunto: ¿*El martirio de san Sebastián* es tan valioso?

—Hombre, en el mercado negro mínimo tres millones se saca, pero estoy seguro de que la tiene vendida por más. Cinco kilos no es mala cantidad para jubilarse, ¿no? No obstante, reconozco que yo también lo he pensado. Es decir, siempre creí que cuando Van der Dyke entrara en escena lo haría para llevarse el premio gordo. Y mira que tenemos en España cosas valiosas y con mejor salida que una talla escultórica, a pesar de que esta venga firmada por Berruguete, uno de los grandes.

—Bueno, puede que viera la oportunidad de asaltar el museo y de entre todas las posibilidades eligiera esa en concreto por el tamaño y, cómo no, por su valor.

Ojeda daba vueltas al café con la cucharilla mientras barruntaba algo.

—El Museo Nacional de Escultura tiene muy buenas medidas de seguridad, planificarlo conllevaba sus riesgos, pero él, como en Boston, no participa directamente. Recurre a terceros. Sin embargo, uno de ellos la caga bien cagada, mata a los dos vigilantes y luego trata de no dejar testigos. Pero eso lo cambia todo, porque el botín está manchado de sangre y podría dificultar la venta. Podría —recalcó—. Nunca antes se había arriesgado tanto.

—Ahora no te sigo.

—Me refiero a que las probabilidades de que algo saliera mal eran más de las que él suele asumir.

—Es cierto, y tampoco ha usado la distracción como en Boston, ¿no? Lo de hacer saltar la alarma del Museo de Bellas Artes la misma noche del asalto al Gardner le proporcionó una buena cortina de humo por si algo salía mal.

—Lo has comprobado, ¿verdad?

—¿El qué?

—Que no hubo ninguna distracción.

—Por supuesto. Todos los importantes: el Museo Patio Herreriano, el Oriental, el de Fabio Nelli y creo que no me dejo ninguno.

—Bueno, te dejas el más importante. Quizá no como museo, pero sí el que contiene piezas de más valor.

Mauro Craviotto frunció el ceño al tiempo que lanzaba una búsqueda en el archivo de su memoria.

—Pues no caigo.

Antonio Ojeda alargó el momento de suspense.

—Si es que me muero y no te educo. ¡¿Qué coño va a ser?! ¡Pues los tres Goyas que hay en el Museo del Monasterio de San Joaquín y Santa Ana!

El otro se golpeó en la frente.

—Jo-der, es verdad. *El tránsito de san José,* ni más ni menos, ni menos ni más.

—¡Ese sí que sería un buen premio! Entre los tres diría que superan los cien millones.

—Sería cojonudo que el robo al Museo de Escultura fuera la distracción para llevarse los Goyas —bromeó—. Me consuela pensar que si se los hubieran llevado ya lo sabríamos, ¿no crees?

Ojeda, que podría decirse que estaba medio sonriente, endureció el semblante de forma repentina. Yerto, completamente.

—O no —dijo.

—¿Cómo que no?

—Puede que no se hayan dado cuenta.

—Pero ¡¿cómo no...?!

Mauro Craviotto no terminó la frase.

—Cambiazo —definió este.

—¿Cambiazo? —repitió.

—Claro, coño, claro. ¿Recuerdas cuál era la especialidad de Van der Dyke como falsificador?

—No, la verdad.

—Pintura realista al óleo.

—Mierda.

—Tranquilízate, ¿quieres? —le pidió el Espantapájaros a Paola.

—¿Me vas a volver a hablar de esos dibujos animados que nadie conoce?

—Si quieres puedo hablarte ahora de Los Supersónicos.

—Prefiero que me metas un tiro en la nuca.

Estacionados frente a las dependencias policiales con el propósito de controlar la entrada, a Van der Dyke se le ocurrió que hablarle de Hanna-Barbera podría ser una buena forma de distraerla para licuar la espera. Había empezado preguntándole por Huckleberry Hound al ver pasar a una señora paseando un perro con un ridículo abrigo canino de color azul, lo cual le había recordado al personaje creado por el tándem de dibujantes. De todos los que le citó solo le sonaban Los Picapiedra, Scooby-Doo y El oso Yogui, pero la disertación se centró, no sabía bien por qué, puede que fuera porque se trataba de otro perro, en Hong Kong Phooey, el superhéroe experto en artes marciales con más suerte del mundo. Si el propósito del Espantapájaros era tranquilizarla, no había funcionado, e incluso él estaba empezando a contagiarse del nerviosismo de Paola. Tinus van der Dyke tampoco soportaba la incertidumbre, pero no le quedaba otra alternativa que seguir el plan de contingencias que en su día había acordado con su socio en el caso de que se interrumpieran las comunicaciones. Sabía que antes o después tenía que aparecer por allí y necesitaba contactar con él para dar el paso definitivo.

—No dejo de preguntarme qué coño hago con un completo desconocido vigilando una comisaría de policía, y encima tengo que estar relajadita... ¡Tócate las pelotas! —protestó Paola.

—Tranquilízate, no te va a pasar nada. Solo tenemos que esperar a que aparezca y luego vemos la forma de entregárselo. Así de sencillo.

—Así de sencillo —repitió chasqueando los dedos airada.

—No creo que haya una manera de ganarse trescientos euros más fácil que esta.

—El problema es que no tengo ni idea de lo que te traes entre manos. Y eso acojona. Acojona mucho.

—No te conviene saberlo ni te importa. Solo haz lo que te he dicho, te llevas tu dinero, entregas el coche y adiós.

—Tenía que haberle hecho caso a mi prima Laura.

—Sí, ese corte de pelo no te favorece mucho —bromeó él para liberar tensiones.

—Estás tú para hablar, que pareces uno de esos dibujos animados al que le ha pasado por encima una apisonadora. Mi prima Laura me dijo que no viniera a Valladolid a ver a mi novio, que era un completo gilipollas y que no merecía la pena.

—¿Y tenía razón?

—Totalmente. No estábamos muy bien, la verdad, y pensé que dándole una sorpresa las cosas podrían arreglarse. Pero, ya ves tú, ha sido un completo desastre. Necesita espacio, dice. Que no es listo ni nada. Así puede tener sus rollitos aquí y allí sin que nadie le moleste. Anoche se nos calentó la lengua y esta mañana le he mandado a la mierda. Estaba en la estación esperando a que Laura me hiciera un Bizum para pillar el billete cuando apareciste tú. Qué ganas tengo de llegar a mi casa y olvidarme de ese imbécil.

—Esta tarde estarás de camino.

—O en el calabozo.

—¿Sabes eso de que pensar en positivo trae buena suerte? Pues en negativo funciona igual, así que trata de... ¡Ahí está! ¡Ese es! —lo identificó.

Su rostro, ajado por el desasosiego, parecía haber envejecido cinco años. Caminaba arrastrando los pies, encorvado hacia delante y con las manos metidas en los bolsillos del pantalón. En su mente aún coleaban las últimas frases de la conversación que acababa de mantener con Sara Robles.

—Te agradezco que hayas venido, Rodolfo, pero comprenderás que no podemos descartar ninguna vía de investigación hasta que no estemos seguros de ello al cien por cien.

—Puedo demostrar que esos ingresos periódicos provienen de esto, principalmente del maldito casino, y que lo meto en esta cuenta para poder tirar de ello desde el resto de aplicaciones —le mostró—. Que sea un viciado del juego es una cosa, poner en riesgo la vida de los demás, otra.

Ella se había mostrado comprensiva, o eso creyó ver, cuando le confesó que tenía problemas con el juego desde hacía varios años y que se estaba tratando con un especialista. Póker *online,* apuestas deportivas de todo tipo, casinos, tragaperras... De todo. Tenía ingresos, por supuesto, pero las pérdidas eran mayores y la adicción le había sobrepasado tanto que se había autoimpuesto la condena de acudir a un psicólogo. También le hizo ver a Sara lo incómodo que le había resultado percatarse de que lo estaban siguiendo, porque ello quería decir que ella lo consideraba sospechoso de haber colaborado en el robo. Tenía que aclararlo cuanto antes, pero principalmente quería asegurarse de que no terminara llegando a los oídos de María Bolaños, porque, conociéndola como la conocía, estaba convencido de que solicitaría un nuevo director de seguridad. No podía perder su puesto de trabajo, ahora no, porque sabía que si eso ocurría detrás iría su matrimonio.

Y su vida entera.

—Por lo único que tienes que preocuparte ahora es por reunir la información que necesito para verificar que lo que me estás contando es cierto —había zanjado ella sin mucho tiempo para más.

Revolver en ese berenjenal no iba a ser fácil para él, pero sin otra alternativa posible, no le quedaba más remedio que ponerse manos a la obra de inmediato. De lo que no había abierto la boca era de las grabaciones que había borrado antes de entregárselas a Peteira. No era necesario. Que se le viera a él en la sala 9 con los pantalones por los tobillos embistiendo como le gustaba a Raquel nada tenía que ver con el caso. Los encuentros sexuales con la empleada de la empresa de seguridad habían sido muy puntuales, pero el último de ellos había tenido lugar tres días antes del robo y si el escarceo terminaba saliendo a la luz resultaría muy comprometedor para él.

Demasiado.

—Coño, Velasco —oyó—. ¿Cómo tú por aquí?

Veía a Mauro Craviotto tendiéndole la mano, pero el director de seguridad aún necesitó unas cuantas décimas más para reaccionar.

—Hola —dijo al fin—. He venido a tratar unos asuntos con la inspectora Robles.

—Muy bien. Mira, te presento a Antonio Ojeda, mi antiguo jefe en la Brigada de Patrimonio. Ha venido a echarme una mano con el robo. Él es Rodolfo Velasco, director de seguridad del museo.

—Encantado —le saludó este sin excesivo entusiasmo—. Espero que nos ayude a dar con la pieza robada, es muy importante para la institución. Por cierto —le preguntó a Craviotto—: ¿Cómo va tu gente con el material videográfico que os pasé?

Alguien con mucha prisa pasó entre los tres obligando a Ojeda a echarse a un lado.

—Vaya modales gastan los de por aquí —se quejó.

—Por experiencia te digo que la gente que viene a denunciar algo no suele estar de muy buen humor —justificó Velasco.

—Con el material vamos avanzando despacito y con buena letra —retomó Mauro Craviotto—. No hay otra forma.

—Sí, sí. Ya me imagino, pero, como suele ser habitual, el cronómetro juega en nuestra contra. Lo dicho, si necesitas algo más de mí no dudes en pedírmelo.

—Gracias. Ya nos veremos —se despidió dándole una palmada en la espalda.

Antonio Ojeda lo miró con extrañeza.

—No le he dicho nada sobre el Espantapájaros porque a Velasco lo están investigando —le informó Craviotto a Ojeda en cuanto este se alejó—. Parece que pudo aceptar dinero a cambio de información.

A Ojeda no pareció impactarle mucho la revelación.

—No sería de extrañar, siempre hay un roto para un descosido. Por cierto, no me has hablado de la persona que lleva el caso. ¿Cómo es?

—La inspectora Robles. Es buena. La están presionando mucho desde arriba y con tanto muerto no es de extrañar. Sin embargo, es muy diligente y su mayor virtud es que deja trabajar a su gente con bastante libertad. Y ellos la respetan. La prioridad que le han marcado es atrapar al libanés y en esa parcela le está ayudando Ramiro Sancho, que antes era el jefe del Grupo de Homicidios de aquí, así que no creo que nos pongan muchos impedimentos para desenvolvernos con la holgura que necesitamos.

—A ver si es verdad. De momento, creo que estamos perdiendo el tiempo aquí cuando deberíamos comprobar cuanto antes a qué nos enfrentamos: un robo o un robo descomunal.

Segundos más tarde, en el exterior de la comisaría, Tinus van der Dyke aguardaba a que Paola regresara. Sus largos y huesudos dedos golpeaban sobre el volante reproduciendo una secuencia que no era sino la melodía de su ansiedad. Al verla regresar sosteniendo un cigarrillo en su boca —conformada por una línea cóncava—, tomó aire y lo retuvo en los pulmones.

—Pues tenías razón: han sido los trescientos pavos más fáciles que he ganado en mi vida.

—¿Se lo has dado?

—Sí y no.

—No me vengas ahora con chorradas, que no estoy para jueguecitos.

—Bueno, bueno, cómo se pone. Lo tiene, eso es lo que importa. ¿Ese tipo es poli o qué?

—No hagas preguntas que no te puedo contestar.

—Entendido, mi sargento.

—Entonces, ¿seguro que lo tiene?

—Segurísimo. He visto cómo lo cogía y lo volvía a guardar en el mismo sitio en el que se lo metí sin que los demás se dieran cuenta.

—¿Los demás, quienes?

—Estaba con más gente, pero, tranquilo, no se ha dado cuenta ni el Tato.

Van der Dyke suspiró.

—Vale, te creo. Gracias.

—Luego me las das si quieres, ahora quiero lo mío.

Y lo suyo le dio, aunque no era lo que ella esperaba.

Cumplidas las salutaciones y demás protocolos, Mauro Craviotto había atacado directamente la cuestión. Sancho y la inspectora Robles intercambiaron gestos de extrañeza.

—¿Nos estás queriendo decir que es posible que lo del asalto al museo no haya sido más que una maniobra de distracción para tapar un robo más importante?

—Estoy queriendo decir que debemos comprobarlo. Aunque parezca mentira por el contenido que alberga, el Museo del Monasterio de San Joaquín y Santa Ana tiene unas medidas de seguridad muy básicas. ¿Antonio?

—Así es —verificó este—. Hace años enviamos un informe instándoles a ampliar y modernizar los sistemas, pero al estar en manos privadas le corresponde a la comunidad religiosa tomar la decisión y asumir la inversión que ello implica, que no es poca. Resulta difícil de creer, pero reciben muy pocas visitas y la madre superiora de las monjas bernardas no estaba por la labor de rascarse el bolsillo porque no había bolsillo que rascar.

—Yo soy de Valladolid y no sabía que ahí había un museo, mucho menos un Goya —reconoció el pelirrojo.

—Uno no, tres —prosiguió Ojeda—: *Santa Ludgarda*, *El tránsito de san José* y *San Bernardo curando a un tullido*. Forman parte de los tres retablos de la iglesia que están en el lado de la Epístola. Pertenecen a la época de máximo apogeo pictórico del artista por lo que su calidad es excelente. Se aprecia sobre todo en *El tránsito de san José*. Tendría que hacer la consulta, pero yo diría que valen una miríada, porque este por sí solo alcanzaría con facilidad los cincuenta millones de euros en el mercado negro.

—Cincuenta —repitió Sara.

—Por lo menos. Y si realmente está probada la conexión entre el Espantapájaros y un grupo de la mafia rusa como me ha contado Mauro, encajaría en la tendencia de utilizar grandes obras de arte para avalar grandes operaciones de tráfico de drogas o armas. Aunque también podría ser un encargo de alguien con mucha pasta, porque Van der Dyke cuenta con una extensísima red de contactos.

—¡Un último gran golpe y a jubilarse! —aportó Craviotto tras dar una sonada palmada—. Mientras los otros están robando el museo, él accede a la iglesia, da el cambiazo por la falsificación que él mismo ha realizado y no se entera ni Dios.

—¿Y se puede saber cómo has llegado a esa deducción? —preguntó Sara Robles.

—En realidad se le ocurrió a Antonio. Está aquí porque es la persona que mejor conoce a Van der Dyke y, como dije al principio, ya cuenta con un precedente.

—Uno que sepamos —aclaró este—. Pero es posible que hayan sido más veces.

—Recapitulemos —intervino Sancho—. Por una parte habría que comprobar que vuestra sospecha está fundada, ¿no? ¿Eso cómo se hace?

—Si la falsificación es buena, y tenemos que pensar que así es, va a ser muy complicado, por no decir imposible, apreciarlo a simple vista. Ni siquiera los expertos. De ahí que entre el veinticinco y el cuarenta por ciento de las obras de arte que se venden en el mundo sean falsificaciones. Un ejemplo ilustrativo: en los noventa, una pareja de marchantes de arte muy bien considerados en el mercado reclutaron a un artista callejero chino que vendía copias de cuadros en una esquina de Queens. El tipo debía de ser un fenómeno, así que le encargaron que hiciera sesenta y tantos cuadros de varios artistas del expresionismo abstracto y colocaron la colección con sus respectivos certificados de autenticidad falsos en Knoedler & Co, una famosa galería neoyorquina, asegurando que pertenecían a un coleccionista anónimo que por problemas económicos quería deshacerse de ellas. Vendieron obras por un valor de ochenta millones de dólares, ochenta —remarcó—, y cuando el FBI intervino el cuchitril del chino encontraron al menos otras cien preparadas para salir a la venta.

—¿Este es el fenómeno que las envejecía usando polvo que sacaba de la aspiradora? —preguntó Craviotto.

—Ese era.

—Y luego está nuestro Francisco José García Lora, que era capaz de imitar técnicas tan dispares como la de Picasso, Goya, Dalí, Manet o Murillo, y que al salir de la cárcel aseguraba que tiene más de setenta obras expuestas en los museos más importantes del mundo.

—Y es cierto. Hay falsificaciones que han pasado el análisis de peritos caligráficos y que han terminado siendo detectadas gracias al análisis de los materiales: los pigmentos, el lienzo o incluso el bastidor, pero hay muchas que aún no han sido descubiertas. En cuanto a Goya... —Ojeda resopló—, es uno de los pintores más falsificados del planeta. Hace tiempo, la jefa del área de Conservación de Pintura del siglo XVIII y Goya del Museo del Prado me dijo que cada día les llegan entre tres y cinco solicitudes de verificación de cuadros atribuidos al aragonés. ¡Cada día! Algunas son grotescas, pero otras son tan buenas que ni siquiera ella, que es una de las mayores expertas del mundo en el autor, se atreve a emitir un veredicto. Es un artista con un registro de estilos tan amplio y variado que cabe prácticamente de todo.

—En resumidas cuentas —intervino Craviotto de nuevo—, que vamos a aplicar esa máxima que dice: «Es mejor un por si acaso que un quién lo hubiera pensado». Estamos intentando contactar con algún responsable del museo para que nos autorice una visita y ver si detectamos alguna evidencia del paso del Espantapájaros. Y, si es así, no nos va a quedar otro remedio que recurrir al laboratorio para que sometan la obra a reflectología infrarroja, análisis estereoscópico, espectroscópico y demás. Para ello habría que solicitar un permiso a la Junta de Calificación y Valoración de Bienes del Patrimonio Histórico a través de la Dirección General de Bellas Artes del Ministerio de Cultura y Deporte. Es un lío, pero, por suerte, aquí nuestro amigo tiene mano para minimizar los trámites, ¿verdad?

—Llegado el caso tendría que saltarme los cauces habituales que un día estableció algún funcionario adocenado que no tenía ni puta idea de lo importante que es ser ágiles en estos procesos. Tengo un par de contactos que...

Tres golpes en la puerta lo interrumpieron. Una agente uniformada se asomó por la puerta.

—¿Antonio Ojeda?

—Soy yo —se identificó.

—Una mujer llamada Claudia pregunta por usted. Parece que es urgente.

—¿Claudia?

Lejos de preocuparse, hizo una mueca de fastidio y levantó las manos.

—Bah, no será nada. Dígale, por favor, que la llamo yo en unos minutos.

—De acuerdo.

—Perdón —dijo cuando se marchó—. Le prometí a mi pareja que la llamaría en cuanto llegara y lo cierto es que se me ha olvidado por completo. No sé qué estaba diciendo...

—Un segundo, por favor. Todo eso está muy bien —aprovechó Sara Robles arrastrando un acentuado dejo de amargura fruto de la saturación—; está cojonudo. Cojonudo de verdad, en serio. Pero quizá nos estemos olvidando de que lo principal es que demos con Van der Dyke y con Qabbani, y todavía no he escuchado ni una sola palabra en ese sentido. Porque lo que sí parece ser evidente es que ese tipo al que tanto admiráis intervino en el robo al museo, que muy probablemente se cargara al primo de Qabbani y que luego le tendiera una emboscada en Vallsur al hombre que acaba de asesinar a sangre fría a otras dos personas. ¡¿Tenemos eso claro o no?!

Craviotto y Ojeda, sorprendidos por la reacción de la inspectora, se miraron. Sancho resolvió que tenía que lidiar ese astado.

—Si te parece, para empezar, facilitemos su descripción física al personal que participa en el dispositivo de búsqueda de Qabbani, no tiene que ser muy complicado localizar a un tipo con esa morfología.

—¡Sí, sí, eso lo tengo claro, Sancho, joder, pero vete tú a saber dónde coño se habrá metido, porque ha tenido más de veinticuatro horas para poner unos cientos de kilómetros de distancia! Y, no sé si os habéis dado cuenta, pero cada día que pasa tenemos más cadáveres. Si queréis, vosotros —prosiguió señalando a los de Patrimonio— encargaos de averiguar qué coño ha robado ese cabrón, porque mi gente y yo nos vamos a centrar en evitar que siga matando a más personas. Y otra cosa, Mauro: la próxima vez que pretendas mantener una reunión en la que quieras que yo esté presente, te agradecería mucho, muchísimo, que lo trataras directamente conmigo para, por lo menos, consultar mi disponibilidad antes de darlo por sentado.

Silencio.

—¡¿Algo más?! —preguntó ella al tiempo que se levantaba de la silla.

Nadie respondió.

Algún lugar del término municipal
de Estepona (Málaga)

No era la inabarcable extensión de la parcela, ni la escrupulosidad de la zona verde que tuvo que atravesar para llegar a la mansión en la que le esperaba el tal Volodia lo que de verdad le impresionaba. Tampoco tenía que ver con la calidad de los materiales que se apreciaba a simple vista o con el hecho de que el complejo residencial estuviera a escasos cien metros del mar. Era el silencio lo que hizo que Samir Qabbani se estremeciera tan pronto como accedió al recinto tras ser exhaustivamente cacheado por el personal de seguridad.

Como si se avergonzara por perder protagonismo, el sol tintaba la línea del horizonte a brochazos carmesíes y otras tonalidades sonrojantes en su lento languidecer hasta el ocaso. La escasez lumínica propia del crepúsculo era compensada por el progresivo encendido de la iluminación artificial repartida por la finca. Los dos hombres lo condujeron hasta un sinuoso camino bien señalizado por antorchas que desembocaba en la playa.

—Es por ahí —le indicó uno—. Tiene que descalzarse.

Samir no respondió. Era como si el cansancio fruto de las más de seis horas de trayecto por carretera hubiera puesto en marcha un mecanismo de restricción neuronal para disponer de los recursos que iba a necesitar en breve. El contacto de sus pies desnudos con la fría y granulosa textura de la arena le hizo ambicionar un futuro mejor, más cómodo, más alejado del asfalto, más cerca del silencio, más parecido al presente del hombre que ya podía ver sentado en una silla plegable a unos veinte metros de la orilla desde la que contemplaba la superficie ondulante del mar. En su mano derecha sostenía un vaso cuyo tostado contenido apenas levantaba un dedo. Flanqueándolo a una aséptica distancia se recortaban las siluetas trajeadas de otros dos hombres que, también descalzos y de espaldas al Mediterráneo, aparentaban un par de fustes sin capitel ni basamento sosteniendo la bóveda celeste. Justo antes de llegar a su altura, uno de ellos extendió el brazo para que se detuviera y le ordenó que mantuviera la vista al frente.

—Samir Qabbani. Bienvenido —le saludó en ruso.

—Lo siento, pero no hablo su idioma.

—Lo sé. Pronto empezará a descender la temperatura, así que no me extenderé más de lo necesario.

Su voz, agrietada por el paso de los años, llegaba con nitidez a sus oídos gracias a que la brisa soplaba del mar hacia el interior.

—La persona para la que usted trabaja hace tiempo que ha tomado un camino arriesgado. Un camino que no se ajusta a los intereses de las personas que un día confiaron en él. Sabemos que ha tratado de abrir nuevas vías de negocio sin estar autorizado, poniendo en serio peligro el equilibrio que tanto tiempo nos ha costado alcanzar en Europa con otras organizaciones. Si no mantenemos las alianzas nos volveremos a desgastar en conflictos que en este momento no nos interesa mantener. Por otra parte, ha cometido el error de llamar la atención de las autoridades, y la hermandad —enfatizó traduciendo literalmente del término ruso *«bratvá»*— ha determinado cerrar esa puerta de forma definitiva para que no se nos vuelva a colar nadie dentro. Nikita Chikalkin todavía no lo sabe ni llegará a saberlo, pero ya no es nuestro *vor v zakone* en España.

El hombre que se hacía llamar Volodia se llevó el vaso a los labios.

—Estamos al tanto de su historial y conocemos sus habilidades. Estoy convencido de que podría resultarnos de utilidad en el futuro, pero es un asunto del presente lo que hoy le ha traído hasta aquí. El problema es que no quiero ni debo evaluar sus opciones hasta estar convencido por completo de su lealtad. Es un caso particular, muy sensible, y su condición de extranjero no facilita las cosas.

La dilatación de la pausa le dio a entender a Samir que había llegado su turno de palabra.

—Creo que en estos años siempre he demostrado mi lealtad y compromiso hacia la organización. Yo no participo de las decisiones que toman otros y no tengo ni idea ni me intereso por saber si estas salen de Moscú o del retrete de Chikalkin. Solo cumplo con lo que me ordenan, pero si usted quiere poner a prueba mi lealtad, solo tiene que decirme cómo.

Samir Qabbani no podía verle la cara, pero habría apostado a que en ese instante lucía una sonrisa sardónica de esas que solo exhiben los que saben manejar a su antojo las voluntades ajenas.

—Quiero que lo haga desaparecer de la faz de la tierra y que empiece a trabajar directamente para mí.

El libanés proyectó su mirada en algún punto de la superficie del mar. En continua transformación, la apariencia de esa poderosa masa de agua dependía de la escala cromática que se desprendía del cielo —ahora cárdeno justo antes de embetunarse por completo—, y, sin embargo, la relación de dependencia más estrecha la mantenía con un satélite muy alejado. Un único cuerpo celeste.

Quizá había llegado el momento de cambiar de luna.

—No será fácil —diagnosticó Qabbani—. Chikalkin es muy desconfiado. No sale casi nunca de su casa y, aunque accediera a verme, es casi imposible introducir un arma. Además, igual que usted, él jamás está solo.

—Usted es su hombre de confianza, encontrará la forma de hacerlo. No obstante, también contará con nuestra ayuda. Mi ayuda —concretó—. Luego se mantendrá un tiempo en la sombra bajo mi tutela hasta que las cosas se calmen y pueda regresar.

—¿Regresar?

—Se marchará fuera de España. ¿Algún problema con eso?

Este dudó unos segundos. Demasiados para su interlocutor.

—Le he hecho una pregunta —insistió Volodia.

—No. Haré lo que me pide, pero tengo una petición. Se trata de una persona. Una persona muy cercana a mí para la que también solicito protección.

—¿Esa persona pertenece a la organización de Chikalkin?

—Sí.

—¿Es valiosa?

—Mucho.

Las crestas de las olas, silenciosas e intermitentes, eran lo único que destacaba en ese mar cada vez menos ensoberbecido.

—Entonces no me opondré —dictaminó.

—Gracias.

—Antes de marcharse le proporcionarán un teléfono a través del cual le contactaremos cuando corresponda y la dirección de un lugar seguro del que no saldrá hasta que reciba nuestra llamada. Allí tiene todo lo que necesita para mantenerse unos días. Cumpla con su cometido y la hermandad sabrá premiar su lealtad.

—Entendido.

Mientras deshacía el camino, Samir Qabbani solo pensaba en lo absurdo que era intentar luchar contra la corriente cuando esta, furiosa pero en silencio, te aleja de la orilla.

Tan pronto como la figura del libanés desapareció de su vista, uno de los hombres que lo flanqueaba tomó la palabra.

—Lástima, podría haber sido un gran *brigadir* a pesar de ser un perro musulmán, pero ya está muy manchado —le dijo en su lengua natal.

—¿Qué quiere que hagamos? —preguntó el otro tras incorporarse de la silla.

—Por ahora mantenedlo vigilado en todo momento. Ya os daré instrucciones en cuanto tenga instrucciones que daros.

—Entendido, señor Kumarin. Así se hará.

Volodia Kumarin, sobrino del *pakhan,* Vladimir Kumarin, se volvió hacia el Mediterráneo y caminó hacia el mar. Cuando los dedos de los pies estaban a punto de tomar contacto con el agua se detuvo.

—Qué complicado resulta saber parar cuando hay que parar —reflexionó en voz alta.

UNA MISERABLE CORAZONADA PREMONITORIA

Apartamento Airbnb
Plaza de Cantarranas, 2. Valladolid
15 de mayo de 2019

Unas horas antes de que sus constantes vitales dejaran de ser constantes y estuvieran a punto de dejar de ser vitales, la posibilidad de morir esa noche ni se le pasaba por la cabeza.

Apenas sentía dolor.

Mala señal.

Tendido en aquel parqué que aún desprendía olor a barniz, con el tren inferior inutilizado por uno de los dos proyectiles —en concreto el que le acababa de seccionar en el segmento lumbar de la médula espinal—, su cerebro, que todavía funcionaba y quería evitar asumir su destino, le condujo a una conclusión un tanto exculpatoria: podría haber pecado de falta de precaución o de exceso de confianza, pero en ningún momento su instinto emitió alarma alguna que le hubiera hecho sospechar de sus intenciones.

Una miserable corazonada premonitoria le habría bastado.

Algo.

Pero no, nada.

Y allí era precisamente a donde se dirigía Tinus van der Dyke: a la nada más absoluta. A esa última estación vacía y fría que es la muerte. Si hubiera interpretado alguna señal de peligro, no le habría dado la espalda. Si hubiera sido un poco más cauto, ahora su visión no se estaría apagando en cada latido. Si hubiera detectado que algo iba mal, ahora no tendría ese dulzor metálico tapizándole la boca. Pero ya era tarde. Las dos balas estaban cumpliendo a rajatabla con su cometido y, a no ser que se obrara un milagro en ese salón, las últimas palabras que iba a escuchar en su vida las había escuchado ya:

«Siento que todo haya terminado así, pero tú me has obligado», le había dicho el muy hijo de puta, el muy cobarde, después de apretar el gatillo. La última secuencia acústica aún le resonaba en la cabeza: el sonido de la puerta al cerrarse y, de inmediato, las dos detonaciones.

¿Cómo iba a imaginarse que un tipo como él fuera capaz de asesinarlo a traición? Creía conocerlo bien y habría apostado su vida a que no tenía lo que había que tener para arrebatarle la vida a una persona. No es nada fácil matar a alguien, mucho menos a sangre fría.

Sin embargo, lo que habría de ocurrir, aunque no podría calificarse como milagro sí lo saboreó como tal.

Algunos minutos antes de que sus constantes vitales dejaran de ser constantes y estuvieran a punto de dejar de ser vitales, Tinus van der Dyke no podía saber que el rostro de la persona a quien se disponía a abrir la puerta iba a ser el último que vería en su vida. Tampoco podía imaginar que no fuera su socio, al que llevaba esperando desde que consiguiera entregarle el mensaje a través de Paola. Por fin mantendría el ansiado encuentro con el que debían finiquitar el plan que habían pergeñado juntos. Juntos, igual que Hanna-Barbera cuando diseñaban un capítulo de Pixie, Dixie y el gato Jinks, Los Picapiedra, Scooby-Doo, Tom y Jerry o El oso Yogui. Dos genios. Había que reconocer que el suyo no se había desarrollado como habían previsto, pero él tenía razón cuando decía que se encontraban en el punto en el que se debían encontrar.

Al comprobar que no se trataba de la visita que esperaba, sino de Paola, su expresión inicial de sorpresa mutó de inmediato. Tenía el párpado notablemente hinchado y se tapaba la boca con un pañuelo de papel ensangrentado.

—¿Puedo pasar? —le pidió ella con un hilo de voz.

En sus ojos humedecidos se espejaba la irritación de Tinus van der Dyke, que se echó a un lado para que pudiera entrar y empujó la puerta sin esconder su enfado.

—¡¿Qué te ha pasado?! ¿Tu novio?

Paola negó con la cabeza.

—¡El jodido yonqui! Cuando llegué a la estación me fui directa a los baños porque me estaba meando encima. No sé cómo lo hizo, supongo que entró justo detrás de mí, pero de repente me vi encerrada con un pincho en el cuello. Me dijo que si gritaba me rajaba el cuello allí mismo. Lo primero que pensé es que quería violarme. Me acojoné. Me acojoné mucho, pero mucho mucho. Yo creo que jamás he estado tan asustada en mi vida. Al final solo me robó y me dio unas buenas hostias, pero el susto todavía lo tengo en el cuerpo.

—Hijo de perra...

—Me ha levantado toda la pasta. Toda. Así que volví al mismo punto en el que estaba antes de conocerte, sin dinero para comprar el maldito billete de autobús y sin batería para llamar a nadie.

—¿Cuánto necesitas?

—Ese no es el problema. Bueno, sí, pero es que el siguiente no sale hasta mañana a las ocho. De la mañana —aclaró—. He estado dando vueltas y vueltas por ahí, te juro por mi madre que no quería molestarte, pero es que ya no sé ni qué hacer. No sabía adónde ir y me acordé de la dirección que venía en el llavero. Siento haberme presentado así, pero estoy muy cansada y me duele mucho la cabeza.

—Lo mismo tenías que haber ido al hospital a que te miraran. El labio tampoco tiene buena pinta.

—Me da igual. De verdad que solo necesito dormir. Aunque sea ahí mismo —dijo señalando la alfombra del recibidor—. Déjame pasar aquí la noche y mañana por la mañana me piro de esta maldita ciudad para siempre.

—Joder, Paola, no es buen momento. Él está a punto de llegar, ¿es que no lo recuerdas?

—¡Hala! No me acordaba, te lo prometo. ¡Menuda mierda!

El Espantapájaros se rascó la nuca con fruición.

—Bueno, tranquila. Hagamos lo siguiente: pasa al cuarto de baño y arréglate un poco, tienes sangre en el cuello. Te doy dinero para que pases la noche en algún sitio y para el billete, descansas, y mañana vuelves a casa. ¿Qué te parece?

—¿En serio? Joé, gracias. Gracias de verdad, Tinus, o como te llames —le dijo componiendo un mohín casi seráfico antes de arrojarse a sus brazos.

Van der Dyke no pudo evitar apretarla contra su pecho.

—Venga, venga —la animó.

Acababa de sacar de la cartera tres billetes de cincuenta euros para financiar el regreso de la extremeña cuando oyó que el timbre gritaba de nuevo.

—¡Mierda! —protestó él.

Paola también lo había oído a juzgar por el semblante de circunstancias con el que lo recibió al abrir la puerta del servicio.

—Quédate aquí dentro y no hagas ningún ruido, por favor.

—Vale —respondió sumisa.

—Por favor —insistió él con un susurro algo subido de tono.

—He dicho que vale.

—Gracias.

No se atrevió a verbalizarlo, pero la mente de Paola ya había tejido una solución llegado al extremo de que las cosas se pusieran feas: hacerse pasar por una prostituta. Porque, aunque Tinus, o como se llamara, fuera el tío más horrible que se había echado a la cara, también tenía derecho a desfogarse,

¿no? En cierto modo se lo debía, porque podría ser feo como un calcetín feo, pero había sido la única persona que la había tratado con respeto desde hacía bastante tiempo.

Su viaje a Valladolid podía calificarse de un auténtico fiasco, sí, pero lo cierto era que iba a regresar con la mochila cargada de historias increíbles que contar. Su prima Laura, con lo mojigata que era, se mearía encima solo con pensar en la posibilidad de verse en la tesitura de enfrentarse a la mitad de la mitad de las situaciones que ella había superado. Solo le faltaba un desenlace romántico para ponerle el broche de oro a la escapadita, aunque, tal y como iban las cosas, no podía asegurar que en lo que quedaba de noche no se topara con su jodido Príncipe Azul. O uno del color que fuera con quien echar un buen polvo.

Dos chasquidos, secos, concluyentes, interrumpieron su ensoñación. Si no fuera porque esas cosas no ocurren así porque sí, hubiera pensado que acababan de sonar dos disparos y que alguien se había caído al suelo. Porque esas cosas no ocurren así porque sí, ¿no?, dudó Paola.

Respiración contenida.

Toda su capacidad de captación sensorial derivada al oído.

Una voz desconocida diciendo algo que no era capaz de comprender. A continuación un breve silencio y luego el sonido de la puerta al cerrarse.

Silencio prolongado.

Paola no era consciente de que seguía con el aire retenido en los pulmones hasta que saltó el mecanismo de autodefensa y la forzó a exhalar primero e inhalar después. No había transcurrido tanto tiempo desde que le había tocado sufrir la peor experiencia de su vida como para superarla con creces. Si el jodido yonqui la había asustado de verdad, eso que estaba sintiendo y que agarrotaba todas y cada una de sus fibras musculares era miedo. Miedo cerval. Miedo de veinticuatro quilates. De ese que te obliga a apretar el esfínter para mantener cierta dignidad. Pudieron consumirse dos minutos o doscientos hasta que resolvió que debía reaccionar, pero sin duda fueron los dos o doscientos peores minutos de su vida. A cámara superlenta acarició el picaporte y lo accionó como se acciona un picaporte cuando lo último que uno desea es saber qué hay al otro lado de la puerta. Dos centímetros de apertura le resultaron más que suficientes como primera toma de contacto con el exterior, pero desde ese ángulo necesitaba sacar la cabeza si quería completar un barrido visual del salón. Empujó la puerta muy despacio y estiró el cuello. Su instinto le hizo bajar la mirada hacia el suelo, donde intuía que se iba a encontrar con lo que no quería encontrarse. Podría haberse dejado guiar por el pánico, pero no era eso lo que le estrujaba el corazón. Era pena. Auténtica pena. Pena de veinticuatro quilates. Sin acelerarse, Paola salió de la que había sido su trinchera y recorrió decidida los cinco metros que la separaban de Tinus. Por la inverosímil posición del cuerpo, daba la sensación de que se hubiera estrellado desde un décimo piso, como uno de esos dibujos animados con los que le había taladrado la cabeza por la mañana. La diferencia estribaba en que esos se volvían a levantar como si nada y Tinus, por la cantidad de sangre sobre la que descansaba, no parecía que estuviera capacitado para ello.

Aun así, se arrodilló cerca de la cabeza, ladeada hacia la derecha, y le buscó el pulso.

Algunos segundos antes de que sus constantes vitales dejaran de ser constantes y estuvieran a punto de dejar de ser vitales, Tinus van der Dyke, habiendo admitido ya que iba a morir, hizo un esfuerzo titánico para sacar su teléfono móvil del bolsillo y realizar una última llamada. Aunque el propósito no consistía en hablar con nadie, compuso una sonrisa difícil de comprender dadas las circunstancias. Inmerso en aquel trance agónico pero con sus receptores sensitivos aún activos, notó una presión en el cuello que lo animó a abrir los párpados. Veía borroso, aunque lo suficiente para distinguir las desencajadas facciones de Paola, que, sumida en un coherente estado de confusión, no era capaz de producir sonido alguno. El Espantapájaros logró reunir todo el vigor remanente en cada célula viva de su organismo para emitir una última orden consistente en girar la mano izquierda y extender los dedos.

Tras asegurarse de que lo había ejecutado con éxito se dejó llevar hasta la última estación. A la nada absoluta.

El movimiento captó la atención de Paola.

Tres billetes de cincuenta.

Gastrobar Pasión

A esa hora no había mucha gente. Tampoco poca. Eran los que había, ni más ni menos, ni menos ni más.

Lo que sí había de más, a juzgar por los hechos, era hambre.

Carpanta.

O puede que solo fueran las ganas de comer, quién sabe.

—Ya me jode, compañero, pero voy a tener que darte la razón —evaluó el pelirrojo al masticar el primer trozo de carne.

—Lo sé. Mira cómo se corta. Últimamente vengo una vez por semana. Bueno, no siempre. Cuando me dejan, más bien —especificó Álvaro Peteira.

—Eso ya me lo creo más. Si son igual de buenos en la cocina que en sacar rentabilidad por metro cuadrado se va a colocar de inmediato en mi top tres de restaurantes de Valladolid.

No le faltaba razón a Sancho. La distribución del negocio era en sí misma una clase magistral de optimización de espacio. De planta rectangular y alargada, tenía la barra enfrentada con las cuatro mesas —y cuatro no era un decir— y sus respectivos taburetes.

—El tipo que está en los fogones es de Donosti y por ahí arriba algo saben de chuletas y chuletones. Y ella, Lucía, es un encanto.

—La pieza es cojonuda, pero también influye el hecho de que vayas a pagar tú.

—La chuleta sí, pero el vino que te empeñaste en pedir sale de tu bolsillo como que soy hijo de mi madre —certificó Peteira golpeando varias veces el cuello de la botella de Malleolus con el tenedor.

—Eso ya está dicho. Me apetecía un caldo en condiciones, que los gabachos tienen vino bueno, pero para ellos. Donde esté un Ribera que se quite toda la cosecha de Burdeos.

—De lo tuyo gastas. Lo cierto es que en días así, días de mierda —definió alargando la erre—, uno entiende qué coño es eso de la justicia poética. Porque si alguien se merece estas viandas somos nosotros, compañero.

—¿Tanta mierda te ha tocado masticar en territorio comanche? —le preguntó refiriéndose a Arturo Eyries.

—Masticar, toda; ahora bien, tragar, tragar, lo que se dice tragar, no tragué nada. Porque mira que no trago yo a esa gente, carallo. Y no soy yo alguien que se considere racista, pero con los gitanos es que no puedo. No los soporto desde pequeño.

—Pues un poco xenófobo sí ha sonado ese comentario —juzgó a la vez que rellenaba las copas de vino.

—Tú no te criaste con ellos. En Vigo y, bueno, en toda la provincia de Pontevedra, de toda la vida, existe una guerra entre dos clanes, el de los Morones y el de los Zamoranos, por el control de los mercadillos. ¡Pero una guerra chunga! En Teis, mi barrio, siempre anduvimos a hostia limpia con esa gente y hoy te juro que veía las mismas caras de odio que entonces. Nos odian. Son herméticos y se la suda completamente integrarse en la sociedad. ¡Te lo digo yo, que los conozco bien! —certificó con esa tinta invisible suya de las Rías Baixas.

—Tampoco es que nosotros se lo pongamos muy fácil.

—Ya. Puede ser. El caso es que no he sacado nada en claro de las horas que me he tirado allí. Una pérdida de tiempo total. Luego me he pasado a ver a Matesanz y la verdad es que me lo he encontrado bastante bien de ánimo. La que estaba más jodida era su mujer.

—Sí, es lógico.

—¿Y tú, qué? ¿Cómo fue por comisaría?

Sancho dio tregua a sus músculos maletero y temporal para dar paso a sus cuerdas vocales y hacerle un resumen de su jornada vespertina.

—El museo ese está al final de esta calle. Y no, lo confieso, no tenía ni la menor idea de que allí hubiera tres cuadros de Goya —reconoció el gallego al terminar el reporte.

—Ni yo, la verdad, y he pasado más años en Valladolid que la torre de la Antigua.

—Entonces, ¿crees que ese tipo, el Van der Pollas en vinagre ese, organizó el otro Cristo solo como distracción? Si fue así, hay que aplaudirle al muy cabrón.

Sancho elevó sus pobladas cejas y se encogió de hombros.

—Tienen que comprobarlo, pero, según parece, han intentado dar con el responsable del museo y han pinchado en hueso. Cuando me he marchado de comisaría por ahí andaban Craviotto y el otro, desesperados, tratando de encontrar a alguien que les facilitara el acceso.

—¿El otro? ¿Qué otro?

—El antiguo jefe de Craviotto, que ha venido a echarle una mano porque debía de tener en el punto de mira al Espantapájaros. Antonio Ojeda se llama, una institución, según parece.

—Pues me parece muy bien. ¿Y la jefa qué dice?

A Sancho se le despendoló en la boca una sonrisa elocuente.

—Lo cierto es que a Sara se la han sudado bien sus revelaciones. Y se lo ha dejado bien clarito.

—Los tiene bien puestos la colega.

—Básicamente les ha dicho que se la suda por completo que hayan robado una escultura, dos Goyas y cinco Velázquez, que la prioridad es trincar al libanés y al otro antes de que se cepillen a más gente.

—¡Boom!

—Podría estar equivocado, pero yo creo que ninguno de los dos andan ya por aquí.

—El Qabbani ese es peligroso de cojones. El estropicio que le hizo a ese desgraciado... Hay que tener un cuajo del recopón bendito.

—A mí me da la sensación de que se tienen que alinear los astros para que ese cabrón se deje coger con vida.

—Bueno, eso es lo que os interesa a vosotros. Por mi parte, si te digo la verdad, vivo o muerto es solo un matiz.

—Muerto no nos podrá abrir ninguna puerta, y para llegar donde necesitamos llegar tenemos que cruzar unas cuantas. Esa gente es como el cáncer, si se extienden no hay nada que hacer. Si España fuera un cuerpo humano ya tendríamos que haber extirpado la Costa del Sol, porque en muy poco tiempo se harán también con Levante, Cataluña...

El vino que quedaba era lo que sobrevivía a duras penas en las copas cuando Peteira se decidió a abordar un asunto delicado.

—Mira, ya sé que no es asunto mío, pero si no te lo cuento me da la sensación de que te estoy traicionando, así que allá va.

Pausa.

—Hace poco tenía que pasar por casa de Sara para entregarle las imágenes del museo y resulta que de casualidad pillé al Gavioto saliendo de su portal. Yo sé que andáis los dos ahí y que el pasado siempre pesa y tal —resumió—. Y mira que Sara es una tía que me parece cojonuda, pero yo no sé si es la persona que te conviene, joder, Sancho, no sé. Es que te veo todavía como atontado, o como se diga cuando estás tonto perdido por alguien, no sé si me explico.

Ramiro Sancho lo miraba fijamente sin parpadear, esperando a que terminara de producir palabras.

—Que no quiero que te siente mal ni nada de eso, pero en estos casos yo creo que es mejor llevarse el disgusto cuanto antes y... ¡A otra cosa, mariposa! Anda que no hay flores bonitas en el jardín como para obcecarse con una.

—Tienes razón —intervino el pelirrojo al fin—: no es asunto tuyo, pero te agradezco los consejos amorosos. De verdad.

—¡Bueno, carallo, bueno! Ahora no te vayas a rebotar conmigo, ¿eh? Que si te lo he contado es porque no me gustaría que te hicieras ilusiones con Sara y de repente te dijera ella que está con el otro.

—Álvaro, escúchame y zanjamos el asunto. Sara es mayorcita para decidir qué coño hacer con su vida. Y yo también. De verdad que aprecio que me lo hayas contado, pero lo que haga o deje de hacer con su vida solo le compete a ella. Un ejemplo, antes de salir de comisaría le he ofrecido sumarse a la cena y me ha dicho que no, que quería trasladar cosas de una casa a otra porque ayer mismo decidió que tenía que cambiarse de casa. Le he ofrecido echarle una mano y la ha rechazado. ¿Qué quieres que te diga? ¿Se me ha quedado cara de panoli? Sí, por supuesto, pero luego he pensado que es lo lógico e irremediable cuando uno es un puto panoli de tres al cuarto.

El subinspector rio aliviado.

—Hacía mucho que no escuchaba esa palabra, pero para panoli... el menda, que no se me quita de la boca el «sí, cariño» desde que entro por la puerta de casa hasta que me voy. Así que, si no te parece mal, estos dos panolis se van a ir a tomar unos refrigerios por ahí, con mesura, eso sí, que mañana tocan diana a las siete menos cuarto.

Estaban pagando cuando le entró una llamada a Sancho. Se retiró unos metros para hablar y en cuanto terminó la llamada, Peteira leyó en sus labios un «Hay que joderse» que le hizo entender y asumir que esa noche no habría refrigerios de ningún tipo.

Residencia de Sara Robles

Durante su etapa en el Grupo de Menudeo de Zaragoza, Sara había intervenido chabolas en las que el caos estaba menos presente que en su nuevo apartamento, y, no obstante, desde que introdujo su nueva llave en el bombín de su nueva cerradura y recorrió su nueva casa, una corriente de energía positiva se fue apoderando de ella hasta tal punto que por un tiempo se sintió la persona más afortunada del mundo. Afortunada, eso sí, en la acepción que relaciona el término con la felicidad, no con la suerte. Porque, hasta ese momento, la inspectora seguía sin admitir que los acontecimientos pudieran desarrollarse de forma favorable o adversa de un modo fortuito o por puro azar. No. Esa era su nueva casa porque ella había decidido que así fuera.

Siguiendo sus indicaciones, la empresa de mudanzas había repartido sus pertenencias por las estancias correspondientes, pero hasta eso le pareció una ventaja dado que así podría entretenerse colocando sus cosas poco a poco, rellenando espacios a la vez que decidía qué muebles iba a necesitar. De alguna manera, pensar en ello le producía un efecto terapéutico: no dejar huecos para pensamientos perniciosos. Tanto fue así, que con la excusa de echar un vistazo a la web de IKEA, terminó haciendo un pedido por un valor de tres mil cuatrocientos dieciséis euros. Estaba terminando de completar la ardua y siempre ingrata tarea de rellenar el frutero con naranjas, kiwis, peras y manzanas cuando escuchó el sonido de su teléfono móvil.

—¡Vete a la mierda, seas quien seas! —gritó mientras lo colocaba de mala gana sobre el frigorífico.

Le habría gustado no prestarle oídos, hacer lo que una persona normal, de esas que pueden elegir si atienden o no una llamada. No era su caso. Dejándose guiar por el oído lo localizó sobre una de las cajas que, cual champiñones de cartón, habían brotado de la madera del parqué. Al ver su nombre en la pantalla sintió algo. Algo que no sabría etiquetar, pero algo en definitiva.

—Ya puede ser importante —contestó a bote pronto.

—Lo es, te aseguro que lo es —certificó el pelirrojo con voz grave y cáustica entonación—. ¿Te pillo muy liada?

—Pues sí, la verdad. Tengo la casa manga por hombro y me gustaría encontrar las sábanas para poder hacer la cama, que es el único mueble que tengo, junto a una televisión sin conectar.

—Tengo información fiable relacionada con el paradero de Samir Qabbani, pero me gustaría contártelo en persona.

—Joder.

La pausa se alargó hasta convertirse en un incómodo silencio.

—Calle San Felipe, 3. 4.º B.

—No tardo.

Todavía tenía el móvil pegado a la cara cuando escuchó en su cabeza la voz de Sara la Puritana.

—Muy bien. Te felicito. Es justo lo que necesitas: estrenar la casa con Sancho.

—Calla, mujer, que así nos ayuda a hacer la cama —intervino Sara la Cachonda.

La discusión interna se prolongó exactamente durante los nueve minutos que transcurrieron hasta que escuchó berrear el telefonillo. Antes de abrir la puerta la invadió el impulso de comprobar qué aspecto tenía, pero siendo consciente del escaso margen para un posible remiendo, resolvió ignorar la alarma.

Había en el rostro de Ramiro Sancho un ramalazo de intranquilidad antes de intercambiar abúlicos besos de los que canjean las consuegras como muestra de buena voluntad. El *tour* domiciliario previo al «tú dirás» de Sara tampoco fue muy entusiasta, como poco efusivo fue el «me gusta» del invitado.

La cumbre se escenificaba en el salón aprovechando dos cajas que contenían libros para acomodar su incomodo.

—Qabbani está en algún lugar de la Costa del Sol.

—En algún lugar —repitió.

—Sí. Ahora mismo es lo que sabemos, pero mañana nos dirán dónde se va a encontrar exactamente a una hora concreta. Por eso la idea es que...

—Espera. Para. Para un poco. ¿Quién es el informante?

—Vale, quizá tendría que haber empezado por ahí. Tenemos a alguien dentro de la organización de Kumarin, ¿recuerdas?

—No, no recuerdo que me lo hayas dicho antes.

—Digo si recuerdas quién es Kumarin.

—Sí, el capo de los capos de la Tambosnosequé que pertenecen a la mafia rusa. Chikalkin es su delegado de ventas en España y Qabbani un simple miembro de su red de ventas, pero con muy mala baba.

—Bueno, no diría yo que es un cualquiera, pero sí. Pues resulta que al consejero delegado se le han hinchado las pelotas y quiere cargarse al delegado de ventas en España. Según nos cuentan, saben que ha tratado de saltarse la estrategia de mercado de la compañía y lo quieren fuera de la plantilla. Tenemos que anticiparnos.

—Sí, ya sé que la Interpol lo necesita vivo, y nosotros preferiblemente también. En ese adverbio está la cuestión. Para mí no es del todo necesario el estado en el que termine ese puto maníaco.

—Makila se llevaría una enorme desilusión.

—¿Me puedes explicar por qué estáis tan seguros de que Qabbani vaya a colaborar con la Interpol?

—Porque no es uno de ellos. No lleva dentro el *Vorovskoy Zakon,* la Ley de los Ladrones —tradujo—. Es, digámoslo así, el código ético de la *bratvá,* conformado por una serie de normas que juran cumplir por su honor y te aseguro que llevan a rajatabla. Si la mafia rusa es una de las organizaciones criminales más jodidas es precisamente por su complejidad y sobre todo por su hermetismo. No hay dios que les saque nada a estos cabrones. No tienen ningún problema en pasar una temporada en la cárcel, pero prefieren morir antes que traicionar a su gente. Qabbani no. Este es un mercenario, un superviviente de esos que están convencidos de que se han sacado pelos de la boca con los que se podrían cerrar paquetes de pan Bimbo.

Sara no pudo evitar tocarse la boca al visualizar el símil.

—Un cabronazo que, por el momento, está disfrutando a tope del viaje sin la necesidad de pagar peaje. En los despachos nobles de Lyon están convencidos de que si lo trincamos con vida le vamos a poder sacar hasta las entretelas.

—Minipunto para la gente que ocupa esos despachos en Lyon. ¿Y tú? ¿Tú qué piensas?

—Que si es cierto y la información que nos proporcione nos lleva a joderles el negocio del tráfico de personas, habrá merecido la pena. Estos hijos de puta no tienen escrúpulos. Para ellos las mujeres son mercancía y si se pierde por el camino, pues oye, cosas que pasan. Tendrías que ver cómo tratan a las chicas que caen en sus redes: a las del Este de Europa las consideran una mierda, pero son marquesas si las comparas con cómo se comportan con las que provienen de alguno de los países de la antigua Unión Soviética. Peor que a animales. Si yo puedo contribuir a evitar que sigan creciendo y creciendo, lo haré.

—Vale.

—La información es buena. Makila no mueve un dedo si no está seguro por completo de que el punto de partida es correcto. Así que tengo dos opciones: conducir solo setecientos kilómetros hacia el sur y una vez allí contactar con la UDYCO para que me ayuden a trincarlo, o bien turnarme contigo al volante y trincarlo nosotros. Para eso he venido, para que tú decidas.

—Antes de decidir habría que consultar con el jefe de la brigada para que él lo autorice y lo coordine con quien sea de allí abajo.

—¿Eso es un sí?

—Es un «sigamos el procedimiento». No creo que a Copito le haga mucha gracia que, tal y como están las cosas por aquí, desaparezca unos días.

—Si te sirve de algo, me comprometo a ser yo quien le exponga el asunto, pero mi sentido común me dice que conforme le diga que es para traernos a Qabbani e ir cerrando diligencias, te llena el depósito de su bolsillo. Y a mí Makila me pone un piso en París —añadió el pelirrojo.

Sara hizo el ademán de sonreír.

—Makila para arriba, Makila para abajo. Cualquiera diría que es algo más que tu jefe, pero en cuanto puede te mete en un avión con destino a donde Cristo dio las tres voces y adiós muy buenas.

El barbudo pelirrojo chasqueó la lengua.

—Bueno..., en este caso eso no es del todo cierto —objetó como preludio de una confesión—. En el grupo nos dividimos la tarea por organizaciones criminales. A mí, por lo que ya sabes, me toca lo que tenga que ver con los nigerianos y también con todas las que se expresen en la lengua de Cervantes. La mafia rusa la lleva un compañero que es ruso, por cierto. Cuando me enteré de que el Pisuerga pasaba por Valladolid, hablé primero con Vania y luego le insistí a Makila para que me lo asignara a mí.

A Sara se le acorazó el semblante.

—¿Y eso por qué?

—¿Por qué crees?

—No lo sé. No tengo la menor idea, por eso te lo estoy preguntando —la modulación de la frase era poco o nada amigable.

—Quería verte.

—¿Querías verme?

—Sí, necesitaba verte.

—Querer no es lo mismo que necesitar.

—No, no lo es.

—Ni se parece.

En las décimas de segundo que tardó la epidemia de afasia en asolar el salón, Sara hizo un gurruño imaginario con la terapia dialéctica conductual de la doctora Hernández Revilla y Sancho, que no sabía ni le importaba qué era eso, le prendió fuego y se dejó llevar por sus instintos primarios.

La tregua se prolongó hasta que uno de los dos hizo un gesto, ademán o movimiento —aunque lo más probable es que no ocurriera nada— que el otro interpretó como el inicio de las hostilidades.

Sin cuartel.

El deseo los guio por el camino de la torpeza durante los escasos segundos que invirtieron en despojar al contrario de sus defensas para enfrentarse en un pasional combate piel con piel, saliva con saliva. Fue Sancho, sin embargo, el que tomó la iniciativa con una táctica ofensiva que tenía como primer y último propósito penetrar a fondo en el territorio enemigo. Se arrodilló con la idea de explorar a conciencia la zona y, agarrándola con firmeza de las nalgas, hizo preso su pubis con la boca. No parecía que ella fuera a presentar oposición alguna, actitud que corroboró cuando, empleando ambas manos, atrajo la nuca de Sancho hacia sí y elevó la rodilla derecha para facilitar las maniobras linguales del enemigo. La primera oleada de placer le sobrevino antes de lo esperado, pero no estaba Sara dispuesta a sucumbir en las primeras escaramuzas. No. Y se lo hizo saber obligándole a levantar el mentón para conectar con sus ojos y atravesarlo con una mirada en absoluto algodonosa. Sancho la supo leer como un libro abierto y se incorporó para acompañarla al lugar que ella había elegido. Dándole la espalda, ligeramente encorvada y con ambas manos apoyadas en la pared más cercana, Sara le susurró la orden.

—Fóllame.

De mariscal de campo a simple ordenanza en décimas de segundo.

Sin resistencia de la que preocuparse, Sancho se ocupó de lo suyo. Y, no habiendo una sola neurona en su cerebro que no estuviera del todo alineada con sus objetivos, se limitó a repetir la secuencia al ritmo acompasado que le imponían los gemidos que percibían sus tímpanos y los gruñidos que producían sus cuerdas vocales. Sara, sabedora de que no iba a ser ese el único combate de la jornada, tampoco se empeñó demasiado en contener lo incontenible, hito que alcanzó ayudándose de sus dedos más diestros para facilitar e intensificar sus efectos. Al percibirlo sin ningún género de dudas, el pelirrojo ambicionó un final similar, y, convencido de que estaba al alcance de pocas embestidas más, aceleró el proceso. Aquello lo delató. Sara, que aparentaba estar sumida en un estado de pasividad transitoria, se revolvió con agilidad y, sin darle siquiera la oportunidad a Sancho de decidir su suerte, lo tomó sin mostrar un ápice de consideración e hizo que se vaciara sobre sus pechos como si se estuviera cobrando una antigua deuda.

Cualquier antropólogo que hubiera contemplado la escena diría que acababa de asistir al ritual de apareamiento de una pareja de homínidos en celo. Y por el modo en el que se estaban observando los ejemplares se atrevería a afirmar que uno de los dos se disponía a atacar al otro.

No se equivocaba.

CUATRO MOTIVOS

Museo del Monasterio de San Joaquín y Santa Ana
Plaza de Santa Ana, 4. Valladolid
16 de mayo de 2019

De corte neoclásico, jerarquizada por la línea recta y rácana en elementos decorativos, la sobriedad de la fachada era, casi con total probabilidad, la culpable de que el edificio pasara casi inadvertido para los paseantes a pesar de su céntrica ubicación, a doscientos metros de la plaza Mayor.

Aguardaba su llegada en la recepción sosteniendo una pose de eclesiástico visaje: con las manos recogidas a la altura del ombligo, la cabeza erguida pero ligeramente ladeada —como en estado permanente de alerta— y el rictus sereno en apariencia a pesar de la tirantez emocional que le había provocado percibir la urgencia que tenía la policía por contactar con él. Sin embargo, el bagaje de haber tratado durante muchos años con la congregación religiosa de monjas bernardas en general y con la madre superiora en particular, le proporcionaba a Jesús Antonio del Río Santana, director, gerente y guía del museo, un temple acendrado difícil de igualar.

—Buenos días —lo saludó el más joven, cuyo rostro, no identificó por qué, le resultaba familiar—. Mi nombre es Mauro Craviotto, inspector jefe de la Brigada de Patrimonio Histórico y él es Antonio Ojeda, un compañero.

—Encantado —respondió estrechándoles la mano—. Les tengo que pedir sinceras disculpas por no haber podido atender sus llamadas de ayer por la tarde, pero cuando llego a casa tengo la costumbre de aparcar el móvil en el taquillón del recibidor, lo pongo en silencio y aquí paz y después gloria. Estoy soltero y entero, así que me programo actividades todos los días para luchar contra el aburrimiento. Los miércoles no me salto mi sesión semanal de cine clásico por nada del mundo. Ayer cayeron *Sucedió una noche,* de Frank Capra, *Las uvas de la ira,* de John Ford, y *Los cuatrocientos golpes,* de Truffaut —improvisó ante la cara de estupor de los policías. El mismo Jesús del Río se sorprendió por lo veraces que habían sonado sus palabras.

—Bien por usted —juzgó el más mayor de los dos. ¿Es el único que tiene acceso al museo?

—Así es. Bueno, la única persona de fuera. Las monjas también, pero si dar conmigo es complicado, con ellas ni les cuento. Sus móviles están siempre fuera de cobertura terrenal.

La broma no surtió el efecto deseado. Ambos pasearon la mirada por los muros deteniéndose en esos aparatos instalados en su día por la empresa de seguridad y que, hasta donde él sabía, eran detectores de movimiento.

—¿Cómo se comunican los sensores volumétricos con la central de alarmas? —quiso saber el más mayor de los dos.

—Yo, si le soy sincero, de todo eso sé más bien poco. Recuerdo que un día, hace ya... ocho o diez años, quizá más, vinieron unos técnicos, hicieron su trabajo y se marcharon. En teoría funciona todo correctamente, pero, como les digo, yo no me encargo de eso. Mi trabajo empieza de esa puerta hacia allá —indicó con el brazo— y se circunscribe a todo lo que tiene que ver con la conservación de las obras de arte que pertenecen a esta congregación.

—Estará conectada con una línea telefónica convencional y punto. Demasiado sencillo de neutralizar con un inhibidor cualquiera —comentó el mayor de los dos—. Damos por hecho que no han registrado ninguna incidencia estos días atrás, ¿verdad?

—No, para nada. De hecho, nunca hemos tenido ningún problema en ese sentido.

—¿En qué sentido?

—Pues en ese, de intentos de robo.

—Ah, en ese.

—Mira esta cerradura, Mauro —le dijo a su compañero al tiempo que se arrodillaba para examinarla—. De risa —diagnosticó.

—Hombre, no es la original, pero tampoco se ha cambiado, digámoslos así, recientemente. Estas puertas antiguas no admiten cerraduras modernas por los desperfectos que ello provocaría. ¿Podrían decirme a qué debemos su visita?

—Es rutinaria, de evaluación —definió el más joven.

Tras deglutir esas palabras y detectar el sabor de la mentira, Jesús del Río decidió que lo procedente era seguir interpretando el papel que le correspondía de director de museo preocupado por una inesperada visita que nada tenía de apreciativa y menos aún de rutinaria.

—Entiendo. Si me acompañan les enseño el museo empezando por esta sala donde destaca esta alfombra que es una de las más grandes de Europa y que seguramente perteneció a la marquesa de Canales, antigua...

—Todo eso es muy interesante, pero en realidad solo nos interesan los Goyas que están expuestos en la iglesia —le cortó el de más edad sin demasiados miramientos.

—Ah, bueno, pues me lo hubieran dicho desde el principio. Síganme —les invitó, airado.

Entraron a la nave central a través de un acceso lateral que comunicaba con las salas del museo y las atravesaron sin hacer paradas. Diseñada por Francisco Sabatini en planta elíptica, el espacio, libre de columnas y demás elementos verticales que entorpecieran la visión hasta el presbiterio, se cubría con una inmensa cúpula en la que se abrían dos grandes óculos cuya función era dejar pasar la luz para iluminar directamente a los cuadros.

—Estos son los de Goya —indicó el gerente, somero, levantando el brazo derecho—. Y enfrente están los de Bayeu.

Los dos policías se acercaron sin mediar palabra, examinando las pinturas cada uno por su cuenta. Pasados algunos minutos de completo silencio, el del bigote carraspeó antes de comentarle algo al otro en voz baja.

—Si han dado el cambiazo, ya te dije que a nosotros nos iba a resultar francamente complicado detectar alguna anomalía. Al margen, Van der Dyke es un excelente falsificador, por lo que no nos va a quedar otra que recurrir a expertos.

Jesús del Río no tenía buena vista, pero oído sí, y aunque no llegó a entender lo que decía, sí escuchó una palabra que le hizo perder el temple.

—¡¿Falsificador?! Pero ¿de qué narices está hablando? Le puedo asegurar y demostrar que estas obras son originales del maestro y no pienso consentir que después de las penurias que pasamos para conservarlas en buen estado vengan dos desconocidos a nuestra casa a decirnos que son falsas.

—Un segundo, por favor, señor del Río —intervino el más joven en tono sosegado—. Mi compañero no quería decir que sus cuadros de Goya no sean originales, lo que quiere decir es que estos que ahora vemos podrían ser falsificaciones.

—Pero... ¿cómo van a serlo? ¡Eso es del todo imposible!

—No, no lo es, créame. De hecho, estamos aquí para averiguarlo porque tenemos indicios para pensar así.

—¡¿Qué indicios son esos?! —quiso saber, alterado.

—Eso no es de su incumbencia —zanja el policía—. Al menos, de momento. ¿Esa de ahí es la puerta que da a la calle?

—Esa es, en efecto.

—¿Sería tan amable de mostrarle a mi compañero qué medidas de seguridad protegen el acceso principal?

—Le vuelvo a repetir que no contamos con recursos para pagar a una empresa que nos proteja —se defendió, alterado, al tiempo que se ponía en marcha—. El museo no aparece mencionado en ninguna guía de la ciudad ni panfleto turístico que se precie. Tampoco nos promocionan en Intur, Fitur ni leches benditas. Llevo aquí desde el año noventa y dos y solo he escuchado promesas y más promesas que luego no cumplen. Pero si ni siquiera contamos con la ayuda del arzobispado o cualquier otra institución, ni eclesiástica ni municipal ni de cualquier otra clase. Abrimos de miércoles a lunes más los festivos, cobramos tres miserables euros y aun así hay días que no tenemos ni para pipas. ¡¿De qué medidas de seguridad me está hablando?!

No encontró el gerente réplica alguna en su acompañante, más preocupado por corroborar sus sospechas que por hacer caso de sus excusas camufladas de explicaciones.

—Además, ya me dirá usted a mí de qué vale tanta seguridad y tanta vaina. Mire lo que pasó el otro día en el Museo Nacional de Escultura.

El hombre se volvió muy despacio, frunció los labios y se mesó el bigote.

—¿Qué sabe usted sobre eso?

—¿Yo? Pues lo que han contado en los telediarios y ha aparecido en los periódicos, ¿qué voy a saber?

—¡Antonio! ¡Tienes que venir a ver esto!

El policía más joven lo sacó del jardín en el que acababa de entrar. Cuando llegó hasta donde estaban, ambos miraban con atención el bastidor de *El tránsito de San José*.

—En los otros cuadros no se aprecia ningún desperfecto —comentó este.

—¿A qué se refiere? —preguntó él, desconcertado.

—Ahí. ¿Lo ve? —le señaló con el índice y extendiendo el brazo—. El pan de oro está levantado justo donde va atornillado. En ambos lados, ¿lo ve?

Jesús forzó la vista y, al corroborar que era cierto, se llevó la mano a la boca.

—¡Dios Santo!

—Eso no debería estar así, ¿verdad?

—No, no, para nada. Ese es el bastidor original y nunca ha sido restaurado. Eso debería de estar... perfecto.

—¿Cuándo ha sido la última vez que los han trasladado de aquí?

El maxilar inferior le temblaba visiblemente.

—Tendría que comprobarlo, pero desde luego fue hace bastantes años, y eso... Eso parece más reciente.

—Sí, eso parece. Los de arriba no alcanzo a verlos bien, pero es evidente que esos tornillos han sido manipulados, ¿no cree?

El nudo marinero que notaba en la garganta le impedía responder. Entonces, el corazón empezó a batirle con fuerza y la sangre que se acumulaba en sus sienes le provocó un vahído.

—Tengo que sentarme.

Mientras trataba de recuperarse, escuchaba a los policías hablar entre ellos en bajo. La camisa se le había adherido a la espalda, pero estaba tan conmocionado que ni siquiera se había percatado de algo que normalmente le repugnaba.

—Señor del Río, queremos enseñarle algo.

Este hizo un esfuerzo por levantar la vista del suelo.

—¿Le resulta familiar este hombre?

Jesús se colocó las gafas y se alejó unos centímetros de la pantalla del móvil para poder enfocar. No tardó en reaccionar.

—Sí, ese aspecto físico llama mucho la atención. Es un restaurador holandés que vino un par de veces hará..., no sé, tres semanas o cuatro, calculo yo. Le fascinaba Goya y por lo poco que hablamos me dio la sensación de que... ¿Pasa algo?

Las caras de los policías decían que sí, que algo pasaba.

Estación de autobuses de Valladolid

—Asiento veinticuatro.

Faltaban ocho minutos para las ocho. Para cualquier otro pasajero, ocho minutos no significaban demasiado; para Paola, sí. Sí, después de pasarse toda la noche deambulando por Valladolid, con el estómago encogido y el alma arrugada. Sin saber qué hacer ni adónde ir. En realidad, lo único que tenía claro era lo que no iba a hacer. No pensaba acudir a la policía. Se había imaginado delante de un agente declarando que el tipo al que acababa de ver morir lo había conocido ese día en la estación y que había accedido a hacerle algunos recados a cambio de dinero. Favores como alquilar un vehículo desde el que habían estado esperando frente a la comisaría a que apareciera alguien a quien tenía que darle un papel con una dirección. Ese alguien que casi con total seguridad pertenecía a la policía encabezaba su lista de sospechosos a pesar de que desde el baño lo único que escuchó fueron los disparos.

No, de ninguna manera se iba a meter ella en la boca del lobo por voluntad propia.

Bastante tenía ya con lo suyo.

Al salir del apartamento le temblaba todo el cuerpo y lo cierto es que no era capaz de recordar con nitidez qué había hecho cuando, tras permanecer unos minutos paralizada junto al cuerpo sin vida de ese hombre, decidió coger el dinero y salir de allí picando espuelas. De pronto se vio caminando hacia ningún lugar, ganando distancia pero sin lograr desprenderse de las imágenes que le amartillaban la cabeza. Sumida en ese estado de nervios, no pudo evitar que las lágrimas hicieran acto de presencia. No lloraba por la muerte de aquel desconocido ni por el peligro que había corrido en el caso de que al asesino le hubiera dado por revisar el apartamento. No sabía por qué mierda lloraba, pero le vino bien liberar la tensión por los lacrimales y, pasados unos cuantos minutos, recobró la lucidez. Solo entonces hizo acopio de la fuerza que necesitaba para regresar a la estación de autobuses. Era un sitio transitado y a cubierto y lo único que tenía que hacer era esperar a que se consumiera el tiempo, hasta que llegaran las diez y media de la mañana.

Faltaban dos minutos.

Ciento veinte largos segundos.

Una eternidad.

Necesitaba alejarse de esa ciudad, acercarse a su casa, reconocer caras amigas, recorrer espacios comunes, rutinarios.

El sonido del motor al ponerse en marcha la hizo conmoverse. No era capaz de recordar la última vez que se había emocionado de manera tan intensa.

El autobús se movía.

—Vete a tomar por el mismísimo culo, Valladolid.

Autopista A-6. A sesenta y dos kilómetros de Madrid

—Trata de tranquilizarte, Sara, por favor —le conminó Sancho unos cuantos segundos después de que se desahogara.

Cuatro eran los motivos que habían llevado a Sara Robles a golpear a puño cerrado el salpicadero del Audi A6.

Cuatro llamadas.

Y eso que la jornada había empezado bien. Mejor que bien. Porque despertarse junto a Sancho tras haber saldado la deuda de carne —más los intereses— en una prolongada función de sexo desmedido era, según la vara de medir de la inspectora, levantarse con buen pie. Sin tiempo para recrearse en las experiencias vividas, se presentaron en comisaría y asaltaron el despacho del comisario Herranz-Alfageme. Asumiendo su compromiso de llevar la voz cantante, fue Sancho el que le expuso la necesidad y la premura de embarcarse en un operativo especial y, tal y como le había augurado a Sara, las objeciones, reparos y demás discrepancias no pesaron más que la posibilidad de detener a Samir Qabbani. Copito estaba soportando demasiada presión por parte de las altas esferas, presión que amenazaba con manifestarse en su estómago en forma de úlcera. La única exigencia que les impuso fue la de actuar con la precaución suficiente como para no provocarle más disgustos. Y para asegurarse, el comisario contactó con su homónimo, Enrique Lambás, con quien aseguraba mantener una buena relación, para asegurarse de que actuaran en coordinación con la UDYCO Costa del Sol, y, a poder ser, que contaran con la cobertura del GRECO —Grupo de Respuesta Especial para el Crimen

Organizado—. Lo siguiente que hizo Sara fue hablar con Álvaro Peteira para dejarlo al frente del castillo durante su ausencia. Tras esquivar la intentona del gallego por sumarse a la fiesta, se montaron en el «K» disponible con mayor cilindrada y cogieron carretera.

No habían llegado a Medina del Campo cuando le sonó el teléfono por primera vez.

IKEA, servicio de atención al cliente. Se ponían en contacto con la intención de cerrar una fecha para realizar el porte de la mercancía y proceder a su instalación tal y como había solicitado el cliente. Porque, si algo tenía claro Sara, era que no disponía de lo que fuera que requiriera utilizar uno de esos planos mágicos que algún sueco ha diseñado, supuestamente, para que cualquiera fuera capaz de montar los productos que venden en un periquete y sin perder la sonrisa. Una falacia. Sara barajaba otra teoría: esos planos estaban pensados por el diablo para consumir la paciencia del ser humano en distintos puntos del globo y provocar un conflicto a escala global que desembocara en la extinción de cualquier forma de vida en el planeta Tierra. Durante los doce minutos y veinte segundos que duró la llamada, Sara no tuvo el talento que requería para hacer entender al tal Roberto que no estaba en disposición de fijar un día y una hora concreta sin desvelarle el por qué. Al final no le quedó otra opción que ceder ante su procedimental insistencia y agendar el siguiente lunes entre las ocho y las doce de la mañana, pensando en que si las cosas se torcían, siempre podría llamar para posponerla. No había terminado Sara de proferir injurias contra el empleado de la multinacional cuando el móvil reclamó de nuevo su atención.

El nombre de Mauro Craviotto apareció en la pantalla.

Bueno no podía ser. Y bueno no fue. Su paso por el monasterio de San Joaquín y Santa Ana les había servido para asegurar que, con toda probabilidad, uno de los tres cuadros de Goya —el de más valor para más señas— había sido sustraído por Tinus van der Dyke, contra el que se disponía a cursar una orden internacional de búsqueda y captura. La alteración en el tono del de la Brigada de Patrimonio Histórico terminó contagiándola, a pesar de que en su fuero interno el robo en sí le preocupaba más bien poco. La conmoción que ocasionaría en los medios y las consecuencias que ello acarrearía eran otra cosa. Antes de colgar, Craviotto le dijo que contaban con el compromiso de Antonio Ojeda de utilizar todos sus contactos e influencias en la Dirección General de Bellas Artes para agilizar las comprobaciones pertinentes que certificaran la no autenticidad de la pintura.

Estaba compartiendo las «buenas» nuevas con Sancho cuando notó las vibraciones del dichoso terminal a pesar de haberlo castigado en lo más profundo de su bolsillo del pantalón vaquero.

Era Matesanz.

Malas noticias.

Pésimas.

De forma muy escueta y nada alarmista le hacía saber que los resultados de las pruebas habían detectado la presencia de células cancerosas en el páncreas, cuyo alcance, por el momento, desconocían. No supo muy bien cómo reaccionar. De hecho, no lo hizo. La mirada se le quedó trabada en un punto fijo allende el parabrisas y cuando se vio en la tesitura de tener que decir algo coherente, solo fue capaz de verbalizar un «Mierda, joder. Lo siento mucho». Era evidente que Matesanz no quería alargar la llamada más de lo estrictamente necesario y, justo después de colgar, Sara permaneció en silencio recriminándose no haberle dicho algo como lo que ahora estaba pensando, cosas como: «Tú solo preocúpate por luchar contra el bicho y recupérate cuanto antes, que aquí nos haces falta» o incluso un institucional «Tranquilo, hombre, que todo va a salir bien» hubiera sido suficiente. Pero no. Soltó un «Mierda, joder. Lo siento mucho» y ya. Por eso, cuando Sancho le preguntó por tercera vez qué coño estaba pasando, le contestó de malas maneras llevada por la frustración y la furia de no haber estado al lado de su compañero en un trance así. Sancho conducía bastante por encima de la velocidad permitida, pero ello no le impidió darse cuenta de la gravedad del asunto y no quiso insistir. Cuando Sara por fin se lo contó, se limitó a evaluar la funesta primicia con un «Hay que rejoderse» frotándose la barba como si quisiera aliviar un picor que no existía. Estaban dialogando sobre los últimos avances en la lucha contra el cáncer cuando el teléfono sonó por cuarta vez.

La subinspectora Gutiérrez, de Armamento.

Tras escuchar que, de acuerdo con la normativa vigente, le acababa de abrir un expediente por no cumplir con la obligación de completar las prácticas de tiro con su arma reglamentaria y siendo consciente de las consecuencias que ello acarreaba, Sara terminó la llamada, inspiró profundamente por la nariz y, transcurridos unos instantes de inacción, arremetió contra el salpicadero.

—Trata de tranquilizarte, Sara, por favor —le conminó Sancho.

La entonación, más sugerente que exigente, ayudó.

—Es que no puedo creer que me esté cayendo tanta mierda encima. Después de lo de anoche llegué a pensar que todo empezaría a ir mejor —se sinceró—. Pero no. Es evidente que no.

—Hay veces que la vida viene así de cabrona y, aunque relativizar es de cobardes, a veces es lo mejor que podemos hacer.

—Relativizar.

—Sí. Quitarle hierro a los problemas.

—¿Ahora es cuando me dices eso de que los problemas no existen porque si no tienen solución dejan de ser un problema?

—No iba a decir eso, pero es cierto. Lo de IKEA es una soplapollez. En esa empresa son especialistas en cabrear a la gente, así que considérate una más. Punto. El robo del cuadro de Goya, en el caso de confirmarse, pues poco cambia las cosas, la verdad. Teníamos que trincar igualmente al tipo feo ese, por lo que... Tranquilos todos. Otra cosa es lo de Matesanz. Que tenga cáncer es una gran putada, grandísima, pero poco podemos hacer nosotros más que estar cerca y apoyarle sabiendo que el cáncer es como la idiotez, sufren más los que están alrededor que el propio enfermo. Y lo último..., no sé de qué va lo último.

—Me han abierto un expediente por no ir a las putas prácticas de tiro. Da igual que lleve meses sin tener un minuto para respirar, lo mismo da que la investigación del caso

Ignis me haya robado más de dos años de vida y que tengamos siete homicidios en curso en este momento más otra muerte sin esclarecer... ¡A la tiparraca todo eso se la suda de cabo a rabo! ¡Lo importante, lo que de verdad cuenta es que haya cumplido con las putísimas prácticas de tiro! ¡Eso es lo importante!

—Vale. Escucha. Esa persona que te ha llamado viste con una bata azul y está metida en una galería donde no ve la luz. Se la trae muy floja lo que suceda fuera de sus dominios, solo se limita a cumplir con su cometido. Nada más. ¿Tú qué crees que va a hacer Copito cuando le llegue ese papel? Seguramente se vaya al baño con él y le dé el uso que merece. No te comas la cabeza con eso. Céntrate en lo que tenemos por delante.

—Eso intento, créeme. Necesito salir de este maldito túnel en el que me he metido.

—El problema no es salir, Sara, un túnel siempre tiene una salida. Lo que nos genera ansiedad es no saber dónde está el final. La maldita incertidumbre es lo que nos asusta. Al margen, tienes que estar preparada para asumir que cuando salgas, porque antes o después saldrás, el paisaje no será idéntico al que recuerdas que había en la entrada. Puede parecerse, sí, pero nunca será exactamente igual.

Por sus gestos, podría decirse que estaba de acuerdo con la reflexión del pelirrojo.

—Dicho esto —prosiguió él—, me alegra mucho escucharte decir que lo de anoche fue un punto de inflexión.

Sara relinchó.

—Me pregunto cómo es posible que me pueda sentir atraída por un fulano que a sus cuarenta y muchos lleva una camiseta de Héroes del Silencio.

—Que no te llame la atención el mal estado del jamelgo, sino la necesidad de quien lo monta. Nunca mejor dicho.

La entonación y el semblante canalla de Sancho le hicieron ganarse un fuerte manotazo en el hombro.

—¡Eh! ¡Que estoy conduciendo! —le recordó.

—Ahora que lo dices, me vendría bien ponerme al volante así que busca un sitio para hacer el cambio. Zopenco, que eres un zopenco.

El sonido del teléfono. Esta vez el de Sancho.

—Es Makila.

Silencio.

—¿Estamos completamente seguros? —Pausa—. Entiendo. ¿Ha dicho Torrequebrada? Sí, club de golf Torrequebrada. —Pausa—. En cuatro horas y algo estamos allí —Pausa—. Sí, el comisario Herranz-Alfageme ya ha contactado con la UDYCO —Pausa—. De acuerdo. Le mantengo informado. Gracias.

—Entonces, ¿qué? —quiso saber ella.

—Entonces toca correr.

Calle Vela, 7. Benalmádena

La excitación se apoderó de todas y cada una de sus fibras, y no se debía solo a la generosa raya de cocaína que acababa de esnifar a pesar del intenso dolor que sabía que le iba a provocar en el tabique nasal. No era esa ni mucho menos la primera vez que se sentía así, pero no era capaz de recordar cuándo había sido la última.

Cuatro eran los motivos que habían llevado a Samir Qabbani hasta ese estado.

Cuatro llamadas.

La primera la hizo él a Constantine, un antiguo camarada suyo que conoció cuando trabajaba para los marselleses y que ahora estaba con los italianos de la Camorra. Este le había confirmado que sí, que en unos minutos le enviaría a un tipo de confianza para entregarle esos cinco gramos de coca sin cortar que le había pedido la noche anterior. Cinco gramos no eran mucho ni poco, pero quería asegurarse de que la mierda era buena, y para ello tenía que recurrir a gente de su total confianza. La iba a necesitar, lo que no podía imaginar es que fuera de manera tan inmediata. Después de que los hombres de Kumarin le dieran las llaves del piso franco y lo siguieran hasta la misma puerta del garaje para asegurarse de que entraba —pero sobre todo de que no saliera—, cenó algo, vio un par de horas la televisión hasta que le venció el sueño y se quedó dormido en el sofá.

La siguiente llamada, a pesar de que lo había despertado, le alegró el día. Solo escuchar la voz de Ayyan le produjo un efecto vigorizante que le costó encauzar para centrarse en lo importante. Primero lo puso al día de los últimos acontecimientos: con la certeza que le proporcionaba Griffin, su app espía, ella le confirmó que Grigori, su *boyevik* de más confianza, había recibido el encargo de Nikita Chikalkin de disponer lo necesario para un encuentro inesperado que debía mantener con alguien que representaba a Kumarin. La reunión estaba fijada a las cuatro de la tarde en el club de golf Torrequebrada. Le gustó saber que Grigori había seleccionado a dos *okrannik* —el rango más bajo dentro de la organización— cuyos nombres ni siquiera le sonaban, por lo que infirió que habían sido reclutados en su ausencia o sin su conocimiento. Mejor que mejor. Menos carga emocional. Porque cargarse a alguien desconocido no significaba lo mismo que tener que matar a un camarada como Grigori. Se despidió cariñosamente de Ayyan, conminándola a que estuviera preparada para reunirse con él en cualquier momento, afianzando el compromiso que había adquirido con ella en el camino de progreso que decidió emprender aquel día.

La tercera, como esperaba, no tardó en llegar, pero no fue su móvil el que sonó, sino el que le había dado el hombre de Kumarin. Una voz que no fue capaz de reconocer le dio las instrucciones que debía seguir para cumplir con la misión que le habían encomendado. La información encajaba con la que le acababa de proporcionar Ayyan, y, además, se habían encargado de facilitarle la tarea. No le gustó que le exigieran un final concreto para Chikalkin, pero no le quedaba más remedio que tragar con ello. Finalmente el desconocido le confirmó que esa noche lo tendrían todo dispuesto para que pudiera salir del país en un carguero cuyo nombre y localización le facilitarían en cuanto confirmaran la muerte de Chikalkin.

Todo en orden.

La cuarta y última llamada la hizo él. No le hicieron falta más de seis minutos para atar el último cabo, instante que coincidió con la oportuna llegada del mensajero que enviaba Constantine con su pedido.

Llegaba el momento de prepararse.

Estación de autobuses de Jaén

Bajaba las escaleras con la certeza de que el planeta giraba dos velocidades por debajo de lo normal. Los pinchazos en los globos oculares los sentía cada vez más profundos. Por fuera solo le escocían, afortunadamente. Le dolían las cervicales, las lumbares y notaba las piernas entumecidas como si acabara de completar el recorrido del Transiberiano. Sin embargo, la peor parte se la había llevado el cerebro. La falta de sueño hacía que los neurotransmisores, aletargados, se desempeñaran sin brío, provocando así un pequeño pero sensible retraso en la velocidad normal de las funciones sinápticas. Todo ello explicaba que Paola procesara la actividad del exterior como si transcurriera más despacio de lo habitual.

El viaje había sido una auténtica tortura, pero, sin duda, había merecido la pena.

Rafaela, la señora del asiento de al lado, natural de Torredelcampo, no le había dejado pegar ojo a pesar de que le había hecho saber al menos en tres ocasiones que necesitaba dormir. Lo mismo le daba. Antes de llegar a Madrid ya le había confesado que sufría de hemorroides y que para ella era un suplicio visitar a su hermana, que vivía en Valladolid desde que FASA Renault abrió sus puertas, pero que, habiendo cumplido ya los setenta, no podía espaciar demasiado los encuentros con ella. ¿Quién le aseguraba a ella que esa no sería la última vez que se vieran? El balance que hacía Rafaela de las dos semanas que había estado en Valladolid era muy positivo; sin embargo, la sombra de no haber podido estar el primer domingo de mayo en Torredelcampo para disfrutar de la romería de Santa Ana y la Virgen Niña lo oscurecía todo. Según ella, era de las más famosas de España, reuniendo a miles de fieles venidos de todos los rincones en la ermita del cerro Miguelico.

—Si a la romería no la han declarado ya de interés turístico mundial, lo van a hacer ya mismo que me lo ha dicho a mí la Josefa, que tiene a su hija trabajando en lo de cultura del Ayuntamiento y se entera de todo. De eso y de lo demás. Pues no tiene buen oído ni na. ¿Seguro que no quieres un rosco de anís? Están buenísimos y te voy a decir una cosa: no tienes muy buena cara, hija. Pa mí que necesitas comer algo. Bueno, si ves que te apetece luego no tienes más que pedírmelo. Como una vez, que, teniendo yo quince o dieciséis años me encontré con Juanito Valderrama, ¿te he dicho ya que Juanito Valderrama nació en Torredelcampo, a dos calles de donde vivía mi tía Concepción? —era la quinta vez que lo hacía, concretamente—. Pues eso, que estando con tía Concha en un bar que había en la plaza pero que ya no está, nos encontramos con él, que ya era famoso y bien famoso, no como los de ahora, esos que cantan en los concursos de la tele —la mujer tuvo que hacer un alto para coger aire—; pues que le debí de caer en gracia, mira tú, y me regaló una bolsa con roscos de anís que hacemos allí. Riquísimos. Bueno, no me acuerdo si esos estaban ricos o no, pero en esos años se pasaba mucha hambre en España y no todos los días te regalaban dulces por ahí. Y menos Juanito Valderrama. ¿De verdad que no te apetece probar uno? —le había insistido Rafaela.

Paola, como es natural, terminó sucumbiendo a los roscos en particular y a todo en general. El descomunal desequilibrio entre palabras pronunciadas y escuchadas era lo que había generado que su cerebro, estando ya bajo mínimos, decidiera amilanarse *motu proprio.* A punto estuvo de rendirse de forma incondicional y a mucha honra, haciendo bueno eso de que es siempre mejor una mala retirada a tiempo que una buena derrota. Sin embargo, estando ya a menos de cincuenta kilómetros de Jaén, quizá porque Paola veía ya el final del túnel, se soltó un poco más y le desveló el motivo que la había llevado a viajar a Valladolid. Omitió, desde luego, los detalles relacionados con el Espantapájaros, pero fue durante el turno de réplica de Rafaela cuando Paola tomó la decisión.

—Claro que sí, hija. Hay que tomar decisiones aunque duelan. Y mucho más si son de tipo sentimental. Y si una lo tiene claro, cuanto antes se haga, mejor. Hay personas que piensan que dando la espalda a los problemas, estos desaparecen. Pues no. Lo que sucede es que se hacen más grandes, porque, como decía mi abuelo Carlos que le tocó luchar en la Guerra Civil con los republicanos: «Los problemas se alimentan de la cobardía». ¡Y qué razón tenía! ¡Hay que ser valientes! Antes teníamos que conformarnos con lo que nos tocaba. Te tocaba un marido que era un putero, pues te tocaba. Que te tocaba un padre borracho que te daba palizas, pues te tocaba. Y a callar, que estás más guapa. Ahora ya no. Ahora no tenemos que callarnos así porque sí. Las cosas malas hay que sacarlas para fuera. Que estamos por aquí cuatro días y vivir con arrepentimiento es no vivir. Hay que tomar las riendas. La vida no puede dominarte, tú tienes que dominar a la vida. Así que has hecho muy bien, oye. ¡Muy bien! —había recalcado propinándole dos buenos manotazos en el muslo.

Eso último hizo reflexionar a Paola. Muy bien no lo había hecho. Había dado la espalda a un problema que se iba a agigantar con el paso del tiempo. Por eso, en cuanto se despidió cariñosamente de Rafaela con la promesa de visitarla si pasaba algún día por Torredelcampo, lo primero que hizo fue ir a un bar a cuyo dueño conocía y, con la excusa de que se le había terminado la batería, pedirle que le dejara hacer una llamada de teléfono.

—¿Emergencias 112 Andalucía, dígame?

UN AGÓNICO GORJEAR

Club de golf Torrequebrada
Calle Club de Golf, 1. Benalmádena Costa (Málaga)
16 de mayo de 2019

Si en aquel preciso instante, a las cuatro menos cuarto de la tarde, sentado en el retrete con *The Daily Telegraph* en las manos, alguien se hubiera apostado un millón de libras con John William Archibald a que en menos de doce minutos iba a traicionar todos y cada uno de los valores que estaban representados por su apellido, habría aceptado sin pestañear.

Y hubiera perdido.

Desde que tenía uso de razón recordaba verlo escrito en el escudo heráldico que lucía en el recibidor de la casa de verano que su familia paterna tenía en Somerset. De origen franconormando, «aircan» significaba noble y sincero, mientras que «bald» hacía referencia a valiente y audaz.

Archibald: noble, sincero, valiente y audaz.

Para empezar habría que apuntar que no podría considerarse muy noble la tesitura en la que se encontraba cuando todo sucedió: defecando, lo cual le obligó a mentir en su declaración a la policía o, al menos, a no ser del todo sincero, como se suponía que estaba marcado según su ADN familiar. La pesadilla había dado comienzo cuando tuvo que retrasar el vuelo para cumplir con una costumbre que iba camino de convertirse en tradición y que consistía en jugar unos hoyos en el club de golf Torrequebrada antes de subirse al avión. Había otros muchos campos repartidos por la Costa del Sol, algunos más cercanos a Mijas Costa, donde tenía su casa de verano, pero a J. W. Archibald le gustaba ese en especial. Abierto desde 1976, había sido diseñado por José Gancedo, más conocido como el Picasso del golf y durante varios años fue considerado como uno de los mejores campos de Europa. Su ubicación no podía ser más acertada, a menos de media hora del aeropuerto de Málaga, tan rápido estabas pegándole duro con un *driver* mientras mirabas el perfil dentado de la montaña, como ejecutando un *chip* de aproximación al *green* con el Mediterráneo de fondo.

Maravilloso.

Entraba J. W. Archibald a las tres y media en punto, con tiempo de margen, habiendo calculado algo más de cuatro horas y media para completar los dieciocho hoyos, cambiarse, y llegar al aeropuerto con las preceptivas dos horas de antelación. Sin embargo, no había tenido la precaución de pasar por el baño antes de salir de casa y en su vientre, que funcionaba mejor que un reloj suizo, había saltado la alarma de evacuación en forma de agudos e intermitentes pinchazos.

Se contaban con los dedos de una mano las veces que en sus cincuenta y dos primaveras, J. W. Archibald —muy noble, él— se había visto en la necesidad de sentarse en un trono que no fuera de su propiedad, pero, tras realizar una minuciosa revisión de las instalaciones sanitarias que obtuvieron una calificación higiénica de excelentes, aprovechando que se encontraba solo en los vestuarios de la casa club, resolvió proceder.

Quizá eso le había salvado la vida.

Habiendo liberado ya los desechos de su intestino grueso, se había concedido unos minutos más para terminar de leer una interesante columna sobre el Brexit cuando oyó que alguien entraba en el vestuario. Maldecía su suerte por dentro al tiempo que se conjuraba para permanecer en silencio hasta que el panorama volviera a despejarse. No le extrañó reconocer la lengua en la que hablaban esos dos hombres. Desde hacía cinco años la presencia de rusos se había incrementado mucho y, aunque no le resultaban molestos, tampoco podía decirse que les tuviera mucha simpatía por sus rudos modales y escasa galantería. Cinco minutos más no le iban a suponer ningún inconveniente más allá del hormigueo que se había apoderado de sus piernas. No pasaron más de tres segundos hasta que escuchó un aullido lastimero parecido al de un perro herido, seguido del incomparable sonido que produce un cuerpo al desplomarse contra el suelo. El pánico aguzó su oído y, a pesar de que no veía más allá del blanco impoluto de esa puerta que lo separaba de lo que estaba sucediendo fuera, su cerebro reconstruyó la siguiente escena:

Dos voces.

Un intercambio poco amistoso de palabras.

Dos personas enfrentadas.

Un grito espeluznante.

Un agónico gorjear.

Silencio total.

Absoluta inacción, actitud que poco tenía que ver con la valentía y menos con la audacia de la que hacían gala sus ancestros escoceses cuando buscaron epítetos que vincular a su apellido. Obligado no obstante por la necesidad de respirar, las neuronas olfativas de J. W. Archibald descodificaron el olor fecal que ascendía entre sus muslos. Un hedor sin duda delator y que, en ausencia de barreras físicas que lo encerraran en aquel cubículo sin techo, se estaba extendiendo libre por el aire del vestuario. Una certeza: si él podía percibirlo, fuera quien fuese el que acabara de asesinar a dos compatriotas, también. Percatarse de ello y, sobre todo, de que nada podía hacer por impedirlo —descartando por supuesto pulsar el botón de la cisterna— fue casi con toda probabilidad lo que le generó el bochornoso tembleque que se apoderó por completo de su ser. Bochornoso, sí, pero menos que su torpe intento por limpiarse su aristocrático ano estando incapacitado para ejecutar ese rutinario movimiento con la firmeza que requería. Un cuadro. Brochazos color café con matices oliváceos pintaban el interior de sus nalgas cuando, pasados muchos minutos, reunió el coraje suficiente para salir de su encierro voluntario. Los rojos de distinta intensidad y viveza conformaban la gama predominante en la zona de taquillas, tanto en las salpicaduras como en las acumulaciones que se extendían bajo aquellos dos cuerpos inertes.

Uno de ellos, el que estaba sentado en un banco de madera con la espalda apoyada contra la pared, cuyo apéndice asomaba irreverente de la abertura horizontal que subrayaba su cuello, captó su atención imponiéndose a la necesidad de salir de allí pidiendo auxilio.

Fue entonces cuando se oyeron fuera los disparos y regresó al lugar de donde venía.

Su refugio.

Seguía oliendo feo.

Algunos minutos antes

Con algo de anticipación sobre lo previsto, Samir Qabbani llegaba a pie al recinto y accedía a la casa club por la puerta que utilizaba el personal de servicio, libre de cámaras de vigilancia y abierta por uno de los cinco miembros de la empresa de seguridad encargada de controlar los accesos a las instalaciones. Concretamente por el tipo que había recibido tres mil euros la noche anterior de manos de un ruso desconocido. De todo el arsenal contenido en su bolsa de deporte negra con rayas blancas, marca Adidas, modelo retro, había seleccionado el revólver del calibre 38 por su tamaño. Cumplir con los requerimientos de Kumarin era lo que explicaba que asomara bajo la manga de la cazadora de cuero la empuñadura del cuchillo de combate Storm.

Según había convenido con Grigori en esa última llamada que hizo por la mañana, Samir Qabbani buscaría un lugar en el que esperar a que él lo avisara de la llegada de

Chikalkin a la zona de vestuarios, donde había previsto cumplir con la tarea de forma rápida y lo más discreta posible. No era casual que lo hubieran citado a la hora de la comida, siendo esta la franja en la que menos usuarios había, más aún en temporada baja, cuando cruzarse con algún golfista entre las dos y media y las cuatro podía considerarse un hecho insólito. A las tres y treinta y nueve minutos recibía el mensaje de su camarada, a quien había convencido de que se mantuviera al margen con solo citar el nombre del hombre que le había hecho el encargo. Grigori era un buen *boyevik,* leal y honorable, cualidades que se diluyen con facilidad en el ácido que acompaña la perspectiva de un futuro irremediablemente funesto.

Samir Qabbani salió del almacén de bebidas que el mismo miembro de la empresa de seguridad había dejado abierto por el mismo precio y, siguiendo las indicaciones que le habían proporcionado, llegó hasta el pasillo que desembocaba en los vestuarios. Estaba sacando el cuchillo cuando vio salir a Grigori, con el que se limitó a intercambiar un saludo de corte marcial antes de empujar la puerta. Uno de los dos *okrannik* que acompañaban a Chikalkin —el otro tuvo la suerte de que le ordenaran quedarse en el coche— cometió la imprudencia de no girarse a comprobar quién entraba, dando por hecho que se trataba de su jefe, tiempo precioso que el libanés supo aprovechar para abordarlo, agarrarlo por el mentón y apuñalarlo seis veces seguidas en la zona lumbar. La técnica aprendida durante sus años de legionario era infalible. El dolor que provocaba atravesar los riñones era tan intenso que resultaba incompatible con cualquier tipo de reacción que no fuera la que tuvo: gemir de dolor a la vez que perdía la verticalidad. Una vez en el suelo, rodilla en tierra, Qabbani lo remató de una certera estocada en el corazón. Tampoco era plan hacerlo sufrir como un animal. Cuando levantó la vista se encontró con la horrorizada expresión de Nikita Chikalkin. Semidesnudo, carente de rubor alguno en la tez y totalmente bloqueado tras asistir a la piadosa muerte de su guardaespaldas, intuía con acierto a qué podía deberse la inesperada presencia del hombre de confianza.

Aunque no podría decirse que fuera necesario derrochar mucho talento deductivo.

Un ramalazo de supervivencia le hizo, no obstante, tratar de jugar una última carta ofreciéndole una cantidad disparatada de dinero mientras proyectaba hacia delante los brazos y caminaba hacia atrás. No había mucha distancia que ganar, por lo que, al toparse con el banco de madera hizo un intento desesperado por neutralizar el brazo derecho de su atacante. Qabbani supo leer sus intenciones con la suficiente antelación como para cambiar el arma de mano y aprovechar la inercia para hundir los diez centímetros de hoja bajo sus costillas. Su cara de sorpresa resultaba casi cómica, como si no esperara el efecto que se producía cuando un cuerpo extraño alcanza el hígado provocando una hemorragia hepática severa. Con solo remover el mango Samir Qabbani consiguió amansarlo por completo y forzar a su exjefe a que se sentara. Este, con ambas manos oprimiendo la herida, le facilitó completar la tarea. El portavoz de Kumarin había sido concreto: «Tu *pakhan* desea que le hagas una corbata colombiana». No le dieron ninguna explicación más, pero el libanés supuso que la elección no era meramente caprichosa, sino que buscaba endiñar el muerto a quienes tanto les gusta firmar los ajustes de cuentas de esa manera. No le molestaba en especial tener que hacerlo, pero sí le preocupaba consumir segundos de más que podrían resultarle preciosos. Sin darle más vueltas al asunto, lo agarró del pelo y tiró de él hacia atrás para dejar al descubierto la garganta. De derecha a izquierda y de un solo trazo le dibujó una profunda sonrisa bajo el mentón, mueca de nuevo cuño por la que comenzó a burbujear la sangre antes de manar de un modo abundante y dispersarse por su pecho, lenta y espesa como si de un delta cenagoso se tratara.

Nikita Chikalkin bizqueó antes de emitir un agónico gorjear con el que parecía querer despedirse del mundo de los vivos. El libanés todavía notaba su latido cuando introdujo los dedos índice y pulgar a través de la herida, agarró la escurridiza lengua y tiró de ella hacia abajo antes de estirarla sobre el esternón.

—Órdenes de Vladimir Kumarin —le informó en tono neutro.

Con los ojos en cuarto menguante, espumajeando por las comisuras de su nueva boca y con la mirada errática, no parecía que al ruso le fuera a importar demasiado esa revelación. O cualquier otra. Un discreto sonido de querencia sibilante acompañó su último latido.

Sin tiempo para investigar de dónde procedía la vaharada a descomposición intestinal que intoxicaba el ambiente, Samir Qabbani se limpió las manos y la cara con una elegante camisa —ahora huérfana de dueño—, sacó el móvil que le habían entregado e hizo un par de fotos al finado antes de emprender la huida. El plan consistía en abandonar las instalaciones por la puerta de servicio, recorrer a pie los quinientos cincuenta metros que lo separaban del coche que había dejado aparcado en la calle Ronda del Golf Este, pasar a buscar a Ayyan y, finalmente, marcharse juntos al puerto.

Lo que no esperaba ni estaba previsto era que al salir se topara de frente con alguien que le apuntaba con un arma.

Algunos minutos antes

Habían cumplido con su parte. El reloj marcaba las tres en punto cuando, estando Sara al volante, abandonaban la AP-7 por la salida 222 de Arroyo de la Miel y entraban en Benalmádena Costa dejándose guiar por el GPS.

A las cuatro conversaciones telefónicas que habían alterado el karma de la inspectora Robles había que añadir otras tres, tres motivos más, en total siete, que se alineaban con los anteriores. Y aún faltaba la octava.

Peteira fue el encargado de reanudar las hostilidades al llamarla para informarle de que habían recibido el aviso de un posible homicidio ocurrido en la plaza de Cantarranas y que se disponían a comprobarlo. Lo curioso del asunto era que el aviso lo había recogido el servicio de emergencias de Andalucía y que el denunciante era anónimo.

—Venga, que vamos cojonudamente, uno más y completamos el bingo —había evaluado Sara antes de decirle que la mantuviera informada tan pronto supiera algo más.

La siguiente la realizaba el comisario Herranz-Alfageme. Si se pudiera hacer un resumen, la idea principal era enfatizar que dejaran la detención del sospechoso en manos del GRECO Costa del Sol con sede en Marbella, que ya estaban al corriente del operativo. La directriz de Copito consistía en que Sara se pusiera en contacto con el inspector jefe de la unidad, y eso era justo lo que acababa de hacer.

—¡Mierda! —dictaminó Sara en cuanto terminó la llamada—. ¿Qué significa eso de que se ponen en marcha? ¡Ya tenían que estar preparados, joder! —protestó.

—Son el Grupo de Respuesta Especial para el Crimen Organizado, la «erre» es de «Respuesta», no de «Rápido».

—Festival del humor. ¿A cuánto está Marbella de aquí?

—No sé, pero cerca.

Lo cierto era que el argumento esgrimido por el inspector jefe del GRECO sonaba bastante consistente.

—Según nos han informado, el sospechoso ha sido citado en el club de golf Torrequebrada a las tres y media. ¿Es así? —había querido corroborar el del GRECO—. Bien, pues se tardan unas cuantas horas en completar los dieciocho hoyos, así que estaremos más que preparados cuando salgan. Espérennos allí, nos ponemos en marcha.

—Ellos controlan este gallinero mejor que nosotros —trató de tranquilizarla el pelirrojo—. Vamos a confiar, porque, además, no nos queda otra.

—¿Y no te parece extraño que su jefe le haya hecho venir hasta aquí para jugarse unos hoyos y tal? —conjeturó ella.

—El contacto de Makila le ha dicho dónde y cuándo estará Qabbani, no para qué. Yo creo que si la información es buena, y te aseguro que lo es, no nos hace falta nada más.

Sara, inconformista por naturaleza, siguió barruntando hasta que llegaron al aparcamiento del complejo.

—No sé qué le ven a este deporte, si es que puede considerarse como tal —criticó el pelirrojo.

—Claro, claro, todo lo que no sea poder partir en dos al rival no puede considerarse un deporte.

—¡Pero si se desplazan en carrito! ¡¿Qué mierda es esa?!

La octava llamada del día no se hizo esperar. Peteira de nuevo.

—Jefa, no te lo vas a creer, pero el tipo que encontramos muerto de dos disparos en el piso de Cantarranas es el Van der Dyke ese.

—¡Venga ya! ¡¿Estás seguro?!

—Completamente. Lo he sabido en cuanto lo he visto. Es el Espantapájaros. El apartamento es un Airbnb, estamos intentando localizar al dueño. Y poco más te puedo decir, porque acabamos de llegar. Te llamo luego.

Se lo estaba contando a Sancho cuando un *crossover* oscuro con los cristales tintados se paraba justo delante de la entrada del club. De él se bajaron tres hombres y un cuarto se dirigió a estacionar en el aparcamiento.

—Tienen una cara de rusos que no pueden con ella —juzgó él—. Apostaría a que el que lleva la bolsa con los palos no es Chikalkin.

—Tiene que ser el del pelo cano, pero ahí no veo a Qabbani. No, ninguno de esos es el libanés. ¡Mierda! —protestó.

—Vale, pero fijo que son los coleguitas con los que ha quedado para jugar —especuló Sancho—. Te recuerdo que aunque lo identifiquemos tenemos que esperar de todos modos a las Grecas y que, si hay tiros, mejor nos quedamos al margen. Básicamente porque yo no voy armado y tú no deberías usar el hierro.

—Ya lo sé, no seas coñazo, que pareces la subinspectora Gutiérrez del coño.

—Era solo por refrescar conceptos. Entonces, ¿Pereira está convencido de que se trata del Espantapájaros?

—Eso dice.

—O sea, que Qabbani lo encontró y metió un par de cartuchazos antes de poner rumbo al sur.

—Eso parece, pero ya veremos. Supongo que Copito estará dando botes de alegría en su despacho. Un nuevo cliente para el depósito... Jo-der. Ya nos podría sonreír la suerte en esta jugada, porque si no se nos van a....

—¿La suerte has dicho? —la interrumpió Sancho forzando una sonrisa de oreja a oreja—. ¿Ahora confiamos en la diosa Fortuna?

—Es una forma de hablar, no me hinches las narices —se defendió ella al mismo tiempo que procuraba acomodarse en el asiento del conductor—. Lo que quiero decir es que espero que no se nos tuerza nada.

—Sí, ya te pillo, ya.

En ese momento reconocieron a uno de los hombres que se habían bajado del *crossover.* Abandonaba el lugar a paso ligero, pero daba la sensación de que buscaba a alguien en el aparcamiento por cómo miraba los pocos vehículos estacionados.

—Es uno de ellos, ¿no? —quiso corroborar Sara.

—Sí, seguro. ¿Y qué coño está buscando?

De improviso, el tipo se paró en seco, los miró y, tras unos instantes de duda, se resolvió la cuestión.

—A nosotros —acertó Sancho.

—¡¿Qué hace?! —preguntó Sara tomando contacto con la culata de la HK USP Compact.

—Tranquila.

Siempre con las manos a la vista, el desconocido se dirigió a la ventanilla del copiloto y golpeó el cristal con el anillo que llevaba en el anular. Sancho se fijó en las letras cirílicas que le asomaban por un lateral del cuello al tiempo que apretaba el botón.

—¿Son solo ustedes dos? —preguntó en castellano con acento casi cómico.

—¿Cómo dice? —respondió el de la Interpol.

—Es igual. No tienen mucho tiempo. Qabbani va a salir por una puerta de servicio que está ahí, a la izquierda de la entrada principal —les indicó—. Y eso va a pasar en menos de cinco minutos, que es lo que calculo que va a tardar en cargarse a Chikalkin y a su guardaespaldas.

—No sé de qué demonios está hablando —dijo Sancho a bote pronto.

—Lo que usted diga, pero si quieren atraparlo ya están moviendo el culo —les recomendó Grigori antes de marcharse.

—¡Me cago en todo! —gritó Sara ni bien se alejó—. ¿Ha dicho que va a matar a Chikalkin? ¡¿Por eso ha venido?!

—¡¿Y si era el contacto de Makila?!

No lo era, pero Volodia Kumarin, sí. Era el sobrino del jefe de jefes quien había mantenido un encuentro en persona con Grigori Zobnin para hacerlo partícipe de la decisión de la hermandad. Su cometido era doble: no entorpecerle la tarea a Samir Qabbani y facilitar la de la policía. Ahora bien, nunca antes de que el libanés se hubiera encargado de Nikita Chikalkin.

—¡¿Por dónde coño ha dicho que iba a salir?! —preguntó Sara, alterada.

—¡Yo voy a pelo! —protestó Sancho.

—¡Pues quédate en el coche si quieres, pero ese cabrón no se me escapa!

—Vale, vale. Un segundo. Espera solo un segundo. Lo primero que tenemos que hacer es avisar al GRECO de que no nos quedan más cojones que intervenir.

—Encárgate tú de eso. Yo voy a localizar la maldita puerta —dijo abriendo la del coche.

—¡Hay que joderse!

Empuñando con fuerza su arma reglamentaria y apuntando hacia el suelo, Sara se lanzó a la carrera en la dirección que les había indicado el tipo del tatuaje en el cuello. Enseguida localizó una puerta metálica sin picaporte exterior y decidió que debía de ser esa la que buscaba. Sin tiempo para recuperar el resuello, oyó algo al otro lado que le hizo levantar el arma.

La expresión sobresaltada desconfiguró las facciones del rostro que tenía delante, lo cual no le hizo dudar ni un instante de que se trataba del libanés.

—¡Tírate al suelo, cabrón! —le chilló.

Samir Qabbani se repuso de inmediato de la sorpresa, desapareciendo de su campo de visión, y a pesar de que Sara tampoco anduvo lenta, no pudo evitar que la puerta se cerrara en su cara.

—¿Era él? —preguntó Sancho, que había asistido al visto y no visto desde la distancia.

—¡Sí! —confirmó a la vez que se subía en una jardinera desde donde se encaramó al murete de dos metros que delimitaba el recinto del club—. ¡Ahí va! —señaló—. ¡Está huyendo a través del campo de golf! ¡Voy tras él!

El pelirrojo sabía que no había nada que pudiera hacerla cambiar de opinión.

—¡Voy a avisar dentro para que desalojen las instalaciones! ¡No lo pierdas de vista, pero ten cuidado y no asumas riesgos innecesarios, porque estos llegarán en quince minutos!

Sara se guardó la pistola por dentro del pantalón y se descolgó sin problemas. En cuanto sus pies tocaron el suelo echó a correr en la dirección en la que había visto a Qabbani. Frente a ella se extendía un ondulado mar de color césped recién cortado, roto tan solo por las palmeras que parecían surcar a la deriva en esas verdes aguas. No tener contacto visual con el sospechoso le hizo regular la velocidad de la carrera mientras atravesaba el *green* del hoyo dieciséis. No tardó en percatarse de que no era posible que Qabbani hubiera desaparecido tan rápido, por lo que concluyó que tenía que estar escondido por fuerza. A su izquierda, una agrupación de árboles que separaba un hoyo de otro conformaba una espesura ideal para ocultarse y el hecho de no haberle visto portar un arma la envalentonó. Apuntando a dos manos en la dirección de avance, con el seguro quitado y el dedo en contacto con el gatillo, Sara Robles progresaba dispuesta a pasarse por el Arco del Triunfo el expediente abierto por Armamento, pero, sobre todo, las recomendaciones de la subinspectora Gutiérrez de no hacer uso de su arma reglamentaria. No fue un movimiento que ocurriera donde ella tenía puesta su atención, sino otro que captó dentro del rango que abarcaba su visión periférica lo que le hizo detenerse y girarse cuarenta grados a su derecha.

De la nada se alzaba una figura.

Una figura humana levantando un brazo.

Un brazo cuya mano empuñaba un arma.

Un arma que en un segundo y tres décimas efectuó tres disparos.

Uno errado.

Dos certeros.

Algunos minutos antes de que sus constantes
vitales dejen de ser constantes y estén a punto
de dejar de ser vitales

SIN-BIN

Club de golf Torrequebrada
Calle Club de Golf, 1. Benalmádena Costa (Málaga)
16 de mayo de 2019

Con lacerante impotencia, Ramiro Sancho asiste al momento en el que Sara recibe los dos disparos a bocajarro.

Ni siquiera le ha dado tiempo a comprobar la zona de vestuarios, donde, según les había dicho el ruso del tatuaje en el cuello, Qabbani tenía previsto cargarse al que era su jefe. El tiempo que ha invertido en llegar a la recepción lo ha amortizado poniendo en su sitio las piezas que tenía esparcidas en su cabeza: el informante de Makila los ha utilizado para matar dos pájaros de un tiro, siendo Nikita Chikalkin y Samir Qabbani los emplumados sin pico. La recepcionista, cuya nívea tonalidad de tez y mala distribución del colorete le conferían aspecto de delicada muñeca de porcelana, se ha mostrado algo confundida al hacerse cargo de la gravedad de la situación, pero, contra todo pronóstico, ha logrado reponerse enseguida y ha reaccionado con meritoria diligencia en la puesta en marcha del protocolo de evacuación contra incendios. Y todo ello sin generar desconcierto entre los presentes. Mientras esto se produce, Sancho no puede evitar mirar a través de la enorme cristalera desde la cual, aprovechando la elevación del terreno, se puede apreciar la extensión, cuidado y demás bondades de las instalaciones. Una vista alevosamente pensada para justipreciar la tarifa que se les cobra a los socios.

Ha sido entonces cuando ha reconocido a Sara cruzando el *green* en dirección a una zona arbolada con paso firme y el arma preparada.

Ha sido entonces cuando le ha llamado la atención un volumen estático que permanecía inmóvil en un lugar donde no tenía que haber ningún volumen. Ni estático ni dinámico.

Ha sido entonces cuando, al aguzar la vista, se ha percatado de que Qabbani estaba aprovechando el desnivel del terreno donde hay un *bunker* de arena.

Ha sido entonces cuando ha empezado a gritar y a golpear los cristales con inusitada virulencia, pretendiendo avisar a Sara del peligro que la acechaba. Sin embargo, las dos láminas de vidrio monolítico de tres milímetros cada una, unidas mediante una película intermedia de butiral, convierten en estéril cualquier intento de que su voz llegue a los oídos de cualquiera que se encuentre al otro lado.

Ha sido entonces cuando ha asistido con lacerante impotencia al momento en el que Qabbani se ha incorporado, apuntado y abatido a Sara, que ha recibido de lleno los disparos y ha caído de espaldas sobre el césped. En tiempo real no ha transcurrido más que un aleteo; en su mente, en cambio, es un eterno planear.

No se mueve.

Él tampoco. Solo grita y golpea los cristales, pero ya no pretende avisar a Sara, sino liberar su frustración. Eso primero, porque, segundos después, al ver a Qabbani acercarse donde ella está tendida con la intención de rematarla, lo que busca es ahuyentarlo. Aumenta la intensidad de los puñetazos y el volumen de la voz a pesar de que otra voz —la de lo racional— le bisbisea que no va a surtir el efecto que busca. Lo que sí ha conseguido es que el pánico se contagie entre las personas que se encuentran en la casa club, incluida la recepcionista, que hace lo que puede para sostener una, nada creíble, expresión risueña. Ahora se parece mucho más a Annabelle que a una delicada muñeca de porcelana. A Sancho el caos le importa más bien poco. Lo único que le preocupa en este preciso instante en todo el condenado planeta es lo que Qabbani pueda hacerle a Sara. No quiere verlo, pero, así y todo, no aparta la mirada mientras contiene el aliento. El libanés ladea la cabeza, valorativo, y le apunta a la cara, pero, por motivos que desconoce, se guarda el arma, da media vuelta y se aleja corriendo. Infiere el pelirrojo que podría responder a una razón: que Sara ya esté muerta. La posibilidad hace que la garra, la maldita garra que siempre está ahí presente, se cierre sobre su estómago. Sentir cómo esas sucias y afiladas uñas lo atraviesan de parte a parte lo hace reaccionar y se lanza a la carrera al tiempo que le grita a Annabelle para que llame a una ambulancia.

Sancho invierte trece segundos en pisar el césped, cuarenta y dos en recorrer la distancia que lo separa de su compañera y mucho más que amiga y solo dos en certificar lo que pensaba.

Grita.

Samir Qabbani no sabe adónde se dirige. Da por hecho que, por mucha extensión que abarque el dichoso campo de golf, en algún punto tiene que encontrarse con la carretera donde él ha dejado el coche en el que tiene planeado ir a buscar a Ayyan.

No alcanza a entender cómo es posible que esa poli haya llegado tan rápido y que lo estuviera esperando justo por donde él tenía previsto salir. Solo existe una explicación posible: alguien lo ha traicionado. Y si eso es así, únicamente hay dos personas que estaban en disposición de hacerlo. Los rostros de Grigori y de Kumarin se alternan en la cara interna de sus párpados. Si tuviera que decantarse por uno de los dos lo haría por Kumarin, claro está. Tan sencillo como encargarle que elimine a Chikalkin al mismo tiempo que da parte a la policía para que lo trinquen con las manos en la masa. Jugada maestra. Hijo de la gran puta. El ruso acaba de superar al maldito Espantapájaros en su *ranking* de personas a las que desea provocar un dolor extremo. Su plan de huida en barco acaba de irse a la mierda si es que alguna vez ha existido ese plan. Tiene que pensar en otra alternativa. Si lo quieren entre rejas lo tienen más que complicado, porque no entra en sus planes. Antes muerto que ir a parar a prisión. Pero ahora lo prioritario es conseguir averiguar cómo salir del maldito recinto, y le preocupa que está empezando a sentir los primeros signos de fatiga física. Es evidente que la cocaína le está dejando de hacer efecto. Le pesan las piernas y nota que su resistencia pulmonar, a pesar de no haberse vaciado en el esfuerzo, está al límite. Decide entonces dejar de trotar y ubicarse en el espacio. Sube un ligero repecho coronado por una banderita amarilla donde espera ganar en perspectiva y, una vez arriba, mientras recupera el resuello, otea el horizonte en la dirección opuesta a la casa club. Es justo cuando su oído derecho capta el sonido de varias sirenas, lo cual le da una pista de hacia dónde tiene que mirar para encontrar la carretera. Tras unos arbustos divisa por fin la valla. Está a unos trescientos metros y diría que tiene un par de ellos de altura, obstáculo que no va a resultar ningún impedimento. Toca hacer un último esfuerzo, pero cuando se dispone a retomar la marcha, siente un fuerte golpe en la parte posterior del muslo que le hace perder la verticalidad y rodar por la pendiente del montículo.

Grita.

Por suerte, Sancho no es médico y cuando Sara ha oído esos alaridos desgarradores ha recobrado parcialmente la consciencia. Ahora tiene los ojos muy abiertos, como si no quisiera perderse nada de lo que está pasando en el escenario azul Prusia del firmamento. Al arrodillarse para comprobar el alcance de las heridas, lo primero que capta la atención de Sancho es que tiene la cara cubierta de sangre que le ha salpicado de la herida que tiene en la clavícula y que seguramente le haya dañado la vena subclavia. Tiene que detener la hemorragia, para lo cual se quita la camiseta de Héroes del Silencio, la hace jirones y le coloca un buen trozo de tela a modo de vendaje compresivo.

Eso hace que Sara vuelva en sí con un gesto de dolor.

—Sancho, mierda —protesta entre dientes.

El pelirrojo hace caso omiso, empeñado en comprobar si la otra bala ha atravesado el chaleco. Los botones de la camisa de leñador saltan sin orden ni concierto. Suspira al localizar el proyectil detenido justo a la altura de la cabeza del esternón. La fuerza del impacto de un calibre como el 38 a más de trescientos sesenta metros por segundo explica que le provocara una contusión severa en el plexo solar y le robara el aire de los pulmones.

—¿Dónde está? —quiere saber ella, que respira con visible dificultad.

Sancho le limpia la sangre que le cubre los labios con el pulgar.

—Se ha ido. Tranquila, enseguida llega una ambulancia.

Sara lo agarra del brazo.

—Tienes que pillarlo, joder.

—Que le den mucho por el culo. No voy a dejarte sola.

—¡Tienes que pillarlo! —grita a la vez que trata de incorporarse como si quiera salir tras él.

—¡Estate quieta, por favor!

—Señor, ¿podemos ayudarle? —oye a su espalda—. Soy médico.

Una mujer de unos cincuenta años acompañada por un hombre vestido de los pies a la cabeza con apropiado atuendo golfístico.

—¡Somos policías! Le han disparado dos veces. Una bala la ha parado el chaleco pero la otra le ha dado aquí y está sangrando mucho. Le he puesto esto para...

—Déjeme ver, por favor.

—¡Sancho, ve a por él! —insiste Sara.

—Está perdiendo mucha sangre. Tienen que trasladarla a un hospital de inmediato.

—La ambulancia está en camino.

—¡Sancho!

Sara está tratando de alcanzar la HK USP Compact para dársela a él.

—Cógela y ve tras él.

Sancho se rasca la barba a dos manos y luego se agarra la cabeza como si fuera a estallar en cualquier instante.

—Hay que joderse. ¡Hay que rejoderse!

—¡Corre!

—¡Ni se te ocurra morirte, ¿me oyes?!

El pelirrojo no era consciente de lo rápido que es capaz de desplazarse, pero, claro, nunca hasta ese momento ha contado con la ira como único combustible que alimenta su organismo. No existe octanaje mejor. Y tiene el depósito lleno. Se deja guiar por su instinto trazando una línea recta hacia el exterior sin preocuparse por otra cosa que recortar distancia. Calcula que el libanés le saca entre tres y cuatro minutos de ventaja, lo cual no es mucho ni poco. Es lo que es y hacer que disminuya es lo único que le ocupa. Corre erguido, con la cabeza alta, moviéndola a derecha e izquierda para abarcar más campo de visión. Oír las sirenas le insufla más energía. De repente, localiza una silueta que se recorta sobre el perfil ascendente de un montículo y, sin bajar un ápice el ritmo, cambia de rumbo. Se trata de un hombre que al alcanzar la cima se detiene para otear el horizonte. A pesar del agotamiento, Sancho no reduce la cadencia de zancada y, a unos ciento veinte metros, su cerebro le envía la confirmación: es él.

Es Qabbani.

El tipo que acaba de disparar a Sara.

El tipo al que se va a llevar por delante.

La distancia que lo separa de él tardaría en recorrerla unos quince segundos. Quizá no disponga de ese tiempo, pero no lo necesita.

Porque, por suerte, las balas tardan menos.

Sancho destacó en la academia por sus altas puntuaciones de tiro con arma corta. Y lo que ahora sostiene entre sus dedos lo es. Sin darle oportunidad a la duda, adelanta el pie izquierdo y equilibra la posición flexionando ligeramente las rodillas y los brazos al tiempo que separa las piernas un palmo. Con la mano diestra empuña con firmeza la pistola y con la izquierda afirma el agarre. Se concede unos instantes para tratar de contener la frecuencia respiratoria. Mientras, el índice espera su turno en el guardamonte del arma. Ladeando la cabeza hacia la derecha, Sancho retiene el aire en los pulmones con la idea de alinear correctamente el blanco, la mira delantera y el alza trasera. Siendo consciente de que el primer disparo debe hacerlo en doble acción y que, casi con toda seguridad, vencer la resistencia del gatillo hará que se le desvíe hacia abajo, apunta al culo de Qabbani y acaricia el gatillo.

El dolor, intenso y pertinaz, no tarda en aparecer. Sin incorporarse y de forma involuntaria, Samir Qabbani se echa la mano al lugar que le está ardiendo en la parte posterior del muslo y constata que, efectivamente, está sangrando. Y mucho. Solo comprende lo que está sucediendo al girar la cabeza y descubrir a un barbudo pelirrojo desnudo de torso para arriba que, arma en mano, está corriendo hacia él. Tiene el rostro desencajado y diría que está gritando. Es justo cuando se percata de que ha debido de soltar su revólver en el momento en que recibió el disparo, o puede que lo haya perdido durante la caída. Ya da lo mismo porque, estando malherido como está, no se puede plantear subir de nuevo y recuperarlo antes de que lo alcance ese energúmeno. Decide por tanto alejarse de la amenaza —tampoco es que disponga de muchas más opciones— y haciendo un gran esfuerzo logra ponerse en pie con la intención de llegar al vallado. Aprieta los dientes, pero cada metro ganado se convierte en una odisea; y es lógico porque, aunque el libanés no lo sabe, el proyectil de 9 mm Parabellum que ha salido del cañón del modelo USP Compact de Heckler & Koch desde una distancia de noventa y tres metros, le ha perforado el bíceps femoral e impactado contra el fémur, astillando el tejido compacto que recubre el hueso hasta alojarse en la médula ósea. Así y todo, Samir Qabbani tiene que dar gracias de que en el viaje de la bala por su organismo no haya dañado la arteria femoral por dos milímetros, porque, de haber sido así, ahora le quedarían unos diez minutos de vida.

Y eso, esté o no de acuerdo Sara Robles, es tener suerte. Buena suerte.

No puede, por contra, considerarse un ser afortunado estando impedido para evitar que su perseguidor lo alcance y teniendo, además, que bordear uno de esos lagos artificiales que hay en los malditos campos de golf. Al no existir otra alternativa, se gira para hacerle frente, saca el cuchillo modelo Storm y adopta una posición de combate.

Ramiro Sancho no ha invertido un solo segundo en recrearse en su puntería desde que lo vio caer rodando y, sin perder de vista a su objetivo se ha lanzado en su obsesiva persecución. No descarta volver a efectuar un disparo, pero el cuerpo le está pidiendo otra cosa. Y para ello, cuando llega por fin hasta donde él se encuentra, se detiene a unos cinco metros de distancia y, sin dejar de apuntarle, pone en marcha su coctelera mental introduciendo los ingredientes. Ingrediente primero: su lenguaje corporal y su expresión facial indican claramente que no está dispuesto a entregarse sin presentar batalla. Ingrediente segundo: sostiene un arma blanca y él sabe que Samir Qabbani tiene experiencia militar y da por hecho que habrá sido adiestrado en el combate cuerpo a cuerpo. Ingrediente tercero: su rival tiene mayor envergadura física que él, pero el boquete que tiene en la pierna derecha le otorga una ventaja considerable. No obstante, no puede obviar que se trata de alguien acostumbrado a matar y no tener nada que perder le otorga un plus de peligrosidad. Ingrediente cuarto: no dispone de un arma de fuego, de otra forma ya la habría usado contra él. Conclusión primera: evaluar si se puede o no evitar la confrontación física. Conclusión segunda: conseguir desarmarlo para reducir riesgos.

Conclusión tercera: si se produce la pelea, sacar partido de su punto débil, el tren inferior, y no permitir que se aproveche de su excelente complexión muscular. Conclusión cuarta: si las cosas se ponen feas, apretar de nuevo el gatillo.

—¡Tira eso! —prueba Sancho.

Qabbani se muerde el labio inferior y niega con la cabeza.

Segundo intento.

—Tira eso o te meto otro cartuchazo, hijo de puta.

—Prefiero acabar en el cementerio que en la trena.

—Tú mismo.

Sancho da un paso hacia delante empuñando el arma a una mano. De efectuar otro disparo, el mecanismo de acción simple le facilitará la tarea de apretar el gatillo tantas veces como necesite.

—¡Vale, vale, vale! —recula al tiempo que realiza una torsión del tronco cubriéndose la cara con el brazo izquierdo. El gesto, que podría interpretarse como la señal de rendición es, muy al contrario, un elemento de distracción con el que el libanés pretende y consigue ocultar lo que está haciendo con el derecho.

Sancho ni lo detecta ni se lo espera.

Con un rapidísimo movimiento de extensión, Qabbani arroja el cuchillo y, tras ocho décimas dando vueltas en el aire se encuentra con el pelirrojo, que nada puede hacer para evitar que este impacte en su pecho.

Las fuerzas abandonan a Sara. Intuye que hay gente con ella, pero ya no es capaz de reconocer sus rostros ni comprender lo que están diciendo. Bastante tiene con mantenerse consciente, aunque no sabe muy bien por qué. Lo ha visto infinidad de veces en películas y series, pero jamás se ha planteado si tiene o no un fundamento científico. Enseguida cae en la cuenta de que es del todo absurdo estar luchando por permanecer despierta cuando su vida está en manos de la caprichosa fortuna.

Entonces sí, actúa de forma racional y accede al enésimo requerimiento de desconexión que emite su cerebro. Se deja llevar.

Sin más.

El cuchillo de combate modelo Storm ha impactado con fuerza, pero no se ha hundido en el cuerpo de Sancho. La impericia de Qabbani o la suerte —buena para el pelirrojo, mala o muy mala para el libanés— ha querido que la parte del arma que ha entrado en contacto con el pecho desnudo del de la Interpol haya sido el mango.

Y el mango no tiene filo.

El efecto que provoca no es lo que estaba buscando el agresor.

Ni parecido.

Después de superar el imprevisto, Sancho aprieta los dientes y arranca. Recorre los cuatro metros que lo separan de su rival y, sin soltar la pistola, se lanza sobre él.

A un entendido de rugby que hubiera presenciado la escena le recordaría sin duda al famoso placaje que realizó Leguizamón en el partido que enfrentó a Argentina y a Francia por el tercer puesto del mundial. En este caso Samir Qabbani adopta el papel de Sébastien Chabal, «El animal» —191 centímetros y 113 kilos—, que es derribado del mismo modo tras la brutal carga del puma. Ilegal, eso sí, según el criterio del árbitro.

Placaje alto.

Tarjeta amarilla.

Diez minutos al *sin-bin*.

Qabbani cae de espaldas en la orilla del lago artificial con las piernas hacia arriba, pero no es esta la causa de que esté medio grogui y a merced del pelirrojo enajenado. Ha sido el propio placaje lo que ha provocado el inesperado desplazamiento de sus cervicales, efecto que, intuye, tendrá graves consecuencias para su integridad física.

No se equivoca.

Lo último que distingue el libanés es un objeto oscuro cayendo a gran velocidad sobre su cara. Lo siguiente que ocurre ya no formará parte de sus recuerdos. Estar inconsciente le impide almacenarlos.

Esa suerte tiene.

Sancho golpea violentamente con la culata en el tercio superior del rostro de Qabbani, produciendo crujidos de distinta intensidad que escucha cuatro veces o cinco, quizá seis. No sabría precisar con seguridad cuántas, pero tampoco es que le importe demasiado y solo se detiene cuando deja de reconocer las facciones del tipo que tiene debajo. A continuación percibe la presencia de más personas a su alrededor. Personas que le están ordenando que tire el arma.

Y eso hace.

Porque cuando toca obedecer, se obedece. Si Samir Qabbani lo hubiera entendido seguiría siendo una persona reconocible —reflexiona Sancho.

Hospital Vithas Xanit Internacional

Cuando se ha despertado ha tenido la sensación de que se encontraba inmersa en un sueño que ni siquiera estaba protagonizado por ella. Tales son los efectos del cóctel de calmantes que le están administrando a Sara Robles vía venosa.

La escasa luz artificial que se cuela dentro de la habitación a través de los minúsculos huecos de la persiana a medio bajar hace que todo adquiera tintes fantasmagóricos. Hay muchas más sombras que luces y la mayoría de contornos se difuminan en la oscuridad haciendo que los objetos que la rodean no sean más que eso: objetos que la rodean.

—Poco a poco. Acaban de retirarte las drogas.

Oír esa voz la estremece. Reconocerla la reconforta.

En esa tesitura se consumen casi veinte minutos.

—Es complicado volver a conectar con la realidad —oye Sara—. Estás en un hospital precioso de la muerte con unas vistas que te cagas. La buena noticia es que todo lo que tenía que salir bien ha salido bien.

Ella busca el origen de esa voz y la encuentra a su derecha. No distingue del todo sus rasgos faciales pero tampoco lo necesita. Sabe que le está sonriendo y justo entonces se da cuenta de que le tiene cogida la mano.

—¿Qué hora es? —pregunta ella con un hilo de voz.

—Las tres y pico de la madrugada. Llevas KO desde las siete de la tarde que te subieron de quirófano. Te han intervenido la clavícula para recomponerla, porque estaba un poco bastante hecha mierda. Nada que no se solucione con varios tornillos y demás material de ese que se puede encontrar en cualquier ferretería. La mala noticia es que el médico dice que no vas a poder volver a tocar el violín a no ser que aprendas a hacerlo con la izquierda.

Sara intenta sonreír.

—Creo que perdí el conocimiento en la ambulancia.

—Puede. Lo que sí habías perdido y en cantidad era sangre, pero, según me han contado, lograron contener la hemorragia antes de llegar al hospital. Ah, mañana lo verás, pero tienes un bonito moretón en el pecho que tardará algunos días en disolverse.

La inspectora se humedece los labios y asiente antes de lanzar la siguiente pregunta.

—¿Y Qabbani?

Sancho no alarga el suspense.

—En otro hospital.

Ahora sí, Sara sonríe.

—Lo trincaste.

—Y bien trincado. Encontramos a Chikalkin y a otro ruso tiesos en los vestuarios. A cuchilladas ambos. Aquello parecía un cuadro de arte moderno. A su exjefe lo dejó para foto.

—¿Y qué le hiciste al pobre?

—Un tirito de nada en la pierna. Poca cosa, lo que pasa es que tuvo la mala suerte de tropezarse y golpearse varias veces contra la culata de tu pistola reglamentaria.

—Vaya, hombre, ya me fastidia. Espero que no haya sufrido ningún desperfecto.

—Tranquila. La mayor pérdida ha sido mi camiseta de Héroes. Tuve la pésima idea de usarla para cortar la hemorragia y salvarte la vida. Irrecuperable.

—¡Vaya! ¡Eso sí es mala suerte! Por cierto, ¿sabes qué me acaba de venir a la cabeza relacionado con esto?

—¿Qué tal una pista?

—Imbécil. ¿Hay agua por ahí?

—Sí, pero solo puedes mojarte los labios. Para alcanzarla voy a necesitar que me sueltes la mano. Será solo un segundito, lo prometo —dice él con intención.

El rubor que tiñe sus mejillas antes de beber se mantiene durante y después.

—Cuando recibí los disparos y me vi en el suelo sin poder moverme me pasó algo raro. No sé por qué, pero empecé a darle vueltas al tema de la suerte y me vino a la cabeza lo de la suerte del enano.

—¿En serio?

—Te lo prometo. Muy raro todo. El caso es que tuve mucha suerte al ponerme el chaleco, cosa que no suelo hacer, suerte al recibir esa bala en el pecho y no en la cabeza, suerte de que estuvieras cerca... Suerte.

—Suerte de que no te rematara cuando estabas a su merced... ¡Suerte! —repitió—. Yo, en cambio, tuve la mala suerte de ver cómo pasó todo y no poder hacer nada. No recuerdo haber tenido tanto miedo en mi vida. Estaba en la casa club cuando a través de la cristalera descubrí al muy cabrón tirado en el *bunker* y tú pasando a unos pocos metros sin darte cuenta. Intenté avisarte con todas mis fuerzas, pero... Joder. Y luego al ver que se acercaba a ti con el revólver en la mano pensé que te iba a rematar. ¡Qué angustia, joder!

—No me di cuenta de eso.

—Estabas grogui perdida.

—Novata estúpida... Lo siento.

—No digas soplapolleces, podría haberle pasado a cualquiera. Ese hijo de puta es un profesional, pero se va a joder bien jodido con la que le viene encima ahora. Copito ya ha solicitado el traslado a Valladolid, no te digo más.

—¿Has hablado con él?

—Con él y con María Santísima. Me han llamado todos para preguntarme por ti. He notado a tu gente bastante preocupada, la verdad. Lo mismo te tienen algo de aprecio.

—Lo mismo. ¿Y Makila? ¿Estará contento, no?

—Sí, pero solo a medias. Le va a tocar dar unas cuantas explicaciones en Lyon, pero el colega sabe torear en todas las plazas. Ya está afilando los cuchillos para intervenir en el momento que la fiscalía le pida el millón de años de cárcel que le corresponde a Qabbani.

—Cuatro homicidios, si no me fallan las cuentas, y otro en grado de tentativa.

Sancho tuerce la boca.

—Lo mismo son tres.

—¿Por?

—A falta de los resultados de la autopsia de Van der Dyke, todo indica que murió la pasada noche entre las diez y las dos de la madrugada. Y Makila me asegura que Qabbani ya estaba dando guerra por aquí. Tenemos enganchado su móvil, así que lo sabremos pronto por el posicionamiento del GPS.

Sara frunce el ceño y relincha.

—Bueno, sea lo que sea, será otro día. Ahora tienes que descansar, se te están cerrando los ojos.

Ella se piensa dos veces la siguiente pregunta.

—¿Qué planes tienes tú?

—A corto plazo, tratar de dormir un poco en esta maravillosa butaca reclinable. A medio plazo, hasta que te den el alta, me quedaré por aquí. Pero no te creas que lo hago por ti, es por aprovechar el buen tiempo. Ya sabes: la playita, guiris descocadas, chiringuito y esas cosas.

Sara le aprieta la mano en señal de agradecimiento. Él alarga el brazo que no tiene preso para introducir los dedos en su pelo y decirle con la mirada eso que no se atreve a manifestar con palabras.

Los siguientes minutos los consume Sancho contemplando cómo cae en un sueño profundo. Sin dejar de mirarla, se da cuenta de que en unos días tendrá que reincorporarse a su puesto de trabajo en la sede de la Interpol, o lo que es lo mismo, a 1119 kilómetros de distancia.

—¡Hay que joderse! —exhala, acertado.

IDIOTAS

A 580 kilómetros de Valladolid
Provincia de Granada
24 de mayo de 2019

Los días de vino y rosas, a pesar de que hayan tenido lugar dentro de un hospital, han finalizado. Con el alta hospitalaria —que no médica— en el bolsillo, el brazo en cabestrillo y un intenso programa de rehabilitación, Sara se ha montado en el Audi A6 con destino a Valladolid. Por suerte, conduce Sancho. Porque ahora la inspectora considera una suerte tener por delante más de siete horas para compartir con él.

Durante su hospitalización, Sara ha recibido las mejores atenciones por parte tanto del personal de bata blanca como de los uniformados de azul. No ha dejado de recibir las felicitaciones de altos cargos por cómo se ha cerrado el caso del robo del Museo Nacional de Escultura, porque, a todos los efectos, la inspectora del Grupo de Homicidios de Valladolid es quien lo ha resuelto, obviando en todo momento mencionar la intervención de un miembro de la Interpol enviado como apoyo. Es lo que ha convenido acordar a las partes. Y todo ello pese a que no ha aparecido la pieza robada, circunstancia que no parece importarle a nadie más que a María Bolaños, la directora. Lo que sí le ha sorprendido ha sido no tener noticias frescas de Mauro Craviotto. La había llamado ese lunes para interesarse por su estado y en la conversación le había contado que Antonio Ojeda había conseguido acelerar los trámites burocráticos que requería el proceso de autenticación de la pintura de Goya y que confiaba en contar con los resultados definitivos a lo largo de la semana. Semana que termina ya. Ni siquiera hizo un comentario sobre la muerte sin esclarecer de Tinus van der Dyke, la cual no parece haber levantado muchas ampollas. Es más, en otra charla telefónica mantenida con el jefe provincial, este le ha dado a entender que no descartan la posibilidad de que el informe de la autopsia pueda no estar del todo acertado. El que no se pone en duda es el de la compañía de telecomunicaciones, en el que se establecía que el móvil de Samir Qabbani había sido triangulado por varios repetidores de la costa malagueña la noche del 14 de mayo, la misma que, supuestamente, habían disparado dos veces al Espantapájaros. Por los mismos medios han averiguado que la llamada anónima que informó del hecho y de la dirección se realizó desde un bar de Jaén. Durante la semana, Sara ha contactado con su homónimo de esa localidad y, aunque lo están investigando, aún no tienen nada de nada. En cuanto a Samir Qabbani, lo único que se sabe es que ha sido trasladado hace cuatro días al módulo de vigilancia penitenciaria del Hospital Clínico de Valladolid, donde se recupera favorablemente de sus heridas hasta que ingrese en prisión en espera de juicio. A su primo Émile, o lo que quedaba de él, lo encontraron unos cazadores —sus perros, para ser justos— el martes pasado en un pinar cercano a Valladolid, lo cual ha significado un motivo más de alivio y alegría para el comisario Herranz-Alfageme, que, tal y como él mismo le ha confesado, está viviendo una de las mejores semanas que recuerda en el plano profesional.

Y todo parece indicar que la buena racha sigue, porque esta misma mañana Sara ha recibido la llamada de Villamil para compartir con ella los resultados que, por fin, han recibido del laboratorio. El análisis del tejido hepático desvela la presencia de protamina y tranexámico ácido, dos principios activos presentes en fármacos coagulantes. La revelación lo ha llevado a realizar una consulta con el médico de cabecera de la señora Puente de la Cruz, quien le ha confirmado que sufría un trastorno leve de la coagulación por deficiencia en la producción orgánica de vitamina K y que él mismo le había recetado algún medicamento, más por tranquilizar a la paciente que por necesidad real. Todo ello explica que hubiera tanta presencia de sangre por toda la casa. La señora se da un golpe en la cabeza —puede que tras sufrir un resbalón en el baño— y empieza a sangrar en abundancia, cuestión que se agrava por sus problemas de coagulación. En algún momento se acuerda del medicamento y empieza a buscarlo por toda la casa, explicando de este modo los rastros de sangre omnipresentes en el domicilio. No lo encuentra porque hace tiempo que su médico de cabecera no se lo receta, y la pérdida sanguínea le provoca una bajada de temperatura corporal. Ello daría sentido a que la señora se acercara tanto a los radiadores, que se empeñara en apagar el humidificador y, por último, que necesitara darse un baño de agua caliente.

Asunto zanjado.

Uno más.

Uno menos.

—Estás muy callada esta mañana —observa Sancho—. ¿Va todo bien?

—Sí, bueno, más o menos.

—¿Tanto te preocupa el anuncio de la dimisión de Theresa May?

Sara podría contestarle que le altera ser consciente de que más pronto que tarde él tendrá que marcharse y que, a pesar de que se esfuerza en no pensar en ello, no es capaz de quitárselo de la cabeza. Podría confesarle que hace días que no escucha las voces de Sara la Cachonda y Sara la Puritana. Que tiene la sensación de que solo por estar cerca de él nota que disminuye considerablemente su apetito sexual o, cuando menos, las ganas de tirarse a cualquiera que cumpla con los requisitos mínimos. Podría finalizar lanzándole algún tipo de propuesta a la desesperada, pero prefiere clavar la vista en la silueta de un toro de Osborne y verbalizar una estupidez.

—IKEA.

—¿Estás de coña?

—No, ya me gustaría. ¿Te conté que después de la conversación que tuve cuando íbamos a Benalmádena se presentaron igualmente los instaladores en mi casa? ¡Pero si ni siquiera me han llevado los muebles! Hay que ser inútil, de verdad. Acto seguido me han llamado otras cuatro veces, cuatro personas distintas, por supuesto, para concertar una nueva cita. Para matarlos uno a uno. En resumidas cuentas, que me los llevan el lunes, o eso pretenden porque fijo que acontece una incidencia incompatible con el porte, con el montaje o con ambas cosas.

El pelirrojo suelta una mano del volante para rascarse un picor que no puede encontrar. Luego la observa durante unos instantes.

—¿Estás tomando algún medicamento chungo?

—Un par.

—Lo suponía. Oye, antes no te he dicho que esta mañana, como todas las santas mañanas que Dios nos regala, me ha despertado Makila con una de sus clásicas llamaditas. No ha querido profundizar en detalles, pero me ha dicho que, como lo de Vladimir Kumarin está en *stand by* hasta que arranque la fiscalía con lo suyo, me tiene preparado un asunto que me va a encantar. He tratado de sonsacarle algo, pero es como un frontón. Un frontón muy oscuro y muy cabrón.

Sara traga saliva.

—Entonces, ¿sabes ya cuándo tienes que marcharte?

—No. Me ha dicho que no hace falta que haga ya la maleta, pero que vaya pensando en volver. Lo que sí le he pedido y ha tenido a bien concederme es que en el momento en que nos den luz verde me encargue yo personalmente de la posible negociación con Qabbani.

—Ahá. Eso puede tardar meses.

—Sí. O semanas, depende de los de la toga.

—Depender de terceros es una auténtica porquería —sentencia ella.

Sancho se piensa dos veces la réplica.

—¿Te refieres a lo nuestro?

—A lo nuestro me refiero —se lanza Sara.

—Vale. Lo nuestro depende solo de nosotros. ¿Quieres hablarlo ahora?

—Necesitaría tomarme algunas de mis pastillas, pero las tengo en la maleta.

—¿Y esta noche? Peteira me llevó el otro día a un garito donde se come entre cojonudamente y fenomenal.

—Me parece bien —dice tratando de contener su entusiasmo—. De todos modos, ya que hablamos de comida, podríamos parar en algún sitio. He acabado un tanto hasta el moño, por no decir hasta el coño, de la comida de hospital y por aquí tiene que haber restaurantes de carretera de esos que sirven platos combinados supergrasientos.

—Un poco más adelante conozco uno en el que ponen tostas de pan con aceite, tomate y jamón que se te saltan las lágrimas.

—¡Eso quiero!

—Y hay un motel al lado —añade sin pensárselo dos veces.

A Sara se le despierta el monstruo que lleva dentro.

—Acelera.

Ministerio de Cultura y Deporte. Madrid

Por las expresiones circunspectas de las tres personas que los están esperando en la sala de reuniones anexa al despacho de Rosa María Jiménez, responsable de la Dirección General de Bellas Artes, ambos intuyen qué les van a decir. Mauro la conoce bien y no soporta su forma de ser: descontentadiza por naturaleza, de tendencias tiránicas con sus vasallos y excesivamente ofensiva con los visitantes molestos como ellos. No va a ser un trago fácil para él, pero mucho menos para Antonio Ojeda, que considera a todos los que trabajan en ese edificio como seres abyectos, serviles a sus amos hasta la extenuación, expertos cobistas y asaz miserables.

La llamada la hizo alguien que decía pertenecer a la Subdirección General de Protección del Patrimonio Histórico para citarlos al día siguiente en la sede del ministerio a las doce del mediodía. Bien por falta de información, bien por protocolo, esa persona no pudo o no quiso responder a la pregunta de Mauro Craviotto:

—Gracias, pero... ¿no nos pueden adelantar por teléfono el resultado de las pruebas de autenticación?

—No, lo siento —le había respondido la voz antes de colgar.

Por lo tanto, al de la Brigada de Patrimonio Histórico no le ha quedado otro remedio que personarse en el número 1 de la plaza del Rey acompañado de Antonio Ojeda, que, desde que regresaran de Valladolid para iniciar los trámites propios del proceso de autenticación, se ha comportado de forma distante y taciturna. Más distante y taciturno de lo habitual. No lo ha verbalizado, pero intuye que su estado de ánimo ha tenido mucho que ver con el hallazgo del cadáver de Tinus van der Dyke y, hasta cierto punto, lo comprende. Es como si a Batman se le hubiera muerto el Joker y él no hubiera tenido nada que ver en el asunto. La espera se le ha hecho especialmente larga a Craviotto, sobre todo porque ha tenido que soportar la llamada diaria de Jesús del Río, director y gerente del Museo del Monasterio de San Joaquín y Santa Ana, para preguntarle si ya habían tenido noticias de los técnicos encargados de verificar si *El tránsito de san José* era o no auténtico.

Un suplicio.

Por otra parte, con la detención de Samir Qabbani, sabe que todas las miradas les apuntan a ellos como responsables que son de recuperar las obras de arte robadas y, de hecho, durante la semana ha recibido varias llamadas de su superior interesándose por el proceso de investigación. Desde luego que no le ha contado lo que piensa, porque decirle que con la muerte del Espantapájaros las probabilidades de recuperar *El martirio de san Sebastián* se reducen al porcentaje contenido en un golpe de suerte no le conviene a nivel profesional. Pero es así. Por tanto, le ha hablado de las buenas sinergias existentes con sus homónimos de la Interpol, Europol y FBI, así como de los acuerdos de colaboración que mantiene con importantes tratantes del mundo del arte que son los mejores ojos y oídos que se pueden tener en el mercado. Nada le ha mencionado relativo al Goya, para evitar incrementar la presión sobre la brigada, por lo que, de momento, los únicos que están al corriente son ellos dos y Sara Robles. Cuando se enteró de que había resultado malherida, a punto estuvo de desplazarse a Málaga, pero desechó la idea tras un breve proceso de reflexión que tuvo como resultante la sospecha de que de poco o nada le iba a servir teniendo a Ramiro Sancho muy por delante de él. Tampoco es que le importe demasiado, pero siempre le ha gustado torear en plazas complicadas, mucho más si, como es el caso, otras veces ha salido a hombros por la puerta grande con las dos orejas y el rabo.

—Siéntense, por favor —dijo la titular—. Ella es Elisa Rivera, de la Subdirección General del Instituto del Patrimonio Cultural de España, y él es Severino Sanz, de la Subdirección General de Museos Estatales.

Los citados se levantan para estrecharles la mano.

—Lo primero que les tengo que decir es que entendemos la trascendencia de sus funciones, pero este ministerio y las subdirecciones que comprende asumen una serie de responsabilidades que, traducidas en carga de trabajo, implican muchas horas de dedicación. Por ello hemos creado determinados protocolos y trámites que ustedes se han saltado tirando de antiguos contactos, viejas amistades y demás —especifica clavando sus ojos en los de Antonio Ojeda—. Les felicito. Les doy mi más sincera enhorabuena. Han conseguido los resultados en una semana cuando suelen tardar...

—Señora Jiménez, disculpe que la interrumpa, pero aquí el único responsable soy yo —interviene Craviotto—. A Antonio le pedí que hiciera lo posible por agilizar los trámites dado que tenemos fundadas sospechas de que el lienzo original ha podido ser sustituido por una falsificación.

—Una excelente falsificación, diría yo —interviene Rivera haciendo alarde de una modulación irónica limítrofe con lo grosero.

Severino Sanz sonríe.

—¿Podría compartir con nosotros qué les llevó a pensar que el Goya era falso? —pregunta Rosa María Jiménez.

—Por supuesto. Lo primero que nos llamó la atención, bueno, para ser honesto, fue él quien se dio cuenta, es que los tornillos del bastidor habían sido manipulados recientemente, lo cual es una evidencia de bastante peso. Pero el motivo principal fue que el director del museo, que también desempeña funciones de guía, reconoció a Tinus van der Dyke en una foto que le mostramos. Dijo que había estado por allí en un par de ocasiones haciéndose pasar por un restaurador holandés.

Ojeda carraspea.

—Las medidas de seguridad de ese museo son una auténtica vergüenza —aseveró, severo—, mucho más si tenemos en cuenta el valor de las piezas que contiene. Y no solo me refiero a los Goyas, que por si solos ya justificarían una inversión en la mejora de las mismas, es que resulta que también cuenta con otras obras escultóricas como un *Cristo yacente* de Gregorio Fernández o una *Dolorosa* de Pedro de Mena, por citar un par de ellas.

Severino Sanz se dio por aludido.

—Verá, señor..., disculpe, me he olvidado de su apellido.

—Ojeda.

—Verá, señor Ojeda —retomó—, el Museo del Monasterio de San Joaquín y Santa Ana, así como la colección que contenga, pertenece a una congregación religiosa, si no me equivoco. Por lo tanto es privado, *ergo* no compete a la Subdirección General de Museos Estatales dotarlo de las medidas de seguridad y prevención contra el robo pertinentes. No sé si me explico.

—Se explica usted perfectamente, pero esas obras son parte del patrimonio artístico español, *ergo* —repite con retintín—, también deberían ser de su interés.

—Y nos interesan —interviene ahora Rivera—. Pero no podemos hacernos cargo de proteger todas y cada una de las colecciones que están en manos privadas. Es una cuestión de recursos. Al margen de todo, tenemos entendido que usted está retirado, por lo que no entendemos muy bien en calidad de qué...

Craviotto no le dejó terminar.

—Antonio Ojeda está aquí porque yo se lo pedí. No hay nadie en este país con más experiencia que él en materia de...

—A ver, por favor —terció la responsable de la Dirección General de Bellas Artes—, vamos a centrarnos, que no tenemos toda la mañana. Vamos al meollo, si les parece.

Silencio.

—Este es el informe de los peritos forenses que se han encargado del análisis de la pintura y aquí tiene su copia —le entrega a Craviotto—. Como podrán comprobar, se han realizado todas las pruebas habidas y por haber: espectroscopia del lienzo y los pigmentos, análisis microscópico pormenorizado, datación mediante carbono 14, reflectología completa y bla, bla, bla —resumió mientras pasaba páginas—. Y las conclusiones de todos los estudios coinciden con la opinión de Teresa Baena, responsable de conservación de Pintura del siglo XVIII del Prado y máxima conocedora de la obra de Goya que hay en España y muy probablemente en el mundo, a quien también se ha consultado.

Rosa María Jiménez dramatiza una pausa.

—La pintura es auténtica.

Residencia de Paola. Jaén

Se ha levantado de muy buen humor. Podría decirse que Paola está contenta por encima de sus posibilidades. Está en plan tsunami. Nada ni nadie puede detenerla. En algo más de dos horas ha desayunado, barrido y fregado el suelo del apartamento en el que vive en el barrio de El Arrabalejo. También ha limpiado el baño —espejo incluido—, ha pasado el polvo y recogido la casa. Luego se ha duchado, ha hecho dos llamadas y se ha sentado frente al portátil como parte del proceso de búsqueda de empleo que se ha conjurado en cumplir para mejorar cuanto antes. Desde hace siete meses trabaja en el turno de tarde de una cadena de supermercados y, aunque no le desagradan sus quehaceres, no soporta a casi ninguno de sus compañeros. Menos aún a su jefe, que es un tirano repugnante. Lo hace por la nómina que le pagan a final de mes, salario que completa trabajando de camarera en un bar de copas del centro los viernes y sábados de once de la noche a cierre.

Nada ni nadie puede detenerla.

El cambio de actitud se lo debe a la señora de Torredelcampo, que la sermoneó en el viaje de vuelta a casa. Tomar las riendas. Dominar a la vida. Cero tíos y si en un tiempo surge alguien que merezca la pena, pues ya verá entonces. El efecto Rafaela funciona. Es mejor que un manual de autoayuda de esos que están tan de moda. Avisar a emergencias de lo ocurrido en Valladolid la ha liberado de un peso que la hubiera lastrado para afrontar los cambios que necesitaba en su vida. Paola está tan agradecida de que le abriera los ojos que si consigue un nuevo empleo ya ha decidido que irá a verla, le llevará unos dulces y, si le llega el dinero, algo de vino.

Está enviando su currículum a una oferta para dependienta de una tienda de cosméticos cuando suena el timbre. A esas horas los únicos que llaman son comerciales de esos que venden puerta por puerta. Hay curros peores que el suyo. Son unos plastas de cuidado y antes no se hubiera molestado en abrir la puerta, pero ahora es una persona distinta. Afronta los problemas, no les da la espalda. Así que avanza decidida por el pasillo dispuesta a mandar amablemente a la mierda a quien sea que se encuentre al otro lado.

Pero en cuanto los ve se da cuanta de que esos dos hombres no tienen mucha pinta de ser del Círculo de Lectores.

—¿Es usted Paola Ramírez?

—Sí, soy yo.

—Subinspector Barrios —se identifica mostrando la placa—. Tiene que acompañarnos a comisaría.

Se equivocaba al pensar que nada ni nadie podía detenerla.

Sabe que tiene que decir algo, pero en su cabeza solo escucha la voz de la señora Rafaela.

Comisaría de distrito de las Delicias

La parada y fonda en el motel le ha venido de perlas. Sus limitaciones en el ámbito de la movilidad no le han impedido disfrutar de la sesión, aunque, si de ella hubiera dependido, la habría alargado un par de horas más. El resto del viaje se le ha hecho muy corto, dado que se quedó dormida casi antes de que Sancho metiera primera, y, cuando abrió los ojos, ya estaban por Medina del Campo.

Antes de ir a comisaría se han pasado por el hospital para hacer una visita a Matesanz, a quien han encontrado muy entero, dirían que optimista, lo cual les ha dado pie a bromear sobre su *performance* en el sur. Patricio y Sancho han rememorado una de las primeras cenas que mantuvieron juntos en el mesón Castellano. Corría el año 2007 y a todos les sorprendió mucho la iniciativa del nuevo jefe de grupo, que aún conservaba algo de pelo. No celebraban nada en concreto, simplemente surgió así y así se consumó la primera borrachera conjunta. A ambos se les arrugó el semblante cuando recordaron al malogrado Garrido saliendo del restaurante bastante perjudicado, cantando una canción de la mili mientras trataba sin éxito de parar un taxi que le llevara a casa.

Ya en el exterior, Sancho ha tenido que convencerla de que pase por comisaría a saludar, porque lo que le pedía el cuerpo era irse a casa y tumbarse. No ha tardado la inspectora Robles en arrepentirse de haberle hecho caso, más o menos a la tercera o cuarta vez que la han parado sus compañeros para interesarse por su estado, darle la bienvenida, felicitarla o las tres cosas a la vez. Sancho se ha escabullido con el pretexto de ponerse al día con los asuntos que ha ido acumulando y han pasado veinte minutos hasta que ella ha logrado refugiarse en el despacho del comisario Herranz-Alfageme, a quien ha encontrado de un humor tan excelente que incluso le ha llegado a preocupar. No tiene la intención de alargarse demasiado, está algo cansada y quiere llegar con fuerzas para irse de cena con el pelirrojo. Tiene una charla pendiente con él que no tiene ni idea de cómo afrontar —ni siquiera está convencida de que quiera abordarla—, pero no saber cuántos días le quedan a Sancho en España le causa cierto malestar intestinal que solo puede combatir tratando de aprovechar al máximo el tiempo que le queda con él. Lo primero que le ha contado Herranz-Alfageme es que Mauro Craviotto lo ha telefoneado un rato antes para transmitirle una excelente noticia: el cuadro de Goya no ha sido robado. Está de camino a Valladolid con Antonio Ojeda para devolverlo personalmente al museo, acontecimiento que aprovechará para despedirse. No lo ha exteriorizado, pero a Sara no le ha sentado bien que no la haya llamado para contárselo y si confía en que ella lo esté esperando está muy equivocado.

A punto de terminar la conversación, el comisario recibe una llamada de la comisaría de Jaén. Cuando cuelga, compone un gesto de incredulidad y emite una serie de sonidos con la boca como queriendo poner banda sonora a sus palabras.

—Te resumo. Al parecer se trata de una veinteañera que está como las maracas de Machín y que conoció al tío feo ese en la estación de autobuses. Han llegado a ella, Paula o Paola, preguntando en el bar desde donde hizo la llamada en cuanto llegó a Jaén. Alguien que trabaja allí la conocía. Bueno, pues eso, que la chica dice que necesitaba dinero y que le hizo un par de «mandaos» —repite literalmente la palabra del subinspector Barrios—: recoger las llaves de la casa que alquiló el otro y entregar un papel con la dirección a otro tipo, atención, en la puerta de la comisaría.

—¿De esta comisaría?

—Sí, de esta.

—¿Qué día fue eso?

—El mismo día que lo conoció y que terminó palmando.

—Coño.

—El caso es que por la noche la debieron de robar en la estación y fue a la casa a pedirle que le dejara dormir allí. Cuando estaba en el baño oyó que alguien llamaba a la puerta y creyó escuchar dos tiros. Tardó en salir porque, como es lógico, estaba acojonada. Se lo encontró tirado en el suelo y, muerta de miedo, puso pies en polvorosa.

—No sé, suena tan increíble que tiene que ser cierto.

—La chica no tiene antecedentes de ningún tipo.

—Habrá que interrogarla.

—Habrá qué. Le diré a Peteira que se encargue de hablar con la jueza Miralles.

—Ahora se lo comento yo, que tengo un par de cosas que tratar con él.

—Muy bien. Se lo dices, pero inmediatamente después te quiero ver desfilando por la puerta, ¿está claro?

—Clarísimo —confirma ella—. Y no pienso volver hasta que se consuman los doce días que me quedan de baja, por lo menos.

—Tú misma. Cuando regreses te espera un bonito panorama con las diligencias. El Quijote va a parecer un folletín a su lado.

Sara estaba decidida a hacer caso a Copito en eso de marcharse, pero ver a Álvaro Peteira revisando las fotos del escenario en el que encontraron a Tinus van der Dyke hace que se le despierte la curiosidad. Este la recibe con un abrazo que le hace apretar los dientes por el pinchazo que provoca en la clavícula. Acto seguido, aún con los ojos humedecidos por el dolor, Sara le pide que la ponga al día de lo que han averiguado hasta el momento.

—Poca cosa —resume el gallego al tiempo que le acerca una silla.

Ambos se sientan frente a la pantalla del ordenador y, tras hacerle un resumen de la autopsia, el subinspector busca la carpeta electrónica que contiene el maxirreportaje de fotos que hicieron los de la Científica.

—Creo que es la primera vez que me alegro de la incontinencia fotográfica que sufre la gente de Salcedo —comenta Sara sin quitar la vista de la pantalla—. Por cierto, acaban de llamar a Copito para decirle que han identificado a quien fuera que llamara desde Jaén.

Sara amplía la información.

—Igual tenemos suerte y nos soluciona la papeleta —concluye.

—Mucho pides tú.

—Lo mismo nos sonríe la suerte.

—Sí, como siempre.

Los siguientes minutos se consumen sin intercambio de palabras hasta que Sara levanta el índice del botón derecho del ratón, frunce el ceño al tiempo que se muerde el interior del carrillo y recorta el espacio que hay entre ella y la imagen. En esta se ve al Espantapájaros tendido boca abajo, con la cabeza ladeada hacia su derecha, los brazos extendidos aunque ligeramente flexionados y la pierna izquierda recogida y montada sobre la otra conformando un dibujo harto grimoso.

—¿Qué viste? —se interesa el gallego.

—Puede que no sea nada, pero me llama la atención que sostenga el móvil en la mano.

—¿Por?

—No sé, no me parece muy normal. Es decir: si lo tenía en la mano cuando recibió los disparos por la espalda, lo suyo que es que se le hubiera caído, ¿no? Solo por el acto reflejo. Dices que una de las balas le dañó la columna impidiéndole mover las piernas, de ahí la postura. Por lo tanto, digamos que no lo tenía en la mano, pero, hasta que le sobreviene la muerte por parada cardiorrespiratoria, dispone de algo de tiempo, tiempo que emplea en sacar el teléfono del bolsillo. ¿Con qué fin? ¿Has solicitado el informe de llamadas?

—Sí, pero le pedí a Navarro que se encargara él, porque a mí no me da la vida con el jaleo de Arturo Eyries. Está por aquí, lo llamo y que nos cuente.

El tiempo que tarda el agente en presentarse con una carpeta de la mano, Sara lo invierte en examinar otras tomas de la misma escena.

—Bienvenida, jefa —la saluda Dani Navarro—. ¿No deberías estar tumbada en alguna cama de un hospital o similar?

—Debería, sí, pero ya sabes. ¿Qué nos cuentas?

Navarro dobla su metro noventa para apoyarse sobre la mesa, abrir el informe por la página correspondiente y dar unos golpecitos con el dedo donde tiene que leer.

—La última llamada realizada es del 15 de mayo a las 22:17. Es decir, dentro del rango de hora de fallecimiento que ha fijado el informe forense. A este número —señala—, que, oh sorpresa, corresponde a una tarjeta de prepago que estamos intentando rastrear. Lo curioso es que la llamada no tiene duración.

—¿No?

—No. Seleccionó el número, llamó y la canceló de inmediato.

—No entiendo.

—Sí, de esas veces que llamas, suena, pero cuelgas porque en ese intervalo te arrepentiste.

—¿Se arrepintió?

Este se encoge de hombros.

—Vete tú a saber.

A la inspectora le nace muerta una idea, pero antes de embalsamarla, prefiere asegurarse.

—Doy por hecho que habéis llamado, aunque solo sea por probar.

Peteira y Navarro intercambian interrogantes que al chocar en el aire emiten un no por respuesta.

—El uno por el otro..., ya sabes —se excusa el subinspector.

—Tarugos —califica ella.

Sara marca los números desde el teléfono de sobremesa. Al cuarto tono responde. No le hace falta escuchar más que la primera frase para reconocer el tono campanudo y desgastado de esa voz, como si surgiera de lo más profundo de una caverna.

—Jo-der —califica tras mantener una breve pero clarividente conversación telefónica.

—¿Y bien? —pregunta Peteira, sin esconder su alteración.

—¡La madre que lo parió! —contesta, escueta, todavía sumida en sus pensamientos—. No me lo puedo creer, aunque, bien pensado, tiene toda la lógica del mundo. Toda la lógica del mundo —subraya.

—¿Y te importaría mucho compartir tus conclusiones con Dani y conmigo?

—Era Antonio Ojeda, y lo mejor es que están viniendo a Valladolid. Tenemos menos de media hora, os lo cuento de camino.

Plaza de Santa Ana

La temperatura es buena, excelente para haberse superado la puesta de sol en Valladolid. Han caminado ligero cargando con el cuadro los doscientos metros que los separaban desde el parking de Isabel la Católica, pero ninguna de esas variables —temperatura y distancia— justifica que a Antonio Ojeda le escurran por la sien gotas de sudor de ese calibre.

Mauro Craviotto lo ha notado algo tenso desde que salieron de la sede del ministerio con el rabo entre las piernas, porque, aunque se mientan a sí mismos y verbalicen que es una suerte haberse equivocado, ambos son conscientes del ridículo que han hecho delante de esas personas. Quizá por ello no ha puesto ningún inconveniente en acompañarlo a Valladolid para restituir el Goya en persona. Durante las dos horas que han tenido que esperar a que los técnicos prepararan el lienzo cumpliendo con las medidas de protección estándar establecidas para el transporte de obras de arte —embalaje interior, jaula de madera recubierta con gomaespuma y armazón externo—, casi no han hablado del asunto, dirigiendo la conversación hacia *El martirio de san Sebastián,* pieza que aún no han recuperado y, lo que es peor, que no tienen idea de si van a poder recuperar. Confían en que suceda lo que suele pasar cuando el valor en el mercado supera determinada cantidad: alguien, movido por la codicia o el miedo, comete un error. Así sucedió recientemente en la Operación Camarín, en la que se recuperaron de golpe veinticuatro obras de arte, algunas de gran valor como eran dos cartas manuscritas de santa Teresa de Jesús. Tanto han querido evitar el asunto que desde que hicieron la obligada parada en la gasolinera por motivos intestinales, su compañero de viaje se ha dedicado a intercambiar mensajes con su novia y solo han hablado del final de la liga de fútbol y el bochornoso tercer puesto del Real Madrid, equipo del que Antonio Ojeda es socio desde tiempos de don Santiago Bernabéu.

El que sí está exuberante de felicidad es Jesús del Río, que rompió a llorar de la emoción cuando se le comunicó la noticia por teléfono y al que ya distingue aguardando su llegada a la puerta del monasterio de San Joaquín y Santa Ana.

A quien no espera ver Mauro Craviotto es a la persona que lo acompaña.

—¡Gracias a Dios y a todos los santos! —los recibe el director y gerente del museo abriendo los brazos al tiempo que desciende los tres peldaños—. Todavía tengo el corazón en un puño. ¿Les ayudo?

Sara Robles permanece estática, apoyada en el pasamanos y con la mano derecha sujetando el brazo que tiene en cabestrillo. Sonríe. Antonio Ojeda no.

—No es necesario —le responde Craviotto—. Parece mucho más pesado de lo que en realidad es.

—Pasen, pasen por aquí. Mañana a primera hora vienen los técnicos a colocarlo de nuevo en su sitio. Entretanto, vamos a dejarlo dentro para que Él pueda verlo. Porque viene tal cual se lo llevaron, ¿verdad? Con el lienzo enmarcado —trata de asegurarse Jesús.

—Tal cual —confirma Craviotto.

La comitiva accede a la iglesia por la puerta lateral y sin demasiados miramientos apoyan la estructura que contiene la pintura en el muro lateral.

—¡Qué sorpresa! —le dice el de Patrimonio a Sara—. ¿Cómo te encuentras?

—Bien para lo que podría haber sido. Me han tenido que recomponer la clavícula y la rehabilitación va a ser un infierno, pero por lo demás todo en orden.

—No esperaba verte por aquí.

—He ido a comisaría para hablar con Herranz-Alfageme para que me pusiera al día y me ha contado que ibais a pasar por allí para despediros. Lo que sucede es que estoy algo cansada y ya que ahora vivo por aquí cerca he aprovechado. ¿Estaréis contentos, no?

—Sí, mucho —responde Ojeda sin un ápice de felicidad.

—Nos alegramos de habernos equivocado, pero el trago que nos han hecho pasar en la Dirección General de Bellas Artes no se lo deseo a nadie.

—¡Nosotros nos alegramos más! Encima, cuando nos enteramos de que habían encontrado muerto al tipo ese que vino por aquí pensé: «Ale, adiós a *El tránsito de san José*».

—Seguimos pensando que su plan era llevárselo, y que de hecho lo intentó por las marcas que detectó Antonio en el bastidor, pero algo le debió de fallar y no pudo hacerlo. Lamentablemente ya nunca lo sabremos.

—¡Ni falta que hace! —interviene Jesús del Río, eufórico—. A mí con tenerlo de nuevo en su sitio me basta y me sobra.

—Sí, además, cuando lo cuelguen seguro que nadie es capaz de notar la diferencia —suelta ella.

El director tarda en captar el sentido de la frase.

—¿La diferencia? ¡¿A qué se refiere?!

—Vamos, eso creo yo. Si la falsificación no fuera buena, pero buena buena, no habrían montado todo este jaleo, ¿verdad, Antonio?

Este agacha la cabeza para tratar de ocultar el notable enrojecimiento que le colorea el rostro.

Mauro Craviotto frunce el ceño.

Sara mira a uno y al otro.

Sonríe.

—Pero, bueno, ¿alguien me puede explicar qué demonios está pasando? —insiste Jesús del Río.

—Pasa que eso que traen —señala— es una falsificación, y que el original apostaría a que sigue en la furgoneta que te encargaste de alquilar para llevarlo a Madrid.

Antonio Ojeda no soporta más.

Lleva más de una hora conteniéndose, sujetando su ira desde que hablara con Sara por teléfono.

No puede contenerse un segundo más.

Sus nudillos impactan en el pómulo derecho de Mauro Craviotto, que, sorprendido, encaja el golpe de lleno haciéndole girar el cuello con brusquedad, movimiento que le provoca una hiperextensión cervical.

Aunque no es eso lo que más le preocupa ahora al agredido.

—Pero... ¡¿Qué coño...?! —se queja.

—¡Me has engañado, maldito hijo de perra! Y yo me he dejado utilizar como un auténtico idiota. Pero te vas a joder, cabrón, porque te tenemos agarrado por los cojones —suelta Antonio Ojeda.

Mauro lo mira con ojos incrédulos. Luego busca a Sara, que se limita a sonreír.

Es la suya una sonrisa limpia, natural.

—Mala suerte —dice ella—. La tuya, claro. Y varias veces. Te enumero: la primera —ilustra levantando el dedo índice—, que me dejara convencer por Sancho para pasar por comisaría. Estaba charlando con Copito cuando lo han llamado de Jaén, de donde proviene la llamada..., bueno, qué te voy a contar a ti que no sepas de Jaén a estas alturas —le resume—. Y me iba a marchar a mi casa a descansar, pero, fíjate que casualidad que me encuentro con Álvaro revisando las fotos del escenario y, mira tú por dónde, me topo con una que me llama la atención. Me llama mucho —enfatiza alargando la «u»— la atención. Ahora te explico por qué.

—No entiendo qué mierda está pasando aquí —asegura Craviotto con la mano en el cogote, sin saber cómo actuar. Jesús del Río tampoco, pero su carácter de vicario le coarta y se limita a elevar las cejas y mantenerlas ahí por tiempo indefinido.

—Ahora te lo explico, tú no te preocupes —insiste Sara mientras saca su móvil del bolsillo trasero del pantalón. En el lapso que invierte en manipular la pantalla y hacer la llamada, el de Patrimonio no sabe si reír o llorar, alternar ambas reacciones o solaparlas.

La acústica del templo, que es excelente, amplifica el sonido que proviene del bolsillo de la americana de Mauro Craviotto. Su tez se mimetiza con el blanco níveo que predomina en el interior de la iglesia, excepto en los cuatro pequeños círculos rojos que tiene sobre la mejilla y que se resisten a perder protagonismo. Esa es la señal que están esperando Álvaro Peteira y Dani Navarro para aparecer en escena desde la Capilla Mayor, acercarse tranquilamente, cachear al de la Brigada de Patrimonio y quitarle su arma reglamentaria.

—Pero... ¿entonces? ¡¿Alguien me puede decir dónde está el original?! —insiste.

—Está a salvo, se lo aseguro. Ahora le tengo que pedir que espere fuera. Nosotros nos encargamos. Dani, acompáñale, por favor.

Este sacude la cabeza como si le acabara de caer un cubo de agua encima, pero en el pétreo semblante del policía no encuentra espacio alguno para la disconformidad.

—Escucha, Mauro —retoma Sara Robles—: Tinus van der Dyke, tu admirado socio, te jodió bien jodido antes de morir. Podrías haberte deshecho del teléfono, pero lo mismo pensaste que para qué si el único con el que te comunicabas a través de él estaba muerto. En fin, suposiciones mías que carecen de importancia. Sigo. El caso es que me resultó extraño que aún lo tuviera en la mano cuando lo encontramos, así que tiramos del hilo y nos sorprendió que marcara ese número —le señala al bolsillo— y colgara antes de que te sonara a ti. Es evidente que lo hizo solo para marcarnos el camino sin que tú te dieras cuenta, claro. Desde luego, era un tipo inteligente. Solo teníamos que llamar y... ¡Zasca! Adivina quién me atiende.

Sara Robles le da una pista muy valiosa al mirar a Antonio Ojeda.

—Otro golpe de mala suerte es que justo te habías ido al baño en la gasolinera en la que habéis parado de camino. ¿Un retortijón? ¡Qué cagada! No esperaba que nadie me respondiera, pero al escuchar el vozarrón de tu colega, flipé. Flipé mucho mucho, pero mucho menos que Antonio, claro.

La inspectora le cede la palabra con la mirada. Este, rijoso y escocido en su orgullo, la acepta con gusto. Brazos en jarra y pecho henchido, solo le falta piafar delante del que un día fue su pupilo para pasar por un caballo jerezano.

—Te dejaste la chaqueta en el respaldo de la silla, cabrón, y como no dejaba de sonar pensé que podía ser algo urgente. Al reconocer el número de la comisaría atendí la llamada solo para decir que estabas ocupado. Cuando me lo contó todo no sabía ni qué decir, pero entonces lo vi muy clarito. Me has manipulado desde el principio. En cuanto me llamaste diciéndome que una cámara había identificado a Van der Dyke sabías que me iba a involucrar. Pero, claro, necesitabas contar conmigo para agilizar los trámites burocráticos y aprovecharte de mis contactos para realizar nosotros mismos el traslado del Goya, momento en el que tenías pensado dar el cambiazo.

La acendrada expresión de Mauro Craviotto no es más que una hética y desesperada intentona por mantener viva la llama de su inocencia.

—Luego, al repasar las conversaciones, me di cuenta de que habías sido tú quien sugirió la similitud con el robo del Gardner, la distracción y todo lo demás. ¡Tú me lo metiste en la cabeza! Y lo bien que te hiciste el sorprendido cuando te sugerí lo de los Goyas y el posible cambiazo. Tampoco recordabas que la especialidad del Espantapájaros como falsificador era la pintura realista al óleo, claro, claro. Y, por último, los tornillos. Por eso me pediste que fuera a revisar las medidas de seguridad de la entrada, ¿eh? Justo el tiempo que necesitabas para hacer las marcas en los tornillos del bastidor. Solo faltaba que él —prosigue refiriéndose a Jesús del Río— reconociera físicamente al Espantapájaros, lo cual tenías ya previsto, por supuesto. ¡Cómo no lo iba a reconocer! ¡Menudo hijo de puta!

—Antonio, no sabes lo que estás diciendo. Todo esto tiene una explicación lógica que no tiene nada que ver con...

—¡Cierra la boca o te juro por Dios Bendito y todos los Santos que te reviento la cara aquí mismo! ¡Pero, lo que no te voy a perdonar jamás, aunque volviera a reencarnarme en un ser bondadoso y compasivo, es que me hicieras pasar ese trago con los tiralevitas lameculos del ministerio! —le grita a la vez que lo señala con el dedo.

—Mauro —interviene Sara—, para evitar que sigas creyendo que te puedes librar de esta te voy a decir que he podido hablar por teléfono con Paola Ramírez, la chica de Jaén, y la descripción que ha hecho del hombre al que entregó la dirección donde tenía que verse con su socio encaja contigo al cien por cien. Te vas a reír, pero al no tener una foto tuya le he enviado una de Matthew McConaughey y ha dicho literalmente: «Ese, ese es el ioputa».

El aludido niega con la cabeza, más en un intento de rechazar la realidad que de defender su inocencia.

—Lo tenías todo muy bien planificado con Van der Dyke —prosigue la inspectora—, pero dejar el atraco al Museo de Escultura en manos de un zumbado inexperto como Émile Qabbani lo estropeó todo. Los dos vigilantes y luego el resto de participantes en lo que iba a ser solo la distracción. Una distracción muy importante, claro, para tapar otro robo aún mayor. Un robo perfecto. Porque... ¿qué robo es más perfecto que uno que ni siquiera se considera como tal? En cuanto estuviera colgado en su sitio el cuadro recién autentificado por los expertos, ¿quién iba a pensar que es una falsificación? Una muy buena, por supuesto, obra de un experto como lo era Tinus van der Dyke. Pero te pudo la codicia y decidiste quitar de enmedio a tu socio. Para no repartir. Y ahí la cagaste.

—¡No! ¡No fue por eso! —estalla Craviotto levantando los brazos.

Peteira da un paso hacia él, pero Sara lo detiene levantando la mano.

—¡Empieza a hablar de una vez! —le exige Antonio Ojeda—. ¡Me lo debes!

La intervención de su mentor parece surtir efecto. A Mauro Craviotto se le ablanda el semblante igual que a un niño que quiere contener una rabieta.

—El muy idiota perdió el rumbo. Se acojonó y empezó a tomar decisiones absurdas. Decisiones que nada tenían que ver con el plan que habíamos trazado. La primera fue aceptar que Chikalkin impusiera la participación de ese puto idiota de gatillo fácil. Contábamos con un profesional para liderar el golpe, pero él no supo hacer valer esa carta porque los rusos lo tenían agarrado por las pelotas. La idea era entrar y salir con la pieza, entregársela al ruso para que accediera a lavar el dinero que él tenía inmovilizado. Yo me tendría que encargar de destaparlo todo para que él interviniera; lo siento mucho, Antonio, pero sin tu intervención no hubiera funcionado —le dice con sinceridad— dar el cambiazo y venderlo a una persona con la que ya estaba cerrada la negociación.

—¿Cuándo conociste a Van der Dyke? —pregunta la inspectora usando un tono melifluo premeditadamente conciliador.

—Hará dos años. La desaparición de dos obras de arte del siglo XIV nos llevó a la provincia de Málaga y resulta que doy con las piezas y con él en Frigiliana, un pueblo en el que se había refugiado desde hacía años. Me habías hablado tanto del Espantapájaros que le propuse hacer la vista gorda a cambio de que me contara todo lo referente al mundillo que llegara a sus oídos. No le quedaban más cojones, pero lo cierto es que cada vez que manteníamos un encuentro conectábamos más. Yo llevaba un tiempo fantaseando con dar un golpe perfecto y dedicarme a vivir la vida en algún paraíso alejado de todo y de todos. En una conversación me confesó que llevaba tiempo queriendo retirarse y fue entonces cuando surgió. Sin querer, prendimos la mecha y ya no supimos o no quisimos dar marcha atrás. En nuestras cabezas todo era perfecto, sin fisuras, y con los treinta millones que íbamos a sacar limpios de polvo y paja nos daba de sobra para desaparecer en El Salvador. Todo era perfecto —insiste—, pero el muy imbécil la cagó al cargarse a Qabbani. Él y su sentido de la justicia...

—Seguramente lo hizo porque se percató de que él tenía órdenes de matar a todos los participantes en el robo y no le quedó otra que adelantarse. No lo voy a justificar, pero por lo menos tenía un motivo de peso. ¿Cuál tenías tú para dispararle?

—Y por la espalda, como un auténtico mierda —añade Ojeda, implacable.

Craviotto no acusa el comentario, pero su mirada, lejos de amilanarse, se robustece. Hay algo siniestro en su expresión, como si, de repente, míster Hyde se hubiera apoderado de su voluntad anulando por completo la del doctor Jekyll.

—¡Se saltó el plan que habíamos acordado! Lo del centro comercial fue cosa suya y solo suya. Ni siquiera me lo consultó y fracasó de manera estrepitosa en su intento de terminar con el tipo que había enviado Chikalkin. Y solo consiguió que mataran al otro. Ese asturiano cabrón... —rio con amargura— era el único que sabía dónde estaba la talla y el muy desgraciado se llevó el secreto con él.

—Ya aparecerá —auguró Ojeda, más calmado.

—Luego se dejó arrastrar por el pánico y, aunque intenté que se calmara, juro que lo intenté —insiste—, sabía que sus precipitadas decisiones iban a terminar perjudicándome a mí. Fue entonces cuando no me quedó otra que poner el foco sobre él. Fui yo quien le dijo a Rubén que enviara ese fotograma concreto al Art Crime Team del FBI, y, como esperaba, lo identificaron al instante. Ya no había forma de enderezar las cosas, así que tuve que tomar decisiones drásticas. Traté de aislarlo, pero el muy cabrón se empeñó en seguir intentando contactar conmigo y para ello no se le ocurrió otra cosa que involucrar a una desconocida. ¡Menuda estupidez!

Ahora se dirige a Antonio Ojeda.

—Tú no te diste cuenta porque en ese instante apareció Velasco y nos pusimos a charlar con él, pero esa chica pasó junto a nosotros y me metió un papel en el bolsillo de la americana. ¡De chiste! ¡No daba crédito! Ahí fue cuando me di cuenta de que había perdido el norte y de que tenía que deshacerme de él cuanto antes. ¡Ya no se trataba de un simple robo! Ahora estaba involucrado en un asunto en el que había unos cuantos muertos, ¿entendéis? ¡No me dejó otra opción! ¡Tinus me obligó a hacerlo! Ya no había forma de reconducir la situación, por lo que fui a la hora que ponía en el dichoso papelito, llamé a la puerta y en cuanto se dio la vuelta le disparé. Sin más. Era experto en no sé cuántas artes marciales, no podía darle ninguna oportunidad. No contaba con que hubiera alguien más en el piso y por un momento pensé que si nos dábamos prisa, podría...

—Salir de rositas, cómo no... —completa Ojeda pretendiendo ser irónico, cualidad incompatible con la gravedad de su tono de voz—. Pues te has caído en el rosal, pringado, y te vas a pasar una buena temporada en la trena por el asesinato del Espantapájaros.

Es el semblante de Craviotto, completado ya el proceso de asunción de la realidad, un ignoto pastiche en el que únicamente se puede leer el fracaso de quien siempre se vio triunfador.

—Lo sé —reconoce sincero—. Jamás se me pasó por la cabeza que esto pudiera terminar así, y mucho menos que yo tuviera que apretar el gatillo, pero una vez que la bola empezó a rodar montaña abajo, ya no había forma de pararla. Lo que sí quiero deciros, Antonio, Sara —los mira cuando los cita—, es que, aunque os la traiga muy floja, me duele mucho que os hayáis visto envueltos en esto. Creedme, me duele mucho —reitera.

—Pues mira, te creo, y además en eso te tengo que dar la razón —interviene Sara—: a mí, en concreto, me la trae muy floja si te duele o te deja de doler. Álvaro, hazme el favor de esposar a este cretino y llevártelo al calabozo.

Hospital Clínico Universitario

Hora de cenar. La bandeja, a pesar de llevar sobre la mesilla más de veinte minutos, ni siquiera se ha ganado un segundo de su atención. Por el olor que desprende, pero principalmente porque después de tres días conoce qué tipo de menú preparan en ese maldito hospital, Samir Qabbani sabe que le espera una crema insípida de verduras, algún tipo de pescado recién descongelado a la plancha y un yogur natural.

Y todavía era peor en el otro hospital.

Muchas son las veces que ha pensado que estaría mejor muerto que en esa triste habitación con barrotes en las ventanas, esposado a una cama de la que no puede moverse y enganchado a ese cóctel de analgésicos, antiinflamatorios y antibióticos, todo ello administrado vía venosa, que le impide pensar con la claridad que quisiera. Es la sed de venganza lo único que le proporciona la fuerza suficiente para afrontar la vida que le espera.

Le encantaría reencontrarse algún día con el ser malformado que mató a Émile y tener por fin la oportunidad de arrancarle la cara. Pero, más aún —y mira que tiene ganas de saldar cuentas con el Espantapájaros—, desearía machacar el cráneo del barbudo pelirrojo que le ha desfigurado el rostro a culatazo limpio. La pasada noche volvió a soñar con él. Volvió a ver sus crispadas facciones, a revivir el momento en el que cargaba con extrema fiereza contra él, le tumbaba y le golpeaba. Querría tener la oportunidad de reventarlo a patadas, pero sobre todo le pica la curiosidad conocer más acerca de él. ¿De dónde salió? ¿Cómo llegó hasta él? ¿Cómo se llama? Sin embargo, lo que realmente sacia su sed de venganza es pensar en torturar muy despacio y hasta la muerte a Vladimir Kumarin y a todos sus descendientes directos que sigan vivos cuando él salga de prisión. Porque piensa salir, aunque solo sea para arrancarle las entrañas con sus propias manos. Y ello va a depender de la condena que le caiga. Según el letrado que le ha asistido, el panorama no es demasiado halagüeño. Se le acusa de cinco homicidios, pertenencia a organización criminal y otros tres o cuatro delitos cuya enrevesada denominación no memorizó. En el peor de los casos lo podrían condenar a prisión permanente revisable, lo cual no evitará si no consigue un abogado mejor, y, llegado el caso, siempre puede sacar el as de la negociación con la fiscalía. Porque él sabe muchas cosas y no les debe nada a los malnacidos que le han traicionado. Él es muy valioso, y no solo porque conozca a fondo el negocio de los rusos, lo es porque pocos como él podrían descifrar el funcionamiento de las mafias que actúan en la Costa del Sol. El inconveniente, y no es uno cualquiera, radica en que, si canta, su paso por la cárcel se le puede hacer muy largo, o peor aún, muy corto.

Samir Qabbani concluye que ya llegará el momento de tomar una decisión al respecto, y que ahora lo único que tiene que hacer es tratar de alargar el proceso lo máximo posible. Piensa continuamente en Ayyan y se pregunta dónde y qué estará haciendo. Cómo habrá reaccionado al darse cuenta de que no pasaría a buscarla. Es consciente de que ella no lo va a esperar y lo admite, pero en el fondo de su corazón anhela verla una vez más para despedirse de ella hasta que el azar vuelva a juntar sus caminos.

Porque sucederá, de eso no tiene ninguna duda.

Hasta entonces, lo único reseñable y que está a punto de suceder no parece que vaya a estar en sintonía con sus deseos.

Zero Café

En la pantalla se proyecta *Algorithm* de Muse. La gente mira más que baila y bebe más que habla. Por eso el Zero Café es un lugar de culto, un sitio único y tan distinto a los demás que atrae y congrega a personas normales. De esas a las que les gusta la buena música; de esas que suelen marcharse sin sed. De esas como la pareja que no lo es aunque ambos lo deseen y que acaba de entrar por la puerta.

Sara ha seguido los consejos que le ha dictado la voz de su experiencia. Siendo consciente de que, tras el arresto de Mauro Craviotto, acudir a comisaría conllevaba la cancelación de los planes que tenía con Sancho, la inspectora se ha limitado a hacer una llamada —bastante breve, por cierto— al comisario Herranz-Alfageme. Al no haber contado con tiempo suficiente para poner en su conocimiento lo que había descubierto con Álvaro Peteira y Dani Navarro, la noticia de su detención le pilló por sorpresa. Y menuda sorpresa. Copito adora a Sara Robles. Hoy la venera por encima de cualquier divinidad religiosa y su celestial imagen copa su Olimpo particular, su Sanedrín, su Valhalla. Mañana podría caer hasta el último círculo de su infierno, pero hoy no. Hoy el comisario es feliz y por eso le ha dicho que se marche a casa a descansar, o que salga a emborracharse. Y Sara, como persona cumplidora que es, le ha visto el segundo envite y le ha subido dos más, que son el número de botellas de vino que se ha soplado con el pelirrojo en el Gastrobar Pasión, a saber: un Nosso de Menade para los entrantes y un crianza de Pago de Carraovejas para la chuleta. Sencillo. Pim, pam, pum. Conforme el vino ha ido desapareciendo, lo profesional ha sido, lógicamente, el tema principal y casi el único de conversación, quedando lo personal en el apartado de asuntos pendientes de tratar a lo largo de la noche. Lo único que sabe Sara es que mañana a primera hora le van a tomar declaración a Craviotto en presencia de un abogado y que muy mal se le tiene que dar a ella para no levantarse en la misma cama que Sancho. Al terminar la cena, Sancho le ha propuesto diluir la ingesta con algún digestivo, y a ambos, que gastan cuerpo jaranero, se les ha dibujado el logotipo del Zero Café en la mente.

De camino a la barra, Paco DVT ha salido de la cabina para saludar a Sancho con efusividad, lo cual le sorprende bastante a Sara, pero no por la buena relación que mantiene con él sino por ver al DJ fuera de su hábitat natural. Luego ha cruzado unas palabras con un calvo con perilla que guarda cierto parecido con el cantante de Sober, y, por consiguiente, también con el de los Celtas Cortos. Sara no recuerda la última vez que ha estado allí con Sancho, pero sí sabe distinguir y apreciar que las emociones que se agolpan en su memoria relacionadas con Sancho y ese lugar son todas muy positivas.

—Solo por venir al Zero ya merecería la pena pedir de nuevo el traslado a Valladolid —comenta el de la Interpol una vez que se han acomodado en la barra.

—Vaya, muchas gracias.

—No te pongas mimosa, anda. No digo que fuera la única razón, digo que por sí misma sería una razón suficiente.

A Luis no le ha hecho falta preguntarles para preparar un Jameson con hielo y un Barceló con cola.

—He visto tu nombre en *El Norte de Castilla* —le comenta a Sara con una sonrisa—. Me alegro de que estés bien porque si algo te pasara..., pfff, nos veríamos obligados a cerrar.

Ella le paga el halago con la misma moneda antes de llevarse la copa a los labios.

—¿Tienes pensado estar presente en el interrogatorio? —le pregunta Sancho.

—Depende de cómo me levante, pero no figura entre mis prioridades de un sábado por la mañana. Mucho más estando de baja.

—Bien dicho.

—Y tú , ¿qué planes tienes para mañana? —quiere saber ella, sibilina.

—Ninguno, de momento. Me mantengo a la expectativa. Sobre la marcha.

A Sara no le parece mala idea del todo. De hecho, le parece una fórmula espectacular.

—Antes de dejar el temita aparcado —introduce él volviéndose hacia ella—, hay algo que te quería preguntar en la cena y que al final se me ha pasado. ¿Quién corrompió a quién?

Ella desvía su atención hacia el robot de luces que tiene enfrente y cuyo propósito no es otro que alimentarse de las emociones de los presentes para devolverlas a sus legítimos dueños transformadas en alocados haces de colores.

—Según contó Craviotto, todo surgió de forma improvisada, como por generación espontánea o algo así. Y si te digo la verdad, es del todo irrelevante.

—Sí, sí, lo sé, pero en este tipo de asociaciones siempre hay alguien que tira la caña y otro que muerde el cebo. Luego puedes hacerle pensar al otro que estáis pescando juntos, pero no suele ser así.

—Si tuviera que apostar diría que Van der Dyke era el que tenía el talento y Craviotto el que sabe exprimir el de los demás. El artista y el mecenas.

—El idiota y el listo. Me viene ahora a la cabeza algo que un día me contó Carapocha.

—Me has hablado de él tantas veces que no sabes cómo me duele no haberlo conocido —exageró.

—Era un hijo de puta de talla mayúscula, pero te hubieras enamorado de él al instante. A lo que voy. Carapocha tenía una teoría interesante sobre los idiotas. Decía que el mundo estaba plagado de idiotas, pero que solo había que temer a los idiotas con poder y que, afortunadamente, eran pocos y se les reconocía de forma muy sencilla.

—Ilústrame.

—Para empezar, porque los idiotas suelen tener cara de idiotas y comportarse como idiotas. Su idiotez la llevan impresa en su ADN y nunca logran desprenderse de ella. Además, suelen rodearse de otros idiotas para camuflar su idiotez y el idiota auténtico está convencido de que todos son idiotas menos él. El idiota nace, vive y muere siendo idiota; si consiguen reproducirse es con otro idiota y lo que engendran es, inevitablemente, un futuro idiota. Los idiotas solo escuchan a otros idiotas y no leen jamás, evitando así que disminuya su idiotez.

Sara da rienda suelta a la risa.

—¡Pues tú y yo cumplimos varias de esas características! —afirma cuando recupera la capacidad de producir palabras.

—Ahora que lo pienso..., deberían esterilizarnos por si acaso la liamos y engendramos un futuro idiota.

—No creo que ahí donde sueles esparcir tu simiente, por lo menos conmigo —aclara intencionadamente—, asumamos ese riesgo.

—Me parece cojonudo.

—Y por zanjar este asunto: yo no sé si esos dos eran o no idiotas, pero lo cierto es que lo tenían todo muy bien atado y si el golpe al Museo Nacional de Escultura no lo estropea Émile Qabbani, creo que ahora estarían tomando mojitos y caipiriñas rodeados de mulatas culonas en una playa de arena blanca.

—Craviotto tiene que estar encantado de haberte conocido.

—Que se joda, por listo.

Sancho está a punto de meterse en un charco, pero, finalmente, como los peces en el río, bebe y vuelve a beber. Ella, como si le agradeciera no haberla puesto en un compromiso, le regala una carantoña antes de retomar la palabra.

—Oye, ahora que mencionas a Carapocha, me ha venido Erika a la cabeza. ¿Qué sabes de ella?

A Sancho la pregunta le pilla por sorpresa.

—Poca cosa. La última vez que hablé con Erika me contó que llevaba una temporada viviendo aislada a las orillas del lago Baikal, en la Siberia profunda, y que estaba sumida en una especie de búsqueda trascendental de sí misma.

El alcohol es el culpable de que Sara tenga la lengua sincronizada con sus pensamientos.

—Esa chica siempre fue especial para ti —certifica.

—Puede —reconoce el pelirrojo—. Pero no me preguntes por qué. Quizá sea solo por todas las mierdas que hemos vivido juntos o porque tras la muerte de Carapocha haya asumido yo la figura paternal. No sé. O puede que sea porque soy idiota y punto.

—Me quedo con esa tercera y descarto del todo la segunda porque de ser cierto habría sentido celos de ella.

El pelirrojo abre mucho los párpados al tiempo que gana unos centímetros de distancia.

—¿Celos? ¿En serio?

—Y en sirio. Sí: celos. Tú no te das cuenta y no es ningún reproche, pero te he visto mirarla de forma, no sé, distinta.

—Distinta.

—Sí. Dicho de otra manera: de un modo que me gustaría que me miraras a mí. E insisto, no es ningún reproche.

La voz de Enrique Bunbury es lo único que escuchan ambos durante esos instantes en los que lo conveniente es no pronunciar las palabras que fabrica el cerebro. En la pantalla dos hermanos gemelos bailan enfrentados hasta que, de repente, empiezan a coserse a machetazos y terminan muertos los dos.

—Me tengo que estar haciendo mayor porque cada vez me gusta más este tío —comenta Sancho.

—Lo que pasa es que a ti te atraen los finales sangrientos.

—Me persiguen, más bien. Carapocha me dijo una vez que no buscar finales felices hace que disfrutemos de comienzos prometedores y tránsitos intransitables.

Sara deja que la frase madure en su interior.

—Nosotros ya hemos pasado por lo del comienzo prometedor, así que ahora debemos de estar en uno de esos tránsitos intransitables. Me gusta.

—Pues hagámosle caso y disfrutemos de lo que nos toque, pero disfrutemos.

Los vidrios piel con piel.

Ambos brindan y ríen como idiotas.

Hospital Clínico Universitario

Lo llevan planeando cuatro días. Se enteraron por un periódico de Málaga y eso que no podría decirse que les interese demasiado lo que cuentan los diarios; pero, claro, eran muchos los ojos y los oídos que estaban esperando ver o escuchar algo relacionado con ese nombre.

Ellos dos saben muy bien de qué va el paño. Uno ha venido del barrio de La Coma, en Paterna, y el otro proviene de Las Tres Mil Viviendas, en Sevilla. A pesar de que ambos cuentan con un nutrido historial delictivo, jamás han tenido que mancharse las huellas dactilares con tinta, y eso juega a su favor a la hora de desaparecer cuando terminen el trabajo. La mujer que los acompaña nació en el poblado madrileño de Santa Catalina hace ahora sesenta y nueve años, pero se estableció en Valladolid días después de que la casaran con su esposo cuando aún no había cumplido los catorce. Desde entonces no se ha movido de la ciudad.

Los tres pertenecen a la misma familia.

La familia Gabarri Ferreduela.

El más obeso de los dos —porque los dos tienen problemas de sobrepeso— es Abel Ferreduela, más conocido como «El Congrio», aunque nadie sabría asegurar si el mote se debe a sus ojos saltones, al grosor de sus labios, a la tonalidad cenicienta de su tez o la suma de las tres cualidades. A su cuñado, que tiene seis años menos, lo registraron como Abrán porque su padre no sabía cómo se escribía Abraham y el funcionario no quiso intervenir en asuntos que no eran de su incumbencia. La suerte que tiene Abrán es que nadie le llama por su nombre, le llaman «El Ramona» porque es hijo de la Ramona, una paya con mucho carácter de quien heredó sus nada agitanadas facciones. A simple vista ninguno parece muy inteligente y es cierto que sus cocientes intelectuales no están por encima de la media, déficit que contrarrestan fijándose mucho en las cosas. Las cosas que les interesan, claro. Y lo que más les ha interesado desde que acudieron a la llamada de la familia tiene que ver con estudiar el modo más conveniente de entrar en el hospital donde se recupera un hombre de nombre extranjero.

El hombre al que tienen que apiolar.

Gracias a su capacidad de observación, el Congrio y el Ramona han averiguado que el módulo de vigilancia penitenciaria está en la última planta del hospital, detrás de una puerta de seguridad que hay al fondo de un largo pasillo del ala sur. También saben que ese módulo especial lo custodian dos uniformados que no portan armas encima, aunque sí tienen acceso a ellas si la situación lo requiere. Solo abren al personal sanitario, a otros compañeros, a familiares de los ingresados autorizados por el juez y a los miembros de las empresas encargadas de la limpieza y el mantenimiento. Dos no son muchos ni pocos, son los que son, pero el reto es cumplir con lo suyo sin tener que matarlos. A no ser que no les quede otro remedio, por supuesto. El caso es que al Congrio tampoco es que le importe demasiado. Ya se llevó por delante a un picoleto cuando tenía diecisiete y ahí sigue, tan pancho. Más reticente se muestra el Ramona, que, con cinco bocas que alimentar, más las de su mujer y su suegra, no está para terminar en el trullo. Es por ello que se han fijado en el nombre de la empresa de mantenimiento, la han localizado en el polígono de San Cristóbal y les han encargado a dos compadres especialistas en el ramo que den el palo la noche anterior. El objetivo era hacerse con dos monos de trabajo talla XXL, pero les han dado permiso para llevarse lo que quieran con tal de no levantar sospechas y, de paso, rentabilizar el esfuerzo. También le han prestado mucha atención a los cambios de turno, llegando a dos conclusiones: que a las doce de la noche se produce el relevo y que, como el resto de personas que trabajan, durante la última media hora, los polis están pensando más en marcharse a sus casas que en complicarse el final de la jornada convirtiéndose en héroes.

Con estos mimbres, entre las once y treinta y dos minutos y las once y cuarenta, los tres han entrado en el Clínico por separado. Primero lo hace el Ramona, que sube en el ascensor embutido en ese mono azul que le oprime bastante en el área abdominal. Lleva una caja de herramientas que contiene, efectivamente, las que van a necesitar. Avanza por el pasillo y se coloca frente a la mirilla antes de tocar el timbre luciendo sus nada agitanados rasgos faciales. Cuando contesta el guardia, le explica que lo envían a recargar el aire acondicionado y cambiar los filtros. Que su compañero tenía que haberlo hecho por la tarde, pero que está con mucha fiebre y que lo mandan a él porque es nuevo en la empresa. Como han supuesto, el de dentro no se ha complicado la vida y le ha abierto sin más, puede que por desidia, pero fundamentalmente porque no valora la posibilidad de que dos gitanos vayan a intentar cargarse a uno de los pacientes.

—¿La maquina dónde la tienen?

El funcionario le indica con el brazo y el Ramona obedece. Ni siquiera lo ha mirado. Mejor para él. Al doblar la esquina posa la caja de herramientas en el suelo y saca un hierro. Vuelve sobre sus pasos y encañona a los policías. En sus expresiones se puede leer que esa noche no tienen intención de convertirse en héroes. Mejor que mejor. Así las cosas, al Ramona no le ha resultado demasiado complicado convencer a uno de ellos de que vuelva a teclear el código para dejar pasar al Congrio y a doña Teresa, que hace acto de presencia portando una bolsa de plástico de supermercados Gadis. Tiene el semblante rígido, como recién almidonado, pero lo cierto es que no es el reflejo de su estado de nervios. En absoluto. Si fuera así luciría una expresión propia de quien ha disfrutado de dos orgasmos seguidos. Porque doña Teresa sabe lo que toca y no es la primera vez. Ya tuvo que limpiar el honor de los suyos cuando el pequeño de los Valdés violó a una de sus sobrinas y el clan contrario no aceptó el destierro al que fueron sentenciados por la ley gitana. Y doña Teresa es de ley. Eso lo sabe cualquier gitano, y más los Valdés, que vieron como, un día de mercado, la matriarca de los Gabarri se plantaba en el puesto que regentaba el pequeño de los Valdés y le abría el vientre de parte a parte. Ley. Doña Teresa sabe a lo que ha venido, así que no abre la boca cuando se cruza con el Ramona y este le entrega un cuchillo. Luego levanta tres dedos para indicarle el número de la habitación en la que duerme el hombre que ha asesinado a su hijo y a su nuera y regresa para controlar a los agentes y vigilar por si apareciera alguien del equipo médico. A un metro de distancia la sigue el Congrio, que es quien ha conseguido la tarjeta que abre la puerta tras propinarle un sonoro bofetón a uno de los policías por tardar más de la cuenta en dársela.

A doña Teresa le encantaría recrearse con ese hijo del diablo como él hizo con su hijo, pero es consciente de que no dispone de mucho tiempo y lo único que quiere es hacer cumplir la ley.

Ronquidos.

—Buenas noches, morito —susurra.

Zero Café

—Os han invitado por allí.

Luis señala hacia la cabina de Paco donde está el calvo con perilla que guarda cierto parecido con el cantante de Sober y por consiguiente con el de Celtas Cortos. Sancho levanta la mano con el pulgar alzado en señal de agradecimiento.

—¿Quién es? Antes vi que lo saludabas.

—Un escritor de novela negra que me da la tabarra cada vez que me ve. No falla.

—Bueno, si te paga los Jameson, ni tan mal, ¿no?

—Es muy chapa —certifica.

—*Deutschland*. Me flipa este vídeo —juzga ella mirando a la pantalla—. Esos tarados de Rammstein hacen un recorrido por la historia de Alemania, campos de concentración incluidos. Mucho tenemos que aprender de ellos.

—¿De los alemanes? Ni de coña. Tengo yo un par de ellos por allí con los que manejo varios asuntos y me resulta imposible conectar. Son fríos, distantes y se comportan como si estuvieran programados de serie para actuar como establece el procedimiento que competa en la tesitura presente. Otto es la excepción.

—¿Otto?

—Sí, un alemán que tendrá más de sesenta años y que es un auténtico fenómeno. Por allí a Herr Bauer lo conocen como el tullido porque el brazo izquierdo no le rula desde que le mordió un dóberman que estuvo a punto de matarlo, o eso dice él. Es más raro que un etíope con pecas, el clásico cascarrabias y por allí no es que sea muy popular. Pero conmigo, no me preguntes por qué, es la hostia, le he debido de caer en gracia y de vez en cuando me cuenta historias que le tocó investigar cuando era inspector de la Kripo y que son..., no sé, de novela negra con toques de espionaje. Acojonantes —define—. Una en concreto, iba sobre unos niños que eran raptados a ambos lados del muro por unos tarados para chuparles la sangre, y otra era de un tipo obsesionado con limpiar el planeta de homosexuales y que les metía no sé qué por ahí a sus víctimas —ilustra señalándose ahí— para torturarlos. Un crack, Herr Bauer, la verdad. Ahora forma parte del Comité Ejecutivo y por las altas esferas se escucha que va a ser el próximo presidente de la Interpol.

Sara lo mira con absoluta perplejidad.

—¿Qué pasa? —pregunta el pelirrojo, extrañado.

—Que no sé por qué mierda me estás contado todo eso. ¿Estás tratando de eludir algún tema concreto?

—No. No sé. Me ha venido a la cabeza, sin más. Ya sabes que esto —dice jugueteando con el hielo— acartona la mente pero engrasa la lengua.

—Estupendo. Pues ya que la tienes suficientemente engrasada, ¿puedes decirme de una vez qué va a pasar con nosotros?

El pelirrojo asiente varias veces.

—Según lo veo yo, tenemos dos opciones: regresar al punto donde nos encontrábamos hace un par de semanas o bien tratar de acomodar nuestra realidad profesional a nuestros deseos personales.

—Madre mía, querido. Dicho así parece sacado de una novela de Vargas Llosa y te recuerdo que los dos hemos reconocido que un poco idiotas sí somos.

—Pues yo creo que está claro —insiste él algo molesto.

—Te he entendido, te he entendido. ¿Y por cuál de las opciones te decantas tú?

—Eso, que se pringue primero Sanchito, que, a cojón visto, macho seguro. Tú de idiota tienes muy poco, querida —le recrimina.

Sancho se aclara la garganta con vehemencia, como si quisiera que las palabras que estaba a punto de pronunciar salieran sin defecto de fábrica.

—La segunda.

Ella sonríe.

—Te iba a dar un rodillazo en las pelotas si decías otra cosa.

—Entonces... ¿Tú también quieres volver a intentarlo?

—Sí, quiero. Ya puedes besar a la novia, que, por cierto, parece que te costara dinero.

Sancho la penetra con la mirada y agarrándola por la nuca la atrae hacia su boca.

Se la come.

—¿Ves como cuando quieres...? —dice Sara Robles en cuanto vuelve a tener la lengua desocupada.

—Y gratis.

—Por un momento he pensado que estábamos en un plató de Hollywood de los años cincuenta —bromea Luis—. Os ofrecería una habitación, pero no quedó nada del puticlub de antaño. ¿Sabíais que esto era antes un puti?

En sus expresiones, un no.

—Pues por aquí desfilaron unos cuantos jeques saudíes durante el Mundial 82. Y me han dicho a mí que los cabrones solo querían rubias tetonas. ¡Y yo, no te jode!

La siguiente ronda es Paco el que los invita y ambos empiezan a notar el acartonamiento mental al que aludía antes Sancho.

—Terminamos esta y nos vamos, ¿no? —sugiere él.

—Bastante has aguantado para la edad que tienes.

—¡Serás cabrona! Pues vas tú fina filipina.

—Puede, pero no pienses que nos vamos a meter en la cama y que me voy a quedar dormida así, sin más.

—No lo pensaba.

Sara se arrima.

—Cerdo.

Hospital Clínico Universitario

Los fármacos son los culpables de que Samir Qabbani haya entrado en la fase REM del sueño tan solo unos minutos después de haber cerrado los párpados. Y es muy probable que también sean los responsables de que su corteza cerebral esté tan activa a la hora de generar esa sucesión de imágenes que al despertar llamamos sueños. El sistema límbico, encargado de regular las emociones, se encuentra a pleno rendimiento. La repetición en bucle de una misma escena está alterando las ondas delta que deberían encargarse de mecer su cerebro durante unas cuantas horas más. A cámara lenta ve avanzar el rostro desconocido de un barbudo pelirrojo. Acto seguido, se ve a sí mismo tirado boca arriba, indefenso, sin poder evitar que algo oscuro y contundente se estrelle contra él.

Está a punto de despertarse, pero algo le tiene anclado a esa pesadilla.

Naufragando en las aguas de lo onírico, no parece que esté capacitado para registrar los leves sonidos que se están produciendo en ese momento a su alrededor: una puerta que se abre, tres palabras susurradas y unos pasos aproximándose. Solo cuando un objeto metálico afilado penetra en el tejido que recubre su abdomen y se hunde en su estómago bajo las costillas logra despertarse. Entonces sí, abre los párpados y en la penumbra que le envuelve distingue unas facciones que no consigue reconocer, aunque le resulten familiares. La prioridad, no obstante, no es averiguar la identidad de esa anciana que, impertérrita, lo está atacando. La prioridad es librarse de ella. Prueba a mover los brazos, pero el derecho lo tiene esposado a la cama por la muñeca y el izquierdo se lo ha inmovilizado un gordo de etnia gitana que le acaba de introducir algo en la boca. Inmóvil, ni siquiera puede entrar en contacto con su amuleto. En la caliginosa mirada de la anciana reconoce eso que tantas veces ha visto en las de los civiles que se mataban entre sí: odio. Entretanto, el objeto metálico afilado ha entrado y salido dos veces más, provocando que buena parte de su sangre esté circulando ya fuera de los conductos habituales. Sin embargo, no es hasta la quinta puñalada cuando Samir Qabbani asume que no va a poder cumplir con los deseos que se había marcado antes de quedarse dormido. Entonces sí, permite que sus párpados se cierren por última vez.

El resto ya no las siente.

En ese último tramo que le queda de vida, Samir Qabbani intenta reencontrarse con el recuerdo de Ayyan, pero solo logra ver al condenado barbudo pelirrojo que parece empeñado en acompañarle hasta el lugar donde se dirige.

Una voz ajada que le habla al oído le adelanta lo que le espera en ese destino.

—Vas a pudrirte en el infierno, morito.

Lo último que siente es que algo viscoso y frío le cubre la cara.

Otra cara.

Esquina de la calle Solanilla con la calle Magaña.

—Este es mi rincón nocturno favorito de la ciudad —comenta Sara.

Al proyectar su mirada, Sancho contempla la iglesia de Santa María de la Antigua en un primer plano secundada por la perspectiva cónica lateral de la catedral de Nuestra Señora de la Asunción, coronada esta por la imagen de ocho metros de altura del Sagrado Corazón de Jesús.

—Y cuando están iluminadas las torres ya ni te cuento —añade.

—¿Sabías que la torre original estaba al otro lado de la fachada, pero que sufrió bastantes daños con el terremoto de Lisboa y que terminó derrumbándose años después?

—Pues no.

—Esa que ves se levantó en el siglo diecinueve.

—Vamos, antes de ayer.

—¿Y qué más da cuándo, si la gente ni lo sabe ni se interesa por saberlo? Antes lo pensaba: si hubieran robado el Goya las personas que más se escandalizarían y pedirían responsabilidades a quien correspondiera serían las mismas que no tenían ni puta idea de que en ese convento por el que pasan todos los días había y hay tres cuadros de Goya.

—Seguro. Tú, por ejemplo.

—Cabrona.

Lo que hace reír a Sara es lo mismo que provoca una carcajada en Sancho: el exceso de alcohol. La ronda a la que ha invitado el calvo no ha sido la última. Quizá se deba a la música o a que se encuentran muy cómodos, pero el hecho es que han pedido otra que les ha sabido a gloria.

Recién estrenada la madrugada, la bajada de la temperatura invita a que se estrechen las distancias entre sus cuerpos y así, agarrados, retoman el paso en dirección a la casa de Sara.

—Estaba pensando que quizá aproveche algunos de los días de baja para subir a Huesca y estar con mi padre —dice ella.

—Es una buena idea.

—Echo de menos respirar el aire de la montaña, aunque me va a matar no poder hacer escalada.

—Ya, pero no se puede pretender tener a la suegra borracha y la cuba llena.

—¿Y eso qué coño quiere decir?

—Que todo no se puede, querida.

—Bueno, tampoco es que pida la luna.

—En ocasiones conseguir la luna es más fácil que terminar una semana cualquiera. Yo supongo que el lunes o el martes estaré volando a Lyon, pero si el fin de semana estás allí, agarro el coche y en siete u ocho horitas me planto donde estés.

Sara se detiene y lo mira.

—¿Sí?

—Sí —certifica.

—Planazo. ¿Ves? A veces no es tan complicado.

Sancho frunce el ceño cuando nota que el móvil le vibra en el bolsillo del pantalón y relincha al comprobar que es el nombre de Peteira el que está escrito en la pantalla.

—Es Álvaro —le dice a Sara.

—Yo tengo tres llamadas perdidas suyas —comprueba—. Lo he puesto en silencio durante la cena y hasta ahora. Querrá contarme algo de Craviotto.

—Dime, compañero —contesta—. Sí, aquí la tengo, ¿pasa algo? —Silencio—. ¡Hay que joderse! ¡¿Es en serio?! ¡Joder, joder, joder! —brama—. Ahora te la paso.

—¡¿Qué coño pasa ahora?! —quiere saber ella.

—Que te lo cuente él —contesta el pelirrojo profundamente ofuscado.

—Dime, Álvaro.

—Buenas noches, jefa. Estoy en el Clínico. Te resumo el festival: unos gitanos se cargaron a Qabbani.

—¡Venga ya! ¿Muerto? ¿Y los uniformados dónde estaban?

—Allí, pero los sorprendieron y redujeron a punta de pistola, entraron en el módulo y la anciana lo cosió a cuchilladas.

—¿De qué anciana me hablas?

—De doña Teresa, la madre del tipo que se cargó en Arturo Eyries. Sancho y yo estuvimos hablando con ella. Se la han encontrado aquí en la habitación, sentada tranquilamente. Los otros dos que la acompañaban desaparecieron, pero ya los están buscando.

—¡Menuda puta mierda!

—Sí, tal cual. Y espera, que no te he contado lo mejor. La hija del demonio le colocó la cara de su hijo encima de la suya. Flipante.

—Por favor.

—Bueno, ahora lo verás tú cuando llegues.

Sara eleva la vista hacia el cielo. La luna menguante es un leve desperfecto en el chasis alquitranado que cubre la bóveda celeste.

—Está muerto, ¿verdad? —quiere asegurarse Sara Robles.

—Bastante muerto, sí.

—Y tenéis a la autora confesa de los hechos.

—Se la acaban de llevar detenida.

—Entonces no me necesitas para nada. Buenas noches, Álvaro.

La inspectora le devuelve el teléfono al pelirrojo y este lo agarra visiblemente malhumorado. Está intentando administrar el golpe que le supone haberse quedado sin una valiosa fuente de información. Y no encuentra un modo mejor de hacerlo que liberando esa frustración por la boca.

—¡Hay que rejoderse! —bufa.

Ella le ofrece la mano y le sonríe. Hay lascivia en su mirada.

—Vaya, en eso mismo estaba pensando yo.

Sancho la toma e inspira por la nariz cual si estuviera inhalando la tranquilidad que flota en el aire.

—Aunque, con la suerte que tenemos, lo mismo no somos capaces ni de quitarnos la ropa —añade ella.

—¿Otra vez el jodido enano?

—Me acompaña siempre donde yo voy —bromea Sara.

—Bueno, pues habrá que convivir con ello. Un trío no me apetece, pero si ese pequeño gran cabrón quiere mirar, que mire.

Sara se aprieta contra su pecho.

—Cerdo.

CHOCO

Han transcurrido varias semanas desde que, tras el asesinato de Samir Qabbani en el hospital, cesara la ola de crímenes que empezó con el robo en el Museo Nacional de Escultura y que volvió a colocar a la ciudad de Valladolid en el epicentro del panorama de delincuencia nacional.

La tez del comisario Herranz-Alfageme aún no ha recuperado las tonalidades cromáticas perdidas durante esas dos aciagas semanas del mes de mayo, pero, ahora que las aguas han vuelto a su cauce y el subdelegado del Gobierno ha dejado de llamarlo a diario, su carácter es menos hosco —algo menos— y se muestra más accesible —algo más—. Casi podría decirse que se le ve feliz y tranquilo. De Sara Robles no se puede decir lo mismo. No se siente plenamente feliz porque, aunque se ve con Sancho con bastante asiduidad, la frecuencia es inferior a la que le susurra el corazón y le grita la entrepierna. Lo suyo lo tiene controlado, de momento, y se encuentra muy cómoda en su nueva casa después de romper con IKEA y comprar los muebles en una tienda del centro. En cuanto a la tranquilidad, pues tampoco. Solo el hecho de completar las diligencias de una extraña muerte accidental, siete muertes violentas ocurridas en su circunscripción —más otras dos en las que se vio involucrada en Benalmádena—, un robo consumado y un simulacro de robo no dejan espacio alguno a la tranquilidad ni nada que se le parezca. Por suerte, ya cuenta con Patricio Matesanz, que se ha reincorporado al Grupo de Homicidios a pesar de que sigue luchando contra el cáncer. Sancho, sin embargo, lleva mejor los asuntos emocionales que Sara. Lo que no encaja tan bien son los cambios que se avecinan dentro de la Interpol y que le afectan directamente. Como sospechaba Azubuike Makila, el antes miembro del Comité Ejecutivo, el alemán Otto Bauer, va a ser nombrado presidente de la institución en menos de un mes, pero ya está trabajando en la puesta en marcha de un plan operativo muy ambicioso y sin precedentes que gira en torno a una nueva unidad operativa que han bautizado TOC por sus siglas en inglés —*Transnational Operating Cells*—, con la idea de mejorar los buenos resultados obtenidos desde la creación de la Red ENFAST —European Network of Fugitive Active Search Team— perteneciente a la Europol. Dichas células estarán conformadas por miembros de probada experiencia en la persecución de criminales de alto riesgo con ámbito de actuación en los ciento noventa y cuatro países miembros de la Interpol. Pinta feo, sí, pero menos que a Mauro Craviotto, recluido en el centro penitenciario de Villanubla a la espera de juicio. Porque es bastante feo que su abogado le haya dicho que cualquier sentencia que lo condene por debajo de veinte años de prisión es un triunfo. En su contra juegan los testimonios de Antonio Ojeda y fundamentalmente el de Paola, aunque ella ahora solo piense en cumplir los objetivos de ventas de cosméticos que le ha marcado su jefa para ese trimestre. Sigue odiando Valladolid con todas sus fuerzas. A doña Teresa también le van a caer unos cuantos años, pero tanto ella como la jueza Miralles saben que será eximida de cumplir su pena por su delicado estado de salud. De hecho, aunque ella todavía no lo sabe, no llegará a ver el 2020. Del Congrio y del Ramona nada ha dicho ni se sabe. Y no tiene pinta de que eso vaya a cambiar. El que igualmente tiene una cita en los juzgados es Rodolfo Velasco; sin embargo, en su caso, solo es para modificar su actual estado civil de casado a soltero después de que su esposa descubriera sus infidelidades. Su puesto de trabajo como director de seguridad del museo de momento lo mantiene, pero su relación con María Bolaños, que sigue muy afectada por la desaparición de su pieza favorita, está bastante deteriorada.

Y eso se debe a que no cuenta con la intervención de Choco.

Choco es un *beagle* de tres años cuyo nombre se debe a la predominancia cromática del chocolate en su pelaje. No hace mucho que sus dueños acaban de trasladarse a un piso recién reformado en la calle Veinte de Febrero. A Mariola, que es la encargada de bajarlo hoy a la calle, le encanta soltarlo en la zona verde de las Moreras saltándose la prohibición expresa de su madre, a quien no le gusta nada que el animal ande suelto por ahí. Pero Mariola acaba de cumplir los quince y está en esa edad en la que hacer caso a los padres está en las antípodas de lo que ella y su generación entienden por molar. Así que, en cuanto Choco cruza el paseo de Isabel la Católica y divisa el césped, se excita y empieza a mover el rabo para que Mariola haga lo que siempre hace. Tan pronto como escucha el clic de la correa, Choco sale disparado cual si estuviera persiguiendo un conejo imaginario, haciendo zigzag, requiebros, esprints cortos, largos y otros alardes de corte perruno. A unos veinte metros de donde se encuentra está el área de esparcimiento canino que el Ayuntamiento de Valladolid ha habilitado precisamente para que los perros puedan corretear libres y, aunque a Mariola no le gusta que se meta ahí porque es un espacio no muy grande que debe compartir con otras razas —incluidas las que ella considera como peligrosas—, a Choco le puede su instinto curioso y sociable. Así, juega un rato con un labrador color canela; molesta a un Fox terrier bastante antipático, como son todos los *fox terrier*, y cuando se cansa de oler el trasero de un *cocker spaniel*, se dirige a una zona un tanto apartada junto a la valla. Allí olfatea la arena y, atendiendo a la naturaleza escarbadora que su raza lleva impresa en su ADN, empieza a mover las patas delanteras como si le fuera la vida en ello. Está tan obcecado que Mariola se interesa por ver qué está haciendo.

—¿Qué haces, Choco? ¿Te has vuelto loco o qué te pasa?

Choco entiende órdenes humanas y en ocasiones hasta las atiende, pero no está vez. Porque tiene un objetivo claro y lo va a cumplir.

—¿Qué es eso? —le pregunta.

Lo que no entiende Mariola es que la necesidad de descubrir qué es eso negro de tela que está enterrado es precisamente lo que provoca que Choco siga escarbando la tierra sin parar. Atravesaría la corteza y el manto terrestre si fuera necesario, pero, por suerte, no lo es y cuando por fin libera una esquina, el animal lo agarra con los dientes y tira de ello hacia fuera.

Una mochila rara.

Choco mira a su dueña, expectante, y da vueltas y vueltas en torno al tesoro que acaba de encontrar. Mariola se muestra indecisa, pero los ladridos de su mascota y su curiosidad pubescente hacen que cuatro días más tarde *El martirio de san Sebastián* vuelva al lugar donde un mes de mayo del 2019 la sustrajera Émile Qabbani —ahora difunto y enterrado en una fosa común—; la misma que Raimundo Trapiello Díaz, alias Rai —que descansa en el cementerio municipal de su Mieres natal—, enterrara confiando equivocadamente que podría salvarle el pellejo tras escuchar el siguiente comentario de su compañero Carlos Antonio Belmonte Camargo, alias Charlie —cuyas cenizas fueron arrojadas de forma clandestina por sus familiares en el estanque de El Retiro—:

—Si algún día tuviera que esconder algo que no quisiera que nadie encontrara, lo haría allí donde mean y cagan cientos de perros al día.

Pero Charlie, que en paz descanse, tampoco contaba con la intervención de Choco.

NOTA DEL AUTOR

El caprichoso destino ha querido que hoy domingo, veintinueve de marzo de 2020, me encuentre confinado en mi domicilio —igual que lo estaba usted—, atrapado en medio de esta maldita crisis cuyo incierto final nadie es capaz de atisbar. Confío en que, cuando esté leyendo estas líneas todo haya vuelto a la normalidad, aunque intuyo que esa «normalidad» poco tendrá que ver ya con lo que considerábamos dentro de los parámetros ordinarios hace tan solo unas pocas semanas.

Hecha la introducción, permítame que le cuente algunos detalles sobre cómo se cocinó *La suerte del enano* que, espero, le resulten interesantes. Lo primero que me gustaría subrayar es que hacía tiempo que no disfrutaba tanto durante todo el tortuoso proceso que implica escribir una novela. Incluso podría asegurar que lo pasé bien recorriendo parte del alcantarillado de Valladolid junto a Nacho Llanes y su gente. Y eso a pesar de que nunca he tenido que tirar con tanta fuerza de las riendas de mi estómago para contener el vómito mientras caminaba por el colector de aguas residuales, ni he sentido un agobio claustrofóbico mayor que cuando tuve que arrastrarme por una estrecha galería porque, de forma voluntaria e inconsciente, me empeñé en llegar hasta el famoso descabalgamiento. Regresar a mi ciudad natal tras cuatro años, cuatro novelas y dos audiolibros de ausencia lo compensa todo. Había ganas. O, mejor dicho, lo necesitaba. Sí, porque solo el hecho de pensar en reencontrarme con estas calles me llenaba el depósito emocional del combustible que necesitan mis dedos para aporrear este teclado. Y, si el estado de ánimo suele resultar decisivo por norma, en el ámbito creativo es del todo determinante.

De este modo, al empezar a barajar los ingredientes principales que iban a formar parte de esta receta, tenía muy claros dos de ellos: a Sara Robles como protagonista principal perseguida por el infortunio y un robo que se complica como eje dinamizador de la trama. Urtzi —ya sabe: el guardia que colabora conmigo en la parte de investigación— lleva una vida sugiriéndomelo. Él sabe del paño y eso ya era un punto muy a favor. Sin embargo, no podía tratarse de un robo cualquiera, por supuesto, y fue entonces cuando, entre otras posibilidades, me decanté por el edificio que seguramente sea el más complicado de asaltar de toda la ciudad: el Museo Nacional de Escultura. Intuía que el reto no sería menor, pero no fui consciente de ello hasta que me entrevisté por primera vez con Rodolfo Velasco y me habló —hasta donde pudo— de las medidas de seguridad que lo protegen. No me dejaba otra alternativa que recurrir a la red de alcantarillado, lo cual iba a dotar a la novela de un toque original que por sí solo me motivaba bastante. Todo se iba tejiendo en mi cabeza con normalidad hasta que un día cometí un grave error: ir a comer una chuleta al Gastrobar Pasión con mi amigo Javier San Martín, alias Pitu. Le estaba yo bosquejando lo que tenía entre manos cuando me comentó:

—Pinta muy bien, pero..., ¿no te resultaría más sencillo y, sobre todo, más rentable, robar los Goyas que están aquí al lado?

Sus muertos.

No sabía de qué obras me hablaba y eso me cabreó. Se supone que alguien como yo, aunque solo fuera por llevar viviendo en Valladolid casi toda mi vida, debería tener presente que en ese convento —habré pasado cientos de veces por delante de su fachada— hay una iglesia con tres pinturas originales del pintor aragonés.

—Bueno, ahí te lo dejo —continuó Pitu—. Por cierto, si quieres visitar el museo dímelo, que Jesús del Río, el gerente, es amiguete mío.

Al día siguiente, tras la pertinente visita, la trama se metamorfoseó por completo. ¿Existe el robo perfecto? Por supuesto: ese que nunca llega a considerarse como tal.

Pim, pam, pum.

Ya solo me quedaba un asunto por resolver. Y no era uno cualquiera: cuándo, cómo y por qué aparecería Ramiro Sancho sin eclipsar a la verdadera protagonista de la novela: Sara Robles. La solución la encontré durante el proceso de documentación en la parte que giraba en torno a grandes robos contra el patrimonio artístico. Descubrir que era frecuente avalar grandes operaciones de narcotráfico o de compraventa de armas con obras de arte robadas de mucho valor me dio la solución. La *bratvá* rusa y la Costa del Sol, una zona geográfica que tengo la enorme fortuna de conocer bien.

Chimpún.

El resultado es el que acaba de degustar. Confío en haber estado a la altura de sus expectativas como comensal, pero, por favor, hágamelo saber a través de las vías que encontrará en la solapa de la portada.

¿Y ahora qué? Ahora, a diferencia de lo que en mí viene siendo lo habitual —que a estas alturas ya tenga en la cabeza lo siguiente que se va a publicar—, esta vez me voy a regalar un tiempo antes de tomar una decisión acerca de cómo afrontar mi futuro profesional.

Ya veremos.

Sea lo que sea, que sea y usted lo vea.

Toca ahora agradecer a todas las personas que de una forma u otra han contribuido en esta, mi última novela.

A Rodolfo Velasco, director de seguridad del Museo Nacional de Escultura de Valladolid, por ponérmelo tan fácil. Tu amabilidad y buena disposición me allanaron el camino. Una aclaración necesaria: la ludopatía e infidelidades del personaje son añadiduras del autor por necesidades narrativas que no tienen correspondencia alguna con la realidad.

A María Bolaños, directora del Museo Nacional de Escultura de Valladolid, por abrirme las puertas de tu casa y, sobre todo, por ser mi cómplice al señalarme con el dedo la pieza que debía llevarme. Cualquier parecido con el personaje que aparece en la novela es pura coincidencia.

A Jesús del Río, gerente del Museo del Monasterio de San Joaquín y Santa Ana, por tu entusiasmo y complicidad. Ojalá esta novela ayude a que las visitas que organizas con tanta devoción sean cada vez más multitudinarias.

A Nacho Llanes, jefe de la Unidad de Subsuelo de Valladolid, por guiarme a través de ese inframundo que se extiende bajo el asfalto urbano y lograr que sobreviviera para contarlo.

A Urtzi, como siempre, por estar cuando te necesito. De otra forma, nada habría sido igual.

A mi editorial, especialmente a Mónica, a Gonzalo y a Mar, con quienes he trabajado codo con codo todos estos años, por vuestra profesionalidad y entusiasmo perpetuo.

A mis colaboradores habituales: Chevi de Frutos, Carlos de Francisco, Gorka Rojo y Montse Martín, por sumar siempre.

A Javier San Martín, amigo, por estar así de cerca.

A Paco y a Luis, por mantener tan vivo el Zero Café. Mi guarida. La guarida de muchos.

A mis paisanos de Valladolid, porque sí. Faltaría más.

Y, cómo no, a usted, estimado lector o lectora, simplemente por eso, por leer.

Y una última advertencia: si en algún momento se le ha pasado por la cabeza emular a Tinus van der Dyke y los suyos, desista, le van a trincar.

Hasta siempre.

Confinado en Valladolid un 29 de marzo de 2020.

César Pérez Gellida

ÍNDICE

Este libro
se terminó de imprimir en España
en el mes de diciembre de 2020